PAPA EST MORT, TOURTERELLE

DU MÊME AUTEUR

À La Table Ronde

NOIR COMME LE SOUVENIR, 1991.
PRÉSUMÉE COUPABLE, 1993.
TU ES SI JOLIE CE SOIR, 1999.

CARLENE THOMPSON

PAPA EST MORT, TOURTERELLE

Traduit de l'américain
par Jean-Luc Piningre

LA TABLE RONDE
7, rue Corneille, Paris 6ᵉ

Mes remerciements à Pamela Ahearn,
Kevin Thomson et Keith Biggs.

Titre original : *Tonight you're Mine.*

ISBN 2-7103-2371-0.

À LA MÉMOIRE
DE MON PÈRE BIEN-AIMÉ

UN

En répandant un doux parfum de vanille, les flammes tremblotantes des bougies projetaient des ombres mobiles sur les murs. La tête sur un coussin brodé d'où ses longs cheveux blonds jaillissaient en cascade, Nicole s'était allongée à même le plancher lustré. Parfaitement immobile, l'homme à ses côtés gardait dans la sienne la main droite de la jeune femme. Ses yeux noisette étaient ouverts, mais elle savait qu'il ne regardait rien de particulier. Il était absorbé par un autre monde, son propre univers musical.

Elle referma les paupières pour se laisser à son tour happer par la musique. Les puissants haut-parleurs laissaient les notes sensuelles de la *Rhapsody in Blue* peu à peu envahir la pièce. Ce n'était pas n'importe quel enregistrement, puisque le piano solo était tenu par Paul Dominic, le compagnon de Nicole, concertiste de renommée mondiale. De fait, il démontrait une sensibilité et une virtuosité peu communes.

Elle le vit se raidir en écoutant la longue cadence de piano débouchant sur la célèbre mélodie de l'andantino moderato. L'orchestre donnait toute sa mesure avant de développer un thème plus lent et de pousser la rhapsodie vers le feu d'artifice de la fin.

Prenant appui sur un coude, Paul se tourna vers Nicole. « Ça t'a plu, *chérie*[1] ? »

---

1. En français dans le texte. (Toutes les notes sont du traducteur.)

Elle respira profondément. « C'est fantastique. » Elle eut le sentiment de répondre comme une adolescente extasiée et regretta de ne pas avoir eu à sa disposition le vocabulaire nuancé d'un bon critique musical. Elle tendit le bras et caressa rapidement les cheveux noirs de Paul. Puis elle souffla : « Je n'arrive pas à croire que nous soyons amants. Que je sors avec un homme capable d'élever la musique à ce niveau. Quel talent... » Elle hocha la tête. « Tu es un vrai génie.

— Que non, répondit-il en lâchant un petit rire ironique. Savoir jouer, c'est un don minuscule qui ne vaut rien sans des tonnes de travail. Et je suis loin d'être aussi bon qu'il faudrait.

— Ce n'est pas ce que disent les journaux. Les critiques s'accordent à penser que tu étais fait pour jouer Gershwin. »

Il sourit. « Ah, tu lis les articles, maintenant ?

— Bien sûr. Et je sais que tu remplis les salles du monde entier. » Elle fronça les sourcils. « Parfois, je me demande ce que tu peux me trouver. »

Il fixa ses yeux bleus. « Est-ce que tu crois au destin, Nicole ?

— Je ne pense pas y avoir souvent pensé.

— Moi, j'y crois, dit-il sérieusement. Je crois que c'est le destin qui m'a ramené au Texas pour que je puisse te retrouver. » Il lissa une de ses longues mèches blondes. « Tu n'avais que sept ans lorsque je t'ai aperçue dans le magasin de ton père, et tu étais déjà la plus belle petite fille que j'avais jamais vue. Tu étais en train de jouer *Down in the Valley* sur un demi-queue qu'il avait à l'époque. »

Elle leva les yeux au ciel. « Cette vieille scie. J'y avais droit à chaque réunion familiale. » Elle s'esclaffa. « Je n'en reviens pas que papa ait pu me laisser martyriser un piano de cette valeur. Moi qui joue comme un pied.

— Je ne dirais pas ça. L'important, c'est de savoir exprimer une émotion. J'étais ému jusqu'aux larmes en t'écoutant. Je crois que je t'ai aimée dès ce jour. Ou plutôt que je suis tombé amoureux de la femme que tu deviendrais. » Son sourire adoucit un instant la sévérité aristocratique de ses traits. « Et, pour ce qui est de ton père, tu sais bien qu'il ne peut rien te refuser.

— À part toi. »

Le sourire de Paul s'évanouit. « Tu es en deuxième année de faculté et tu as seulement dix-neuf ans. J'en ai dix de plus et j'ai déjà fait plusieurs fois le tour du monde. Ton père essaie de te protéger. Il pense que je m'amuse un moment avec toi, jusqu'à ce que ma mère guérisse de sa pneumonie et que je plie bagages à nouveau. »

Le regard de Nicole s'assombrit. « Cela devient fatigant de nous rencontrer en secret, tu ne trouves pas ? On ne peut même pas sortir au restaurant ensemble, ou au cinéma, parce qu'il serait furieux d'apprendre que je te consacre mon temps au lieu d'étudier bien sagement à la bibliothèque. » Elle ramassa la rose blanche que Paul lui avait offerte un instant plus tôt à son arrivée. « Je ne peux même pas ramener une fleur à la maison.

— Je reconnais que cela m'ennuie de devoir nous cacher, répondit-il d'une voix calme. Mais je comprends, finalement. Je suis plus âgé que toi et ton père a toujours pensé que j'étais bizarre, même à l'époque où, petit garçon, j'étais constamment fourré dans son magasin.

— Et pourquoi t'aurait-il trouvé bizarre ? » s'indigna Nicole.

Il sourit. « Parce que je suis un drôle de type. Pose la question à tous mes camarades de classe, c'est ce qu'ils te répondront.

— C'est parce que tu les dépassais déjà, et de loin. Même papa avait du mal à accepter que tu puisses être doué à ce point. Pourtant il l'était, lui aussi, et il a eu envie d'en faire quelque chose à un moment. C'est peut-être ça, son problème, d'ailleurs. Il doit être jaloux de toi. »

Paul haussa les épaules. « Qu'importe. Il y avait une époque où ce qu'on disait ici pouvait me faire mal, mais c'est terminé maintenant. » Il consulta sa montre. « En revanche, il est bientôt dix heures, et tes parents vont se demander où tu traînes.

— Ce que j'en ai assez de vivre chez eux, s'énerva Nicole. À dix-neuf ans, je trouve ça ridicule de ne pas avoir mon propre appartement.

— Tu seras bientôt ma femme et nous irons vivre à New York », conclut Paul avant de se lever. Il se déplaçait avec grâce, comme un danseur. Il était vêtu d'un T-shirt et d'un jean noirs qui épousaient les formes de son corps mince et musclé. À son cou, la croix d'argent et de turquoise que Nicole lui avait offerte pour son anniversaire étincela un instant à la flamme d'une bougie. Il tendit la main à la jeune femme et l'aida à se relever. « Tu ferais mieux de rentrer avant que ton père ne se doute de quelque chose.

— Oui, il commence à se faire tard. Et comme j'ai prétexté que j'allais à la bibliothèque, il faut au moins que je passe y prendre un livre, sinon il croira que j'ai menti.

— Pourquoi ne me l'as-tu pas dit en arrivant ? » Paul regarda de nouveau sa montre. « Je te ramène à ta voiture. »

Une femme se présenta à la porte. Elle portait une robe marron à col rond, et ses longs cheveux noirs et ternes étaient tressés. « Señor Paul, votre mère vous demande, dit-elle avec l'accent espagnol.

— Je croyais qu'elle s'était endormie.

— Avec ce bruit ? »

Nicole n'appréciait pas beaucoup Rosa, la gouvernante des Dominic. Malgré son ton poli, celle-ci regardait Paul fixement en affichant un air réprobateur.

« Vous l'avez réveillée. »

Il ferma un instant les yeux. « Je n'arrive pas à me mettre dans la tête que je ne vis plus tout seul. Je suis navré, Rosa. Dites-lui que j'arrive dans une minute.

— Comme vous voudrez, mais il faudrait vous dépêcher. Elle s'est mise à délirer en entendant cette musique à plein volume. Mais elle parle en français et je n'y comprends rien. Mon avis est qu'il vaudrait mieux la ramener à l'hôpital. »

Le reproche était évident, ce dont Paul ne s'aperçut pas ou choisit d'ignorer. Il resta cordial.

« Retournez à son chevet, Rosa. J'accompagne Mlle Sloan à sa voiture et je suis là tout de suite.

— Ce n'est vraiment pas la peine, Paul », dit aussitôt Nicole qui s'en voulait une fois de plus de se sentir intimidée sous le regard acide de la domestique. Une fois ou deux, elle avait rapidement aperçu le fils de Rosa dans la maison, et elle se demandait s'il la craignait autant qu'elle-même. Sans doute que oui. Il fallait avoir l'assurance de Paul pour rester de marbre devant les critiques incessantes de cette femme.

« Ta maman a besoin de toi et ma voiture est presque devant la maison.

— Non, tu es loin de l'allée. » Il sembla embarrassé. « Je n'aime pas te savoir toute seule dehors à cette heure.

— On croirait entendre mon père», dit Nicole. Elle se hissa sur la pointe des pieds et l'embrassa tandis que Rosa détournait les yeux avec une expression de mépris manifeste. «Je n'ai que la pelouse à traverser et je suis garée à deux cents mètres.»

Ils descendirent l'escalier circulaire. Désert, le hall d'entrée aux grandes dalles rouges était seulement éclairé par une lampe Tiffany d'époque, qui projetait ses pastels dans le moindre recoin ombreux. Paul affirmait que la maison avait été construite dans les années 20. Ses parents l'avaient achetée vers 1950 alors que, attirés par les gisements pétroliers, ils avaient quitté la Nouvelle-Orléans pour le Texas. Nicole pensait qu'elle ressemblait aux manoirs des stars du cinéma muet — le Falcon Lair de Rudolph Valentino, par exemple. Elle se représentait volontiers ce dernier en train de danser le tango sur le sol dallé avec sa mystérieuse épouse Natacha Rambova. C'était exactement le genre de décor qu'aurait choisi un réalisateur pour servir de cadre à la jeunesse d'un Paul Dominic. La maison convenait parfaitement à sa personnalité, élégante et théâtrale.

Il serra un instant la jeune femme dans ses bras. «Je te vois demain?

— Je ne sais pas. Je n'ai que deux cours dans la matinée, mais il faut que j'aille à la mission San Juan terminer mes recherches. Je dois rendre ma copie lundi matin.

— Je te rejoindrai là-bas, alors.»

Elle hésita entre la grimace et le sourire. «Paul, la dernière fois qu'on s'est vus à cet endroit, on a passé toute la journée à nous promener dans le parc et à prendre des photos.

— J'ai rarement été aussi heureux que ce jour-là.

— Moi aussi, mais mes recherches n'ont pas avancé d'un iota. Je suis rentrée avec une demi-page de notes et des photos que je ne pouvais certainement pas présenter dans mon exposé.»

Il sourit. «Entendu, belle étudiante. Cette fois, je promets d'être sérieux.» Il lui tendit la main. «Marché conclu?»

Elle lui donna la sienne. «D'accord. J'y serai vers une heure.»

Il baissa la tête et lui offrit un long baiser qui la laissa étourdie. «Je t'aime tant, *ma chérie*. Tu le sais, n'est-ce pas?»

Elle rougit. «Oui, j'espère.

— Espérer? Mais pourquoi espérer? C'est une certitude.» Les

yeux brillants, il avait parlé d'une voix plus grave que d'habitude. Il y avait quelque chose d'intense dans la personnalité de Paul, qui séduisait Nicole mais la déconcertait aussi. Si elle avait déjà eu plusieurs petits amis, lui n'était pas un gamin. Et pas n'importe quel homme non plus — intelligent, musicien surdoué, célèbre, riche. D'une beauté à couper le souffle. Sa présence même, sa ferveur, paraissaient parfois écrasantes à un caractère jeune, sans encore beaucoup d'expérience, comme celui de Nicole. Elle savait qu'elle était jolie, elle avait toujours connu un certain succès, mais rien ne l'avait préparée à ce tourbillon permanent qu'était Paul Dominic, au point qu'à certains moments leur relation lui donnait l'impression d'un rêve d'adolescente. Sauf que c'était la réalité. L'amour de Paul, pour incroyable qu'il lui parût, était finalement une certitude, sans laquelle il ne serait jamais devenu son amant. Car c'était le premier véritable, et elle savait au fond d'elle-même que jamais elle n'aimerait autant un autre homme.

Il relâcha son étreinte et lui posa un baiser sur le front. Elle lui rendit sa rose blanche. « Garde-la près de ton lit, ce soir, et pense à moi.

— Promis, dit-il en portant le bouton à sa bouche pour l'embrasser. Bonne nuit, mon amour. »

Elle retrouva la nuit de février. Paul attendit qu'elle ait atteint le bout de l'allée pour refermer sa porte.

S'il faisait dans la journée une température d'une vingtaine de degrés, le mercure descendait nettement le soir. Le vent du nord s'était levé et s'engouffra dans les cheveux de Nicole tandis qu'elle marchait vers sa voiture. En boutonnant sa veste, elle prêta attention au clic-clac régulier de ses talons qui répondait au bruissement des genévriers fouettés par la brise.

En présence de Paul, le temps disparaissait. Maintenant Nicole se demandait comment elle pourrait encore faire un saut à la bibliothèque de Trinity University et arriver chez elle à une heure décente. Elle se dit qu'il faudrait être plus prudente. Si Clifton, son père, découvrait qu'elle sortait avec Paul, il deviendrait fou furieux.

Rien n'y faisait, Clifton ne parvenait pas à l'en distraire. Et il aurait beau lui imposer toutes sortes de contraintes, elle se savait capable de les esquiver. Elle l'aimait profondément et ne lui mentait qu'à contrecœur, mais pour Paul elle était prête à tout. « Il te manque seulement le courage de dire les choses comme elles sont, marmonna-t-elle toute seule. Ah, tu parles d'une héroïne romantique ! »

Elle arriva devant sa Ford Mustang blanche. Paul habitant un quartier plus qu'aisé, elle ne prenait jamais la peine de verrouiller les portières. Elle ouvrit celle du conducteur, monta à l'intérieur et chercha la clé dans son sac. Elle allait mettre le contact lorsqu'une énorme main lui couvrit la bouche et lui tira la tête en arrière en étouffant son cri.

« Alors, comment il va, le petit ami ? » siffla une voix glaciale dans son oreille.

La panique lui coupa le souffle. Nicole dépliait ses jambes par saccades brusques, pressant l'une ou l'autre pédale jusqu'au tapis de sol. Mais le moteur était éteint et le véhicule ne broncha pas. Les poings fermés, les ongles enfoncés dans la chair, les bras repliés jusqu'au coude, elle réussit enfin à évacuer par les narines l'air douloureusement bloqué dans ses poumons. Presque inconsciemment, elle tendit la main vers le klaxon. Mais elle sentit aussitôt le contact d'une lame froide contre sa gorge, sous l'oreille droite, et elle se figea.

« Tu sais comme la peau est sensible à cet endroit-là ? dit la voix grinçante à l'arrière. Et facile à trouer ? Il y a une grosse veine par là, d'ailleurs. Comment on appelle ça, déjà ? L'auriculaire ?

— La jugulaire. »

Une autre voix. Mon Dieu, comprit Nicole, horrifiée. Ils étaient deux.

« Et n'oublie pas la carotide. C'est une artère. »

Le premier homme avait l'accent espagnol. Pas le second. Celui-là avait une voix plus douce. « Le sang se met à pisser comme une fontaine si on coupe la carotide.

— Quel cerveau. Tu aurais dû faire toubib. »

Ils poussèrent tous deux des rires hystériques. Nicole perçut une odeur mêlée de vin, de sueur et de tabac. Son cœur battait lentement et lourdement, toutefois elle retrouvait peu à peu un certain calme malgré son épouvante. Elle tendit la main vers la poignée de la portière, mais la pression de la lame redoubla sur son cou.

« T'es pas malade ? » demanda la voix rauque au fort accent.

Celle-ci semblait plus adulte que l'autre, et on aurait cru à son aspect rêche, rocailleux, que l'intéressé avait subi un accident des cordes vocales. « Je te tranche la gorge si tu fais un geste », lâcha-t-il. La main de Nicole s'affaissa loin de la portière. « Je t'ai posé une question, tourterelle. Tu comprends ou pas ? »

Elle hocha lentement la tête tandis que l'autre type partait d'une nouvelle quinte de rire convulsif. « Tourterelle ? Où t'as pêché ça, toi ? Tu lis de la poésie, maintenant ? »

Le premier ricana à son tour. « Mais ouais. J'en lis tout le temps, moi. Comme le petit oiseau, là. Pas vrai, tourterelle ? » Il approcha son visage du siège avant. Nicole sentit sur sa joue celle, mal rasée, de l'homme, puis l'anneau qu'il portait à l'oreille. Il respirait par petites bouffées, son haleine empestait le mauvais vin. « Hein qu'il lit des poèmes, notre petit oiseau ? La petite étudiante à son papa, hein ? Qui lui a donné une belle voiture, et qui lui passe tous ses caprices. C'est qu'elle va dans les bonnes écoles, la tourterelle. Qu'elle s'habille chez les couturiers. Alors, bien sûr qu'on a des livres de poésie, puisqu'on va à l'école. » Il s'esclaffa. « Et avec ça on s'enfuit dans la nuit pour chercher des messieurs. Ça porte des vêtements de marque, mais c'est rien qu'une *puta* en fait.

— Attends, c'est un richard, son jules, dit l'autre en gloussant. Le genre bourgeois de luxe, avec manoir. Qu'est-ce que tu crois ? Qu'elle irait s'encanailler avec des caves comme nous ? Pas du tout son genre, ça. Le petit oiseau, il tire son coup avec des gens comme il faut, voilà. »

Comment savaient-ils qu'elle voyait un homme et qu'elle sortait de chez lui ? se demanda brusquement Nicole.

« Bon, tu vas me démarrer ta voiture, dit le plus vieux des deux. Et ensuite t'engager tout doucement dans la rue, compris ? » Elle réussit à hocher imperceptiblement la tête. « Ça vaudrait mieux que tu comprennes, d'ailleurs, parce que je te troue la peau, sinon. Juste un petit coup comme ça et t'es morte. »

La lame du couteau paraissait maintenant moins froide. Cela faisait plus d'une minute que Nicole la sentait sous son oreille. Elle avait eu le temps de se rendre compte qu'elle était affilée comme un rasoir. De plus, la main qui la retenait était nerveuse, crispée. Un simple tremblement et la peau cédait. Un peu plus et c'était une veine.

Elle avait les doigts gelés. Se rendant compte qu'elle serrait toujours ses clés, elle leva la main droite et tâtonna pour insérer la bonne dans la serrure.

« Dépêche-toi !

— J'essaie », s'efforça-t-elle de répondre malgré la main calleuse collée sur sa bouche.

Sans cesser de maintenir fermement la tête de Nicole en arrière, la main glissa vers le menton. « Quoi ?

— J'essaie.

— Tu ferais mieux d'y arriver. »

Sans rien voir de ce qu'elle faisait, Nicole essaya l'une après l'autre plusieurs clés de son anneau. Comme douées d'une vie propre, elles cliquetaient et glissaient entre ses doigts tremblants. La troisième trouva finalement sa place dans la serrure. Nicole mit le contact et le moteur s'éveilla doucement. Comme elle n'avait pas éteint la radio en arrivant chez Paul, une chanson des Queen se mit à résonner à plein volume. Elle sentit le couteau lui presser dangereusement la gorge et lâcha un hoquet.

« Éteins ! » hurla le plus vieux des deux hommes.

Comme elle s'en servait constamment, Nicole savait manipuler l'autoradio sans même le regarder. Sa main trouva le bouton du volume, mais ses doigts raides glissèrent avant qu'elle ne puisse éteindre entièrement l'appareil qui continua à diffuser doucement *Radio Ga-Ga*.

« Ça va, dit le plus jeune, apparemment satisfait. C'est un bon morceau. Super groupe de scène, les Queen. Et les fenêtres sont fermées, personne n'entendra rien. Tu peux laisser. »

L'autre soupira. « Gâté, pourri, le petit oiseau. Ford Mustang et la stéréo. On ne se refuse rien. Bon, mets les phares, maintenant. »

À l'aveuglette, Nicole chercha la manette sur le tableau de bord. Elle la trouva et alluma les codes.

« Bien. Allez, roule.

— Je n'y vois rien », fit-elle d'une voix blanche. L'angle forcé qu'on imprimait à sa tête lui bouchait pratiquement la trachée.

« Comment ça, t'y vois rien ? Les phares sont allumés.

— Je n'y vois rien.

— Mais t'as vu comment tu lui tiens la tronche, aussi ? fit le plus jeune d'un air détaché. Donne-lui du mou.

— Oh, tu vas pas me donner des ordres, toi ! »

La lame frémissait sur la gorge de Nicole. Elle sentait l'homme prêt à éclater de colère.

« Ça va, ça va, prends pas les boules. Question de bon sens, quoi. »

L'autre grogna puis, d'un geste rapide, relâcha quelque peu son étreinte. « Bon, avance maintenant ! »

En s'efforçant de contenir ses tremblements, Nicole baissa la tête, enclencha une vitesse et détacha lentement la Mustang du trottoir.

« Bien, tourterelle, dit l'homme d'une voix douce. Conduis gentiment et pas d'embrouille. »

Nicole engagea la voiture dans la rue résidentielle. Pas d'embrouille ? Elle pouvait toujours essayer de faire une embardée à droite pour heurter un des véhicules garés, mais elle savait que le couteau lui trouerait la gorge au moment du choc. Non, il n'y aurait pas d'embrouille. Du moins pour l'instant.

Le plus jeune des deux agresseurs s'était mis à fredonner la musique d'une voix mélodieuse, étonnamment sûre d'elle. Je *connais* cette voix, pensa Nicole dans un sursaut. Elle ne l'avait pas identifiée au premier abord, mais elle paraissait maintenant familière. Elle avait donc *entendu* ce type quelque part, mais où ? Quand ? Sa mémoire lui fit défaut, car l'autre acolyte commençait à chanter lui aussi, mais faux. Ils se trompèrent dans la suite des paroles et reprirent leurs ricanements imbéciles.

Minée par l'angoisse, Nicole maintenait une sage allure de vingt-cinq kilomètres à l'heure, tout en examinant attentivement la chaussée à la recherche d'éventuels nids de poule. Le moindre cahot et la lame s'enfoncerait dans son cou.

Sans les voir vraiment, elle avait conscience des maisons alignées le long de la rue — toutes de somptueuses villas où l'on vivait en sécurité. Les gens à l'intérieur n'avaient aucune idée, bien sûr, de ce qui était en train de lui arriver. Quelle ironie, pensa-t-elle. Le salut était là, à quelques dizaines de mètres à peine, parfaitement inaccessible.

Ils arrivèrent au bout de la rue. « Tourne à gauche », dit un des hommes. « Gentiment. » Elle obéit. « Bien, à droite maintenant. »

Débouchant sur Dick Frederick Street, ils quittèrent le quartier résidentiel d'Olmos Park et s'enfoncèrent dans l'étendue déserte de Basin Park. Quelques voyants lumineux brillaient faiblement sur le tableau de bord. Nicole savait que, en regardant dans le rétroviseur, elle distinguerait le visage de l'homme au couteau. Ce serait sans doute une erreur d'essayer. Il redoutait probablement qu'elle puisse l'identifier plus tard — s'il plaisait à Dieu qu'il y eût un plus tard.

Ils ne croisèrent aucun véhicule le long de la route étroite. L'angoisse de Nicole redoubla quand elle s'aperçut qu'à dix heures du soir on se serait cru en pleine nuit. Où étaient les gens ?

Le plus jeune renifla bruyamment, avala sa salive et émit un petit soupir de satisfaction. « T'en veux ? proposa-t-il à l'autre.

— Pas tout de suite. Faut que je surveille la nénette pour l'instant. »

De la drogue, pensa Nicole. Il ne leur suffisait pas de boire. Était-ce de la cocaïne ? Non, sans doute pas. Du speed, plutôt. Des métamphétamines, bien moins chères. Voilà qui expliquait tout : l'irritabilité, les halètements, les tremblements. Ils s'étaient défoncés pour se donner du courage. Et, si Nicole avait bonne mémoire, l'abus d'amphétamines conduisait parfois à l'hyper-agressivité.

« OK, gare-toi là-bas.

— Comment ? murmura Nicole, le cœur serré.

— T'es sourde, ou quoi ? » hurla le type dans ses oreilles. Elle crut que le sol se dérobait sous ses pieds. « Tu quittes la route, tu prends à gauche, là, et tu t'enfonces dans les buissons. »

Elle ralentit et sentit un vif soulagement quand l'homme retira de quelques centimètres la lame de son couteau, pendant que le véhicule cahotait dans les broussailles. Les phares illuminaient des pousses d'épineux, des canettes vides, des gobelets cassés. C'était un de ces endroits devant lesquels les gens passaient parfois, mais où ils ne s'arrêtaient jamais. Un lieu à l'abandon, couvert de détritus et de mauvaises herbes. Nicole eut l'impression que tout n'avait été jusque-là qu'un rêve épouvantable, qui devenait brusquement réalité. Elle s'enfonçait cette fois dans les sables mouvants. Il n'y avait pas d'issue. Elle était vouée à endurer ce que ces sauvages lui réservaient. Elle frémit.

La Mustang manqua de heurter un arbuste et Nicole freina.

« Bon, tu éteins le moteur et les phares. »

Fais quelque chose ! hurlait son esprit tandis qu'elle obéissait à la voix. Mais quoi ? Klaxonner ne servait plus à rien. Personne ne l'entendrait. Et elle n'avait aucune arme, même pas une bombe lacrymogène.

« Prends-moi ça une seconde. »

La lame quitta la gorge de Nicole tandis que le couteau changeait de main. Mais la pointe affilée revint bientôt en place. L'un des deux hommes lui tira les cheveux, si violemment qu'elle cria.

« Tu sors de la voiture, et tout doucement, fit la voix rocailleuse. Et n'essaie pas de courir, parce que je te tiens par les cheveux. Au fait, Ritch... » L'homme s'interrompit aussitôt. « Tu as toujours le couteau sur la gorge, tourterelle, alors ne t'imagine pas que tu vas t'enfuir. Répète que tu ne vas pas essayer.

— Non, marmonna Nicole. Vous pouvez vous en sortir autrement. Mon père a de l'argent. Et mon ami, encore plus. Si vous me laissez partir, ils vous donneront une récompense. »

Des ricanements de gamins résonnèrent à l'arrière de la Mustang. Ceux du plus jeune. « C'est ça, dit l'autre. On te laisse filer, et demain on passe voir papa et monsieur ton petit ami pour qu'ils nous donnent deux enveloppes pleines de fric. C'est tellement plus simple. » L'homme lui tira les cheveux avec une sauvagerie telle que Nicole s'étonna qu'ils restent sur sa tête. « Tu nous prends pour des nases ? »

Elle eut la nausée d'entendre à nouveau leurs ricanements hystériques. Imbécile, pensa-t-elle. Ce n'était pas le film du dimanche soir. Comment avait-elle pu imaginer leur échapper en proposant de l'argent ?

« Tu aurais pu trouver mieux, quand même, dit le plus vieux, entre le dégoût et l'amusement. Tu dois être plus con que t'en as l'air. Une petite *puta* qu'on accepte à la fac parce qu'elle est mignonne et que son père a du fric. Sors de la bagnole.

— Je vous en prie, supplia Nicole d'une voix brisée, à peine audible. Je vous en prie, je ne vous ai rien fait...

— Oui, mais moi, je vais t'en faire, des choses. Que t'es pas près d'oublier, même... » Il empoigna plus sèchement les cheveux de Nicole qui cria de douleur. Les larmes commencèrent à ruisseler le long de ses joues. « Arrête de couiner comme une truie et arrache-toi de la caisse, je te dis ! »

Résignée, elle ouvrit la portière. Les veilleuses s'allumèrent à l'intérieur du véhicule. Si seulement une voiture pouvait passer à proximité, pensa-t-elle. Mon Dieu, *faites* que quelqu'un arrive.

La route était noire et déserte.

Étourdie par l'angoisse, elle sortit en chancelant. L'homme lui lâcha un instant les cheveux, mais elle était trop désemparée pour en profiter et se mettre à courir. Ses jambes engourdies tremblaient, et elle se savait impuissante face à ces deux cinglés aux réflexes aiguisés par les amphétamines. Le temps que ses pieds touchent le sol, et un bras musclé la saisit par la taille. Elle retrouva aussitôt le contact de la lame sous l'oreille. Les portières claquèrent et les veilleuses s'éteignirent dans la Mustang.

« Avance dans les buissons. »

Elle fit quelques pas en titubant. L'herbe haute et sèche craquait sous ses bottines. Les branches nues des rares arbres se dessinaient contre le ciel. Nicole entendit des voitures au loin et chercha instinctivement à repérer la lumière des phares. Elle tourna la tête et manqua de tomber en trébuchant sur un vieux pneu. Le bras se resserra autour de sa taille et la lame finit par lui percer la peau. L'homme poussa un juron. Un mince filet de sang chaud coula au bas du cou de Nicole, suivi rapidement d'un chatouillement désagréable sur la clavicule.

L'homme la projeta brusquement au sol, d'un geste si violent qu'il lui coupa le souffle. Elle atterrit sur le dos. Un gros caillou lui racla durement la hanche. Encaissant sans rien dire, elle leva les yeux et aperçut une bretelle d'autoroute. L'*interstate* 281, pensa-t-elle rapidement. Elles étaient là, les voitures. Nicole distinguait nettement la traînée des phares. Des centaines de véhicules filaient le long de la 281, sans qu'aucun de leurs passagers ne se doute un instant de ce qui se passait en dessous, là sur l'herbe morte du Texas. Je suis à peine à huit cents mètres de chez moi, pensa la jeune femme. L'amour et la sécurité se trouvaient à moins d'un kilomètre.

Elle sentit un corps peser lourdement sur elle. Fermant les

yeux, elle détourna la tête et étouffa un sanglot. « Tout doux, fit la voix rugueuse. Tu vas prendre ton pied, ma poulette. T'as encore jamais vu ça. » L'homme s'interrompit, puis s'adressa à son complice : « Tiens-la. »

Deux mains clouèrent ses épaules à terre. Elle comprit brusquement qu'on lui retirait ses jeans. L'homme tirait sur les jambes du pantalon. À chaque nouvelle secousse, elle sentait la maudite rocaille lui érafler la hanche. « Putain, fit l'homme. Tu pourrais pas porter une jupe comme tout le monde ? »

Nicole ne devait pas se souvenir plus tard de ce qui la poussa à réagir à ce moment précis. Quelques secondes auparavant, elle était encore engourdie par la peur et la résignation, mais soudain l'adrénaline irriguait le moindre de ses vaisseaux. Poussant un hurlement bestial dans lequel elle ne reconnut pas sa voix, elle donna une série de coups de pied à l'agresseur qui cria de douleur. Il répondit d'un coup de poing si dur qu'elle crut s'évanouir sous le choc. Un os se brisa sous le coup, mais elle continua de se débattre, de frapper sauvagement les deux assaillants.

Mais ils étaient bien plus forts qu'elle. Les minutes qui suivirent se révélèrent un cauchemar de souffrance, de terreur et d'humiliation. Tandis qu'ils inondaient son visage de salive, elle ne pouvait qu'entendre leurs rires hystériques et leurs exclamations triomphantes de la voir maintenant réduite à une chose.

D'un bout à l'autre de l'épreuve, elle garda de toutes ses forces les paupières fermées, pour au moins échapper à la vision de son sort. Elle continua lorsqu'elle comprit que les deux hommes, enfin, avaient eu leur content. Non qu'elle pensât encore à se mettre en danger en voyant leurs visages, car elle avait maintenant perdu tout espoir de survie. Elle ne serait plus là pour les identifier. Elle voulait simplement que le dernier souvenir de son existence ne soit pas le spectacle de ces ignobles types.

Pendant quelques secondes, elle resta allongée en souhaitant s'évanouir pour oublier l'insupportable douleur. Elle les entendait haleter, grogner, ricaner encore. Puis le plus âgé des deux lança : « Bon, on lui fait son affaire, maintenant.

— J'ai l'impression qu'on vient de finir, pouffa l'autre.

— Non, je veux dire une bonne fois. »

Le rire s'estompa, puis : « Tu ne veux quand même pas la tuer ?

— Bien sûr que si. »

Elle entendit l'herbe se froisser, comme si l'un des deux cherchait à se relever. « Écoute, Magaro, la baiser, OK. Mais la tuer, non, c'était pas prévu.

— Dis, t'as quoi dans le caillou ? Tu crois qu'on peut violer une nana et se casser comme ça ? On n'aura pas le dos tourné qu'elle sera déjà chez les flics !

— Elle ne sait pas qui on est. Elle ne nous a même pas regardés. J'en suis sûr.

— Elle nous a pas *regardés* ? s'exclama le plus vieux. Mais qu'est-ce que tu en sais, pauvre nouille ? En plus, t'as même pas pu te retenir de chanter dans la caisse, connard. Elle connaît peut-être ta voix, elle nous a peut-être vus jouer. Et tu viens de m'appeler par mon nom, trouduc.

— Moi ?

— Oui, toi. Faut l'achever, il n'y a pas d'autre moyen. »

Glacée, seule dans sa douleur et son humiliation, Nicole restait immobile, les yeux toujours fermés. Elle se rendait bien compte que la voix du jeune type trahissait une vive anxiété.

« Regarde, elle bouge même pas, dit-il. Elle doit être déjà morte.

— Je suis sûr que non. Pas vrai, tourterelle ? » La frappant de nouveau, en pleine figure, l'homme lui fracassa la mâchoire. Elle gémit.

« Je... je ne pense pas qu'elle sache qui on est. Je crois qu'on peut s'en sortir comme ça. Putain, un *meurtre*, mais t'es pas bien ! » Nicole l'entendit reprendre son souffle. « Écoute, moi, je peux pas. Voilà.

— Oh, chochotte. On manque un peu de courage ? Bon, eh bien j'en fais mon affaire.

— Magaro...

— Ta gueule ! Tiens-la.

— Attends, non, vraiment, je...

— Je t'ai dit de la tenir ! Magne-toi, ou je te bute, toi aussi.

— Moi ? fit le gamin d'une voix aiguë.

— Si y a un blème, je prends l'accusation pour moi, OK ? Toi, t'es juste le deuxième larron, le complice, comme ils disent, et c'est pour ça que tu fermeras ta gueule.

— Quoi ? Tu penses peut-être que je vais le crier sur les toits ?

— Va savoir ? T'es la moitié du temps pété à la gnôle et aux amphés, et t'es capable de raconter n'importe quoi à n'importe qui. J'ai pas confiance en toi. Maintenant, fais ce que je te dis. Tiens-la bien. » L'autre ne réagissait pas. « Tiens-la, Zand, magne-toi les fesses ! Oh, tu m'entends ? Fais ce que je te dis ou je te descends. M'oblige pas à le faire.

— OK, OK, répondit Zand en tremblant. T'énerve pas. Voilà, c'est bon, je la tiens. Elle bougera pas. Et je dirai rien à personne. »

Une minuscule lueur d'espoir venait de naître dans l'esprit ravagé de Nicole. Mais lorsqu'elle entendit le plus jeune, Zand, obéir aux injonctions de l'autre, le rideau retomba sur le noir. Ne se doutait-elle pas, depuis le début, que cela finirait ainsi ? La meilleure chose à faire consistait à fixer son esprit sur autre chose, sur une image calme et belle, loin de tout, pour esquiver autant que possible la douleur, ignorer le voile mortel qui allait s'abattre.

Pourtant elle sentit resurgir l'énergie du désespoir quand Zand revint pour la maintenir. Elle se débattit avec la force d'une possédée. Sa main droite trouva un œil qu'elle happa hors de son orbite. L'homme hurla. L'autre jura un instant plus tard, après qu'elle eut gratifié son entrejambe d'un bon coup de botte. Elle se contorsionnait comme une démente, griffait, mordait, repoussait sans arrêt les mains qui s'efforçaient de l'immobiliser. Un premier coup de poing lui déchira la tempe. Un second trouva l'abdomen et lui coupa le souffle.

La scène s'accompagnait d'un bruit constant : les cris et les grognements des deux hommes, la voix perçante du premier ; celle, gutturale, du second, à chaque instant plus grave, plus enfiévrée. Mais brusquement, tandis que Nicole se recroquevillait sur elle-même sous la puissance des coups, et que ses forces la quittaient, elle entendit autre chose. Les sens en alerte, elle se figea. Était-ce bien possible ? Si. Une voiture approchait.

Les deux hommes se raidirent à leur tour en percevant le bruit du moteur. « Reste à terre, dit celui qui s'appelait Magaro. On ne nous verra pas. »

Mais, contrairement à ce que Nicole supposait, le véhicule ne repartit pas. Il ralentit. Elle entendit le gravier crisser sous les pneus. La voiture avait quitté la route. Puis le halo des phares trouva les protagonistes. Sensible à la lumière sous ses paupières fermées, la jeune femme ouvrit brusquement les yeux. Il lui fallut cinq secondes pour imprimer dans sa mémoire, à tout jamais, le visage des deux agresseurs. Le premier avait une vingtaine d'années, les yeux bleus, la peau claire, le nez légèrement épaté, des cheveux châtain qui lui tombaient sur les épaules. L'autre était plus âgé de dix ans environ. Dans son visage couvert de cicatrices d'acné perçaient de petits yeux mauvais. Ses lèvres étaient si fines qu'il paraissait ne pas en avoir.

La portière de la voiture s'ouvrit. « Hé, qu'est-ce qui se passe ici ? » lança une voix d'homme.

« On se casse ! souffla le gamin.

— C'est pas les flics. Il faut la tuer d'abord ! »

Nicole projeta son corps à gauche pour éviter la lame du couteau, puis elle hurla de toutes les forces qui lui restaient.

« Je suis armé ! prévint le conducteur de la voiture.

— Il ment », siffla Magaro entre ses dents.

Une détonation déchira le silence nocturne.

Nicole sentit les deux mains quitter ses épaules. L'un des deux hommes prenait la fuite.

Elle vit le couteau revenir vers sa gorge et ne réussit pas entièrement à l'esquiver. La lame lui entailla la peau. Elle hurla de nouveau et un second coup de feu retentit.

Elle s'évanouit.

DEUX

QUINZE ANS PLUS TARD

> *« Si rien ne peut ramener la verte splendeur de l'herbe, Ni éclore de nouveau le bouton de rose fané… »*

Immobile, Nicole ne parvenait pas à détacher son regard du cercueil de son père. Un soleil magnifique promenait ses rayons sur les arrangements floraux, figés et tristes, qu'il aurait détestés — elle le savait. Elle avait eu beau déclarer à sa mère qu'il aurait préféré que l'on fasse une donation aux œuvres de charité plutôt que gaspiller cet argent chez le fleuriste, Phyllis avait refusé de l'écouter. « C'est déjà assez désolant qu'il ait arrêté de croire et qu'il nous ait fait promettre de lui épargner des obsèques religieuses, avait-elle lâché. Je reste fidèle à ma promesse, mais pour les fleurs il n'avait rien précisé. »

D'innombrables couronnes étaient posées autour du cercueil. Clifton Sloan comptait beaucoup d'amis à San Antonio et la plupart étaient venus à l'enterrement. Mais il se trouvait également quantité de personnes que Nicole n'avait jamais vues, et elle se demandait qui, parmi celles-ci, n'était là que pour satisfaire une curiosité malsaine — pour assister aux obsèques d'un homme qui, sans raison apparente, avait placé le canon d'un calibre 38 dans sa bouche et pressé la détente.

Prise de nausée, elle ferma les yeux, tandis que la voix de l'employé poursuivait :

> *« Nous ne céderons pas au chagrin acerbe,*
> *Mais compterons sur nos forces rassemblées... »*

Papa, mais pourquoi as-tu fait cela ? *Pourquoi ?* La question hantait l'esprit de Nicole depuis mercredi matin, il y avait seulement trois jours, lorsque sa mère lui avait téléphoné pour déclarer d'une voix plate, froide, que Clifton était blessé, qu'il fallait demander une ambulance, mais qu'elle avait peur de s'évanouir à la vue du sang. *Tu peux l'appeler pour moi ?*

Horrifiée, Nicole n'avait cessé de l'interrompre pour essayer de lui faire dire ce qui s'était passé. Phyllis avait alors bredouillé les mots « pistolet » et « magasin » avant de raccrocher en gémissant. Certaine que son père s'était fait attaquer au travail, Nicole avait aussitôt appelé la police. Elle ne devait apprendre que plus tard qu'il avait quitté la maison au milieu de la nuit pour se rendre au magasin, puis se donner la mort dans son bureau de l'arrière-boutique. Nicole n'aurait pas été plus stupéfiée si on lui avait appris que la fin du monde avait eu lieu la veille.

La petite main qu'elle gardait dans la sienne s'agita subitement et elle rouvrit les yeux. Shelley, neuf ans, la regardait, inquiète, sous ses petits sourcils froncés. « Ça va ? » dit-elle. Ses yeux, du même bleu pervenche que sa mère, semblaient aussi retenir des larmes.

Nicole serra à son tour gentiment la main de sa fille et lui sourit comme elle put. Shelley avait été si proche de son grand-père. Comme avec sa propre fille, Clifton avait toujours su la faire pétiller d'allégresse, lui rendre le sourire si elle avait du chagrin, remettre de l'ordre dans son petit univers lorsqu'un nuage semblait obscurcir son jeune ciel. Par contre, Phyllis, critique et autoritaire, n'obtenait guère plus de la petite que de Nicole, maintenant adulte — les marques d'affection de l'une ou de l'autre se heurtaient inévitablement à une raideur maladroite, et leurs gentillesses étaient fréquemment sujettes à reproche.

« Car la foi survit à la mort, et les années nous apprennent à devenir philosophes... »

Moi, je suis censée devenir philosophe ? se demanda Nicole, alors que le directeur de l'entreprise de pompes funèbres, pris d'une éloquence inattendue, concluait ce passage du poème préféré de Clifton Sloan. Faut-il vraiment que je prenne avec philosophie le fait que mon père se soit suicidé sans laisser aucun mot d'adieu, au moment précis où j'avais le plus besoin de lui ?

Elle eut presque aussitôt honte d'elle. D'évidence, Clifton devait être en proie à un vaste désarroi pour en venir à prendre une décision aussi terrible, aussi irrationnelle, et la voilà qui ne pensait qu'à elle, à sa propre existence, certes perturbée. Cependant, si l'on en croyait Elisabeth Kubler-Ross, la colère ne constituait-elle pas l'une des phases normales du chagrin ? Mais laquelle ? La deuxième ou la troisième ? Nicole était sûre que Roger, son mari — ou plutôt son futur ex-mari —, connaissait la réponse.

Grand, distingué et affichant une solennité de circonstance, Roger Chandler se trouvait précisément de l'autre côté, derrière le cercueil. Elle le regarda. Il ne paraissait pas beaucoup plus âgé qu'au moment de leur rencontre, lors d'une fête organisée par l'université douze ans plus tôt. Nicole venait de commencer sa maîtrise d'anglais tandis qu'il terminait une thèse de troisième cycle en psychologie. Ils s'étaient mariés un an après. Depuis, Roger avait toujours joué le rôle de l'homme fort et dominateur, aussi sûr de lui qu'il l'était des besoins de son épouse, au point qu'il énervait parfois vraiment Nicole. Mais elle lui avait été reconnaissante de pouvoir compter sur lui, elle avait eu foi dans la constance de son amour.

Puis vint ce jour, quelques mois auparavant, où elle se rendit compte qu'il passait de moins en moins de temps à la maison. Roger prétendait devoir rester le soir à l'université afin d'écrire son manuscrit. De longues semaines de rédaction assidue s'écoulèrent, jusqu'au soir où il alluma des bougies dans le salon, glissa un enregistrement de Debussy dans le lecteur de CD, remplit deux verres d'un excellent cognac et, après quelques propos insignifiants, annonça brusquement à Nicole qu'il venait de tomber amoureux d'une autre et souhaitait divorcer. Elle l'observa environ trente secondes, et s'esclaffa. La mise en scène était si théâtrale, l'expression de Roger si lugubre, sa voix à la fois si tendre et si tragique, qu'elle ne put s'empêcher d'y voir la première scène mal écrite d'une mauvaise pièce de boulevard. Elle rit alors franchement, aux larmes, et l'air pitoyable de Roger, avec sa dignité froissée, ne fit que redoubler son hilarité. Le lendemain toutefois, Nicole ne pleurait plus de la même façon.

Elle pensa qu'il avait eu au moins la décence de ne pas amener sa petite chérie aux obsèques. C'était en fait une de ses étudiantes, âgée de vingt ans, alors que Roger en comptait exactement deux fois plus. Naturellement, tous les amis de Nicole lui assuraient qu'il était victime d'une crise de la quarantaine, qu'il n'irait jamais jusqu'au divorce, qu'il avait eu brusquement besoin de dramatiser ses passions d'adolescent attardé, et qu'il rentrerait tôt au tard à la maison, la queue entre les jambes évidemment.

Nicole n'en croyait rien. En réalité, Roger demandait avant tout qu'on ait besoin de lui. Et il avait compris que Nicole avait grandi, qu'elle ne buvait plus ses paroles, que dans une pièce pleine de monde, il n'était plus la seule personne qui existât à ses yeux. D'un certain point de vue, elle se sentait triste pour lui. Certes, il était intelligent, mais il ne s'était jamais rendu compte que, contrairement à ce qu'il croyait, il n'était pas la raison de vivre de son épouse, malgré la dépendance exagérée qu'elle avait manifestée à son égard, ou l'amour dont elle l'avait réellement entouré.

Roger leva la tête. Elle aperçut une lueur de culpabilité dans son regard, et il afficha un genre de sourire maladroit qu'il croyait peut-être réconfortant. Impassible, Nicole continua de le regarder et il finit par baisser ses yeux gris. Elle se dit un instant qu'elle pourrait se montrer plus amène, mais elle était elle-même trop troublée, trop ébranlée pour se préoccuper des sentiments de Roger.

Elle se rendit compte que sa mère avançait vers le cercueil. Phyllis y déposa une rose puis essuya ses larmes dans un mouchoir brodé. Nicole ne put que ressentir la sécheresse de ses propres yeux lorsqu'elle déposa à son tour une fleur. Clifton avait toujours souligné que tous les enterrements étaient macabres, et donc de mauvais goût. Ce à quoi Phyllis rétorquait : « Pas du tout. Ce sont des cérémonies où l'on peut exprimer ses sentiments et dire au revoir une dernière fois. » « Exprimer ses sentiments à qui ? répondait Clifton. À un cadavre bourré de formol ? »

Nicole connaissait les talents de provocateur de son père. Il parlait ainsi à Phyllis, conformiste et impressionnable, pour obtenir une réaction et cela fonctionnait toujours. Nicole avait eu beau répéter à sa mère de ne pas démarrer au quart de tour si elle voulait que Clifton cesse de la taquiner, cela n'avait servi à rien. En revanche, elle continuait de sourire en voyant Phyllis, à chaque fois, quitter la pièce à grands pas, l'air dégoûté, consternée une fois de plus par l'irrespect caractérisé de son mari envers tout ce qu'elle considérait sacré.

Un vent léger se leva et s'engouffra dans les longs cheveux de Nicole, qui vinrent balayer son visage. Repoussant ses mèches, elle laissa son regard errer au-delà du cercueil vers les pelouses du cimetière. Il faisait exceptionnellement doux pour un mois de février, presque vingt-cinq degrés. Le vent rasait l'herbe verte et brune, effleurait les courts genévriers aux nombreuses branches, puis dérangeait les imposants bouquets de fleurs artificielles déposés sur les tombes. Lorsqu'elle vivait encore dans l'Ohio avec Roger, Nicole avait remarqué que les gens du nord des États-Unis ne fleurissaient vraiment les tombes que pour Memorial Day[1], alors qu'ici à San Antonio, les cimetières débordaient toujours de couleurs.

Son regard rencontra soudain la silhouette d'un homme, debout à une trentaine de mètres près d'un genévrier touffu. Grand et mince, en veste et blue-jeans, il était accompagné d'un chien — un doberman, en alerte, les oreilles tendues, avec un pelage noir, luisant, et un collier rouge. Même à cette distance, les yeux sombres de l'animal semblaient chercher Nicole, sinon attirer son attention. L'instant avait quelque chose d'hypnotique — on aurait cru que le chien tentait désespérément de lui faire parvenir un message. Au point qu'elle ne vit soudain plus que lui, son poil sombre et brillant. Puis, lentement, le chien leva sa tête effilée vers son maître et Nicole suivit son regard. L'homme, parfaitement immobile, l'observait également. L'espace de quelques secondes, elle le

1. Le jour des morts au champ d'honneur, fêté le dernier lundi de mai, date de la fin de la guerre de Sécession.

fixa à son tour. Brusquement les contours de son visage devinrent plus nets. Elle distingua parfaitement le dessin de ses pommettes, sa mâchoire volontaire, ses cheveux d'un noir profond, et ces yeux à l'éclat intense qu'elle n'avait jamais oubliés...

Sentant son cœur battre à tout rompre, elle crut perdre l'équilibre. Un voile menaçait de l'envelopper, son visage était couvert de sueurs froides.

« Maman ? Maman ? » La voix de Shelley semblait flotter ailleurs. « Maman, ça va ?

— Qu... » Nicole essayait de répondre, elle entendait ce qu'elle voulait dire, mais ses mots restaient comme prisonniers d'un aquarium.

« Grand-mère, maman va tomber !

— Quoi ? Qu'est-ce qu'il y a ? siffla Phyllis entre ses dents, en saisissant la main de sa fille. Qu'est-ce qui t'arrive ? Tout le monde te regarde. »

Nicole revint peu à peu à elle. Les paroles de sa mère lui firent l'effet d'un seau d'eau glacée en pleine figure. Soudain la clarté du soleil devenait aveuglante, douloureuse. Elle cligna des paupières et ses yeux repartirent à la recherche du grand genévrier. L'homme et le chien avaient disparu.

Phyllis la dévisageait. « Tu es blanche comme un linge. Tu ne vas pas t'évanouir, au moins ?

— Non. » Nicole haletait.

« Ressaisis-toi, je te prie, dit Phyllis *sotto voce*. Il ne manquerait plus que tu perdes connaissance et que tu te vautres dans la tombe. »

Ébahie, Nicole regarda sa mère et faillit répondre d'un éclat de rire nerveux à l'absurdité de sa remarque. On aurait pu croire Phyllis effondrée de perdre brusquement l'homme qui avait partagé sa vie trente-six années de suite. Eh bien, non, elle ne pensait qu'à éviter tout éventuel désordre qui pourrait la gêner. Nicole comprit soudain que sa mère était furieuse contre Clifton, blême de colère qu'il ait pu se suicider, qu'il ait instillé le doute sur sa santé mentale, et qu'il ait attiré de telles spéculations, ô combien inconvenantes, sur sa propre famille.

Une deuxième fois.

Puisque Nicole, victime d'un viol collectif, avait déjà été quinze ans plus tôt le sujet de toutes les conversations en ville. Sans parler des soupçons qui devaient peser sur elle quelques semaines plus tard, les deux violeurs ayant été tués. Était-elle l'assassin, ou avait-elle de quelque façon inspiré ce double meurtre ?

Aujourd'hui la « vedette » était Clifton, l'homme qui s'était fait sauter la cervelle dans son propre magasin. Nous sommes bien désolés de te porter la poisse, maman, pensa amèrement Nicole. Désolés, papa autant que moi, d'avoir entaché l'honneur de Madame la fille du général Ernest Hazelton.

« Ça ne va pas, Nicole ? »

Derrière elle se trouvait Carmen Vega, sa meilleure amie depuis l'école primaire. L'inquiétude se lisait dans ses insondables yeux noirs.

« Non, ça ira.

— Qu'est-ce que tu as vu ? » demanda tranquillement Carmen.

Nicole la regarda sèchement. « Rien. C'est un moment difficile à passer, c'est tout. »

Les yeux de Carmen exprimaient maintenant le doute. « Non, Nicole, je te regardais. Tu as vu quelque chose. »

Quand avait-elle jamais été capable de cacher quoi que ce soit à Carmen ? Mais Phyllis braquait sur elle un œil interrogateur, et Nicole marmonna : « Je te le dirai tout à l'heure.

— De quoi parlez-vous, toutes les deux ?

— De rien, maman, répondit Nicole d'une voix lasse. Je crois qu'il est temps de reprendre la limousine. »

Le regard triste, sa petite tête toute pâle, Shelley serrait bien fort la main de sa mère en traversant de nouveau le cimetière vers la longue voiture noire. Quand elles furent de nouveau installées sur la banquette, Nicole prit longuement sa fille dans ses bras.

« Heureusement que c'est fini. C'était lamentable, déclara Phyllis.

— J'ai l'impression qu'ils ont plutôt bien fait les choses, dit Nicole.

— Pas moi. Et tu aurais pu trouver une autre robe pour Shelley. Elle est trop courte, trop gaie. Ça va pour un mariage, pas pour un enterrement.

— Maman, on n'est plus au dix-neuvième siècle.

— Oui, enfin, tu aurais pu la prendre bleu marine, pas bleu clair.

— Mais qui se préoccupe de la couleur de cette robe?
— Moi.
— Tu deviens ridicule, maman.»

Affichant subitement un air anéanti, Phyllis retrouva son mouchoir. «Je sais qu'on ne s'entend pas bien toutes les deux, Nicole. Mais tu pourrais choisir un autre jour pour m'insulter.»

Et dire que j'ai déjà mal à la tête, pensa Nicole en se calant sur le dossier. Mon Dieu, faites que cet après-midi passe le plus vite possible. J'ai besoin de me reposer. De réfléchir à ce qui est arrivé à papa.

Et j'ai besoin de penser à cette apparition au cimetière, tout à l'heure. Elle frissonna tandis que le visage de l'homme revenait dans son esprit. Elle en avait la chair de poule. L'avait-elle vraiment *vu*, cela paraissait *impossible*...

«Nous sommes arrivées», annonça Phyllis. Nicole, absorbée, ne s'était pas aperçue que la limousine s'était engagée dans leur rue. «C'est maintenant qu'il faut avoir du cran, dit sa mère. J'espère que tu ne vas pas me laisser seule à me débrouiller devant tous les invités.»

Nicole ne put masquer une certaine exaspération: «Pourquoi te laisserais-je tomber? Je fais tout ce que je peux pour t'assister, il me semble.» Voyant Shelley se raidir et les lèvres de Phyllis se remettre à trembler, elle s'interrompit. L'après-midi allait être long et mieux valait ne pas s'énerver.

Le véhicule s'immobilisa devant la villa des Sloan. Nicole descendit en essayant vainement de défroisser la robe de lin noir, mal ajustée, qu'elle avait achetée, la veille, en hâte. Phyllis, par contre, avait revêtu un tailleur impeccable de shantung, et son chignon, comme d'habitude, était impeccable. D'aussi loin qu'elle se souvînt, Nicole avait toujours vu sa mère parfaitement coiffée. La seule différence était que, aujourd'hui, quelques mèches blanches précoces s'étaient glissées dans sa chevelure.

Plusieurs amis de Phyllis avaient quitté le cimetière en avance pour préparer la réception à la maison. La villa, harmonieusement décorée de teintes pastel, était merveilleusement en ordre. Phyllis passa de pièce en pièce pour vérifier que chaque objet était à sa place, puis revint à la porte d'entrée. «Nicole, reste près de moi avec Shelley. Il faut accueillir tous ces gens.»

Qu'est-ce que tu imaginais, maman ? Que nous allions nous ruer devant le buffet pour nous empiffrer avant qu'ils arrivent ? Mais elle savait que Phyllis avait toujours besoin de donner des ordres, aussi inutiles fussent-ils, pour se sentir satisfaite.

Immobile près de sa mère, Nicole éprouva soudain le désir de s'enfuir, de dévaler la rue sans plus jamais regarder derrière elle. Elle tenta de se rappeler comment s'étaient comportées les familles touchées par le deuil, lors des rares enterrements où elle s'était rendue. Tout le monde s'était montré triste, bien sûr, résigné. Mais qu'avait-on dit alors ? Elle ne trouva pas de réponse.

Alors qu'elle s'exprimait le plus souvent avec aisance, elle comprit dès l'arrivée des premiers invités pourquoi les mots lui manquaient aussi cruellement. Ces obsèques ne ressemblaient à aucunes autres pour la bonne raison que le défunt s'était suicidé. La différence était de taille. Et les amis de la famille paraissaient eux aussi gênés, parce qu'ils ne savaient pas quoi dire. Impossible de compter sur les habituelles formules du type : « Au moins, il aura échappé à ses souffrances », puisque personne ne savait si Clifton avait enduré quoi que ce soit. Deux semaines plus tôt, la dernière fois qu'elle l'avait vu, il s'était montré à Nicole aussi enjoué qu'à l'accoutumée. Peut-être un peu fatigué, mais c'était tout. Impossible, également, d'en appeler à la volonté divine, puisqu'il s'était de lui-même donné la mort. Enfin, les plus religieux devaient renoncer à lui souhaiter le paradis, celui-ci étant interdit aux suicidés.

Chacun en outre s'interrogeait. Phyllis ou Nicole avaient-elles fait quelque chose qui puisse expliquer son acte ? Clifton faisait-il face à un désastre financier ? Y avait-il un secret caché derrière tout cela ? Et, dans ce cas, quoi ?

Chaque nouvel arrivant devait donc se contenter d'un « Je suis terriblement navré », à quoi Phyllis, Nicole et Shelley répondaient par d'autres mercis. Elles s'entendirent, jusqu'au dernier, prononcer leurs remerciements d'une voix toujours plus mécanique, forcée, rauque.

Phyllis finit par donner un petit coup de coude à sa fille : « Ça y est, tout le monde est là. Va te mêler à eux. Et, surtout, évite de rentrer dans les détails. » Le mouchoir serré dans la main droite, le teint pâle et les yeux vides, elle regardait sa fille. Celle-ci pensa que, de peur de la voir s'évanouir, personne n'aurait l'audace de poser aucune question à sa mère. Pourtant, en profondeur, elle était la personnalité la plus forte que Nicole ait jamais connue. Dans un moment pareil, elle était sûrement capable de supporter un interrogatoire prolongé devant la police.

Shelley remit sa main dans celle de sa mère et elles partirent au salon. Phyllis veillait à ce que la pièce à recevoir soit toujours parfaitement rangée. Nicole se rappela soudain les Noëls de son enfance, le sapin dressé devant la fenêtre, et le papier d'emballage brillant qu'elle étalait sur la moquette le matin venu.

« Clifton, mais regarde-moi ce bazar, elle en met partout, s'énervait Phyllis. Nicole, sois un peu plus soigneuse. Ne déchire pas le beau papier. Il pourra peut-être servir l'année prochaine.

— Oh, écoute, Phyl », répondait Clifton en riant. Phyllis détestait qu'on l'appelle par son diminutif et il le savait. « On n'est pas aux portes de l'asile. On rachètera du papier neuf et des rubans, et puis voilà. Allez, Nikki, déchire tout ce qui te plaira ! » Et, tandis que Phyllis serrait les dents, Nicole obéissait gaiement aux ordres de son père devant la caméra super-8 qu'il utilisait alors, remplacée plus tard par un camescope.

C'est donc le souvenir de Clifton qui dominait ces années heureuses. Phyllis était au second plan, certes jamais à court de reproches, mais elle offrait une présence stable. Maman n'était peut-être pas facile, pensa Nicole, mais au moins elle ne nous a pas abandonnés comme Roger vient de le faire. Cela ne lui serait jamais venu à l'esprit. À sa façon, malgré ses constantes remontrances et son caractère particulier, Phyllis s'était toujours efforcée d'être une épouse et une mère exemplaires.

Comme s'il devinait ses pensées, Roger vint retrouver Nicole. « Comment ça va, toutes les deux ? demanda-t-il gentiment.

— Ça va », répondit Nicole en remarquant qu'il portait ses lunettes à fine monture d'écaille. Roger ne supportait pas les lentilles de contact et préférait, en public, se passer de ses verres correcteurs qui, selon lui, le vieillissaient.

Le front légèrement plissé, il baissa la tête vers Shelley. « Je ne pensais pas te trouver ici, ma chérie.

— C'est l'enterrement de mon grand-père », dit la petite.

Il leva un sourcil, puis dévisagea Nicole. « Je pense qu'un enfant n'a pas besoin d'assister à un enterrement. »

Malgré les efforts déployés par sa mère pour atténuer son ressentiment, Shelley éprouvait une vive animosité contre Roger. Ce fut elle qui répondit, agacée : « Et alors, si je voulais venir ! Je ne suis plus un bébé. » Elle regarda Nicole : « Je peux aller prendre un morceau de gâteau ? »

Nicole hocha la tête et Shelley les laissa. Roger fixait son épouse avec une lueur glaciale dans ses yeux gris : « Tu la montes contre moi. »

Elle inspira profondément pour ne pas céder à la colère. « Je me mets en quatre pour éviter ça, justement. Seulement Shelley n'a plus deux ans et elle est parfaitement consciente que tu as décidé toi-même de quitter la maison. De plus, tu n'as rien fait pour lui cacher que tu sortais avec cette gamine.

— Ce n'est pas une gamine, coupa-t-il sèchement. Elle a déjà vingt ans.

— Elle vient de fêter son anniversaire, alors ? Formidable, les gens vont pouvoir arrêter de la prendre pour ta fille.

— Garde tes sarcasmes pour un autre jour, ce n'est pas le moment.

— Tu as raison, excuse-moi », admit Nicole.

Roger jeta un coup d'œil vers Phyllis. « Elle l'air de bien tenir le coup.

— Maman ? Toujours.

— Elle me donne l'impression d'être folle furieuse. » Si, pour une fois, elle était du même avis, Nicole n'en montra rien. Il poursuivit : « Tu as la moindre idée de... »

Elle termina la phrase avant lui. « La raison pour laquelle mon père s'est suicidé ? Non.

— Nous ne sommes plus très proches en ce moment. Qu'est-ce qui me prouve que tu dis la vérité ?

— D'abord, je ne t'ai jamais menti, Roger, lâcha-t-elle d'un ton las. Et puis, de toute façon, même si je savais pourquoi il a fait ça, je ne vois pas en quoi cela te regarderait.

— Cela me regarde simplement parce que Clifton était le grand-père de ma fille.

— Et qu'est-ce que tu insinues ? » Nicole haussait le ton. « Que le suicide est une tare génétique, peut-être ? »

Roger répondit patiemment : « Bien sûr que non. Mais, comme

tu le sais, je pense que nous sommes le produit de notre environnement. Et que, s'il y a un problème assez grave dans cette famille pour que Clifton mette fin à ses jours, je suis en droit de le savoir. Au moins parce que Shelley l'adorait et qu'elle l'a vu beaucoup trop souvent à mon goût ces derniers mois. Shelley est une enfant et elle risque d'en sortir très perturbée.

— À ma connaissance, le seul problème, c'est que tu m'aies quittée, et ce n'est certainement pas pour cette raison que mon père s'est suicidé, asséna-t-elle froidement. Cela étant, je suis très consciente des répercussions que cela peut avoir sur Shelley, et je fais mon possible pour qu'elle garde une vie normale. Elle a droit au bonheur comme tout le monde. »

Roger bondit sur l'occasion : « C'est précisément de cela que je voulais parler. Après ces événements, je pense qu'il vaudrait mieux que Shelley vive chez moi un moment. »

Nicole braqua sur lui un regard incrédule. « Pas question.

— Je ne dis pas n'importe quoi et je te demande de réagir en adulte. Tu es dévastée par la mort de ton père. Cela ne peut avoir qu'une mauvaise influence sur Shelley, parce que tu n'es pas en état de lui donner l'attention qu'il faut.

— C'est ça. Et tu penses qu'avec ta nana, tu sauras lui fournir la chaleur d'un foyer ! »

Il serra les mâchoires. « D'abord, elle s'appelle Lisa Mervin. Ensuite, nous ne vivons pas ensemble.

— Sauf qu'elle passe toutes ses nuits chez toi. » Il ouvrit la bouche pour protester, mais elle ne lui en laissa pas le temps. « Tu manques comme qui dirait de discrétion, Roger. Je te rappelle que nous enseignons dans la même université. Tu crois que je ne suis pas au courant, peut-être ? Bon sang, Lisa est une de tes élèves. C'est une chose de coucher en douce avec une étudiante. Mais toi, tu vis avec elle aux yeux de tous. On a déjà renvoyé des profs pour ce genre de chose, au cas où cela t'échapperait. Et tu n'es même pas titulaire. Rien ne dit que tu auras un job l'année prochaine. »

Roger avait blêmi, son regard s'était durci. « Tout ça, c'est des rumeurs. Et mon travail, c'est mon affaire, pas la tienne.

— Tu n'as pas dû comprendre. Je me fiche complètement que

tu te retrouves à la porte à cause de cette fille. Moi, c'est à Shelley que je pense.

— Nicole, ce n'est pas parce que j'ai une autre femme dans ma vie que tu vas me tenir à l'écart de ma fille.

— Je ne cherche pas à t'écarter, mais je ne la laisserai pas passer ne serait-ce qu'une nuit en compagnie de ta dulcinée. De toute façon, ce n'est pas le moment d'aborder le sujet. On s'occupera de tes visites devant le juge.

— Mes visites ? Rien ne dit que tu auras la garde de Shelley.

— C'est ce qu'on va voir, justement ! »

Carmen Vega surgit derrière eux. « Vous parlez un peu fort, vous deux, dit-elle nonchalamment. Phyllis va venir vous couper en morceaux si vous ne vous calmez pas. »

Roger avait les narines épatées d'un taureau en colère. Il avait envie d'en découdre. Mais Nicole préféra en rester là. Les circonstances se prêtaient mal à ce genre de scène.

« Carmen a raison, dit-elle. Tout cela est déplacé. »

Il lui jeta un regard furieux. « C'est vrai. Mais ne t'imagine pas que je vais baisser les bras et oublier Shelley. Elle est aussi ma fille, et je ne veux pas la laisser dans tes mains. N'oublie pas non plus que tu as subi de graves épreuves psychologiques, et que la police s'est intéressée de près à ton cas. Si tu veux la guerre, d'accord, j'ai les moyens de me battre. C'est même un arsenal que j'ai à disposition, et j'ai bien l'intention de m'en servir. »

Il partit à grands pas en direction de la porte d'entrée. Nicole reprit difficilement son souffle. La tirade de Roger lui avait fait l'effet d'un coup de poing.

« Quel crétin, marmonna Carmen.

— Il y a des jours où je me demande ce que j'ai pu lui trouver. Et je suis encore assez bête pour monter au cocotier quand il vient me provoquer. » Elle passa une main sur son front. « J'ai la tête en bouillie. Encore un coup comme ça et j'ai les cheveux qui tombent. »

Carmen la prit gentiment par le bras. « Viens dans la cuisine avec moi. »

Nicole balaya la pièce du regard. Phyllis était en train de discuter avec un homme aux manières distinguées qu'elle n'avait jamais vu. Assise dans un angle, Shelley grignotait son morceau de gâteau.

Elles arrivèrent à la cuisine et Carmen remplit un verre d'eau. « Où est-ce que ta mère range l'aspirine ?

— Dans le placard à droite de l'évier. »

Carmen tendit à son amie le verre et le flacon de comprimés. « Assieds-toi une seconde. Prends-en deux et respire profondément. »

Nicole lui obéit. Puis elle croisa les bras sur son front et se pencha en avant. « Il ne manquait plus que je me dispute avec Roger. »

Carmen s'assit près d'elle et dit : « C'est ce qu'il voulait. J'ai rarement vu quelqu'un d'aussi égocentrique.

— Il n'a pas toujours été comme ça. Tu n'as pas eu l'occasion de bien le connaître, mais il fut un temps où il était très prévenant, très rassurant aussi.

— Oui, eh bien, c'est fini, j'ai l'impression. Attends quelques mois et tu auras envie de le remercier d'être parti. C'est peut-être même une des meilleures choses qui te seront arrivées.

— J'en suis déjà certaine, admit Nicole d'une voix lasse. Je ne dis pas que cela m'amuse de divorcer, parce que les nerfs en prennent un coup, pourtant je crois que je serai plus heureuse quand cela sera terminé. En fait, c'est surtout pour Shelley que je m'inquiète.

— Shelley est une petite fille, mais elle a de l'aplomb, comme sa mère. Elle s'adaptera à la situation. »

Nicole sourit tristement. « Tu trouves que, moi, j'ai de l'aplomb ?

— Je te connais depuis l'âge de six ans, rayonnait Carmen. Je n'oublierai jamais le jour où, dans la cour de récréation, cette espèce de gros lard de Kenny s'amusait à me tirer les cheveux. Je ne savais pas comment m'en débarrasser et je couinais comme une malheureuse pendant que les autres mômes rigolaient. Tu as foncé droit sur lui, alors qu'il te dépassait d'une tête et qu'il pesait dix kilos de plus que toi, et tu lui as balancé un coup de pied dans le genou. Il s'est mis à hurler comme un bébé et il est rentré à cloche-pied en classe.

— J'y ai gagné quatre heures de colle.

— Et le respect absolu de toute l'école. Cela fait presque vingt-huit ans aujourd'hui, remarqua Carmen qui hochait la tête, encore médusée. Il y a des moments où j'ai toujours l'impression d'être une petite fille dans la cour de l'école.

— Je ne suis plus vraiment la pimbêche qui a volé à ton secours. C'est comme si on m'avait vidée de ma substance. Je me sens tellement bizarre, comme engourdie. Je n'ai pas pleuré une seule fois depuis la mort de papa.

— Tu es encore sous le coup, c'est normal. J'ai ressenti la même chose en perdant mon bébé. Mais ne t'inquiète pas, va, ce n'est qu'une affaire de jours. » Curieusement, Carmen avait fait défriser ses longs cheveux noirs et bouclés. Elle était toujours aussi jolie, brune de peau. Trouvant une boucle rebelle sur une mèche, elle la lissa. « Qu'est-ce qui t'a fait pâlir comme ça, au cimetière ? »

Nicole essuya la goutte d'eau qui coulait sur le bord extérieur de son verre. « J'ai vu un homme avec un chien, à une trentaine de mètres, qui nous observait.

— Moi aussi, je les ai vus.

— Toi aussi ?

— Oui. C'était un de tes étudiants, Miguel je ne sais quoi.

— Miguel Perez ? Non, Carmen, ce n'était pas lui.

— Peut-être. Je ne l'ai rencontré qu'une fois, le jour où tu avais invité tout le monde pour Noël. Qui était-ce, alors, selon toi ?

— Mais as-tu *vraiment* regardé cet homme ? Il ne t'a rappelé personne ? »

Carmen parut désorientée. « Si, Miguel, je viens de te le dire.

— Non, il ressemblait à Paul.

— Qui ça, Paul ? » Elle écarquilla les yeux. « Paul Dominic ? »

Nicole hocha la tête.

« Mais c'est impossible ! Il est mort il y a quatorze ans dans un accident de voiture.

— Qu'est-ce qu'on en sait, finalement ? Le véhicule a littéralement explosé et ils n'ont pas pu formellement identifier le corps. On n'avait pas encore l'ADN à l'époque. »

Carmen était ébahie. Elle baissa les yeux en se mordillant la lèvre inférieure d'un air perplexe, et finit par déclarer : « Nicole, tu es sous pression depuis plusieurs mois. D'abord tu es revenue à San Antonio où t'attendaient tellement de mauvais souvenirs. Si Roger ne te l'avait pas demandé, tu n'aurais jamais remis les pieds ici. Ensuite, il décide de te quitter. Et, maintenant, c'est ton père qui disparaît... Cela fait beaucoup de choses pour garder les idées claires.

— Tu crois que j'ai des hallucinations? rétorqua Nicole, piquée au vif.

— Non. J'ai vu cet homme, moi aussi. Je n'ai certainement pas gardé un souvenir aussi précis que toi de Paul Dominic, sinon qu'il était grand, mince et qu'il avait les cheveux noirs... Je suppose que, dans le même état de fatigue, étant donné les circonstances, j'y aurais cru moi aussi, un instant peut-être...

— Mais tu n'as pas vu comment il me regardait...

— Comment il te regardait?» Carmen posa sa longue main aux doigts fins sur celle de Nicole. «Il était quand même assez loin. Comment peux-tu être sûre que c'est toi qu'il regardait?

— Mais c'est certain. Ce regard fixe, intense, c'est à moi qu'il était destiné.

— Nicole, tu es une jolie fille. Il y a des tas de types qui te regardent comme ça.

— Pourtant je crois... Je suis tellement sûre que...» Nicole ne finit pas sa phrase. Elle était maintenant gênée. Avec un peu de recul, toute cette histoire paraissait bien sûr invraisemblable. Si l'homme ressemblait à Paul Dominic, cela ne voulait pas dire que c'était lui. Peut-être tout simplement Nicole n'avait-elle jamais réussi à accepter la disparition d'un être qu'elle aimait plus que tout? De la même façon, la mort de son père était aujourd'hui inacceptable.

«Tu te sens bien?

— Ça va aller. Les nerfs, le choc, le chagrin... J'ai vécu des moments plus faciles.» Désireuse de changer de sujet, elle demanda: «Où sont Bobby et Jill?

— Bobby s'occupe du magasin et Jill est partie à l'anniversaire d'une de ses amies.

— Je suis contente que tu aies réussi à ne pas l'amener. Je suis d'accord avec Roger pour dire que les enfants ont mieux à faire qu'aller aux enterrements. J'aurais préféré épargner ça à Shelley, mais c'est celui de son grand-père et je ne pouvais pas l'empêcher de venir.» Nicole consulta sa montre. «Cela fait un bon quart d'heure qu'on est là. Maman va encore me sonner les cloches.

— Oh, tu lui fais plaisir, je crois. Ta mère s'est fait une religion d'asséner des reproches à tout le monde », commenta Carmen en pouffant. Nicole émit un petit rire à son tour. Qui, à part Carmen, aurait su la dérider, même une seconde, par un jour pareil ?

Lorsqu'elles rejoignirent le salon, elles aperçurent Phyllis en compagnie de Kay Holland qui, de tout temps, avait été l'assistante de Clifton au magasin. Phyllis se détourna d'elle et, jetant un regard furieux à Nicole, lui fit comprendre que son absence prolongée avait été remarquée. Nicole ne s'en inquiéta pas et scruta la pièce. La moitié des gens étaient déjà partis. Personne, d'évidence, n'avait tenu à rester trop longtemps dans cette curieuse maison.

« Vous sentez-vous mieux, madame Chandler ? »

Nicole se retourna et trouva devant elle l'homme aux cheveux bruns qui conversait avec sa mère au moment où Carmen l'avait entraînée dans la cuisine.

« Oui, beaucoup mieux, merci. J'ai la migraine, c'est tout. »

Il sourit aimablement. « Je comprends que ce genre de journée puisse donner mal à la tête. Je dois quand même vous féliciter pour le self-control dont vous avez fait preuve, votre mère et vous, depuis mercredi. »

Clifton Sloan avait été retrouvé mort le mercredi précédent au matin, dans son bureau. Nicole dévisagea l'homme d'un air interrogateur. « Vous voudrez bien me pardonner mais, si votre visage me semble familier, j'ai du mal à me souvenir de l'endroit où nous nous sommes rencontrés.

— Je m'appelle Raymond DeSoto. Je faisais partie de l'équipe de police qui s'est rendue mercredi sur les lieux. »

Plusieurs images se précipitèrent dans l'esprit de Nicole. Celle d'un homme aux cheveux noirs, penché devant le cadavre de son père, en train d'enfiler des gants en latex. Le rapide hochement de tête qu'il offrit à Phyllis et à elle-même en guise de salut. Les ordres qu'il distribua calmement aux policiers en uniforme, à l'expert en balistique et au médecin légiste. Plus tard, l'œillade renfrognée dont il gratifia son collègue, un homme noir plus âgé, alors que celui-ci questionnait Phyllis et Nicole sans ménagement.

« Inspecteur…

— Sergent, si vous voulez bien.

— Sergent DeSoto, je suis désolée de ne pas vous avoir reconnu. Vous vous êtes montré très compréhensif, ce jour-là, envers ma mère et moi, et je vous en remercie. Évidemment, j'étais bouleversée et tous ces événements se sont inscrits en désordre dans mon esprit.

— C'est bien normal. »

Elle l'étudia rapidement. Il avait un visage carré, de grands yeux bruns et sympathiques, d'épais cheveux noirs. Âgé sans doute d'une trentaine d'années, il ne portait pas d'alliance. Ce court examen n'était aucunement l'expression d'une éventuelle attirance physique. Mais Nicole était naturellement observatrice. Un policier s'était même un jour étonné devant elle de la précision de ses témoignages. Cela étant, elle laissait volontiers sa mémoire enfouir certains souvenirs trop dangereux.

DeSoto l'interrompit dans ses pensées : « J'ai trouvé que l'enterrement avait de la dignité. Il n'y avait pas de prêtre, cependant.

— Mon père a reçu une éducation catholique, mais cela fait des années qu'il n'allait plus à l'église. Il se prétendait agnostique.

— Agnostique ? »

Nicole devina que la question n'était pas aussi désinvolte qu'elle en avait l'air. Bien sûr, DeSoto cherchait à rassembler des informations sur Clifton. Elle expliqua : « Mon père laissait parfois entendre qu'il croyait à un genre d'être suprême, mais peut-être ne faisait-il que répéter ce que des tas de gens ont dit, sans exprimer ce qu'il pensait vraiment.

— Je vois, répondit le policier, sans conviction. Oui, je suppose qu'à l'âge adulte, on a tendance à remettre en question les choses auxquelles on croyait quand nous étions enfants. Je ne suis pas sûr pour autant que nous changions vraiment, je veux dire, profondément. J'ai vu des gens, capables de tuer de sang-froid, se mettre soudain à implorer Dieu ou pleurer devant leur mère en apprenant qu'ils étaient condamnés à la peine capitale. »

Nicole frissonna et il dut s'en apercevoir. « Je vous demande pardon, madame Chandler. Je m'adresse à vous comme un policier parlerait à un de ses collègues, ce n'est pas très malin de ma part.

— Non, non, ce n'est rien. Je pensais simplement, de fait, que certaines personnes arrivent à tuer sans se poser de questions. »

Elle s'interrompit, avant de reprendre d'une voix légèrement hésitante : « Sergent DeSoto, vous êtes le bienvenu, mais y a-t-il une raison précise à votre présence ici ? Je sais que vous êtes convaincu qu'il s'agit d'un suicide, n'est-ce pas ? C'est-à-dire que... Enfin, j'ai dû lire quelque part que la police se rend parfois aux funérailles des victimes en pariant que l'assassin se trouvera dans la foule. Il paraît que les criminels aiment bien se rendre compte par eux-mêmes du mal qu'ils ont fait aux autres. »

D'un sourire rassurant, DeSoto dévoila ses dents blanches et égales. « C'est parfois vrai. Mais pas en ce qui nous concerne. Je suis venu parce que j'aime bien la musique, et qu'il m'est souvent arrivé, quand j'étais plus jeune, de passer au magasin de votre père. Je n'avais pas d'argent pour acheter l'un de ces beaux instruments qu'on voyait en vitrine, et je n'étais pas très doué pour la musique. Mais il était toujours très gentil avec moi. »

Nicole se détendit et sourit à son tour. « Ce qui intéressait mon père, c'était de voir que les gens aimaient sincèrement la musique, même sans jouer d'un instrument. Qu'ils aient du talent ou pas, c'était secondaire pour lui. » Elle pensait en même temps à l'homme aux yeux noisette qui lui avait dit un jour que l'émotion comptait bien plus que la technique — l'homme qui lui avait révélé être tombé amoureux de la petite fille qui jouait *Down in the Valley* sur un demi-queue dans le magasin de son père. « Puis-je vous proposer quelque chose à manger ? offrit soudain Nicole au policier, d'une voix qu'elle eut l'impression de ne pas reconnaître. Ou un autre café ? Je vois que vous avez fini le vôtre. »

Les sourcils légèrement froncés, DeSoto regarda sa tasse vide. Le brusque changement d'humeur de son hôtesse ne lui avait pas échappé. « Non, je vous remercie, c'était déjà le deuxième. Je devrais d'ailleurs être parti à l'heure qu'il est. Je ne pensais pas rester aussi longtemps. »

Le regard de Nicole croisa celui de sa mère, dur et inflexible, à l'autre bout de la pièce. Phyllis se fraya rapidement un chemin vers eux. « J'espère que vous n'êtes pas en train de parler de l'enquête qui a conclu au suicide, dit-elle sur un ton faussement triste qui masquait mal sa volonté farouche d'éviter le sujet. C'est déjà assez affreux comme ça, sergent DeSoto, je ne veux pas voir Nicole plus affligée qu'elle ne l'est. »

Nicole eut à nouveau envie de lever les yeux au ciel. Elle savait bien que sa mère se souciait moins de la voir bouleversée que d'empêcher à tout prix que l'on pose des questions. Comme si, en évitant de répéter le mot suicide, on arrivait à transformer la chose en banale crise cardiaque.

« Votre fille me proposait un autre café, répondit gentiment le policier. Mais j'ai peur que le devoir m'attende. »

Phyllis sourit très civilement. « Oui, je comprends, bien sûr. Laissez-nous vous remercier quand même de vous être joint à nous. Rien ne vous y obligeait et c'est fort aimable de votre part. Il me semble que vous connaissiez un peu mon mari ?

— Oui, madame. Mais je ne l'avais pas vu depuis des années...

— On vit tous une vie de fous, maintenant, l'interrompit Phyllis en le conduisant discrètement, mais fermement, à la porte. C'était tellement plus simple avant, on trouvait encore le temps de se détendre... »

Sans les suivre, Nicole écoutait sa mère. Clairement embarrassée de voir DeSoto aux obsèques, Phyllis ne voulait pas que ses invités comprennent qu'il s'agissait d'un policier. Sa présence était susceptible d'attiser la curiosité des uns et des autres et de relancer les discussions.

Une fois tout le monde parti, Carmen et Kay Holland restèrent pour aider à débarrasser les tables. Nicole avait toujours apprécié Kay, l'assistante de son père. Mince, élancée, douée d'une énergie peu commune, elle lui faisait autrefois penser à un oiseau. Ses épaisses lunettes masquaient partiellement ses yeux d'un violet intense. Kay ne s'était jamais mariée. Son travail, les leçons de piano qu'elle donnait à mi-temps et la compagnie de ses chats semblaient lui suffire. Mais, quand Nicole était revenue en août à San Antonio, elle avait eu la surprise de la voir terriblement vieillie depuis sa précédente visite, douze mois plus tôt. Kay approchait de la cinquantaine et paraissait dix ans de plus. Elle avait terriblement maigri, et sa peau était devenue pâle, cireuse.

Pendant qu'elle s'occupait de la maison avec Carmen, Kay insista pour que Nicole et Phyllis se reposent un instant. Une heure plus tard, tout était rangé et Kay avait placé en évidence sur le buffet le registre des condoléances fourni par l'entreprise des pompes funèbres, pour que Phyllis pense à rédiger ses remerciements.

« Kay, vous êtes une vraie perle, lui dit-elle avec un franc sourire. Clifton affirmait que l'on pouvait toujours compter sur vous et je m'aperçois à quel point il avait raison. Difficile d'être plus efficace, vraiment. »

Kay parut touchée par le compliment qui éclaira un instant son visage creusé par le chagrin. « Si je peux faire quoi que ce soit pour vous aider, madame Sloan, surtout n'hésitez pas à me le dire. »

Phyllis se leva. « Je crois que vous en avez bien assez fait jusque-là. Vous devez être épuisée. Rentrez chez vous et reposez-vous.

— Comme vous voudrez, madame Sloan, dit Kay en jetant un regard appuyé vers Nicole.

— Vous avez été, vous aussi, durement éprouvée », poursuivit Phyllis.

Kay l'observant de nouveau, Nicole comprit subitement qu'elle cherchait à lui parler en tête en tête. Phyllis la ramenait pourtant déjà à la porte. Par chance, Shelley choisit ce moment pour appeler sa grand-mère à la cuisine.

« Va voir ce qu'elle veut, maman, dit aussitôt Nicole. Je vais raccompagner Kay. »

Aussi étonnée que sa fille, Phyllis hésita, puis afficha un genre de sourire désabusé. « Bon. J'espère qu'elle n'a rien renversé. Merci encore, Kay, je vous appelle bientôt. »

Phyllis avait à peine quitté la pièce que Kay prenait Nicole par le bras. Sa main noueuse était glacée. « Je voulais te parler un instant.

— Qu'y a-t-il, Kay ?

— Je n'ai pas réussi à me retrouver seule avec toi depuis le... décès de ton père. » Elle baissa ses yeux violets, soudain gonflés par les larmes. « Tu sais à quel point je suis affligée.

— Je sais, Kay. Mais ce n'est pas cela que tu voulais me dire ?

— Non. Je ne veux pas faire de cachotteries, seulement... je ne me sens pas très libre de parler ici. Je ne voudrais pas que ta mère nous entende. Le magasin sera fermé demain, mais j'y serai pour ranger les affaires de Clifton. Est-ce que tu peux m'y rejoindre ? »

Nicole tressaillit en comprenant que Kay était au courant de quelque chose qui concernait la mort de son père. « Kay, pourquoi ne pas me donner un coup de téléphone ce soir ? » Elle s'interrompit en entendant la voix de Phyllis qui revenait avec Shelley dans la salle à manger. « Entendu, murmura Nicole. Shelley doit passer la journée avec son père, je te retrouverai dès qu'il sera venu la chercher. »

Kay hocha la tête d'un air entendu. La voix de Phyllis claironnait déjà derrière elles : « Shelley a choisi ce moment pour me montrer la collection des oiseaux en cristal de sa grand-mère. Nicole, tu ne retiens pas Kay au moins ? Elle a l'air parfaitement épuisée.

— Non, je voulais seulement dire à Nikki que j'étais vraiment navrée. » Kay employait le diminutif qu'aimait tant Clifton. « C'est vrai, je suis fatiguée. Je vous laisse maintenant, mais n'oubliez pas que je reste à votre entière disposition.

— Merci mille fois, dit Phyllis. À bientôt, Kay. »

Nicole et Kay mirent pied silencieusement sur le perron. Kay fit un pas, se retourna et murmura : « À demain, Nicole, je compte sur toi. »

Nicole acquiesça et observa la mince silhouette qui avançait, incertaine, dans l'allée. Je l'avais toujours vue marcher à grands pas, pensa-t-elle. Oui, Kay avait autrefois l'énergie de dix personnes dans ce petit corps amaigri.

Elle prit place dans sa vieille Chevrolet, et Nicole laissa son regard balayer la rue. Elle aperçut sans le voir le chien assis sur le trottoir d'en face. Puis elle écarquilla les yeux. C'était un grand doberman noir au poil luisant et au collier rouge. Il était assez près pour qu'elle distingue nettement le médaillon doré qu'il portait au cou. Parfaitement immobile, il la regardait avec ce curieux air compréhensif qu'elle avait cru remarquer plus tôt. Cette fois, pourtant, il n'était pas accompagné. Apparemment, du moins. Nicole eut cependant l'impression étrange que le maître n'était pas loin. Elle resta sans bouger à fixer l'animal, tandis que la voiture de Kay s'engageait dans la rue. Nicole descendit dans l'allée. « Viens là, mon beau », dit-elle d'une voix douce. Puis elle répéta plus fort : « Allez, viens me voir ! »

Le chien réagit et pencha la tête dans sa direction. Elle fut pratiquement sûre qu'il allait la rejoindre. Souriant, la main tendue devant elle d'un geste qu'elle voulait amical, elle avança lentement vers lui. Elle avait toujours su s'y prendre avec les animaux. Combien de fois Phyllis avait-elle piqué une colère en la voyant ramener un chien égaré ? Shelley avait d'ailleurs le même don.

« Allez, viens me voir, n'aie pas peur. Je ne te ferai pas de mal. »

Le chien se leva. Il était bien plus grand qu'elle n'aurait cru et sa démarche était racée. Il fit un pas vers elle. Mais deux talons résonnèrent sur le perron derrière Nicole, suivis de la voix de Phyllis : « Non, mais à quoi tu joues ? Tu ne vas pas encore nous rapatrier une bestiole ? Dis-moi, tu n'es pas un peu vieille pour ça, maintenant ? »

Le chien regarda aussitôt vers sa droite. Puis, comme s'il répondait à un ordre, il se mit à courir et disparut derrière la maison, de l'autre côté de la rue. Furieuse, Nicole se retourna vers sa mère : « Tu ne pourrais pas rester à ta place, pour une fois ? »

Phyllis lui lança un regard foudroyant et Carmen vint les rejoindre. « Que se passe-t-il ? » demanda-t-elle, inquiète.

Nicole l'observa d'un air grave. « Carmen, je viens de voir le même chien qu'au cimetière.

— Le même chien ? répéta Carmen sur le ton du doute.

— Oui. Et je pense qu'il n'était pas seul, d'ailleurs. »

TROIS

Nicole repoussa aussi adroitement que possible les questions que posa sa mère au sujet du chien, puis elle reprit rapidement avec sa fille le chemin de la maison, située dans un quartier proche de la section de l'Université du Texas où elle enseignait. Jamais la petite construction de briques blanches et sa pelouse impeccable n'avaient paru si réconfortantes et paisibles.

« Je suis fatiguée, annonça Shelley tandis que sa mère garait la voiture.

— Depuis neuf ans que j'ai l'immense plaisir de vivre avec toi, je ne t'ai jamais entendue dire cela, répondit Nicole en verrouillant sa portière. Tu vieillis, ma belle. »

Shelley poussa un soupir. « Je sais. J'ai bientôt dix ans. »

Nicole s'esclaffa, et Shelley pouffa à son tour. « Bien, allons voir comment se porte Jessie. Je suis sûre que tu lui as manqué et qu'il a hâte de te retrouver. »

Mais impossible d'entrer. Nicole, qui avait deux trousseaux distincts, un pour la voiture et l'autre pour la maison, cherchait les clés de cette dernière partout dans son sac. « Ah, il ne manquait plus que ça », grommela-t-elle, prête à fondre en larmes.

Shelley la regardait patiemment : « Tu crois que tu les as perdues ?

— Oui.

— Et les fenêtres sont toutes fermées ?

— Oui. Il faut aller chez M. Wingate et appeler un serrurier. »

Le voisin, un monsieur âgé qui vivait de l'autre côté de la rue, se montra heureux de les recevoir. Tandis qu'elles attendaient l'arrivée du serrurier, il insista pour leur servir des jus de fruit avec des petits gâteaux.

« Ce n'était vraiment pas le jour, leur dit-il avec gentillesse.

— Oh, c'est tout moi, admit Nicole. Je n'ai pas les yeux en face des trous, en ce moment.

— On a des hauts et des bas, la rassura M. Wingate en offrant son meilleur sourire. Mais vous remonterez la pente, j'en suis sûr.

— Vous croyez ?

— Mais oui. Le soleil finit toujours par briller. » Il se tourna vers Shelley, à qui il semblait vouer une affection sincère. « Et comment va notre petit Jessie ?

— Il doit être affamé. Et de mauvaise humeur. Il aime bien manger sa pâtée à l'heure. »

Feignant de se concentrer, M. Wingate ferma un instant ses paupières ridées. « Non, je prédis que Jessie est de très bonne humeur. Qu'il est impatient de retrouver sa jolie maîtresse. »

Il avait raison. Une demi-heure plus tard, le serrurier ayant ouvert la porte, elles purent rentrer chez elles. Dès qu'il aperçut Shelley, le petit chien noir se mit à bondir de plaisir en lançant ces courts jappements stridents qui mettaient Roger hors de lui.

Nicole se rappela le jour où Shelley avait trouvé Jessie devant la porte de leur maison dans l'Ohio. L'ayant déjà aperçu plusieurs fois dans le quartier, elle avait toujours pris le temps de le caresser gentiment ou de lui offrir quelque chose à grignoter. Shelley s'inquiétait que les « parents » de l'animal ne s'en occupent pas comme il fallait. Puis Jessie avait disparu un bon mois et Nicole craignait qu'il ne soit mort. Mais, un matin d'hiver, Shelley poussa un cri en le découvrant recroquevillé sur lui-même dans un angle du perron, tremblant, affamé, le dos rongé par la gale, l'une des pattes antérieures cassée et en sang. Vraisemblablement, l'animal avait été renversé par une voiture.

Révulsé par son dos galeux, Roger avait d'une voix autoritaire intimé à Shelley et Nicole de ne pas le toucher. « Je n'ai pas d'ordre à recevoir de toi », lui avait répondu sa femme avant d'envelopper le chien dans une couverture et de lui donner à manger et à boire.

Shelley pleurait silencieusement près de son père, qui la retenait fermement par l'épaule pour qu'elle n'approche pas de Jessie. Nicole se souvint de l'air choqué de son mari devant son refus net de se soumettre à sa volonté. Non qu'elle ne l'eût jamais rabroué auparavant, mais elle avait toujours fini par se ranger à ses opinions. Cette fois, en revanche, l'événement devait marquer un tournant définitif dans leur relation.

Quand il fut parti ce matin-là, en déposant Shelley à l'école, Nicole amena Jessie chez un vétérinaire. Puis, malgré les protestations véhémentes de Roger, elle soigna l'animal avec l'aide de Shelley et il guérit. Le vétérinaire avait affirmé que sa patte avait été trop gravement blessée pour jamais redevenir normale. Une fois le chien rétabli, Roger déclara forfait et permit à Shelley de le garder même s'il le détestait. L'antipathie était d'ailleurs mutuelle. Nicole savait que rien ne plairait tant à Jessie que de planter ses crocs dans les chevilles de Roger, mais l'animal se contentait sagement de lui montrer les dents dès qu'il avait le dos tourné. En revanche, il ne se privait pas de temps à autre d'éternuer vivement sur ses chaussures, de préférence à peine cirées.

Et Jessie adorait Shelley. Le petit chien, qui était selon le vétérinaire « un croisement de terrier, d'épagneul, et allez savoir quoi d'autre » était littéralement fou de sa jeune maîtresse. Il avait beau être estropié, Nicole ne doutait pas qu'il donnerait sa vie pour protéger celle de Shelley si l'occasion se présentait.

« Oh, c'est que tu étais tout seul, sans moi, hein ? » lui demanda Shelley en le retrouvant. Cessant un instant de japper, Jessie lui lécha la joue. « Mais tu te serais embêté là-bas. C'était l'enterrement de grand-père. Tu ne sais pas ce que c'est, toi, un enterrement, mais je peux te dire que c'est très triste, surtout quand c'est quelqu'un qu'on aimait beaucoup. Tu l'aimais bien, toi aussi, pas vrai ? Alors il veillera sur toi maintenant qu'il est au ciel. Mais un jour, tu iras au ciel à ton tour et tu pourras à nouveau jouer à la balle avec grand-père. »

Nicole sentit son estomac se nouer. Dans ces circonstances, elle aurait aimé savoir ce qu'on pouvait dire de décent à un enfant. Elle ne trouva pas. Peut-être ne fallait-il rien dire de particulier. Elle pensa que Roger ne serait sûrement pas de cet avis. Mais il n'était plus là de toute façon. Comme Clifton.

Shelley voulait toujours nourrir Jessie elle-même. « Je vais lui donner ses croquettes, dit-elle à sa mère. Il n'a même pas tiré mes oreillers au bas de mon lit, ce qu'il fait toujours quand on est en retard. Je trouve qu'il se comporte de mieux en mieux, ce petit chien.

— C'est sûr. » Si seulement on pouvait en dire autant de ton père, pensa Nicole en se remémorant la scène qu'il lui avait jouée dans l'après-midi. Elle se força à remettre les choses à leur place. Ils n'auraient pas eu cet échange inconvenant si elle n'avait pas elle-même mordu à l'hameçon. Il fallait qu'elle apprenne à l'ignorer. Mais elle lui en voulait toujours beaucoup, et c'était plus facile à dire qu'à faire. Demander le divorce était une chose. Jeter leur fille dans les bras de sa petite amie en était une autre. Comme prévu, Shelley passerait la journée du lendemain avec son père. En revanche, que Roger n'essaie surtout pas de se servir du suicide de Clifton pour la forcer à le laisser prendre Shelley chez lui quelques semaines — avec sa dulcinée.

Nicole se débarrassa de ses hauts talons et examina le salon en agitant ses orteils engourdis. Elle aimait cette épaisse moquette bleu pâle, les murs coquille d'œuf, le grand aquarium de soixante litres et ses arcs-en-ciel perpétuels de poissons tropicaux, calmes et sereins, puis, derrière, ce tableau d'une jolie Indienne sur le point de se baigner dans un torrent aux reflets azurés. Seuls juraient dans la pièce le gigantesque canapé brun et le fauteuil assorti que Roger avait choisis. Ils ne déparaient pas tant que cela dans leur vieille maison sombre de l'Ohio, mais Nicole les avait toujours détestés. Dans la clarté radieuse du nouveau salon à San Antonio, ils avaient l'air d'une paire d'ours mal léchés paresseusement accroupis. Dès qu'elle le pourrait, elle en achèterait d'autres. La cuisine au moins lui convenait parfaitement, avec ses teintes blanches et jaune vif, son Vélux, et ses étagères bien disposées sur lesquelles poussaient de nombreuses plantes. Nicole s'y rendit et découvrit Jessie en train de dévorer le contenu d'une boîte comme s'il n'avait rien avalé de la semaine.

« Maintenant que tu as donné à manger à Jessie, si tu prenais un bain et que tu allais te coucher ?

— C'est un peu tôt pour un samedi soir, mais d'accord, dit

Shelley à contrecœur. Tu me donnes de ton bain moussant, celui que j'aime bien et qui sent un peu comme les piñas coladas ?»

Nicole s'accroupit derrière elle et la serra fort dans ses bras. «Ah, ah, on veut jouer les señoritas, ce soir ? demanda-t-elle avec un semblant d'accent espagnol. Tu veux que je te prête mes grandes boucles d'oreilles dorées ? Que je te mette un bouton de rose à la bouche ? Et si je te faisais la sérénade avec ma guitare pendant que tu prends ton bain ?»

Shelley riait comme une folle. «Maman, tu ne sais même pas jouer de la guitare. Arrête de faire l'idiote !

— Jamais, ça fait partie de mon charme irrésistible. Mets autant de bain moussant que tu voudras, ma chérie. Tout ce que je te demande, c'est de ne pas laisser la baignoire déborder.»

Jessie sur ses talons, Shelley fila à la salle de bains. Nicole ouvrit le réfrigérateur et se servit un verre de thé glacé, y ajouta du sucre et des feuilles de menthe pilées. Elle but une longue gorgée, puis se déplaça vers l'évier et regarda par la fenêtre. La rue était calme, et l'allée semblait vide sans la Ford de Roger.

«Cela va bientôt faire deux mois qu'il est parti, se dit-elle à elle-même. Et je ne m'y suis pas encore habituée.» Elle détestait les jours où il venait prendre Shelley, car alors elle se retrouvait vraiment seule. En revanche, demain s'annonçait différent, puisqu'elle avait promis à Kay de passer la voir au magasin, et peut-être apprendrait-elle pourquoi son père s'était donné la mort.

★

Deux heures plus tard, bien qu'il fût encore assez tôt, Shelley dormait d'un sommeil singulièrement lourd. Jessie s'était pelotonné près d'elle sur son lit. Après avoir enfilé une paire de jeans et un sweater trop grand de plusieurs tailles, Nicole avait pris place sur l'affreux canapé, un verre de chardonnay à la main. Elle écoutait un CD des Pretenders sur la chaîne hi-fi de grand luxe qu'elle s'était offerte deux ans auparavant. Si elle devait à Paul Dominic son goût pour le matériel de bonne qualité, elle n'écoutait que rarement du classique et jamais un seul disque de Gershwin.

Elle essaya de penser à son père mais, à son grand désespoir, le visage souriant et confiant de Clifton refusait obstinément de lui revenir en mémoire. Lorsqu'elle fermait les yeux, elle n'arrivait à retrouver que l'horrible spectacle de son bureau souillé. Était-ce vraiment l'unique souvenir qu'il lui restât ? Celui, imaginé, d'un homme sur le point de presser la détente d'un revolver dans sa bouche, puis l'horrible détonation qui allait précipiter au mur des éclats d'os, une bouillie de cellules et d'innombrables taches de sang.

On frappa à la porte et elle sursauta. Qui pouvait bien se présenter à cette heure sans avoir prévenu ? Roger, sans aucun doute, qui revenait à la charge à propos de Shelley. Prête à affronter de nouvelles arguties, Nicole posa son verre et se leva. Arrivée à la porte, elle colla son nez devant l'œilleton et découvrit un homme aux longs cheveux noirs rassemblés en une queue-de-cheval. Le cœur battant, elle comprit au bout d'un instant que ce n'était pas le visiteur au chien noir du cimetière, mais Miguel Perez, un de ses étudiants.

Surprise tout de même, elle ouvrit la porte sans hésiter.

« Miguel ! Si je m'attendais ? »

Il sourit. « Pardonnez-moi de vous déranger, madame Chandler, mais vous avez perdu ceci au cimetière. » Il lui tendit une chaînette dorée avec les trois clés de la maison.

« Quelle chance ! Vous les avez retrouvées ! s'exclama-t-elle. Il a fallu que j'appelle un serrurier pour rentrer ce soir avec Shelley. »

Attiré par la lumière du perron, un papillon se mit à voleter devant le visage de Miguel. Nicole recula : « Mais enfin, ce que je suis mal élevée. Entrez donc.

— Je ne voudrais pas vous importuner.

— Pas du tout. Un peu de compagnie me fera du bien. » Elle sourit tristement. « La journée a été longue.

— Je ne vous embêterai pas longtemps. »

Il entra et retira sa veste en daim. Beau garçon, grand et mince, les cheveux maintenus dans le cou par une broche en argent, Miguel approchait de la trentaine. Lorsque Nicole était arrivée à l'université, il était inscrit dans son cours d'écriture littéraire. Elle restait son professeur aujourd'hui, mais dans une autre unité de valeur dédiée aux grands écrivains américains. C'était un garçon intelligent, doté d'une imagination au-dessus de la moyenne et d'une expression écrite remarquable. Roger avait toujours prétendu qu'il avait le béguin pour elle, mais Nicole n'avait jamais décelé dans son comportement aucun signe d'attachement particulier.

« Je ne vous ai pas vu aux obsèques ?

— Je suis resté un peu à l'écart. »

Elle le regarda droit dans les yeux. « Vous ne vous teniez pas près d'un arbre, avec un chien ? »

Il posa sur elle un regard curieux. « Avec un chien ? Non, non. Pourquoi donc ?

— Aucune importance. » Elle fronça les sourcils et prit les clés qu'il lui tendait. « Je me sers toujours d'un grand fourre-tout que je peux remplir à souhait, mais aujourd'hui je n'avais pris qu'un petit sac à main. J'avais mis les clés de la maison dans la poche, sur le côté, et elles ont dû tomber. Pourquoi ne me les avez-vous pas données au cimetière ?

— Je les ai trouvées au moment où vous partiez, vous étiez juste en train de monter dans la limousine. Je ne pouvais pas attirer votre attention sans crier, ce qui aurait paru déplacé. C'est bien dommage, d'ailleurs, car vous auriez pu faire l'économie d'un serrurier.

— Ne vous inquiétez pas pour cela. Cela m'apprendra à faire plus attention. C'est gentil, en tout cas, d'être venu à l'enterrement, et je suis contente que vous les ayez trouvées. Je n'en ai qu'un jeu.

— Si j'avais su, je me serais rendu chez votre mère et je les aurais confiées à quelqu'un là-bas. Vous devriez vous faire faire des doubles.

— Bon, enfin, tout s'arrange. L'important, c'est que je les retrouve. Voulez-vous un thé glacé, ou un Coca ? »

Il hésita. Nicole l'étudia. Comme il faisait partie d'un groupe d'élèves plus jeunes, elle avait tendance à oublier qu'il n'était plus un adolescent, mais un homme qui avait repris ses études sur le tard.

« Ou un verre de vin, peut-être ? J'ai du chardonnay et plusieurs bouteilles d'un très bon beaujolais que Roger m'a laissées. »

Il sourit. « Le beaujolais, je ne suis pas contre. »

Elle alla lui chercher un verre, et il s'assit dans l'énorme fauteuil brun, si profondément que ses pieds ne touchaient plus le sol. « Hé ! » lança-t-il, étonné.

Nicole s'esclaffa : « Ce fauteuil est un vrai monstre. Le jour viendra où il avalera quelqu'un pour de bon et on ne le reverra jamais. »

Miguel se redressa maladroitement avec un sourire pincé. « Si vous voyiez les incongruités qui servent de meubles chez mes parents. Ma mère appelle ça des antiquités et prétend qu'ils ont de la valeur. Je n'ose pas la contredire.

— Vous vivez toujours chez vos parents ? demanda-t-elle en lui servant du vin.

— Oui. Ça serait idiot de payer un loyer alors que leur maison est tout près de l'université. Mais enfin, j'aimais mieux habiter chez moi.

— Je sais ce que vous voulez dire. Moi aussi, je vivais chez mes parents quand j'ai commencé mes études à Trinity.

— Je croyais que vous aviez passé votre licence à l'Université de Virginie ? »

Nicole lui tendit son verre et posa sur lui un regard interrogateur.

« C'est ce que vous aviez dit en classe, au semestre dernier.

— Ah. Oui, j'y ai aussi obtenu ma maîtrise. Mais mes deux premières années de fac, je les ai passées ici, à San Antonio. » Elle sentit son visage légèrement s'empourprer et se demanda si Miguel savait pourquoi elle avait préféré quitter San Antonio. L'histoire du viol, et la suite, avaient fait la une des journaux locaux. Il y avait cependant quinze ans de cela. De plus, elle avait entre-temps pris le nom de son mari.

En entendant leurs voix, Jessie avait discrètement quitté la chambre de Shelley et faisait maintenant irruption dans le salon. Miguel était déjà venu ici deux fois. La première alors que Nicole avait réuni certains de ses étudiants les plus doués pour un atelier improvisé chez elle. Elle les avait par la suite invités à nouveau pour un barbecue avant Noël.

« Jessie, *amigo* ! s'exclama Miguel en posant son verre. Mais c'est le plus beau chien du monde, ça !

— Non, c'est seulement un pure race », ironisa Nicole.

Jessie s'était attaché à Miguel dès la première fois où il l'avait vu. « Les chiens sentent que je les aime bien », avait-il alors déclaré. La petite boule de poils se roulait maintenant par terre devant lui. Puis elle partit faire le tour du salon à toute vitesse.

« Je me demande comment il peut courir si vite avec cette patte estropiée, dit Miguel.

— Oui, moi aussi. » Elle se souvint brusquement de la scène imprévue au cimetière. « Miguel, vous n'auriez pas vu cet après-midi, pendant l'enterrement, un homme qui se tenait en retrait, avec un grand doberman noir ?

— Avec un doberman ? C'est cet homme que vous avez pris pour moi ? »

Elle hocha la tête.

« Non, je ne l'ai pas vu. Le chien non plus. Quelqu'un que vous connaissez ? »

Elle détourna les yeux. « Il ressemblait à un homme que j'ai très bien connu, mais que je n'ai pas vu depuis une éternité. Je ne peux pas vraiment être sûre. »

Miguel fronça les sourcils. « C'est quelqu'un de dangereux, pour vous ?

— Non », répondit-elle. La question de Miguel révélait un instinct protecteur, et Nicole le sentit. Elle ajouta aussitôt : « Pas du tout. De toute façon, j'ai dû me tromper. » Elle se retint d'ajouter qu'elle avait à nouveau aperçu le chien devant la maison de sa mère. Quelque chose lui suggérait qu'elle en avait déjà trop dit. « Ç'a été une journée épouvantable. J'ai peur que mon imagination ne commence à me jouer des tours.

— Vous avez l'air fatiguée, c'est vrai.

— Épuisée, même. »

Il se leva sans attendre. « Bien, je ferais mieux de vous laisser vous coucher. Vous allez reprendre les cours, cette semaine ?

— Oui, mercredi. J'aurai été absente une semaine, ça suffit. »

Il enfila sa veste. « Merci pour le beaujolais.

— C'est moi qui vous remercie d'avoir rapporté mes clés. J'aurais passé des heures à les chercher pour rien. C'est une chance que vous les ayez trouvées, d'ailleurs, ça aurait pu tomber sur quelqu'un de moins honnête.

— Ne me remerciez pas. » Il se baissa pour caresser Jessie. « Salut, *hombrito*. C'est toi l'homme de la situation, maintenant, prends bien soin de tes maîtresses. » Il sourit à Nicole. « À bientôt, madame Chandler. Essayez de vous reposer, je crois que vous en avez besoin. »

Plus que besoin, même, pensa-t-elle. Après s'être assurée que Shelley dormait bien, elle éteignit la chaîne stéréo et ramena les verres à la cuisine. Elle ne put s'empêcher de jeter un coup d'œil par la fenêtre en les posant dans l'évier, puis d'étudier la rue.

Mais nulle part elle ne vit l'imposant doberman au regard vigilant qui avait hanté ses pensées toute la journée.

☆

« C'est la petite étudiante à son papa, hein ? Qui lui a donné une belle voiture, et qui lui passe tous ses caprices. »

La voix éraillée sifflait à l'oreille de Nicole. Elle se retrouvait dans sa Mustang blanche, quinze ans plus tôt, le couteau de Luis Magaro sur la gorge. Elle grogna en se retournant dans son lit. Elle aurait aimé se réveiller, mais n'y arrivait pas.

Tout changea brusquement. Elle avait quitté la voiture et se retrouvait, pieds nus, dans Basin Park. Magaro et Ritchie Zand étaient assis par terre, à côté l'un de l'autre. Et ils riaient, de ce rire aigu et agité qu'elle ne se rappelait que trop bien.

« Elle a cru nous avoir, disait Magaro.

— Ah, elle a bien failli.

— Mais non, jamais de la vie. Il aurait mieux valu en finir avec elle, comme je voulais le faire. Ça ne change rien, puisqu'elle ne peut pas nous attaquer. Ça sert d'avoir de bons amis. Je t'avais dit que je trouverais un alibi. Et que tu ne mettrais jamais les pieds en prison. J'ai tenu parole, pas vrai ?

— Sûr. »

Magaro se remit à rire. « Tu m'as bien garanti que tu me revaudrais ça ?

— Ouais.

— Alors je vais te dire ce que je veux. J'en ai marre de faire le roadie, de trimballer les amplis et la sono. Je mérite mieux que ça, mec. C'est moi qui devrais prendre la batterie. »

Leurs paroles s'évanouirent alors que, dans son rêve, Nicole se rapprochait d'eux malgré elle et la peur panique qu'elle ressentait. Elle entendit alors un bruit de pas dans l'herbe, mais ce n'était pas ses pieds...

Un hurlement la tira de son rêve. C'était la voix de Shelley. Nicole se débattit un instant entre ses couvertures et comprit subitement qu'elle était réveillée.

Elle bondit hors de son lit, traversa le couloir et alluma le plafonnier dans la chambre de Shelley. La lumière violente lui fit cligner des paupières. Recroquevillée sur elle-même, Shelley gémissait sous la fenêtre. Les pattes avant posées sur le rebord, Jessie poussait des aboiements déchirants.

« Que se passe-t-il ? cria Nicole en se ruant vers sa fille pour la prendre dans ses bras. Qu'est-ce que tu as vu ? »

En larmes, Shelley leva vers elle sa jolie frimousse : « Un monstre, maman !

— Un monstre ? » Shelley enfonça sa petite tête sous l'épaule de sa mère. « Mais tu as rêvé, voyons.

— Non ! J'ai entendu du bruit à la fenêtre, alors je suis sortie du lit pour regarder. Je te jure que j'étais réveillée. En plus, tu vois bien que Jessie s'est mis à aboyer.

— C'est parce que tu lui as fait peur en criant.

— Et pourquoi il continue à aboyer, alors ? » Depuis toujours, Shelley avait fait preuve d'un esprit très logique. « Jessie aussi l'a vu ! »

Le chien regarda Nicole et jappa deux fois, comme pour confirmer.

Nicole s'assit par terre et prit sa fille sur ses genoux. « D'accord, alors dis-moi à quoi il ressemblait, ce monstre.

— Euh, il n'était pas comme Dracula ou Frankenstein, ou tous ces monstres qu'on voit au cinéma, expliqua Shelley sérieusement. Ce n'était pas non plus un extra-terrestre avec une grosse tête et de grands yeux verts.

— Et si c'était un chien ?

— Un chien ? Mais je n'ai jamais eu peur des chiens, moi ! » rejeta Shelley d'un air dédaigneux. « Pourtant, il avait des oreilles pointues, et plein de poils sur la tête, comme les loups. Enfin, pas comme Croc Blanc dans le film, mais... » Elle fronça les sourcils et réfléchit un instant. « J'ai vu un monstre comme ça un jour que je regardais la télévision avec papa. C'était un vieux film et il rigolait tant qu'il pouvait. Je crois que ça s'appelait *J'étais un loup-garou.*

— *J'étais un loup-garou?*

— Oui, c'est ça. C'était l'histoire d'un garçon très mignon qui se transformait en loup-garou quand c'était la pleine lune, et il s'en allait attaquer les gens.

— Alors tu crois que c'était un loup-garou?

— Oui. On appelle la police?

— Je serais étonnée qu'ils se déplacent pour ça. À mon avis, ils ne nous croiraient pas. Et puis, j'ai l'impression qu'il est parti, maintenant, ton monstre. Je peux peut-être aller voir dehors...

— *Non!* s'exclama Shelley en retenant sa mère. S'il se cachait dans le jardin!»

Nicole pensa que sa fille avait plus de bon sens qu'elle.

«Bon, eh bien on va tirer le store.» Elle écarta les rideaux de voile légère et joignit le geste à la parole. «Comme ça, personne, animal ou humain, ne pourra voir à l'intérieur. Et, demain, quand il fera jour, j'irai voir. D'accord?

— D'accord, mais je crois que tu devrais quand même en parler à l'inspecteur DeSoto.

— L'inspecteur DeSoto?» répéta Nicole, surprise. «Comment sais-tu qui c'est?

— Je t'ai entendue parler avec lui chez grand-mère.

— Parce que tu écoutes aux portes, maintenant!

— Jamais, je le jure! protesta Shelley, qui avait bien appris que cela ne se faisait pas. Mais je suis passée à côté de vous et il disait qu'il te parlait comme à un de ses collègues, donc j'ai compris que, lui aussi, il était policier. Et puis, il en a tout l'air.

— Et comment sais-tu de quoi ça a l'air, un policier?

— Ben, je regarde la télévision! répondit Shelley, indignée. Je trouve qu'il ressemble un peu à Bobby Simone dans *New York Police Blues.*

— Tu veux dire, à l'acteur qui joue Simone, Jimmy Smits?» Elle s'interrompit, brusquement stupéfaite, et reprit: «Parce que tu regardes *NYPD Blue*?

— Ben... euh... oui.

— Où ça? Chez ton père?

— Non, ici.

— Ici ! Mais quand ?

— Quand je n'arrive pas à dormir, de temps en temps, fit Shelley, évasive.

— Je ne t'ai jamais entendue allumer la télévision après neuf heures.

— Maman, tu m'as offert un casque.

— Eh bien je n'aurais jamais dû. » Silence, puis : « Alors tu trouves vraiment que Raymond DeSoto ressemble à Jimmy Smits ?

— Vraiment.

— Moi pas. Il n'est pas aussi beau garçon.

— Il est quand même mignon, maman.

— Bon, si tu veux. Cela dit, il n'est pas inspecteur, mais sergent. » Nicole pensait surtout à la série TV. « Ça n'a aucune importance. En revanche, je trouve que tu es trop petite pour regarder *NYPD Blue*.

— Pourquoi ? Je comprends tout. Je ne suis plus un bébé, maman, j'ai bientôt dix ans. » Shelley était elle aussi experte dans l'art de changer de sujet. « Enfin, il avait l'air gentil, ce sergent DeSoto.

— Oui, c'est vrai.

— Si on lui parlait du loup-garou, moi je pense qu'il viendrait, lui.

— Peut-être, mais il ne doit pas être de service à l'heure qu'il est. Et je crois qu'on peut encore se passer de la police, pour l'instant. Ce dont nous avons vraiment besoin toutes les deux, c'est de dormir. Je te rappelle que tu passes la journée de demain avec ton père. »

Shelley soupira. « Il faut vraiment que j'y aille ?

— Allons, même si je ne m'entends plus avec lui, tu m'as promis de ne pas lui en vouloir. Je suis sûre que vous allez bien vous amuser.

— Bon, d'accord. Mais je ne lui parlerai pas du loup-garou. Si je lui dis, il voudra que je vienne vivre avec lui, et moi je n'ai pas envie.

— Je sais, ma chérie.

— J'ai encore un peu peur, maman. Je peux dormir la lumière allumée, avec la radio ?

— Tu es sûre que ça ne t'empêchera pas de dormir ?

— Oui. »

Nicole posa un foulard sur l'abat-jour de la lampe de chevet, régla au minimum le volume de la radio et Jessie retrouva sa place sur le lit de Shelley. Retrouvant sa chambre dix minutes plus tard, elle regarda par la fenêtre et regretta que, dehors, l'éclairage nocturne soit insuffisant.

Il n'y avait qu'un genre de réverbère, à l'ancienne, qui projetait un vague halo dans la nuit.

Le rôdeur ne devait être rien de plus qu'un gamin affublé d'un masque. Un gamin assez grand, d'ailleurs, puisqu'il s'était montré à la fenêtre de Shelley, que celle-ci donnait sur l'arrière de la maison, et que le jardin était protégé par une palissade en bois haute d'un mètre quatre-vingts. Cette idée dérangeait Nicole. Elle avait déjà dû installer un cadenas sur le portail, que des enfants du voisinage avaient un jour ouvert, après quoi Jessie s'était échappé et avait manqué de se faire renverser une nouvelle fois par une voiture. L'intrus avait donc été obligé d'escalader la clôture, alors que dans le quartier d'autres maisons n'en disposaient pas et qu'il fallait quand même savoir ce que l'on voulait pour se mesurer à des planches lisses qui atteignaient presque deux mètres. C'était d'autant plus inquiétant.

Sans faire de bruit, Nicole posa la chaise de sa coiffeuse devant le placard, monta sur le siège et se mit à fouiller le contenu de vieilles boîtes à chaussures. Elle finit par trouver ce qu'elle cherchait. C'était un Smith & Wesson calibre 38, relativement bon marché, mais qui pouvait se révéler bien assez efficace. Après son agression, elle avait demandé à son père de la munir d'un revolver et de lui payer des cours de tir. Clifton détestait les armes à feu et il avait refusé. C'est pourquoi, après avoir quitté San Antonio, Nicole s'en était occupée elle-même : elle s'était rendue chez un armurier, puis s'était entraînée régulièrement dans un centre de tir où elle ne mit pas longtemps à faire ses preuves. Roger insista après leur mariage pour qu'elle se débarrasse de l'arme, en prétextant qu'elle n'en avait plus besoin puisqu'il était là pour la protéger. Comme d'habitude, elle avait accepté — en se demandant, si l'occasion se présentait, comment il s'y prendrait. Roger ne s'était jamais battu, ne serait-ce qu'à mains nues.

Retrouvant son indépendance après le départ de son mari, elle avait acheté un nouveau revolver, consciente évidemment qu'il deviendrait fou furieux s'il apprenait qu'elle conservait une arme à la maison. « Figure-toi que tu m'as laissée seule avec un enfant, mon cher », répondit-elle à un Roger imaginaire. De toute façon, elle avait fait changer les verrous depuis qu'il l'avait quittée, et il ne risquait pas plus de l'effrayer en arrivant chez elle à l'improviste que d'essuyer un coup de feu dû à la panique. C'était aussi la raison pour laquelle elle n'avait qu'un seul et unique jeu de clés — pour que personne, en dehors d'elle, ne puisse entrer. Et Nicole veillait à ce que ses fenêtres restent soigneusement fermées.

Elle voulut ranger l'arme dans le placard, mais se ravisa : en effet, à quoi lui servirait-elle, s'il fallait dix minutes pour la sortir de sa cachette et la charger ? C'est pourquoi elle fit glisser les balles dans le barillet et rangea le revolver dans le tiroir de sa table de chevet. Elle verrouilla ensuite celui-ci et posa la clé sous son oreiller.

Après avoir jeté un dernier coup d'œil au jardin, elle se coucha. Dans son état d'épuisement, elle s'attendait à retrouver aussitôt le sommeil. Mais rien à faire, elle se tourna et se retourna entre les draps, en repensant constamment au cauchemar que Shelley avait interrompu.

Certes, elle avait dû s'habituer à ces rêves incessants et cruels qui, au long des années, la forçaient à revivre son agression. Pourtant ce dernier cauchemar se distinguait des autres. Elle n'avait jamais visualisé ainsi Luis Magaro et Ritchie Zand, assis sous la bretelle d'autoroute à discuter de son viol.

À discuter du viol. Comme si c'était déjà un événement ancien.

Nicole se rassit dans son lit. Pourquoi diable rêvait-elle qu'ils en parlaient maintenant au passé ? Comment aurait-elle pu assister à une pareille conversation ?

« C'est impossible, convint-elle à haute voix. Tu n'as absolument aucune idée de ce qu'ils ont pu se dire après. Tu as rêvé, ma petite, c'est tout. »

Mais cela n'en avait pas l'air. Cela ressemblait trop à un souvenir.

QUATRE

Nicole se réveilla tôt le lendemain matin. Avant de laisser sortir Jessie, elle décida d'inspecter soigneusement le jardin. Le cadenas du portail était toujours fermé. Elle longea la clôture d'un bout à l'autre mais ne trouva aucune sorte d'éraflure sur la peinture claire des planches de bois. Enfin, comme il n'avait pas plu depuis des semaines, le sol était trop sec pour avoir gardé des empreintes de pas.

L'intrus avait cependant laissé une trace de son passage. Pour des raisons qui lui étaient propres, si l'on peut dire, Jessie avait choisi deux endroits pour enterrer ses trésors. Le premier était le chêne au fond du jardin, et l'autre, un petit carré de terre près des soubassements de la maison, exactement en dessous de la fenêtre de Shelley. C'est ici que le rôdeur avait effrayé la petite, et Nicole découvrit le dessin de ce qui correspondait au talon d'une chaussure de sport. Le pied à moitié dessiné était bien plus large que le sien.

Elle se demanda en examinant l'empreinte si elle devait avertir la police. De toute façon, que pouvaient-ils faire ? Lui apprendre qu'on s'était introduit dans son jardin ? Elle le savait déjà. Non, la police ne tirerait rien de cette demi-empreinte. S'il avait terrifié Shelley, l'intrus n'avait pas commis d'autres dégâts. Nicole risquait simplement qu'on lui dise qu'elles avaient fait les frais d'un adolescent mal intentionné. Pire, les policiers verraient peut-être en elle une femme confrontée à sa solitude et qui versait volontiers dans l'hystérie. Dans ce cas, s'il devait arriver plus grave, ils ne feraient plus attention à elle, comme dans l'histoire de Pierre et le loup. Et de cela, il n'était pas question.

Quand Nicole revint à l'intérieur, Shelley s'était levée. « Le loup-garou a-t-il laissé des traces de son passage pour qu'on puisse appeler la police ?

— Rien du tout, j'en ai peur. Et je n'ai pas l'impression qu'ils croient beaucoup aux loups-garous, les policiers. J'ai dans l'idée que tu as vu quelqu'un qui s'était mis un masque.

— Certainement, répondit Shelley d'un ton adulte, les frayeurs de la nuit s'étant maintenant estompées. Mais enfin, on n'est jamais assez prudent.

— Oui, maman », fit Nicole d'une voix d'adolescente fatiguée qui fit rire Shelley. « Bon, va te laver, bébé. C'est dimanche et on va à la messe. »

Nicole et Shelley rentraient à peine de l'église lorsqu'elles virent la grosse Ford de Roger se garer derrière elles. Nicole jeta un coup d'œil à sa montre. Onze heures moins le quart. Il n'était pas censé venir avant midi.

Nicole descendit de voiture en s'efforçant de ne pas montrer qu'elle était contrariée : « En avance, on dirait ? » demanda-t-elle avec le sourire.

Arborant un pantalon large, une chemise denim aux manches retroussées, des mocassins tout neufs, et une paire de lunettes de soleil de marque inconnue, mais certainement très chères, Roger sourit gaiement. « J'avais hâte de retrouver ma chérie.

— Oh, Roger, tu vas me faire rougir. »

Son sourire disparut. « Je voulais parler de ma fille.

— J'avais compris, figure-toi. Tu as dû perdre ton sens de l'humour.

— J'ai pris cela pour de l'ironie.

— Mais non. Je ne suis pas d'humeur à me disputer, de toute façon. »

Il sembla se détendre.

« Comme tu peux le remarquer, Shelley a besoin de se changer. Et elle n'a pas déjeuné.

— Elle peut s'habiller en vitesse. Je l'emmène au restaurant. »

Nicole regarda la petite qui se dandinait d'un pied sur l'autre près de la voiture. « Shelley ?

— OK, je vais me changer, dit-elle obligeamment. Papa, si on allait déjeuner au Planet Hollywood ? »

Roger détestait l'atmosphère bruyante de ce restaurant de River Walk, et Shelley le savait fort bien. Nicole feignit de tousser pour ne pas éclater de rire en le voyant forcer un sourire de dentiste et s'exclamer, la bouche en cœur : « Mais bien sûr, ma chérie, c'est une excellente idée ! »

Ils arrivèrent tous trois devant la porte, et Nicole retira son trousseau de son sac.

« Je n'ai pas pu ouvrir avec ma clé, déclara Roger.

— Cela doit pouvoir s'expliquer. »

Il fronça un sourcil en comprenant qu'elle avait fait installer de nouveaux verrous. « C'était vraiment nécessaire ou tu as fait ça parce que tu étais en colère ? »

Shelley passa la première et fila aussitôt dans sa chambre. « Tu ne vis plus avec moi, Roger. Je ne vois aucune raison de te laisser rentrer ici comme dans un moulin.

— Et si j'avais *besoin* d'entrer ?

— Mais pour quoi faire ? »

Désarçonné, il la regarda sans trouver de réponse.

« Si tu me donnais la clé de chez toi, je te donnerais peut-être la mienne », conclut Nicole.

Voilà qui devrait clore le sujet, pensa-t-elle. Elle avait raison. Roger ignora sa remarque, prit place dans son affreux fauteuil marron et laissa échapper un soupir d'aise. Elle repensa à la façon dont Miguel s'était laissé happer par le siège monstrueux. « Tu ne veux pas récupérer ton fauteuil et ton canapé ? demanda-t-elle. Puisqu'ils te plaisent tant.

— Pas pour l'instant. Mon appartement est meublé. Mais je les prendrai un jour ou l'autre.

— Quand ? »

Il parut irrité. « Qu'est-ce que cela peut faire ?

— Ils ne vont pas du tout ici.

— Mais si, répondit-il sur le ton de l'évidence. Tu m'offres quelque chose à boire, ou est-ce que tu as aussi mis un verrou au frigo ?

— Oui, mais je l'ouvre le dimanche. Qu'est-ce qui te ferait plaisir ? Un thé glacé ? Un Coca ? Un verre de lait ?

— De l'eau. Avec plein de glace. »

Il avala son verre d'une traite et en demanda un autre. Nicole comprit qu'il avait abusé du whisky la veille et qu'il était encore déshydraté. C'est pour cette raison qu'il gardait ses lunettes de soleil — il avait certainement les yeux injectés de sang. Roger avait toujours bu, mais modérément. Sa consommation d'alcool n'avait réellement augmenté qu'à partir du moment où il s'était mis à s'absenter souvent — avant, pourtant, qu'il ne quitte la maison pour avoir les coudées plus franches avec Lisa Mervin.

Nicole prit place sur le canapé. « Qu'as-tu prévu de faire avec Shelley aujourd'hui ?

— J'ai envie de l'emmener à Sea World.

— Elle sera certainement enchantée. Ça lui avait beaucoup plu d'y aller, quand on est arrivés ici.

— Je me souviens. Et ensuite on ira dîner.

— Bon. Ça me paraît bien. Je compte en tout cas sur toi pour qu'elle soit rentrée à sept heures. Elle aura besoin de prendre un bain et de ranger ses affaires avant de se coucher. Il y a école, demain.

— Sept heures, c'est entendu. »

Nicole hésita. « Vous serez seulement tous les deux, n'est-ce pas ? »

Il feignit de ne pas comprendre. « Comment cela, tous les deux ?

— Tu sais très bien ce que je veux dire. Lisa trouvera autre chose à faire. »

Elle le vit qui serrait les mâchoires. « Je ne vois pas où est le problème. Ce n'est pas parce que tu ne l'aimes pas que...

— Stop ! coupa-t-elle sèchement. Pour commencer, je ne sais même pas à quoi elle ressemble. Peut-être que, dans d'autres circonstances, je la trouverais très bien. Mais cela n'a rien à voir avec ce que je ressens. C'est à Shelley qu'elle ne plaît pas...

— Ah, et on se demande bien pourquoi ! l'interrompit Roger à son tour, évidemment sarcastique.

— N'en rejette pas la faute sur moi. Je n'essaie pas de la monter contre elle. C'est toi qui lui imposes systématiquement sa présence depuis que tu es parti, et Shelley n'en veut pas. Je ne pense pas que cela soit très juste envers elle. Ni envers Lisa, d'ailleurs, si tu avais un jour l'intention de l'épouser.

— Parce qu'en plus tu te fais du souci pour Lisa...

— Promets-moi, Roger, que vous passerez la journée seulement tous les deux. »

Il reposa son verre sur la table basse. « À vos ordres, mon général. Y a-t-il autre chose pour votre service ?

— Je ne demande rien d'autre pour l'instant », répondit aussitôt Nicole. Mais elle ajouta : « Je suppose qu'en m'appelant " général ", tu fais allusion à mon grand-père ?

— On pourrait croire que tu finis par ressembler au célèbre Ernest Hazelton.

— Que tu n'as jamais rencontré, entre nous soit dit.

— Ne t'inquiète pas, ta mère s'est bien chargée de m'apprendre qui il était. » Il se mit à regarder le plafond. « Un modèle pour des générations d'Américains. Un diamant sans défaut. » Les yeux de Roger revinrent se poser sur Nicole. « Pauvre Phyllis, encore une victime du complexe d'Électre. »

Hérissée, Nicole se releva et appela à la cantonade : « Shelley, tu es prête ? Ton père brûle d'impatience de t'emmener à Planet Hollywood.

— Très drôle », marmonna Roger.

Jessie arriva dans la pièce et, se dirigeant droit vers lui, gratifia ses mocassins d'un de ses éternuements. « Oh merde ! » explosa Roger, qui bondit hors de son fauteuil. Jessie esquiva astucieusement un coup de pied et repartit sans attendre dans le couloir. « Nicole, tu as du papier absorbant, s'il te plaît ? Je me demande pourquoi vous vous obstinez à garder cette espèce de clébard pouilleux... »

En contenant son rire, elle partit chercher le rouleau à la cuisine et revint lui donner. Il continuait de grommeler en essuyant ses chaussures.

« Je suis navrée, dit-elle. Ça a l'air cher, comme chaussures, ça, non ? On dirait qu'elles sont toutes neuves, en plus ?

— Chères, non, mentit Roger. Mais elles sont presque neuves, oui. Regarde-moi ça. Je suis certain qu'il l'a fait exprès.

— Mais non, voyons, où vas-tu chercher ça ? » l'assura-t-elle mielleusement.

Roger lui lança un regard furieux tandis que Shelley revenait en courant de sa chambre. Elle avait enfilé une paire de jeans, un T-shirt bleu et des tennis neuves. Retenus par un chouchou bleu lui aussi, ses longs cheveux blonds formaient une queue-de-cheval dans son dos. « Voilà, je suis prête !

— Profite bien de ta journée », dit Nicole en la serrant dans ses bras. Elle lui posa un retentissant baiser sur la joue.

« Toi aussi, maman. Qu'est-ce que tu as prévu de faire ?

— Oh, j'ai toutes sortes de choses intéressantes à mon programme. »

Comme d'aller rendre visite à Kay et de découvrir peut-être pourquoi mon père s'est suicidé, songea-t-elle. Réprimant un frisson, elle se força à faire gaiement au revoir de la main à Shelley et Roger qui s'éloignaient déjà en voiture.

★

Elle referma la porte d'entrée et partit se changer dans sa chambre. Elle pensait à ce magasin où, petite fille, elle avait passé tant de moments heureux à « aider » papa et Kay. C'était maintenant le lieu maudit où Clifton s'était réfugié pour se donner violemment la mort.

Kay avait donc quelque chose à révéler à ce propos. Nicole se demanda si cela aurait une quelconque importance. L'assistante de son père se laissait-elle tout simplement emporter par son imagination ? À vrai dire, ce n'était guère son genre, Kay avait plutôt les pieds sur terre.

Comme c'était dimanche, il n'y avait pas beaucoup de circulation. Nicole se dirigea vers les vieux quartiers de la ville, qui bordaient la Plaza de las Islas. Elle admira une fois de plus la splendide cathédrale San Fernando, bâtie dans les années 1730 par les colons des îles Canaries. Le palais de justice de Bexar County se trouvait juste à côté. Nicole entendait encore son père lui demander : « Quand est-ce qu'il a été construit ? » Et elle répondait aussitôt : « En 1895. » Une autre question suivait invariablement : « Et avec quoi ? » « Du granite et du grès rouge du Texas. » « Parfait ! s'exclamait Clifton. Tu as gagné une glace à la vanille. » Tout cela était si vieux.

Une place l'attendait exactement en face de la grande boutique qui se dressait là depuis quatre-vingts ans. C'était déjà un magasin de musique lorsque Clifton l'avait acheté en 1959. Il avait expliqué à Nicole que, sans le généreux héritage qu'il devait à une grand-tante comme lui fanatique de musique, il aurait eu du mal à joindre les deux bouts pendant les dix premières années. Si le commerce avait connu, par la suite, une relative prospérité, Clifton avait cependant placé une partie de l'héritage et c'est grâce aux profits réalisés sur ses investissements qu'il avait pu faire vivre sa famille sur un grand pied.

La porte d'entrée était verrouillée. Nicole gratta à la vitre et Kay arriva quelques secondes plus tard pour lui ouvrir. « Bonjour, Nikki », dit-elle d'une voix nerveuse avant de refermer derrière elles. Kay paraissait d'une maigreur alarmante sous sa jupe verte et le chemisier en tissu imprimé qui débordait de sa ceinture. Ses courts cheveux bruns et bouclés étaient coiffés comme à son habitude, mais elle ne s'était pas maquillée, à l'exception d'un mince trait de mauve sur ses lèvres desséchées. Sans l'ombre à paupières et le mascara qu'elle portait le plus souvent, son regard semblait brusquement afficher une curieuse fixité.

« Il y a beaucoup à faire ? demanda Nicole.

— Pas vraiment, répondit Kay d'une voix inexpressive. J'ai vidé les tiroirs, dans le bureau. Il n'y a pratiquement pas d'affaires personnelles. De la paperasse, surtout. »

Elles traversèrent le magasin et Nicole se rendit compte qu'elle n'y était pas venue depuis des mois. Elle contempla les batteries, les orgues électroniques, les cuivres, les pianos — droits et demi-queues —, les guitares, les mandolines, les violons. Il devait y avoir quelque mille partitions et recueils. « Dire que j'avais tout ça à disposition et que je n'ai jamais été douée pour la musique.

— J'ai toujours pensé que tu avais une jolie petite voix, moi », répondit gentiment Kay.

Nicole sourit intérieurement. Plus jeune, quand elle rêvait encore de devenir rockstar, elle aurait hurlé qu'on lui dise pareille chose. Mais Kay lui avait offert le compliment le plus honnête qu'elle ait pu trouver.

« J'ai préparé du thé, déclara cette dernière en se dirigeant vers le bureau. Je te sers une tasse ?

— Merci, j'ai dû avaler deux ou trois cafés à la maison ce matin, déclina Nicole qui en fait détestait le thé.

— Tu ne devrais pas trop insister sur la caféine. On a déjà les nerfs suffisamment en pelote. »

Nicole ralentit en arrivant devant la porte du bureau : « Ce qui me met les nerfs en pelote, c'est surtout de savoir ce que tu vas me dire.

— J'ai dû mal m'exprimer, hier, et te faire inutilement peur. »

Kay entra dans le bureau, se retourna et vit que Nicole, les jambes tremblantes, s'était arrêtée net.

« Mais qu'est-ce qui ne va pas, ma chérie ?

— Le bureau, dit Nicole d'une voix incertaine, la bouche sèche. Je ne sais pas si je vais arriver à...

— Que je suis bête ! s'exclama Kay. Ne t'inquiète pas, tout a été nettoyé à fond. J'y ai déjà passé plusieurs heures et je ne pensais déjà plus à... Excuse-moi, Nikki, je suis désolée.

— Ce n'est rien. Mais je préfère rester dehors si tu n'y vois pas d'inconvénient. Vas-y, prends ton thé.

— Je n'ai pas besoin de thé. J'en bois des litres, de toute façon, et ça ne me fait plus rien. » Kay paraissait sincèrement affectée. « Assieds-toi là, devant le piano, et respire un moment. Tu veux un verre d'eau ?

— Je préférerais un bon scotch. »

Kay balaya la pièce du regard. « Je ne crois pas qu'il y ait d'alcool ici.

— Je ne parlais pas sérieusement. Je n'aime pas ça, de toute façon.

— Oh. » Kay semblait maintenant troublée.

« Mais ça va, ne t'en fais pas. Viens t'asseoir près de moi et dis-moi ce que tu voulais me dire. »

Kay prit place sur le petit banc et lissa sa jupe verte de ses mains pâles et légèrement bleutées.

« Ton père n'était plus lui-même, ces derniers mois. »

Nicole réagit, perplexe : « Maman ne m'en a rien dit, pourtant.

— S'il était malheureux, il ne lui en aura sans doute rien dit non plus. Tu sais comme il était. Pourtant il y a des choses qu'elle ne pouvait ignorer. D'abord, il était fatigué et ça se voyait. Il a commencé par avoir des cernes sous les yeux, et de plus en plus mauvaise mine. Quand je lui en ai fait la remarque, il m'a répondu qu'il dormait mal. Qu'il avait essayé de prendre ces pilules aux plantes, sans ordonnance, mais que ça ne servait à rien.

— Et il ne s'est pas inquiété ? Il n'a pas consulté un médecin ?

— Peut-être, en tout cas il ne m'en a pas parlé. Et puis, un jour, je suis entrée dans son bureau et je l'ai trouvé endormi sur son fauteuil. J'ai pensé : tant mieux, qu'il se repose. Je cherchais une facture et je n'ai fait aucun bruit. Soudain, je l'ai entendu murmurer dans son sommeil. C'était inintelligible, mais j'ai quand même compris un mot ou deux, comme " il ne fallait pas ", et " Nikki ". Il avait l'air d'avoir peur et il s'est réveillé en sursaut. En reprenant ses esprits, il s'est montré embarrassé. Il m'a dit qu'il était désolé de s'être endormi comme ça. Je n'ai répété à personne ce que j'avais entendu, pas même à lui. »

Kay poursuivit : « Un mois plus tard, je l'ai surpris de la même façon. C'était peut-être tous les jours comme ça, je n'en sais rien. Enfin, j'avais eu besoin cette fois aussi de prendre quelque chose dans son bureau. Mais là, il ne marmonnait plus, il criait carrément : " Nikki ! Ils auraient pu la tuer, ces ordures ! "

— C'était à cause du viol. C'est de moi qu'il rêvait. »

Phyllis avait toujours voulu que l'on utilise uniquement le mot « agression », si l'on voulait parler de l'affaire, et Nicole se rendit compte que Kay venait de rougir. Mais Nicole n'était pas du genre à s'encombrer d'euphémismes.

« Oui, j'ai bien compris, dit Kay.

— Tu as une idée de ce qui a pu l'amener à ça ?

— Je me suis demandé s'il n'était pas malade, d'une façon ou d'une autre. Peut-être souffrait-il d'un problème psychique et ne voyait-il plus les choses très clairement. Il donnait l'impression d'attacher subitement une trop grande importance au passé. À la fin, il est devenu si déprimé qu'il ne voulait même plus aller à l'église. Ce qui a drôlement affecté ta mère, à ce qu'il m'a dit.

— Oui, c'est vrai.

— Et il ne s'intéressait plus à ce qui se passait ici. Il ne s'en était pas vraiment détaché, tu vois, mais il ne dominait plus les choses, vraiment. C'est aussi à cause de cela que j'ai cru qu'il pouvait être malade, même très malade. »

Nicole se leva et se mit à déambuler dans le magasin. « Maintenant que tu me racontes tout ça, je me rends compte que j'en avais vaguement conscience. Enfin, pas réellement. J'étais tellement centrée sur moi-même — d'abord de revenir ici, de trouver un nouveau poste, sans compter que Roger m'a quittée.» Elle fit claquer sa main à plat sur le manteau d'un piano. «Pourquoi n'y ai-je pas fait plus attention!

— Il ne faut pas t'en vouloir, Nikki. C'était à peine sensible et il vous jouait la comédie, à ta mère et à toi.

— Mais à toi, non?»

Elle s'empourpra. «Moi, je le voyais tous les jours, toute la journée. C'était plus difficile de me cacher des choses. Et il s'inquiétait moins de ce que je pouvais penser. Je ne suis ni sa femme, ni sa fille.»

Pourtant tu t'es fait du souci, pensa Nicole. Tu étais amoureuse de lui depuis toujours. Il y a des années que je l'ai compris. Je me demande si maman s'en doutait. Et Clifton, le savait-il lui-même?

Elle se sentit en même temps heureuse et triste que Kay ait aimé son père. Heureuse, parce que Phyllis, en comparaison, était d'un caractère difficile, le reproche constamment à la bouche; triste, parce que Kay s'était dévouée pour un homme qui, même s'il l'avait peut-être aimée de retour, n'aurait pas consenti à quitter sa famille. Et Clifton n'aurait certainement jamais pris de maîtresse. Du moins, c'est ce que pensait Nicole. Elle se demanda finalement à quel point elle connaissait son père.

«Kay, y a-t-il eu autre chose?» demanda-t-elle en chassant de son esprit toute nouvelle interrogation sur la nature de leurs relations.

Kay croisa ses mains sur ses genoux. «Oui. Et c'est cela qui me perturbe. C'est moi qui triais le courrier et j'aurais dû m'en apercevoir beaucoup plus tôt. Mais enfin, on en recevait des tonnes. Voilà, en y repensant, je me suis rendu compte que c'est presque au moment où il a commencé à avoir ses cauchemars que j'ai vu arriver ces lettres avec la mention "personnel".

— Quel genre de lettres?

— De grosses enveloppes, bien fermées, avec des tonnes de ruban adhésif, même, comme si on tenait absolument à ce qu'elles restent scellées jusqu'à lui.

— Il y avait une adresse de retour?

— Non. Mais elles étaient expédiées ici, à San Antonio, j'ai observé le cachet de la poste. Et puis, mardi dernier... » Sa voix se brisa et les larmes gonflèrent subitement ses yeux. « Il y en a eu une dernière. Une enveloppe matelassée, du genre de celles qu'on utilise pour envoyer des photos. » Kay sortit un mouchoir de sa poche pour essuyer ses larmes. « Quand il l'a vue, il est devenu blême. Il m'a remerciée pour le courrier d'une voix étranglée. Je suis restée un instant à le regarder et il m'a demandé, un peu sèchement : " Vous avez besoin de moi ? " J'ai répondu que non et je l'ai laissé. Alors il a fait quelque chose que je ne l'avais jamais vu faire : il s'est enfermé dans son bureau au milieu de l'après-midi. » Elle frissonna et reprit son souffle. « Dix minutes plus tard, j'ai entendu un drôle de bruit dans le bureau. Comme un gémissement. Cela ne me disait rien de bon, mais je n'ai pas bougé. Je m'en veux de n'avoir rien fait, Nikki !

— Calme-toi, dit Nicole qui sentait elle aussi son cœur battre à tout rompre. Qu'est-ce que tu pouvais faire, d'ailleurs, à part frapper à la porte et demander ce qui se passait ? Ce qui lui aurait déplu, comme tu le sais. Papa a toujours été très farouche au sujet de sa vie privée.

— Je sais, mais je me sens coupable et je n'y peux rien. Seulement, un peu plus tard, j'ai senti une odeur de fumée qui provenait de son bureau. Cette fois, je suis allée frapper à la porte. Il n'a pas répondu. J'ai essayé d'ouvrir mais il avait fermé le verrou. J'ai frappé de plus en plus fort, et j'étais prête à appeler les pompiers. Ton père a fini par m'ouvrir. Il avait subitement l'air d'avoir vieilli de dix ans, Nikki, il paraissait anéanti. En essayant de retrouver une contenance, il m'a expliqué que sa corbeille avait pris feu. Qu'il avait vidé un cendrier et que des vieux papiers s'étaient enflammés à cause d'un mégot mal éteint. » Kay posa sur Nicole un regard affligé. « Mais ton père n'a jamais vidé un seul cendrier pendant la journée. Il faisait toujours ça le matin, en arrivant, parce qu'il ne voulait pas qu'un incendie se déclare la nuit, quand nous n'étions plus là.

— Il faisait la même chose à la maison, admit Nicole en se mordant la lèvre. Mais parfois on fait des choses sans s'en rendre compte.

— C'est une possibilité, seulement j'ai vu que sa corbeille brûlait encore. Il feignait de l'ignorer. Quand j'ai voulu faire un pas dans la pièce pour attraper la carafe d'eau sur son bureau, il m'a barré la route. Et si tu avais vu ses yeux, Nikki ! C'était affreux ! Comme si on lui avait juste annoncé qu'il venait de perdre femme et enfant ! C'est lui qui avait mis le feu ! »

Elle se mit à pleurer : « Et qu'est-ce que j'ai fait, moi, pauvre idiote ? Rien du tout. J'aurais dû lui tenir tête et dire : " Clifton Sloan, je suis votre amie depuis trente ans. Expliquez-moi ce qui ne va pas ou j'appelle un médecin tout de suite ! " Eh bien, non, je suis restée là sans bouger, les bras ballants comme disait ma mère, incapable de prendre la moindre initiative. »

Nicole connaissait ce sentiment de frustration. Combien de fois s'était-elle reproché elle-même de n'avoir pas su gérer plus adroitement certaines situations ? Cependant elle était là pour recueillir d'autres informations sur son père, pas pour alléger Kay de ses misères. Ravalant une impatience croissante, elle relança la conversation.

« Qu'a-t-il dit ensuite, Kay ?

— Rien ! Il m'a refermé la porte au nez. Jamais il n'avait été impoli comme ça. J'étais éberluée. Consternée, même. Et pas seulement qu'il me repousse, mais parce que toute cette scène était incroyable. Il n'a fait aucun bruit ensuite, pendant une demi-heure, puis il est ressorti, il m'a dit qu'il ne se sentait pas bien et il est parti. Il prétendait rentrer à la maison. » Les lèvres de Kay tremblaient. « Je ne devais plus le voir vivant. C'est ce soir-là qu'il est revenu au magasin et... » Elle étouffa un sanglot.

Nicole la rejoignit et lui posa une main sur l'épaule. « Il ne faut plus penser à ça. »

Kay essuya ses larmes et fourra son mouchoir plié dans sa poche. « Oui. Je n'ai pas fini, de toute façon. Après son départ, j'étais encore inquiète. J'avais peur que le feu ne soit pas tout à fait éteint dans la corbeille. » Elle baissa les yeux. « J'avoue que j'étais aussi poussée par la curiosité.

— Ça peut se comprendre. Et ?

— Alors j'ai ouvert son bureau avec ma propre clé. Le feu était éteint et la corbeille ne contenait plus que des cendres. Enfin, *presque*.

— C'est-à-dire, presque ? releva Nicole.

— C'est dans un des classeurs, au bureau. Tu ne veux pas y rentrer, donc je vais aller le chercher…

— Je viens avec toi.

— Tu es sûre ?

— Oui. Il faudra bien que j'y remette les pieds un jour, surtout si maman se décide à reprendre le magasin. J'ai eu un malaise, tout à l'heure, mais c'est passé. »

Nicole suivit Kay dans la pièce spacieuse à la moquette gris clair. Impeccablement rangé, le grand bureau d'acajou offrait un spectacle inhabituel. D'un côté, la parure de stylos en or était bien à sa place près de l'immense cendrier turquoise. De l'autre, on trouvait encadrées plusieurs photographies de Nicole, Phyllis et Shelley. Il ne manquait que le buvard. Évidemment, pensa Nicole en sentant son estomac se soulever. Il avait été entièrement imbibé de sang.

Ses yeux revinrent vite se poser sur Kay, en train d'ouvrir une des dessertes mobiles à tiroirs. Elle en tira une grande enveloppe blanche, puis en sortit un bout de papier qu'elle tendit à Nicole. « J'ai trouvé ça en train de se consumer au milieu des cendres, sous l'enveloppe matelassée. » Elle rougit et parut très gênée. « Je ne l'ai pas montré à la police. Il y a des choses que je préférais ne pas remuer.

— Des choses ? répéta Nicole en saisissant le bout de papier.

— Je veux dire, le passé, quoi. »

Déconcertée, Nicole se rapprocha de la fenêtre. Trébuchant sur un tapis dont le bord se replia en révélant une tache rouille sur la moquette, elle étouffa un hoquet. Kay posa une main sur sa bouche, puis :

« Je sais. Ils ont réussi à nettoyer parfaitement les murs. Mais la moquette est tellement claire… »

Ce fut Nicole qui termina : « … qu'il y a encore des taches. » Luttant contre la nausée, elle remit le bord du tapis en place et se força à se concentrer sur ce qu'elle tenait dans sa main.

Devant la fenêtre, elle examina le bout de papier à la lumière du jour. Il s'agissait d'une photographie qui ne lui apprit rien tout d'abord, puisqu'elle la regardait à l'envers. Elle la retourna.

Et elle eut l'impression qu'on lui brisait simultanément chacun de ses os.

Cheveux noirs, yeux amande, sourcils courbes et bien dessinés, pommettes hautes, le bord supérieur d'un nez droit et mince, le coin d'une bouche ronde et sensuelle.

Elle avait dans la main le reste d'un portrait de Paul Dominic.

CINQ

Nicole avait quitté le magasin et se dirigeait vers la maison de sa mère. Elle avait l'impression d'être en transes. Kay lui avait demandé si elle devait donner à la police ce qui restait de la photo de Paul Dominic et leur parler des lettres.

« Non », avait-elle répondu sans équivoque. Elle avait cru entendre sa mère, toujours soucieuse de ne rien ébruiter, d'éviter autant que possible d'attirer l'attention. Quelque chose lui disait cependant qu'il était trop tôt pour révéler l'existence de ces lettres. « Que cela reste entre toi et moi, Kay, pour l'instant », avait-elle insisté. Apparemment soulagée, Kay avait accepté.

En se garant devant la villa « provençale » de ses parents, elle aperçut l'autre voiture déjà rangée dans l'allée — une Cadillac bleue, celle d'une amie de sa mère. Rien ne poussait réellement Nicole à rendre aujourd'hui visite à Phyllis, mais elle se dit qu'elle ne lui avait pas téléphoné depuis la veille.

Elle ouvrit la porte d'entrée sans frapper et entendit des voix dans le salon. Elle n'eut pas le temps de refermer derrière elle que Phyllis s'était déjà levée pour l'accueillir. Celle-ci était vêtue d'un pantalon noir et d'un chemisier de soie blanche, son chignon était bien sûr impeccable, et elle portait le collier de perles naturelles que lui avait offert Clifton à Noël dernier. Sous les yeux fardés, une ombre mauve révélait un chagrin latent.

« Je suis contente de te voir », dit-elle en l'embrassant à deux centimètres de la joue. Phyllis faisait toujours ainsi, une pratique

que Nicole avait baptisée le « baiser rouge à lèvres », l'intention de sa mère étant de conserver à chaque instant un maquillage parfait. « Je t'ai appelée tout à l'heure, mais tu n'étais pas chez toi.

— Roger est venue prendre Shelley et je suis partie faire un tour en voiture. » Ce n'était qu'un demi-mensonge, se dit Nicole. « Tu n'es pas seule, je vois.

— Mildred Loomis est venue me rendre visite. » Elle conduisit Nicole dans le salon où une femme potelée d'âge moyen, aux cheveux jonquille décolorés, les yeux parés d'une véritable croûte d'ombre à paupières bleue, et affublée d'un tailleur rose brodé de coquelicots, était assise sur le canapé. « Tu te souviens de Mme Loomis, bien sûr ?

— Mais oui. » Mensonge numéro deux, se reprocha Nicole. En revanche la visiteuse, qui la regardait d'un air gourmand, ne l'avait visiblement pas oubliée. « Mon Dieu, cela fait si longtemps, madame Loomis !

— Et comment. Mais je vous en prie, appelez-moi Mildred. Je crois que nous ne nous sommes pas vues depuis le jour, à l'école, où vous aviez récité ce si joli poème. »

Pas étonnant qu'elle ne la reconnaissait pas. Il y avait dix-neuf ans de cela. Nicole pensa que, à cette époque déjà, elle s'était demandé pourquoi Mme Loomis était aussi mal fagotée, alors que son mari gagnait fort bien sa vie. Il était certainement assez riche pour qu'elle fréquente un bon salon de coiffure, qu'elle apprenne à se maquiller, et même qu'elle suive un régime adapté sans trop se priver.

« Oh, cet affreux poème », grinça Nicole.

Mildred rayonnait de plus belle. « Mais non, voyons, c'était tout à fait remarquable. » Nicole y avait trouvé, il est vrai, d'insondables profondeurs. « Et les rimes étaient très jolies, poursuivit Mildred. Je n'aime pas ces poèmes sans rimes comme on fait aujourd'hui. Cela ne devrait même pas s'appeler de la poésie, vous ne trouvez pas ?

— Eh bien… »

Phyllis comprit que Nicole allait protester et la coupa : « Mildred et son mari sont à peine rentrés de New York hier soir. C'est pour cette raison qu'ils ne sont pas venus aux obsèques. »

Mme Loomis oublia aussitôt son sourire pour afficher une mine attristée. « Oh, Nicole, je suis affreusement navrée. C'est si terrible. C'est ce que je répétais à mon cher mari ce matin en apprenant la nouvelle. Mais comment un homme peut-il en arriver à s'enfoncer le canon d'un revolver dans la bouche et...

— Je suppose qu'on ne le saura jamais, l'interrompit Phyllis, tout net. Nous avons décidé, avec Nicole, de ne pas nous poser de questions pour l'instant. Nous sommes encore sous le choc. »

Son caquet rabattu, Mildred s'enfonça momentanément dans un silence affligé. Phyllis regarda sa fille. « Tu veux une tasse de thé ? »

Mais qu'est-ce qu'ils ont tous à me proposer du thé, aujourd'hui ? pensa Nicole. Et ma mère, par-dessus le marché, qui sait très bien que je n'aime pas ça. « Non, tu es gentille, maman.

— Je peux te faire du café, si tu préfères. Mildred a apporté un délicieux quatre-quarts.

— Merci, non. » Elle sourit à Mme Loomis, en train de couper une tranche du gâteau. Nicole était certaine que ce n'était pas la première. « Je n'ai vraiment pas faim, maman. Dis-moi, cela ne t'embête pas si je te laisse un instant avec ton amie ? Il y a quelque chose que j'aimerais aller chercher dans ma chambre. »

Phyllis haussa discrètement un sourcil. « Mais quoi donc, ma chérie ?

— Mes almanachs. » Troisième mensonge. Heureusement que je suis allée à la messe ce matin, se dit-elle. « Shelley veut savoir à quoi ressemblait sa mère au lycée.

— Elle était jolie comme un cœur, commenta Mildred, la bouche à moitié pleine. J'ai toujours dit à William que vous étiez la plus jolie petite fille de San Antonio. Et vous avez embelli avec l'âge.

— Merci, dit Nicole.

— Votre maman m'a appris que vous alliez divorcer. William a divorcé, lui aussi. Il a seulement deux ans de plus que vous, et il est plutôt beau garçon, je dirais. Il pourrait peut-être vous inviter au cinéma, ou à sortir quelque part ?

— Oh, ce serait très gentil, répondit platement Nicole en se rappelant que le William en question, élancé comme un bœuf, s'était fait une réputation au lycée en lançant dans la cour des ballons remplis d'eau sur ses jeunes camarades, les filles de préférence.

— Il serait sûrement content d'avoir votre numéro de téléphone, insistait Mildred, pleine d'espoir.

— Eh bien...

— Allez, va là-haut, intervint Phyllis fort à propos. Mildred et moi étions en train de parler de New York. Nous avons tant de choses à nous dire que tu ne nous manqueras pas, n'est-ce pas, Mildred ? »

Comme elle enfournait un nouveau morceau de quatre-quarts, celle-ci dut approuver d'un geste et leva une main boudinée, tandis que Phyllis faisait un discret clin d'œil à sa fille. Nicole eut envie de l'embrasser. Ce n'était pas si souvent que sa mère volait à son secours.

Elle se dépêcha de monter l'escalier avant que Mildred ne puisse lui demander son numéro de téléphone. Nicole savait qu'elle ne l'arracherait pas à sa mère, mais cela ne signifiait pas pour autant que son bovin de William ne l'obtiendrait pas aux renseignements téléphoniques. Je ferais peut-être bien d'acheter un répondeur pour filtrer les appels, pensa-t-elle.

Sa chambre ressemblait à peu de chose près à celle qu'elle avait laissée quinze ans auparavant. L'épaisse moquette vert pâle paraissait encore neuve. Les meubles modernes, laqués blanc, étaient impeccables, comme le dessus-de-lit de même couleur sous les épais oreillers aux teintes menthe, lierre et forêt. De lourds rideaux assortis encadraient les voilages de la fenêtre. Une grande reproduction d'un tableau de J. Alden Weir était encadrée au mur. Sur la petite table et la commode trônaient plusieurs photographies de Nicole à divers âges, tour à tour déguisée en lapin, dans son costume de danse, ou le jour de la remise des diplômes.

Elle referma la porte de la chambre et entra dans la petite pièce attenante qui servait de penderie. Ses vêtements étaient suspendus d'un côté, l'autre était garni d'étagères de livres, parmi lesquels *Jane Eyre* et *Les Hauts de Hurlevent* qu'elle avait lus tant de fois dans son adolescence. Il s'y trouvait aussi ses almanachs du lycée et deux albums de photos qu'elle ramena dans la chambre. Elle les posa au pied de son lit et revint dans la penderie.

Lorsque ses parents avaient pris possession de la maison, Nicole avait découvert, ravie, le petit placard mural enfoncé dans le mur sous les étagères. Elle en avait rapidement fait sa cachette personnelle, pourtant il n'était pas assez sûr pour recevoir des choses aussi précieuses que ses journaux intimes ou les lettres de ses amoureux. C'est pourquoi, à l'âge de douze ans, elle avait acheté un cadenas. Phyllis avait été scandalisée, et Clifton lui-même avait protesté : « Mais quel genre de secrets ma petite fille chérie cacherait-elle à son papa ? » Ignorant leurs remarques, Nicole y avait placé ses trésors et elle avait gardé la clé constamment sur elle. Du moins jusqu'à ce qu'elle quitte la maison, onze mois après le viol. Logiquement, tout était encore là.

Elle saisit son portrait de jeune diplômée, glissa la photographie hors du cadre et retrouva la minuscule clé plate qu'elle avait collée avec de l'adhésif sur le support en carton. Elle avait toujours trouvé la photo ratée, mais au moins elle avait servi à quelque chose.

Munie de la précieuse clé, elle retourna à la penderie. Le cadenas était coincé et elle craignit de devoir revenir plus tard, munie d'un dégrippant. Mais il finit par céder. Les gonds du petit placard mural grincèrent lorsqu'elle ouvrit la porte.

Assise par terre, elle en sortit cinq carnets. « Tous pleins d'épouvantables secrets », pensa-t-elle en remarquant qu'elle les avait tenus entre l'âge de douze et dix-sept ans seulement.

Tout en bas du placard était posé l'album de photos qu'elle était venue chercher. Ce n'était pas un album comme les autres — non — et elle sentit ses mains légèrement trembler en le retirant. Elle avait également tremblé, bien des années plus tôt, en garnissant ses pages.

Elle essuya la poussière sur la couverture et s'assit sur son lit. Es-tu vraiment bien sûre de vouloir déterrer tout ça ? se demanda-t-elle. Elle n'en avait aucune envie, mais après les déclarations de Kay, elle n'avait pas le choix.

Elle ouvrit l'album. À la première page, sous le film protecteur, était insérée une feuille de journal jaunie par le temps, avec un gros titre : « LA FILLE D'UN COMMERÇANT LOCAL AGRESSÉE À BASIN PARK ». L'article relatait les circonstances dans lesquelles une étudiante de deuxième année à Trinity University, Nicole Marie Sloan, âgée de dix-neuf ans, avait été brutalement frappée et violée par deux hommes. Un promeneur était arrivé sur les lieux et, produisant une arme à feu, avait surpris les deux individus qui avaient pris la fuite. Si l'homme n'avait pas eu le temps de bien voir leurs visages, Mlle Sloan avait identifié ses agresseurs. La police ne communiquerait pas leurs noms avant qu'ils soient arrêtés. L'état de Nicole Sloan était critique, mais stable.

Elle inspira profondément et tourna la page. Un autre article décrivait l'arrestation de Ritchie Zand, chanteur du groupe local les Zanti Misfits, et d'un homme à tout faire au service de l'orchestre, dénommé Luis Magaro. Ce dernier, âgé de trente-deux ans, avait déjà été condamné pour voie de fait. Zand, vingt-trois ans, avait été inculpé trois années plus tôt pour détournement de mineure, toutefois la plainte avait été retirée. Nicole Sloan les avait reconnus l'un et l'autre sans le moindre doute.

On frappa doucement à la porte. Nicole sursauta et faillit lâcher son album. Elle savait que, si sa mère en découvrait l'existence, elle le lui arracherait des mains et le détruirait sur-le-champ. Mais la porte s'ouvrit et ce fut Carmen qui entra.

« Tu es montée là pour échapper à l'impossible Mme Loomis ? » demanda-t-elle.

Nicole poussa un soupir de soulagement. « Entre autres. »

Les cheveux noirs de Carmen avaient retrouvé toutes leurs boucles. Elle portait une paire de jeans et un chemisier pêche à manches longues. Elle ressemblait encore beaucoup à l'adolescente qu'elle avait été, mais elle avait pris du poids récemment. « J'ai essayé de te téléphoner chez toi, mais comme tu ne répondais pas, je me suis dit que je te trouverais ici. J'ai pensé qu'un peu de compagnie ne te ferait pas de mal.

— Tu l'as dit. Tu es la bienvenue.

— Qu'est-ce que tu fais là ?

— Ma revue de presse. Entre et referme la porte. »

Carmen s'assit près d'elle sur le lit. Son sourire s'évanouit lorsqu'elle aperçut les coupures réunies dans l'album. « Tu as gardé tout ça ?

— Oui. Ce n'est pas sorti de cette pièce depuis que j'en suis partie. Je ne veux pas l'amener à la maison, parce qu'il n'est pas question que Shelley tombe dessus.

— Mon Dieu, Nicole, je n'aurais jamais cru. Pourquoi remets-tu ton nez là-dedans ?

— Je ne sais pas vraiment. J'ai appris aujourd'hui que... »

Carmen fronça les sourcils. Sachant qu'elle n'en dirait rien à personne, Nicole lui répéta, légèrement à contrecœur, les déclarations de Kay.

Carmen attendit qu'elle termine, puis la regarda d'un air perplexe. « Pourquoi est-ce qu'on enverrait à ton père une photo de Paul Dominic ? Qui ferait ça ?

— Je n'en ai aucune idée. Seulement papa a commencé à se comporter bizarrement au moment où les premières lettres sont arrivées. Vu ce qu'il racontait en dormant, je suis certaine que ces fichues lettres ont un rapport avec moi. »

Carmen fit tapoter un de ses longs ongles vernis sur ses dents parfaitement alignées. « Ça me paraît logique, mais je ne vois pas pourquoi ces lettres auraient mis ton père dans cet état. La photo de Paul suggère qu'elles ont quelque chose à voir avec ton agression et les meurtres qui ont suivi, mais Clifton n'ignorait rien de ce qui t'est arrivé, ni de ce qui s'est passé après.

— Oui, tu as raison. Je ne sais même pas pourquoi je farfouille là-dedans. Peut-être parce que je pense à lui. Ou que je veux m'assurer que j'ai laissé tout ça bien loin derrière moi. J'avais fini par le croire — jusqu'à ces derniers jours…

— Jusqu'à ce que tu aies cru voir Paul au cimetière. »

Nicole hocha la tête.

« Mais tu étais épuisée, et bouleversée. Je reconnais que ce type ressemblait à Paul, mais ce n'était pas lui.

— Sans doute. Je veux quand même continuer de relire ces articles. Tu restes avec moi ? »

Carmen sourit. « Bien sûr. Seulement on ferait mieux de tendre l'oreille, au cas où ta mère monterait. Si elle voit tout ça…

— On est faites comme des rats », dit Nicole, les yeux écarquillés, sur le ton du mélodrame.

Carmen étouffa un petit rire. « Un vrai clown, tu n'as pas changé.

— Merci. Il n'y a que toi et ma fille qui semblent apprécier mon sens de l'humour.

— Bon, enfin, puisque tu as décidé d'éplucher ces trucs, ne perdons pas de temps. Je ne sais combien de parts de gâteau notre chère Mme Loomis est capable d'avaler, mais dès qu'elle sera partie, ta mère va se précipiter ici pour savoir ce qu'on fabrique. »

Nicole tourna la page. Le prochain article avait été écrit deux jours après l'arrestation de Zand et de Magaro. Un cliché représentait le premier, triomphant, en train de faire le V de la victoire devant la foule. Pourquoi se serait-il gêné ? pensa Nicole. Brusquement Zand et Magaro avaient un alibi. Les deux fils d'une famille fortunée de San Antonio avaient déclaré se trouver en leur compagnie au jour et à l'heure de l'agression. Les deux frères, qui étaient partis à Mexico le lendemain du viol et venaient seulement de rentrer chez eux, auraient autrement blanchi Zand et Magaro sans attendre. « Tu parles, commenta Nicole à haute voix. En d'autres termes, il leur a fallu deux jours pour trouver deux types assez crédibles qui veuillent mentir pour eux. Sans doute des fans du groupe. Ou Magaro était leur dealer attitré.

— Tu es vraiment sûre que tu veux continuer ? demanda Carmen, hésitante. Ça devient pire à chaque ligne.

— Oui, dit Nicole, déterminée. Sûre et certaine. »

Elle passa à la page suivante où s'étalait un nouveau grand titre : « DEUX HOMMES ASSASSINÉS À BASIN PARK ». Nicole parcourut l'article qu'elle connaissait pourtant par cœur. Les corps de Ritchie Zand et de Luis Magaro, arrêtés quatre semaines plus tôt pour viol, coups et blessures, et finalement relâchés, venaient d'être retrouvés, l'un et l'autre avec une balle dans la tête. L'arme utilisée était un magnum 44. Ils avaient péri instantanément. Détail saugrenu : ils étaient pendus à un arbre près de la bretelle de l'autoroute 281 et on avait recouvert leurs visages d'une cagoule. Selon certaines spéculations, il s'agissait peut-être d'exécutions rituelles.

Le journaliste évoquait ensuite les espoirs de carrière de Ritchie Zand, chanteur du groupe Zanti Misfits, dont le nom était emprunté à une série télévisée célèbre. Une semaine environ avant le double meurtre, l'orchestre avait signé un contrat avec Rebel Music. L'avenir du groupe, maintenant privé de chanteur, était devenu aléatoire.

« Les Zanti Misfits, lisait Carmen à voix basse. Ritchie Zand était une fripouille, mais il avait une sacrée voix. »

Nicole frissonna. Elle se rappelait trop bien cette ordure qui fredonnait la chanson des Queen sur le siège arrière, tandis que Magaro lui maintenait un couteau sur la gorge.

« Sans lui, l'orchestre n'a pas tenu, poursuivit Carmen. Bobby en parle encore aujourd'hui.

— Ah bon ? » fit Nicole d'un air absent. Puis le souvenir lui revint. « Carmen ! Mais j'avais complètement oublié ! Bobby était leur batteur !

— Bien sûr. Il croit que, si Ritchie n'avait pas été tué, ils seraient devenus des superstars, et lui un millionnaire, avec des tonnes de groupies. Mais il est resté ce pauvre Bobby Vega, propriétaire associé d'une boutique de bibelots de River Walk.

— C'est quand même un peu mieux qu'une boutique de bibelots. Mais je n'arrive pas à croire que j'ai pu l'oublier. Bobby faisait lui aussi partie des Zanti Misfits. J'étais sûre de bien me rappeler tout, pourtant, le détail des événements et chacune des personnes impliquées…

— Eh bien, il faut croire que non. Ça ne m'étonne pas, d'ailleurs, que tu l'aies oublié. Bobby n'avait rien à voir avec cette histoire.

— Je sais bien, Carmen. Cependant tu sortais déjà avec lui, à l'époque. Il ne t'a jamais parlé de rien ?

— Non.

— Et il pensait que Zand était coupable, comme je l'ai dit à la police ? »

Surprise, Carmen la regarda. « Mais oui, Nicole. Bobby savait très bien à qui il avait affaire. Zand n'était pas un ange. Pourquoi me demandes-tu ça ?

— Parce que j'ai toujours eu l'impression que Bobby ne m'aimait pas. »

Carmen haussa les épaules. « Il change d'attitude quand tu es là. Ça ne m'a pas échappé non plus. Peut-être parce qu'il a peur que tu l'associes d'une façon ou d'une autre aux événements. Ou qu'il pense que tu ne l'aimes pas toi-même, puisqu'il était assez proche de Ritchie Zand.

— Dire que j'avais oublié, je n'en reviens toujours pas… Tu parles d'une mémoire. Cela ne serait pas inutile que je lui en touche un mot, un de ces jours. » Nicole inspira profondément. Elle avait la bouche sèche. « Bon, venons-en au pire.

— Tu es blanche comme un cachet d'aspirine. Je crois que tu ferais mieux d'arrêter là. »

Mais Nicole avait déjà découvert la page suivante. Pas de doute, c'était insupportable. L'article rapportait l'arrestation de Paul Dominic pour les meurtres de Zand et de Magaro. D'après le journaliste, le jour suivant la découverte des corps, un délateur avait envoyé la police au domicile de Paul. Ils y avaient trouvé un Smith & Wesson magnum 44, au numéro de série limé, enroulé dans une chemise appartenant à Dominic. Elle était tachée de sang. L'analyse révéla qu'il s'agissait du groupe AB +, le plus rare, et que c'était le sang de Zand. La chemise et le revolver étaient cachés dans une poubelle. Les experts reconnurent que le magnum était bien l'arme du meurtre. Dominic n'avait aucun alibi et plusieurs personnes prétendirent qu'il avait menacé de se venger de Zand et de Magaro, relâchés l'un comme l'autre. Mlle Sloan elle-même avait rapporté à la police que Dominic, son amant, avait eu l'intention de les tuer.

« Je ne me rappelle pas avoir dit cela, déclara Nicole à voix basse. Quoi qu'aient pu affirmer les uns et les autres.

— Tu étais bourrée de tranquillisants.

— C'est vrai. Une autre aurait peut-être jubilé d'apprendre qu'ils étaient morts. Moi, ça m'a rendue folle de rage, hystérique. Les flics voulaient absolument m'interroger. Papa était à Dallas pour affaires. Et maman, qui ne savait pas quoi faire, n'a rien trouvé de mieux qu'appeler un médecin qui m'a bourrée de calmants.

— Je me souviens. Dans l'état où tu étais, tu as sans doute raconté à la police des choses que tu n'aurais jamais dites avec les idées claires. D'un autre côté, Paul t'avait annoncé qu'il voulait les tuer.

— Ce que j'ai pu déclarer sous l'emprise des cachets n'aurait jamais dû être cité. C'est même impensable qu'on les ait laissés venir m'interroger. Je n'arrive toujours pas à croire que mes propos, alors que j'étais littéralement dans les vapes, aient pu être rapportés devant le tribunal. Et, pour ce qui est de Paul, ça n'était que des paroles en l'air. Il était bouleversé. Paul n'était pas un tueur, Carmen. »

Carmen écoutait avec gentillesse, mais on lisait le doute sur son visage. « Tu le fréquentais depuis à peine deux mois, à ce moment-là. Comment peut-on être vraiment sûr de quelqu'un en si peu de temps ?

— Je connaissais Paul parfaitement, répondit Nicole sans hésitation.

— Tu aurais pu dire la même chose de Roger, tu sais. Tout ça pour que, après des années de mariage, tu découvres que c'était quelqu'un d'autre. » Carmen posa une main sur le bras de Nicole. « Je me demande si on peut être jamais sûr de connaître qui que ce soit. »

Elle a raison, pensa Nicole. Je croyais connaître mon mari. Mon père, aussi. Mais Paul… Non, Paul, ce n'était pas pareil.

Elle passa mollement à l'article suivant, où l'on apprenait que Dominic avait été libéré sous caution contre la somme d'un million de dollars. Puis Nicole arriva à la dernière coupure, celle qui faisait état de sa fuite. Un mandat d'arrêt fédéral avait été émis, mais la police n'avait pour l'instant aucune piste.

« Et on ne l'a jamais retrouvé, murmura Nicole. L'un des hommes les plus talentueux de ce monde, terriblement riche, et merveilleusement beau, a simplement disparu de la surface de la Terre. »

Carmen hochait la tête : « Non. Il est mort, moins d'un an plus tard, dans un accident de voiture. On a pu identifier certains de ses objets personnels qui avaient été projetés hors du véhicule. Et le corps… »

Ce fut Nicole qui termina : « … n'a, lui, jamais été vraiment identifié. »

Carmen soupira. « D'accord, supposons qu'il soit vivant. Qu'aurais-tu à craindre de lui ? Il t'aimait. C'est pour toi qu'il a tué les deux autres. »

Nicole posa sur elle un regard anxieux. « Je ne pense pas qu'il les ait tués. Je n'y ai jamais cru. En revanche, si on l'a arrêté, c'est bien à cause de moi. Parce que j'avais été violée, et que ça servait de mobile aux crimes. Pourtant ils n'avaient aucune preuve contre lui, à part mes déclarations à la police, comme quoi il avait juré de les tuer.

— Nicole, d'autres personnes ont fait le même témoignage.

— Non. Paul avait seulement menacé de “ se venger ” de Zand et de Magaro. Ce n'est pas la même chose. » Les larmes lui gonflaient les yeux. « Tu ne comprends pas, Carmen ? C'est moi qu'il aimait, c'est à cause de moi qu'on l'a accusé de meurtre, et c'est à cause de mon prétendu témoignage que la police le suspectait. Je l'ai trahi. Paul menait une vie extraordinaire qu'il a perdue à cause de *moi*, de ce qui m'est arrivé, de ce que j'ai dit aux policiers. S'il est encore vivant, il me déteste sûrement. Cela fait seulement sept mois que je suis revenue à San Antonio, et je suis certaine qu'il s'y trouve aussi en ce moment. » Les joues perlées de larmes, elle regarda Carmen droit dans les yeux. « Qu'est-ce qui me dit qu'il n'est pas revenu pour se venger ? »

★

Neuf heures et demie. Assise à la cuisine, Nicole fixait l'horloge comme si cela devait l'aider à remonter le temps jusqu'à sept heures, au moment où Roger avait promis de ramener Shelley.

Elle avait téléphoné trois fois chez lui, pour ne trouver que le répondeur et laisser des messages sans cesse plus exaspérés. La petite aurait déjà dû prendre son bain et se coucher. Nicole n'avait aucune idée de l'endroit où elle pouvait se trouver, et elle n'avait pas d'autre numéro à appeler.

« Non, mais à quoi il joue ? » demanda-t-elle à Jessie, comme toujours couché à ses pieds quand elle se faisait du souci. « Il s'amuse à me faire tourner en bourrique, ou quoi ? Enfin, c'est de Shelley qu'il s'agit, pas de moi. Elle a droit à une vie normale, quand même ! »

Jessie leva la tête, puis la pencha sur le côté. « Tu as raison, Jess. Roger est sans doute un crétin, mais il adore sa fille. Il ne chercherait jamais à m'atteindre en se servant d'elle. »

Après les révélations de Kay et un nouvel examen de ces impossibles coupures de presse, Nicole avait les nerfs à vif. Mme Loomis était restée chez sa mère jusqu'à la toute dernière part de gâteau, et Nicole s'était sentie trop fébrile pour attendre qu'elle s'en aille. Elle n'avait donc rien pu révéler à Phyllis des cauchemars de son père, ni de son comportement, ce qui l'irritait encore plus. Et maintenant Roger avait presque trois heures de retard.

Plus soucieuse et agacée d'une minute à l'autre, elle faisait tambouriner ses doigts sur la table en se demandant où ils pouvaient bien être. Roger devait être fatigué après une longue journée en compagnie de Shelley qui disposait d'inépuisables réserves d'énergie. Surtout qu'il n'avait pas eu l'air d'être au meilleur de sa forme en venant la prendre ce matin.

Une pensée traversa brusquement l'esprit de Nicole, qui étouffa un cri. « Et s'ils avaient eu un accident ? lâcha-t-elle à haute voix. Mon Dieu, je n'ai même pas eu l'idée d'appeler les urgences ! »

Elle bondit de sa chaise et se mit en quête des annuaires. Elle était en train de composer le numéro du South Texas Medical Center lorsque Jessie se leva et se rua à la porte. Des phares illuminaient l'allée.

Elle se rua au-dehors sans même y penser. Elle ne prit pas le temps d'attacher Jessie à sa laisse. Elle arriva avec le chien sur la pelouse, dans la lumière des pleins phares que Roger n'avait pas éteints, pour trouver sa fille en train de descendre de voiture. « Shelley, mais où étais-tu passée ! cria Nicole, plus soulagée que vraiment en colère. Je ne t'avais pas dit de rentrer pour sept heures ? »

La petite, qui avait les traits las, baissa les yeux. « Je suis désolée, maman », fit-elle d'une toute petite voix. Se détournant du regard angoissé de sa mère, elle se pencha pour caresser Jessie qui sautillait autour d'elle. Roger s'extirpa de sa grosse Ford. Nicole crut un instant qu'il allait s'effondrer par terre sans pouvoir se relever.

« Qu'est-ce que vous avez fichu ? enrageait-elle.

— Baisse un peu le ton, siffla Roger. Ce n'est pas le moment de réveiller tout le quartier.

— Je t'ai posé une question, il me semble ! »

Il se redressa en prenant appui sur la portière. « Un collègue de mon unité de recherches donnait une réception. On y est allé.

— Sans m'avertir, évidemment !

— Je t'avais dit que je dînerais avec Shelley.

— Il y a comme une différence entre manger un morceau au restaurant et se rendre à une réception.

— Oh, calme-toi, Nicole. Écoute, mon collègue a épousé une Vietnamienne. C'est elle qui avait préparé à manger et c'était délicieux. J'ai pensé que c'était une bonne idée que Shelley goûte ce genre de cuisine, et qu'elle rencontre quelqu'un d'une autre culture.

— Et qu'elle en profite également pour te voir picoler et la ramener ici ivre. En plus, tu ne portes même pas tes lunettes.

— Je ne suis pas saoul ! coupa Roger en mâchant ses mots comme tous les ivrognes de mauvaise foi. J'ai bu un ou deux verres, c'est tout.

— Tu parles. Quoi qu'il en soit, tu aurais pu téléphoner. Il est bientôt dix heures, et tu as trois heures de retard.

— Désolé. Je n'ai pas vu passer le temps.

— Tu es complètement inconscient. Je me suis fait un sang d'encre. » Quelque chose attira l'attention de Nicole, qui jeta un coup d'œil à l'intérieur de la voiture. Une jeune femme aux cheveux auburn, visiblement mal à l'aise, était assise sur le siège passager. Elle persista à regarder droit devant elle. « Ah, mais c'est Lisa Mervin, je suppose ?

— Oui, et alors ?

— Alors, tu avais promis que tu passerais la journée seul avec Shelley.

— Je n'ai rien promis du tout.

— Menteur ! cria Nicole.

— Absolument pas. Il faudra bien de toute façon que Shelley la rencontre, puisque je vais l'épouser.

— Un jour ou l'autre, sans doute. Mais ce matin, tu m'as affirmé le contraire en sachant pertinemment que tu mentais. »

Roger était de plus en plus irrité. « Mais qu'est-ce qui t'arrive, Nicole ? Comment as-tu pu devenir cette espèce d'emmerdeuse qui gueule à tout bout de champ ? Je finis par avoir envie de t'en coller une, je ne sais pas ce qui me retient !

— Papa ! » intervint Shelley d'une voix angoissée.

Nicole braquait un regard furieux sur l'homme qu'elle avait longtemps cru si stable, si affectueux. Son roc… Le père de sa merveilleuse fille. Était-ce bien lui qu'elle avait là devant elle, pris de boisson, prêt, semblait-il, à la frapper, et sous les yeux de sa petite amie, par-dessus le marché ? En d'autres circonstances, elle en aurait pleuré. « Roger, c'est moi qui ne comprends pas ce qui t'est arrivé, mais je te trouve pitoyable, dit-elle calmement. Il fut un temps où, à défaut d'être aimable, tu savais te montrer décent.

— Aimable, ricana-t-il. Tu ne m'as jamais aimé. La seule personne qui ait compté pour toi, c'est ton Paul Dominic. Tu ne m'aurais pas épousé s'il était encore vivant, même s'il avait dû croupir en prison. »

Elle se raidit à la mention du nom de Paul, mais elle conserva son calme. « Roger, tais-toi et remonte dans ta voiture. Tu es en train de te couvrir de ridicule devant ton amie.

— Au moins Lisa m'aime, elle.

— Pour supporter ce genre de comportement, il faut au moins ça. Rappelle-toi quand même qu'elle est jeune, qu'elle est belle, et que les hommes corrects ne manquent pas. Bonne nuit. »

Elle aurait souhaité que Lisa prenne le volant. Elle avait certainement moins bu et Nicole redoutait qu'ils aient un accident. Mais elle connaissait Roger. Il maintenait qu'il n'était pas saoul et il conduirait coûte que coûte. Nicole eut presque de la peine pour Lisa. Presque.

Shelley rentra la première dans la maison. Nicole observa Roger qui prenait place maladroitement sur son siège. Elle vit un instant le halo des phares illuminer le bout de la rue. Roger rata son virage et mordit le trottoir. Nicole se retourna et remarqua Jessie qui, dans l'allée, grognait tout bas, la tête enfoncée et les pattes raides. Elle suivit son regard.

De l'autre côté de l'asphalte se trouvait le doberman, assis, avec son collier rouge autour du cou. L'espace d'un instant, Nicole fit moins attention à la présence du chien, à ce qu'elle pouvait signifier, qu'à la nécessité de protéger Jessie. Malgré sa petite taille, Jessie avait un courage de lion et n'aimait pas que d'autres animaux marchent sur ses plates-bandes. Ils pouvaient être bien plus gros que lui, il attaquait quand même. Le doberman n'avait pas encore enfreint son territoire, mais s'il faisait un geste... Vision d'horreur : elle imagina un instant la gorge du petit chien lacérée par le puissant chien de race. « Jessie », appela-t-elle à voix basse. Il ne bougea pas. « Jessie, s'il te plaît. » Toujours pas de réaction.

Elle recula lentement vers lui. Elle sentait le regard du doberman faire la navette entre elle et Jessie, qu'elle s'attendait à voir bondir d'une seconde à l'autre. Si seulement elle lui avait mis sa laisse. Il était trop tard pour y penser. « Jessie, dit-elle avec toute la douceur dont elle était capable. Je vais te prendre dans mes bras, et t'amener à l'intérieur près de Shelley qui t'attend. Surtout n'essaie pas de t'en aller en courant avant que je ne t'attrape. »

Jessie détestait qu'on le soulève ainsi, mais curieusement il se laissa faire. Nicole s'agenouilla, passa un bras autour de son petit corps et le serra prudemment contre elle. Elle se retourna rapidement et aperçut le doberman, toujours immobile sur le trottoir en face. Il l'observait attentivement.

Une fois rentrée, elle verrouilla la porte, posa Jessie par terre puis regarda par la fenêtre. Le doberman était parti.

Elle trouva Shelley dans sa chambre, assise sur son lit en train de pleurer. « Maman, je suis désolée qu'on soit rentrés en retard. »

Nicole prit place près d'elle. « Je sais, ma chérie. C'est moi qui suis navrée d'avoir crié. Ce n'était pas très malin de ma part, mais les adultes ne sont pas toujours très malins, surtout quand ils ont peur. J'étais folle d'inquiétude, Shelley. Jessie aussi, d'ailleurs. Il s'est rongé les griffes toute la soirée », dit-elle d'un air très solennel.

Shelley sourit à travers ses larmes : « C'est pas vrai...

— Non, tu as raison. Je l'ai menacé de les lui faire couper pour de bon par le vétérinaire... » Le chien bondit sur le lit, s'installa sur les genoux de Shelley et lui lécha le menton. « Tu as passé une bonne journée, sinon ?

— J'aime bien Planet Hollywood, même si ça ne plaît pas à papa. Je savais qu'il ne serait pas content d'y aller, mais j'avais trop envie. » Elle inclina la tête. « Je veux faire du cinéma, quand je serai grande.

— Tu as tout ce qu'il faut pour réussir.

— Mais je ne tournerai pas toute nue.

— Tant mieux. Ta grand-mère ne te le pardonnerait jamais. »

Shelley pouffa. « Papa était ronchon à Planet Hollywood, mais il a retrouvé sa bonne humeur quand Lisa nous a rejoints à Sea World. » Elle caressa un instant son petit chien. « Je ne l'aime pas, cette fille, maman.

— Tu la connais à peine.

— N'empêche. Elle me parle comme si j'avais cinq ans.

— Elle ne sait peut-être pas s'y prendre avec les enfants.

— Elle a bien été petite, elle aussi.

— Oui, mais quand on grandit, on oublie ce que c'était. On n'est plus la même personne à cinq ans, à dix ans, à vingt ans...

— Ça m'est égal, je ne l'aime pas et c'est tout, coupa Shelley. Elle a passé la journée accrochée au bras de papa, à lui parler tout le temps, et moi, je n'avais plus qu'à me taire. Et tu sais quoi, en plus ? Elle l'embrasse sur la bouche toutes les dix minutes devant tout le monde !

— Tu as pourtant déjà vu des gens s'embrasser, non ? Puisque tu regardes assidûment *NYPD Blue* ?

— Ce n'est pas pareil, parce que là ils font semblant. Et, à la télé, ça ne fait pas rire les gens.

— Pourquoi dis-tu cela ? Tu as vu des gens rire de ton père ?

— Tout le monde regardait papa et Lisa. On aurait dit qu'ils se moquaient franchement d'eux. Je ne savais plus où me mettre ! »

Même en reconnaissant qu'il s'agissait d'un comportement déplacé devant une enfant, *a fortiori* dans un endroit public, Nicole ne put s'empêcher de sourire. Cela faisait toutefois un grief de plus contre Roger.

« Et le dîner, ce soir ?

— C'était encore pire ! Tout ce qu'on a mangé avait un sale goût, et elle y avait cette fille qui parlait tout le temps des bébés qui mouraient de faim dans son village au Viêt-nam. Je n'ai pas arrêté de pleurer.

— Oh, ma pauvre chérie…

— Et papa qui ne voulait pas s'en aller. Lisa en avait assez, elle. Mais c'est parce que personne ne lui adressait la parole. J'ai eu l'impression qu'on ne l'aimait pas. Puis le monsieur chez qui on était est venu dire à papa qu'il avait assez bu. Alors, il s'est fâché et on est partis. Je ne crois pas que ses amis ont très envie de le voir, en ce moment. »

Nicole prit sa fille dans ses bras. « La journée aurait pu se finir mieux, mais au moins tu es allée à Planet Hollywood et à Sea World.

— Oui, admit Shelley, toujours triste. Mais je voudrais que papa redevienne comme avant. »

Et moi donc, pensa Nicole.

★

Shelley était maintenant endormie depuis longtemps, mais sa mère, assise sur le canapé, méditait encore les événements de la journée. Qui avait pu, des mois de suite, envoyer à son père ces lettres « personnelles » qui l'avaient, semblait-il, affolé ? Clifton aurait-il eu une maîtresse, contre toute attente, qui l'aurait fait chanter? Non, ce scénario-là ne tenait pas debout, puisqu'il y avait cette dernière enveloppe, celle qu'il avait voulu brûler, et dont il restait la photo de Paul Dominic, à moitié calcinée.

Paul. Clifton ne l'aimait pas. Il pensait qu'il avait abusé de ses charmes sur Nicole, en qui il voyait toujours sa petite fille de treize ans. Son idée était que Paul s'amusait simplement avec elle, et que tout serait terminé dès que le pianiste s'envolerait pour une nouvelle tournée. Mais surtout il lui en avait voulu de la laisser partir seule, ce soir-là, sans la raccompagner à sa voiture où attendaient Magaro et Zand. Il s'était également reproché à lui-même de ne pas l'avoir plus étroitement surveillée.

Quinze ans avaient passé. Tout cela était si vieux. Qui, après tout ce temps, aurait pu trouver intérêt à harceler Clifton ? De plus, en se servant de Paul Dominic ? Et pourquoi ? Qu'avait-il fait ? Clifton était le plus aimable des hommes.

Elle se demanda finalement quel rapport, en réalité, il pouvait y avoir avec Paul. Il avait disparu quinze ans plus tôt. Tout le monde le croyait mort.

Pourtant Nicole aurait juré l'avoir vu au cimetière. Dans ce cas, était-il l'auteur des lettres ? Pourquoi les aurait-il écrites ? Certes, son père ne l'aimait pas, mais il n'avait jamais agi contre lui. La police l'avait un instant suspecté, cependant il fut facile de démontrer que Clifton, absent de San Antonio, ne pouvait pas être accusé. En revanche, il n'avait jamais, ni publiquement ni en privé, accusé Paul des deux meurtres. Il avait même déclaré soutenir l'hypothèse selon laquelle Magaro et Zand avaient été assassinés par des fanatiques, puisqu'ils portaient ces étranges cagoules noires le jour où on les retrouva.

Enfin, d'où sortait cet étrange doberman ? À qui appartenait-il ? Pourquoi le voyait-elle brusquement partout, comme s'il la surveillait ?

Le téléphone sonna. Nicole regarda sa montre. Onze heures trente. Qui pouvait bien appeler à une heure pareille ? Roger qui, encore saoul, revenait l'accabler de reproches ? Non. Il devait cuver. Phyllis, peut-être, victime d'une crise d'anxiété ?

Avant que la sonnerie n'ait le temps de réveiller Shelley, elle saisit le combiné du téléphone près du canapé.

« Allô ?

— Cet homme qui prétend être ton mari n'osera plus se comporter de cette façon, dit une voix masculine, vaguement familière, un brin éraillée. Je vais le mettre en garde, cette nuit même. S'il continue, *chérie* [1], je le tue. »

1. En français dans le texte.

SIX

Bien remise des événements de la veille après une longue nuit de sommeil, Shelley dévorait ses toasts de bon appétit, lorsque le téléphone sonna à nouveau. Nicole répondit et n'eut pas le temps de dire : « Allô » que Roger hurlait déjà dans le combiné :

« Non mais, tu n'es pas bien, à quoi tu joues maintenant ?

— Je joue à prendre le petit déjeuner avec ma fille, pourquoi ? » répondit-elle d'une voix glacée. Elle sentait cependant déjà la colère l'empourprer. Shelley avait reconnu la voix de son père et regardait Nicole, les yeux écarquillés, sa tartine suspendue entre son bol et ses lèvres. « Quel est le problème ?

— Le problème ? répéta mielleusement Roger. Comme si tu ne savais pas ?

— Excuse-moi, mais il est encore tôt et je n'ai pas eu le temps de consulter ma boule de cristal, ce matin. Aurais-tu l'obligeance de m'apprendre ce qu'il se passe ?

— Si ça t'amuse vraiment de jouer à ce petit jeu. Quatre pneus crevés et un pare-brise explosé, ça te dit quelque chose ?

— Comment ?

— Tu m'as parfaitement entendu !

— Oui, je t'ai entendu, mais je ne vois pas le rapport. Si tu arrêtais de jurer et que tu m'expliquais calmement les choses ?

— Qu'y a-t-il à expliquer ? Je suis sorti ce matin et j'ai trouvé ton œuvre dans l'allée.

— *Mon* œuvre ?

— Parfaitement, ton œuvre. Tu me prends pour un imbécile ou quoi ? Que tu veuilles te venger de ce que je sois rentré tard avec Shelley et qu'on ait passé la journée avec Lisa, à la limite, ça peut se comprendre. Mais là, je trouve que tu pousses le bouchon un peu loin, non ?

— Tu penses que j'ai abîmé ta voiture ?

— Évidemment. Qui d'autre cela pourrait-il être ?

— Ben voyons, c'est logique, je suis la seule criminelle de l'État du Texas. » Elle poussa un profond soupir. « Je crois que tu dérailles complètement.

— Non, c'est toi qui perds la raison. Tu es furieuse que je t'aie quittée et que j'aie trouvé l'amour avec une fille qui a quatorze ans de moins que toi. » Mentalement, Nicole commença à compter jusqu'à dix. « Mais c'est comme ça, et tu ferais mieux de t'y habituer.

— Roger...

— Écoute, Nicole, dit-il enfin plus calmement. Je comprends que tu sois blessée et que tu m'en veuilles, mais si tu n'arrives pas à te contrôler et que ce genre de chose se reproduit, je me verrai dans l'obligation de porter plainte. »

Nicole sentait sa patience s'amenuiser. « Roger, je n'ai absolument aucune envie de te retrouver. Mais c'est toi qui vas m'écouter, maintenant. Ne t'avise plus d'appeler ici avec ce genre d'accusation stupide ou c'est moi qui dépose une plainte contre toi, tu m'entends ? » Elle lui raccrocha au nez.

« Maman, qu'est-ce qu'il y a ? » demanda timidement Shelley.

Nicole en avait presque oublié la présence de sa fille, qui n'avait rien perdu de leur pénible conversation. Il fallait absolument faire en sorte qu'elle n'ait plus à assister à ces disputes avec Roger.

« Quelqu'un a abîmé la voiture de ton père et il pense que c'est moi.

— Toi ? Mais il est fou ou quoi ?

— Non, il a sans doute... » Elle faillit dire la gueule de bois, mais se reprit. « Il est de mauvaise humeur, c'est tout. Il ne pense pas sérieusement ce qu'il dit. D'ici quelques heures, il aura retrouvé ses esprits et il regrettera ses paroles.

— Maman, c'est quoi, une plainte ?

— Oh, ne t'occupe pas de ça, va. » Elle alla rejoindre Shelley et l'embrassa. « Oublie toute cette histoire, d'ailleurs. Ton père est assuré pour sa voiture, il va la faire réparer, il sera remboursé, et on n'en parlera plus.

— Est-ce qu'il reviendra à la maison, un jour ? Pour que tout recommence comme avant ? »

Nicole hésita. Rien ne servait de mentir, ni d'entretenir de faux espoirs. « Je ne crois pas, ma chérie. Mais ce n'est pas pour ça qu'on ne peut pas vivre heureux tous les trois, toi, Jessie et moi.

— Sans doute », marmonna tristement Shelley.

En l'amenant plus tard à l'école, Nicole cherchait à dire quelque chose qui puisse les mettre de bonne humeur, mais elle n'arrivait à penser qu'aux pneus crevés de Roger et à cette voix qui, la veille au téléphone, lui avait affirmé : « Cet homme qui prétend être ton mari n'osera plus se comporter de cette façon. Je vais le mettre en garde, cette nuit même. S'il continue, *chérie*, je le tue. »

La seule personne qui l'avait jamais appelée *chérie* était Paul Dominic.

★

Bobby Vega était en train de ranger une fort jolie poterie sur une étagère. Il regarda par la fenêtre : « Il y a du monde aujourd'hui sur River Walk.

— Tant mieux, fit Carmen. J'ai envie de croire à la chance aujourd'hui. Je suis sûre qu'on va avoir plein de clients.

— Tu rêves. Tout ça, c'est des gens qui achètent avec les yeux.

— Qu'est-ce que tu en sais ? »

Bobby se retourna vers elle. « Suffit de les voir. C'est pour l'essentiel des touristes. Ils sont venus là pour ramener des T-shirts, pas pour acheter des poteries. »

Bobby mesurait à peine quelques centimètres de plus que Carmen. Doté d'une ossature épaisse, il paraissait cependant bien plus fort. S'il avait gardé un visage plaisant, il ne ressemblait plus guère à l'adolescent attardé et craquant qu'il avait été. Il vieillissait mal, ses fossettes s'étaient creusées, son front était strié de trop nombreuses rides, et ses yeux s'étaient enfoncés sous de lourdes paupières dont les longs cils n'avaient plus rien de sexy. Il avait trente-sept ans, mais on lui en aurait donné dix de plus.

Carmen avait, elle, conservé une allure plus jeune. Elle fronça les sourcils : « Bobby, tu te fais constamment du souci, mais on s'en sort toujours.

— J'avais envie qu'on fasse mieux que s'en sortir, comme tu dis. Depuis que mon père en est réduit à vivre chez nous, on est pratiquement les uns sur les autres et on n'a pas les moyens d'acheter une maison plus grande.

— On est toute la journée au magasin, et Jill est à l'école. On est un peu serrés le soir, c'est tout. Et, bien que cela ne me fasse guère plaisir, dans un an ton père sera certainement dans sa maison de retraite.

— Je n'ai même pas les moyens de lui payer une chambre à part. Et, pour ce qui est de Jill, ça ne sera pas facile non plus.

— Jill ? Que veux-tu dire ? répondit-elle, inquiète.

— Je veux dire qu'il faudra payer ses études, ça n'est pas gratuit dans ce pays.

— Elle fera comme les autres — elle prendra des emprunts. D'ailleurs, je ne serais pas étonnée, avec les résultats qu'elle a, qu'on lui donne des bourses. » Carmen rejoignit son mari et posa ses mains sur ses épaules. « Mais qu'as-tu aujourd'hui ?

— Même si on ne peut pas le laisser seul, je n'aime pas être obligé d'amener papa au magasin. Tout ça à cause de sa " baby-sitter " qui n'arrive jamais à l'heure. »

Raoul Vega, le père de Bobby, avait la maladie d'Alzheimer, ce qui plongeait son fils dans une tristesse parfois mêlée d'irritation. L'homme qui avait créé la boutique, qui s'était jadis révélé un bijoutier de talent, ne se rappelait parfois plus aujourd'hui le nom de sa petite-fille ou le fonctionnement de la cafetière.

« Allez, arrête de broyer du noir. Ça pourrait être bien pire. Au moins on est heureux ensemble et ton père ne se porte pas si mal pour l'instant. Il s'est attaqué à l'inventaire et je suis sûre qu'il en viendra à bout sans qu'on l'aide. Pense à Nicole, elle aurait des raisons de se plaindre, elle ? »

Bobby repartit vers ses étagères où il remit en place les mêmes objets pour la énième fois. « Comment elle va ?

— Pas trop bien. »

Il ne réagit pas.

«J'ai eu une drôle de conversation avec elle, hier. Elle était en train de relire les coupures de presse qu'elle avait rassemblées après son agression.

— Tu as regardé ça avec elle?

— Oui. Elle avait complètement oublié que tu faisais partie des Zanti Misfits.

— Je sais, je suis mal parti pour la postérité.

— Ce n'est pas à ça que je faisais allusion. Nicole m'a dit qu'elle avait toujours cru que tu ne l'aimais pas. Je lui ai répondu, en effet, que j'avais souvent remarqué que tu n'étais pas très à l'aise en sa présence.» Carmen attendit une réponse, mais elle ne vint pas. Il s'occupait maintenant d'arranger les tableaux. «C'est pourquoi on s'est demandé, toutes les deux, si *toi* tu ne pensais pas qu'elle t'en voulait d'avoir été l'ami de Zand et de Magaro.»

Il finit par se retourner. Ses yeux bruns luisaient d'un air de défiance. «Je n'ai jamais été l'ami de Magaro. Et Ritchie, c'était encore autre chose.» Il afficha un sourire ironique. «Alors Nicole pense que je lui fais la gueule pour me protéger? Parce que, d'une certaine façon, je me sentirais coupable de ce qui lui est arrivé, c'est ça?

— C'est ce que je me suis demandé.»

Il soupira. «Carmen, on ne va quand même pas passer la journée à parler de Nicole? Je ne vois pas pourquoi cela aurait subitement autant d'importance.

— Je n'ai pas l'intention d'y passer la journée. Mais Nicole est ma meilleure amie, et je préférerais qu'elle s'entende bien avec mon mari, c'est tout.

— Est-ce que je me suis jamais disputé avec elle? Est-ce que je lui ai jamais manqué de respect?

— Non, Bobby. Mais tu sais très bien ce que je veux dire.»

Il cessa enfin de redresser les cadres des tableaux et revint près d'elle. Il avait les cheveux presque entièrement gris, mais les teignait en noir. Il repoussa une mèche rebelle qui lui mangeait le front. «Sincèrement, ce n'est pas quelqu'un à qui je pense particulièrement et je suis sûr qu'elle en dirait autant de moi. Elle ne se rappelle même pas que je tenais la batterie dans ce qui allait devenir un des meilleurs groupes du monde.»

Carmen corrigea. « Ce qui aurait *pu* devenir un des meilleurs groupes. Il n'y a rien de plus imprévisible que le show-business, et tu le sais bien. Vous auriez pu rester des années à répéter dans votre garage.

— Certainement pas, s'exclama-t-il d'un air féroce. On était partis pour aller très loin, tout le monde le disait. »

Elle leva les bras en signe de reddition. « Personne ne sait ce qui aurait pu se passer, Bobby. En revanche, il y a une chose qui est sûre. Si l'orchestre a échoué, c'est bien la faute de Ritchie Zand.

— Quoi ? Parce qu'on l'a assassiné, peut-être ? lâcha-t-il, maintenant presque en colère.

— Parce qu'en violant Nicole, il a déclenché une série d'événements qui ont abouti à sa mort.

— Il avait un alibi pour le viol. »

Incrédule, Carmen le regarda. « Attends, tu ne vas pas me dire que *toi*, tu crois encore à l'innocence de Zand et de Magaro ?

— Ce que j'en sais ? lâcha-t-il à contrecœur. Ce mec se défonçait tout le temps. Peut-être bien qu'il a couché avec elle, après tout.

— Tu appelles ça *coucher* ! Non, Bobby, ils l'ont violée. Et ils l'auraient même tuée, s'ils en avaient eu le temps. Je me suis réjouie que Paul Dominic leur règle leur compte à tous les deux. »

Il la fixa durement. « Tu as toujours détesté Ritchie et les autres, parce que tu avais peur qu'ils m'écartent de toi. »

Bobby avait craché son venin. Carmen accusa le coup puis répondit tranquillement. « Je ne détestais pas tout le monde. Zand et Magaro, oui, parce qu'ils te poussaient à boire, à prendre des drogues et à traîner avec... »

Il termina pour elle : « ... les groupies. Autant en parler une bonne fois pour toutes, Carmen, et ne plus y revenir. Oui, j'en ai profité, j'ai couché à gauche et à droite. Mais j'étais jeune et on s'éclatait tous, à cette époque. Mais je t'aimais, *toi*. Et je t'ai épousée, *toi*.

— Parce que j'étais enceinte.

— Je ne veux pas parler de notre enfant mort, dit-il, crispé.

— Moi non plus. Seulement je me demande ce que tu aurais fait si les Misfits avaient pu continuer.

— Je t'aurais épousée de la même façon.

— Je me suis posé la question, avoua-t-elle du bout des lèvres, tandis qu'il partait s'occuper du premier client de la journée. Et je me la pose encore. »

★

Assise au lit, calée contre ses oreillers, Nicole prenait des notes en prévision du cours qu'elle devrait assurer le surlendemain. Mercredi allait marquer son retour à l'université et elle avait décidé de commencer son séminaire sur les grands auteurs américains avec Herman Melville. Il était donc temps de rédiger une entrée en matière qui retienne, si possible, l'intérêt de ses étudiants. Comme toujours, elle jetait d'abord ses idées sur un grand carnet à spirales. Et demain elle arrangerait le tout sur son ordinateur.

Elle entamait à peine un troisième paragraphe lorsqu'un bâillement menaça subitement de lui décrocher la mâchoire. Elle jeta un coup d'œil au réveil. Minuit. Peut-être valait-il mieux en rester là ce soir et compter sur les conseils d'une bonne nuit de sommeil.

Elle rassembla livres et carnets, et se leva pour les ranger sur la commode. Puis elle revint au lit, éteignit sa lampe de chevet et alluma la petite veilleuse sans laquelle, depuis quinze ans, elle ne s'endormait plus.

Elle sentit aussitôt son esprit dériver, partir en flottant vers une immense pièce aux nombreuses bougies. Les derniers accords de *Rhapsody in Blue* s'échappaient de puissants haut-parleurs. « Ça t'a plu, *chérie* ? » demandait une voix grave et sensible, tandis qu'elle croisait de nouveau le profond regard noisette qu'elle aimait tant.

Des jappements stridents la tirèrent de sa rêverie. « Non, marmonna-t-elle tandis que la musique, la voix et le regard disparaissaient. Non... »

Brusquement Jessie était là qui dessinait des cercles sur son lit en aboyant frénétiquement. Nicole se redressa subitement et vit le chien courir vers la fenêtre, puis prendre appui sur le rebord en continuant à aboyer. Elle regarda la vitre et, le souffle coupé, aperçut la tête de loup qui la fixait de l'autre côté.

Avec un calme qui devait la surprendre en y repensant plus tard, elle glissa un bras sous le matelas et retrouva sa clé. La faible lueur de la veilleuse lui permit d'ouvrir le tiroir de la table de nuit sans avoir besoin de tâtonner. Elle en sortit le revolver chargé et visa aussitôt la fenêtre.

La tête de loup disparut instantanément. Nicole bondit pour rejoindre Jessie devant la vitre. L'éclairage succinct du jardin produisait suffisamment de lumière pour qu'elle distingue la haute silhouette en train de courir vers la clôture.

« Maman, qu'est-ce qu'il y a ? »

Nicole se retourna en glissant discrètement son arme sous la table de chevet. « Je crois que notre loup-garou est revenu nous voir.

— *Quoi ?* » glapit Shelley.

Nicole ouvrit ses bras et Shelley courut s'y blottir. « Ce n'est rien qu'un imbécile qui porte un masque, tu sais bien. Ton store était baissé, mais pas le mien, c'est pour ça qu'il est venu chez moi. »

Jessie continuait d'aboyer sans arrêt en sautant devant la fenêtre, visiblement prêt à lacérer l'intrus. « Suffit, Jess ! » ordonna Nicole en scrutant avec Shelley l'obscurité au-dehors. Elles virent la silhouette atteindre la clôture et retrouver la corde qui l'attendait, accrochée à une branche du chêne, qui lui permit de se hisser sur l'arbre. « Voilà donc comment il s'y prend », commenta Nicole tandis qu'il descendait déjà de l'autre côté. Il disparut derrière la clôture.

Mais, l'instant d'après, un cri retentit dans la nuit tranquille, si fort qu'elles l'entendirent nettement malgré la fenêtre fermée. Ce fut ensuite un chien qui aboya — et certainement un *gros* chien. Celui qui, d'évidence, venait de mordre l'intrus. Quelques secondes passèrent, et Nicole aperçut la silhouette remonter dans l'arbre et se cacher dans les branches.

« Mais qu'est-ce qui se passe ? demanda Shelley.

— Il se passe que la chance est finalement de notre côté ! » Elle décrocha le téléphone. « Car, maintenant, il y a un chien derrière la clôture qui empêche notre loup-garou de nous fausser compagnie. Ce que la police sera sûrement ravie d'apprendre. »

Dix minutes plus tard, elles entendirent une sirène approcher. Nicole avait entre-temps revêtu un jean et un T-shirt. Elle enfilait une paire de tennis lorsqu'elle se rendit compte que le chien au-dehors venait brusquement de cesser d'aboyer — tous ses espoirs s'évanouirent. On frappa lourdement à la porte. Mais pourquoi la police avait-elle besoin de faire autant de bruit ? se demanda-t-elle, irritée. D'abord les sirènes, maintenant la porte. On n'avait quand même pas cambriolé une banque.

Tandis que Shelley attachait Jessie à sa laisse, Nicole expliqua aux deux jeunes policiers à quel endroit se trouvait l'intrus. Elle accompagna l'un d'eux à la clôture. L'autre fit le tour de l'îlot pour inspecter le jardin de la maison adjacente, inhabitée. « Rien. Pas de chien, ni personne, conclut-il.

— Mince ! marmonna Nicole. Mais pourquoi ce chien n'est-il pas resté là !

— C'est peut-être les sirènes qui l'ont fait fuir », avança le jeune policier.

Sans blague, pensa Nicole. Elle devinait le faisceau de la torche qui dansait de l'autre côté de la barrière. Le second agent cria alors : « Le type s'est fait mordre. Il y a des traces de sang sur l'écorce de l'arbre, et dans l'herbe aussi. Pas beaucoup. Ça ne doit pas être méchant, comme blessure. Attendez, il y a quelque chose qui brille, là. On dirait un bijou. En or, peut-être. » Nicole ne distinguait plus que les minces rais de lumière filtrée par les planches de la clôture. « C'est un médaillon. Gravé, reprit le policier. On dirait un saint. Oui, saint Francis.

— Le saint patron des animaux », murmura-t-elle.

Le policier se mit à rire. « Ha, c'est incroyable ! C'est une plaque d'identité. Il y a écrit "Jordan" au dos, avec une adresse. Le numéro est effacé, mais on lit encore Hermosa Street. C'est à Olmos Park, ça. Pas la porte à côté. »

Pétrifiée, Nicole vit sa petite demeure de briques blanches disparaître sous le souvenir envahissant du manoir espagnol de Hermosa Street : la maison de Paul Dominic.

SEPT

Nicole se leva avec une migraine lancinante. Elle prit deux aspirines avec un verre de jus d'orange avant de préparer le petit déjeuner de Shelley.

Par contre, cette dernière était en pleine forme, encore tout excitée par les événements de la veille. « Je peux raconter à l'école qu'on a vu le loup-garou et que la police est venue ? demanda-t-elle, la bouche pleine de Corn Flakes et de morceaux de fraises.

— Non.

— Pourquoi ?

— Parce que ça risque de perturber tes camarades. Ou de les encourager à faire la même chose. »

Shelley fronça un instant les sourcils et Nicole s'attendit à ce qu'elle proteste. Mais la petite hocha la tête : « Tu dois avoir raison. Je suis sûre que Tommy Myers irait tout droit s'acheter un masque pour faire peur à quelqu'un ce soir. Si tu savais ce qu'il est méchant. Et tu ne sais pas la meilleure ? Paraît qu'il est amoureux de moi. Il voudrait qu'on sorte ensemble ! Berk ! »

Nicole réfléchit en avalant une gorgée de son jus d'orange. Elle trouvait ridicule que des enfants de neuf ans pensent à « sortir ensemble ». Mais son esprit était préoccupé par une autre question. « Comment il est, ce Tommy Myers ? Il est grand ? »

Shelley fit signe que oui. « C'est le plus grand de tous les garçons de la classe. Pourquoi ?

— Pour rien. »

Shelley regarda un instant sa mère, puis afficha une sagesse feinte. « Tu te demandes si ça pouvait être lui, hier soir. Je ne crois pas. Le type était bien trop grand.

— C'était une possibilité, c'est tout. » Plutôt un espoir, pensa-t-elle. « Tu as une belle moustache blanche. »

Shelley s'essuya la bouche. « La maîtresse, elle dit qu'autrefois il y avait des femmes qui se baignaient dans du lait.

— Elles pensaient que c'était bon pour la peau.

— Quelle idée, quand même ! Toi, tu n'en aurais pas besoin. Parce que tu as une jolie peau. Bien plus jolie que celle de Lisa. En plus, elle a des taches de rousseur.

— Et alors ? Ce n'est pas vilain, les taches de rousseur.

— Oui, mais moi, je n'aime pas ça, déclara Shelley très solennellement. Et je n'aime pas ses yeux verts, ni ses cheveux " rouges " non plus. En plus, elle a des gros nénés qu'elle est toujours en train de coller sur papa !

— Shelley ! s'exclama sa mère, partagée entre l'hilarité et l'ébahissement. Ce n'est pas très gentil, ce que tu dis.

— Ça m'est égal. Je préfère les filles aux cheveux blonds et aux yeux bleus avec des petits nénés comme toi.

— Je te remercie, ma chérie, fit Nicole, pince-sans-rire. Tu ne pourrais pas employer un autre mot que " néné " ?

— Qu'est-ce qu'il faut dire, alors ?

— Je ne sais pas. Trouve quelque chose. Ensuite, pour ton information, elle n'a pas les cheveux rouges, mais roux, et elle a pratiquement la même taille que tante Carmen.

— Elle a l'air bien plus grande.

— C'est une impression. Tu as fini ton petit déjeuner ?

— Oui. Je n'ai pas très faim, aujourd'hui. »

Nicole la laissa ce matin prendre l'autobus pour l'école. Deux heures plus tard, elle prenait place dans sa voiture avec l'intention de se rendre directement chez sa mère. Mais elle ne put résister à l'envie qui la taraudait depuis le réveil, et il ne lui fallut que vingt minutes pour atteindre Olmos Park.

La maison des Dominic n'était distante de celle de ses parents que de cinq kilomètres, mais elle n'y était pas retournée depuis sa dernière soirée avec Paul. Mon Dieu, cette liaison, au début si romantique, s'était terminée dans l'épouvante, pensa-t-elle.

Le manoir était toujours là. Nicole ralentit et se gara sur le trottoir opposé. Autrefois impeccable, la pelouse était maintenant laissée à l'abandon, les haies n'étaient plus entretenues, et la fontaine blanche, avec sa jolie statue d'une Diane chasseresse, s'était tue. Le bassin vide était parcouru de sillons noirâtres. Nicole se rappela avoir pris une photo du jet d'eau étincelant au soleil.

La maison elle-même paraissait négligée. Le blanc éclatant de ses murs avait laissé place à un genre de beige sale. Nicole remarqua les tuiles manquantes, ou craquelées, sur le toit rouge à l'espagnole.

M. Dominic père, plus âgé qu'Alicia, son épouse, avait disparu alors que Paul avait une vingtaine d'années. Nicole se demanda si Alicia vivait encore là. Elle avait consulté l'annuaire téléphonique, mais n'avait rien trouvé. Son numéro pouvait cependant être sur liste rouge. La maison paraissait quand même déserte, inanimée. Si Mme Dominic s'y trouvait toujours, elle ne devait plus avoir pour compagnie que celle de Rosa, la gouvernante. Tiens, c'est étrange, se dit Nicole. Je n'ai pas pensé à Rosa depuis des années, ni à son fils, d'ailleurs. Comment s'appelait-il ? Juan. Elle ne l'avait vu que rarement et ne lui avait jamais dit plus de trois mots à chaque fois. Juan devait être un homme aujourd'hui.

Mais ce n'était pas ces gens qu'elle cherchait. C'était un chien. Un doberman. Ou du moins quelque indice qui aurait démontré sa présence ici. Elle remonta un peu plus haut dans la rue et, se garant à nouveau, étudia la pelouse à l'arrière de la maison. Pas de clôture. Pas de niche. Pas de chien.

Qu'est-ce que tu avais cru trouver ? se demanda-t-elle en redémarrant. Paul Dominic en train de jouer avec son chien dans le jardin ?

Non. S'il était vivant et qu'il était revenu à San Antonio, il n'avait sûrement pas envie de se donner en spectacle.

★

Phyllis ouvrit aussitôt la porte. « Nicole ! Je ne m'attendais pas à te revoir aujourd'hui.

— J'avais envie de te parler hier, mais il faut croire que ce n'était pas le bon moment. »

Sa mère sourit rapidement. « Mildred m'a fait perdre la moitié de ma journée et n'a pas laissé une miette de son quatre-quarts.

— Oh, elle pensait bien faire, je suis sûre.

— Oui, elle a certainement bon cœur. Même si elle n'a pas inventé l'eau tiède. » Elle s'effaça. « Mais entre, écoute. Je te sers quelque chose à boire ?

— Non, je te remercie. » Nicole dévisagea Phyllis. « Tu as l'air fatigué, encore.

— Je ne dors pas très bien en ce moment. Ce qui est assez normal, après tout.

— C'est de ça que je voulais parler, justement. » Nicole prit sa mère par le bras et l'escorta dans le salon.

« Tu ne dors pas bien non plus ? » Prenant place sur le canapé, Phyllis croisa ses longues jambes minces. « Tu aurais pu faire carrière dans le show-business avec des jambes comme ça », lui disait autrefois Clifton. « Ah, ne répète pas ces inepties », répondait invariablement son épouse, toutefois ravie par le compliment. Nicole s'était aperçue bien des années plus tôt que Phyllis mettait un point d'honneur à être toujours tirée à quatre épingles quand Clifton rentrait le soir. Elle se changeait et se parfumait avant son arrivée. Vers l'âge de quatorze ans, un jour qu'elle était seule à la maison, Nicole était entrée dans la chambre de ses parents et avait ouvert les tiroirs de la commode. À sa grande surprise, elle y avait trouvé toutes sortes de sous-vêtements sexy, avec les griffes de couturiers célèbres. Pendant les deux semaines qui avaient suivi, elle n'avait pu s'empêcher de se représenter sa mère en porte-jarretelles et en talons aiguilles. Déconcertée, Phyllis la voyait rougir ou repartir dans des ricanements irrépressibles à n'importe quel moment de la journée.

« Non, j'arrive à peu près à dormir », déclara Nicole sans faire mention de ses rêves pénibles ou de l'intrus de la veille. Ç'aurait été prendre le risque que Phyllis fasse campagne pour que Nicole et Shelley viennent habiter quelque temps chez elle. « C'est à papa que je pensais, maman. Est-ce qu'il n'avait pas des problèmes de sommeil, les semaines qui ont précédé sa... »

Voyant sa mère blêmir, elle ne termina pas sa phrase.

« Nicole, quel intérêt y a-t-il à parler de cela ? Tu sais bien dans quel état sont mes nerfs.

— J'insiste, maman. À chaque fois que je te pose la moindre question au sujet de papa, tu fais la sourde oreille. Aujourd'hui, j'ai besoin que tu me donnes des réponses.

— Rien ne t'autorise à exiger quoi que ce soit.

— *Tout* m'y autorise. Je suis sa fille, grand Dieu, et il y a des choses que j'ai le droit de savoir !

— Eh bien, tu m'as l'air de charmante humeur, ce matin !

— N'essaie pas de détourner la conversation. Papa avait-il, oui ou non, des problèmes de sommeil ?

— Oui, je le reconnais.

— Et des cauchemars ? »

Phyllis la regarda fixement. « D'où est-ce que tu tiens ça ?

— Kay. C'est elle qui m'a appris que papa s'endormait un jour sur deux dans son bureau. Elle l'a surpris plusieurs fois malgré elle en train de se réveiller au beau milieu d'un cauchemar. Papa répétait mon nom dans un sommeil agité et semblait craindre pour ma vie.

— Kay n'aurait jamais dû te dire cela.

— Moi, je crois qu'elle a eu raison. Et j'espère bien que tu ne le lui reprocheras pas.

— Nicole, je ne suis pas le dragon que tu as l'air de penser. Je ne reprocherai rien du tout à Kay. Et, c'est exact, c'était pareil ici. Ton père se réveillait la nuit, couvert de sueur, au milieu de cauchemars où il répétait ton nom.

— Pourquoi me l'as-tu caché ?

— Je n'étais pas sûre que cela te regardait.

— Mon père souffrait et, selon toi, cela ne me regardait pas ?

— Oh, Nicole, il y a des jours où tu m'épuises tout simplement. J'en ai assez de me disputer avec toi.

— Moi aussi, ça me fatigue, maman, répondit gentiment Nicole. Pourquoi, ne serait-ce qu'une fois, ne serions-nous pas capables de parler normalement, puisque tu es ma mère et moi, ta fille ? »

Phyllis la fixait. Nicole se rendit compte que, derrière ses yeux bleus et brillants, sa mère était la proie d'un dilemme intérieur.

Phyllis finit par laisser échapper un soupir : « OK, puisque tu veux savoir la vérité, je vais te la dire. Ton père était encore très perturbé par ton agression.

— Mais pourquoi, après tout ce temps? Il y a maintenant quinze ans de cela.»

Presque imperceptiblement, Phyllis fronça les sourcils: «Nicole, un père ou une mère ne se remettent jamais vraiment de ce qu'on ait brutalisé leurs enfants. Je sais que, contrairement à ton père, je ne laisse pas toujours transparaître mes sentiments, mais ne crois-tu pas que cela m'a affligée? Bon sang, ça m'est encore insupportable ne serait-ce que d'en parler.»

Ébahie, Nicole la regardait. «Moi qui ai toujours cru que cette histoire t'embarrassait plus qu'autre chose.

— *Embarrassée!*» Phyllis ferma les yeux et hocha la tête. «Nous n'avons jamais été très proches, toi et moi, mais je ne pensais pas que tu avais si peu d'estime pour ta mère.

— Ce n'est pas que je ne t'aime pas, maman. Je ne t'ai simplement jamais comprise, admit Nicole d'une petite voix.

— Je suppose que c'est en partie ma faute, puisque je me suis le plus souvent montrée distante envers toi. Je me répète sans doute, mais je ne sais pas exprimer mes émotions. C'est un peu aussi à cause de ton père, pour être franche. Depuis que tu es un petit bébé, il t'a considérée presque exclusivement comme *sa* fille. Je ne veux pas dire du mal de lui, mais il a fait tout ce qu'il a pu pour nous éloigner, toi et moi. Peut-être est-ce parce qu'il savait que je ne pouvais pas avoir d'autres enfants, et qu'il voulait garder celui-là pour lui.

— Mais c'est terrible, ce que tu viens de dire!

— Je ne prétends pas que cela soit vrai. C'est une supposition, c'est tout. Tu dois quand même reconnaître, Nicole, qu'il n'a pas toujours été très facile. Il monopolisait tout ton temps et s'opposait systématiquement à ma volonté.»

Mal à l'aise, Nicole croisait et décroisait les jambes dans son fauteuil. Ce que disait sa mère était exact. «Oui, j'étais la fi-fille à mon papa, admit-elle finalement à contrecœur. Et je regrette qu'on n'ait pas su être plus proches l'une de l'autre, maman, même si tu ne m'as pas trop aidée.»

Cette intimité soudaine lui étant difficile, Phyllis s'était un peu raidie. Mais elles ne pouvaient pas, du jour au lendemain, devenir les meilleures amies du monde, pensa Nicole. Décidant de battre le fer tant qu'il était chaud, elle revint au sujet initial de la conversation avant que sa mère ne s'enferme dans son mutisme.

« Mais ces cauchemars, maman ? Qu'est-ce qui a provoqué cela ? Papa était-il malade ? »

Se levant brusquement, Phyllis commença à arpenter la pièce. « Je ne peux pas croire que, si ton père était vraiment malade, il ait cherché à me le cacher. Et je suis certaine que Harvey Weber, son médecin, m'en aurait parlé l'autre jour. Vu la façon dont ton père a disparu, Weber aurait certainement fait une entorse au secret médical.

— Qu'est-ce qui te fait dire ça ?

— J'en suis convaincue. J'ai discuté avec Harvey le lendemain du décès. Il m'a assuré que Clifton était en bonne santé physique. C'est au sujet du mental qu'il s'inquiétait. Deux semaines avant de se donner la mort, ton père avait fait un bilan et Weber l'a trouvé anxieux, déprimé. Il lui a même suggéré de consulter un psychologue. Il faut croire que c'était plus grave que ne se le figurait Harvey.

— Tu m'as également caché cela. »

Résignée, Phyllis leva les mains. « Je ne voulais pas en parler. Je ne *pouvais* pas. »

Nicole resta un instant silencieuse à réfléchir à ce qu'elle venait d'apprendre. Puis elle prit une décision. « Maman, Kay dit aussi que papa recevait de drôles de lettres. » Elle lui révéla l'existence des enveloppes avec la mention « personnel », jusqu'à celle que Clifton avait brûlée. En revanche, elle ne dit rien de la photo carbonisée de Paul Dominic.

Phyllis se tut, puis vint se rasseoir près de Nicole. « Je ne vois vraiment pas ce qu'il y aurait pu y avoir dans ces enveloppes. Est-ce que quelqu'un l'aurait fait chanter ?

— *Chanter ?* Mais qui ? Et pourquoi ?

— Je n'en sais rien. C'est la première chose qui vient à l'esprit. » Phyllis soupira. « Je me demande en fait si cette histoire de lettres a autant d'importance que Kay veut lui en donner. Peut-être cela n'a-t-il rien à voir, après tout ?

— Kay n'est pas du genre à inventer des salades, maman. Elle est plutôt sensée.

— C'est exact. Mais tu t'es certainement rendu compte qu'elle n'est pas en très bonne santé.

— Plutôt. Ça crève les yeux. »

Phyllis hésita. « Elle n'en dit rien à personne, mais ton père s'en était aperçu. Kay a un cancer, Nicole.

— Non !

— Ça a commencé par une tumeur au cerveau qui a été découverte trop tard. On ne peut plus l'opérer. Elle a suivi une chimiothérapie, un certain temps. Ces espèces de cheveux bouclés courts qu'elle porte depuis un moment, en fait c'est une perruque. Kay n'a plus que quatre mois à vivre. »

Nicole eut l'impression d'un coup de poing au foie. « Oh non, grogna-t-elle.

— C'est la raison pour laquelle j'ai décidé de vendre le magasin. Autrement, je l'aurais gardé et je m'en serais occupée. Après tout, Kay a seulement quarante-neuf ans et ce magasin, c'est toute sa vie. Ça et ses chats. Seulement, sans ton père et bientôt sans Kay, je ne me vois plus mettre les pieds là-bas.

— Je te comprends, dit tristement Nicole. Mais elle ne sait pas que tu es courant ? »

Phyllis fit signe que non. « Et je feins de ne rien savoir. Le jour des obsèques, je l'ai même laissée débarrasser la maison sans me lever pour l'aider, parce que c'était exactement ce qu'elle attendait de moi. »

Une larme coulait sur les joues de Nicole. « Ce n'est vraiment pas juste, maman. Quand je pense à la vie qu'elle a eue, où il ne s'est rien passé — à part ses chats et ses trois élèves de piano.

— Elle a aimé ton père. »

Incertaine, Nicole leva les yeux vers sa mère. « Quoi ? Tu n'imagines pas qu'ils ont eu une liaison ?

— Non, mais elle l'aimait, c'est sûr. » Nicole gardait les sourcils froncés. « Oh, ne fais pas semblant d'apprendre quelque chose. Tu le sais toi-même depuis une éternité. Un jour que tu étais petite fille, je suis passée devant ta porte et tu étais en train de dire à Carmen que Kay avait le béguin pour ton père.

— Comme quoi je n'ai jamais su garder un secret.

— Je ne dirais pas cela. Ta relation avec Paul Dominic était voilée de mystère. » Nicole rougit. « Tu ne m'avais rien confié non plus de ce qui se passait dans ton mariage.

— Il n'y a pas eu de problème jusqu'à ce que…

— Je sais ce que tu vas dire, l'interrompit Phyllis. Mais tu ne me feras pas croire que c'était le bonheur jusqu'à ce que Roger trouve soudain cette petite traînée à l'université. »

Nicole ne put que sourire. « Non, maman, je ne te ferai pas croire ça. Cela faisait déjà trois ans que ça déraillait. Mais il n'y avait quand même pas de quoi écrire à sa mère. Autant que je sache, il ne m'a trompée qu'avec Lisa et il ne s'est jamais montré violent. Seulement des tas de disputes, et ensuite… le silence. » Elle s'interrompit. « Tiens, puisqu'on parle de Roger, il m'a dit que tu avais l'air plus en colère que seulement affligée, le jour de l'enterrement.

— Pour une fois qu'il dit quelque chose de sensé. Il remonterait presque dans mon estime.

— Parce qu'il avait raison ? »

Phyllis détourna les yeux. « Je ne peux pas en vouloir à ton père d'être mort. Mais de s'être suicidé, oui ! Et ce n'est pas en colère que je suis, mais complètement furieuse ! » Phyllis frottait nerveusement ses mains l'une contre l'autre. Elle alla à la fenêtre. « Tu crois que je ne sais pas ce que pensaient les gens : “ Comment un mec aussi marrant que Clifton pouvait-il supporter cet impossible dragon ? ” »

Nicole reprit son souffle, s'apprêta à déclarer le contraire, mais s'en trouva finalement incapable puisque c'était la vérité.

« Tu voulais parler franchement, alors ne me dis pas que je te déçois, reprit Phyllis. C'était Clifton, l'élément moteur de notre couple. Quand nous avons commencé à sortir ensemble, au début, la plupart des gens pensaient que mon père n'en voudrait jamais comme gendre. Comment ? Le général Ernest Hazelton, l'homme à la poigne de fer, laisser sa fille épouser un jeune rêveur qui s'était donné pour but dans la vie de vendre des instruments de musique ? » Elle poussa un petit rire amer. « Non, bien sûr. Les officiers du Fort Sam Houston en avaient fait un sujet de plaisanterie, quand ils ne pensaient pas que mon père avait perdu la raison. Seulement, Nicole, Clifton était doué de quelque chose dont ces messieurs n'avaient bien sûr aucune idée, mais mon père l'avait compris, lui. Qu'il était doué d'une grande force, d'une forme d'intelligence rare, et qu'il m'aimerait jusqu'à la fin de sa vie. Mon père avait voulu que je sois forte, c'est pourquoi il m'a élevée à la dure, parce que ma mère était une personne très fragile. Comme il savait que je tiendrais la dragée haute à la plupart de mes prétendants, il avait peur de me voir mal mariée, car il était catholique aussi. Chez nous, évidemment, il n'était pas question de divorce. Et il a eu confiance en Clifton. Il voulait que j'épouse un homme qui soit en mesure de supporter mon caractère, mais qui garderait le dessus. Il ne voulait surtout pas un militaire, parce que j'aurais passé mon existence à déménager d'une base à l'autre. Et, plus encore, aussi bizarre que cela puisse te paraître, il voulait que ce soit quelqu'un qui pense à moi avant ses objectifs de carrière. Parce que c'était le chemin que mon père avait suivi, qu'il avait traîné sa famille malgré elle d'un bout à l'autre du monde, et que ma mère ne l'a jamais supporté. Elle était la femme la plus triste que j'aie jamais connue. Elle est morte quand j'avais à peine quinze ans, et je suis certaine qu'elle était heureuse d'en finir. Mon père ne voulait pas qu'il m'arrive la même chose.

— Mais tu ne m'as jamais rien dit de tout cela, fit Nicole, les yeux écarquillés.

— Parce que nous n'avons jamais parlé. Tu comprendras peut-être maintenant que je sois en colère. Clifton était un mari idéal. Il s'est accommodé de toutes mes bizarreries, de mon caractère directif, de mes reproches incessants, même de mes idées d'un autre temps, et il ne m'en aimait pas moins pour cela. Peut-être cela ne se voyait-il pas de l'extérieur, mais notre mariage était une réussite, certainement aussi réussi qu'une union puisse l'être. Jusqu'à ce jour où l'homme sur qui j'avais toujours compté, l'homme que j'avais plus qu'adoré trente-sept ans de ma vie, fiche le camp en catimini un soir et se tire une balle dans la tête. Il n'a même pas laissé une lettre. » Pour la première fois, Nicole vit les yeux clairs de sa mère gonflés par les larmes, tandis que sa voix poursuivait, dure mais tremblante : « Clifton Sloan, ce merveilleux mari et père, n'a pas trouvé la décence de laisser aux siens quatre malheureuses traîtres lignes ! »

HUIT

« Ce sera la fin de ce cours sur Hawthorne. » Bette Simon-Smith, la cinquantaine passée, sèche comme un roseau sous ses yeux noirs et globuleux, offrait aux étudiants un de ses sourires forcés. « Mme Chandler sera de retour demain. J'espère que vous vous montrerez tous aussi agréables que possible avec elle, puisque, comme vous le savez, son père s'est suicidé. Comme si elle n'avait pas eu assez d'ennuis comme ça, cette année. »

Miguel Perez referma son classeur en jetant un regard incrédule au professeur. Avait-elle vraiment besoin de préciser que le père de Mme Chandler s'était suicidé ? Ne suffisait-il pas de dire qu'il avait disparu, tout simplement ? Et, en parlant d'ennuis, ne faisait-elle pas exprès de rappeler à tout le monde le comportement peu recommandable de Roger Chandler ? Miguel suivait l'un des séminaires de Mme Simon-Smith et ne l'appréciait déjà guère. Maintenant, il la détestait.

« J'espère que vous aurez retiré quelque chose de ces quelques heures avec moi », poursuivit Bette Simon-Smith d'une voix mielleuse. Les étudiants, déjà prêts à partir, s'affaissèrent sur leurs sièges en comprenant qu'elle n'avait pas encore fini. « Vous devez savoir que j'ai dû remplacer ma collègue au pied levé, sans prendre le temps de préparer quoi que ce soit, alors que j'ai déjà à charge quatre cours magistraux. Cela m'a demandé un certain effort, évidemment, mais je n'ai pas hésité à apporter mon aide à Mme Chandler. »

C'est ça, tu parles, pensa Miguel.

Les étudiants étaient en train de se relever. Simon-Smith les retenait depuis bien cinq minutes, mais elle n'avait pas, semblait-il, l'intention d'en rester là. « Donc, après cette courte introduction sur l'œuvre de Hawthorne, j'espère que vous lirez tous *La Lettre écarlate.*

— Moi, je vais plutôt louer la vidéo, lança un garçon en se dirigeant vers la porte, bien que Bette ne les eût pas encore autorisés à sortir. Quitte à voir une nana se rouler à poil dans le foin, autant que ça soit Demi Moore ! »

Des rires fusèrent mais Bette Simon-Smith resta de marbre, puisqu'elle ne riait jamais que de ses propres plaisanteries. Personne ne tint compte du regard dédaigneux qu'elle jeta au provocateur. La classe entière se pressait vers la sortie.

Plus tard le même jour, Miguel monta à l'étage supérieur du bâtiment Arts et Littérature à la recherche du bureau de Nicole, pour glisser sous sa porte un petit mot de bienvenue. Il croisa Bette Simon-Smith dans le hall, en train de discuter avec un autre professeur, une femme du nom de Silver, croyait-il se rappeler. Elle paraissait légèrement plus jeune que Bette, et portait un volumineux cartable. Au moment où Miguel repéra le bureau de Nicole, Bette haussa le ton.

« Je trouve qu'elle fait un peu trop ce qui lui plaît, cette Chandler. » L'énervement lisible sur son maigre visage avait quelque chose de convulsif, de repoussant. « Quand moi, j'ai commencé ici, on m'a laissée enseigner la grammaire et leur pseudo-linguistique pendant deux années entières, avant de me donner un cours intéressant. Alors qu'elle, elle arrive avec son petit sourire et ses allures de top-model et, au bout de trois mois, on lui confie les grands écrivains américains. »

Sa collègue, encombrée par son épaisse serviette et la tasse de café qu'elle venait de se servir, afficha un sourire conciliant. « Bette, tu n'as quand même pas oublié le directeur impossible qu'on avait quand tu es arrivée. Il avait ses chouchous et il ne voyait qu'eux. Les autres, c'était de la crotte de bique. Une chance qu'on l'ait muté ailleurs. »

Feignant de lire les papiers affichés sur le panneau d'information, Miguel se rapprochait du bureau de Nicole. Il jeta rapidement un coup d'œil derrière lui, au moment où Bette reprenait :

« Mais tu sais bien, Nancy, qu'elle profite d'un traitement de faveur. Enfin, une semaine de congé pour deuil, c'est un peu beaucoup ! Et tu trouves ça juste, toi, qu'une fille sans expérience donne des cours de littérature ? »

Un nouveau coup d'œil révéla à Miguel que Nancy Silver perdait patience. « Toi aussi, tu as pris une semaine entière à la mort de ta mère. Et Nicole a certainement assez d'expérience.

— Oh, un an dans une fac perdue de l'Ohio, si tu appelles ça de l'expérience.

— Et son article sur Fitzgerald a été publié par une des plus grandes revues littéraires.

— Parlons-en, justement. C'est un fatras d'inepties. » Bette s'interrompit, puis : « Je me demande si ses mœurs sont aussi relâchées que celles de son mari. Peut-être qu'elle va les chercher en haut de la hiérarchie, elle, ses copains. C'est pour ça qu'elle est bien notée ! »

Miguel serra les poings. Calomnie. Il se rendit brusquement compte que Bette le regardait.

« Vous cherchez quelque chose, jeune homme ? » demanda-t-elle.

Il la dévisagea froidement. « Non, merci. J'avais un mot pour Mme Chandler, c'est tout. » Il se pencha pour le glisser sous la porte.

« Ce que vous faites est interdit, lança Bette. C'est l'appariteur qui se charge de la correspondance.

— Je préfère faire comme ça.

— Mais vous m'entendez ? » insistait-elle. Levant le pouce, elle lui indiqua le fond du couloir. « C'est là-bas que ça se passe. »

Miguel glissa l'enveloppe sous la porte, se releva et partit sans dire un mot.

« Non mais franchement, siffla Simon-Smith. Ces gosses de Mexicains sont d'une arrogance, maintenant !

— Bette ! s'exclama sa collègue. Mais qu'est-ce qui te prend de dire des choses pareilles ? Il t'a parfaitement entendue.

— La belle affaire. C'est une évidence, et il le sait.

— Bette, nous avons toujours été en bons termes, mais je suis désolée de te dire que tu dépasses les bornes. Le directeur t'a déjà fait savoir qu'il trouvait déplacés la plupart de tes commentaires.

— Ce que j'en ai à faire, de ce qu'il pense ! C'est moi qui devrais être à sa place, de toute façon. »

Nancy Silver hocha la tête. « Sincèrement, Bette, il est temps que tu apprennes à la boucler ou un de ces jours tu vas t'attirer de sérieux ennuis.»

★

Si elle avait promis d'éteindre la lumière et de dormir, Shelley était probablement en train de regarder dans sa chambre une série TV destinée à un tout autre auditoire. Nicole aurait préféré vérifier que sa fille avait tenu parole. Mais il était neuf heures et quart, et, assise à la table de la cuisine, elle s'efforçait de rédiger ce chapitre d'introduction à Melville qu'elle aurait dû terminer une heure plus tôt pour préparer ses autres cours et se coucher à une heure raisonnable. La conversation qu'elle avait tenue le matin avec sa mère avait eu raison de ses capacités de concentration pour le reste de la journée. Nicole avait l'impression d'avoir découvert une étrangère avec qui elle avait tout de même passé plus de la moitié de son existence.

Et maintenant, avec la meilleure volonté, elle ne parvenait pas à charger d'un peu de magie son chapitre d'introduction. Herman Melville était le point de départ de son cours sur les grands auteurs et elle voulait s'en acquitter le mieux possible. Pas question que ses étudiants quittent la salle en jurant leurs grands dieux qu'on ne les prendrait plus à vouloir s'attaquer à Melville, Henry James, ou Ralph Waldo Emerson. «Tu veux en faire trop, finalement, se dit-elle. C'est un cours magistral qu'il te faut écrire, pas un article pour un journal à sensation.»

Elle entendit le marteau de la porte résonner deux fois. «Manquait plus que ça», marmonna-t-elle en contemplant les vêtements de sport qu'elle avait enfilés plus tôt, en pensant qu'un peu d'exercice la détendrait utilement. Elle se leva, regarda ses épaisses chaussettes grises et chercha les tennis qu'elle avait laissées au salon avec ses poids de cinq kilos. Ses cheveux débordaient hors de sa queue-de-cheval. Qu'importe, après tout, puisque c'était sûrement Roger en quête d'une nouvelle scène. Il avait bien choisi son moment.

Elle colla un œil au judas et trouva un autre visage. Inquiète, elle ouvrit aussitôt: «Sergent DeSoto! Il y a un problème?»

Il sourit. « J'aimerais pouvoir frapper à une porte sans provoquer la terreur. »

Elle lui rendit son sourire. « Excusez-moi. Il y a des façons plus polies de recevoir les gens.

— Ce n'est pas grave, j'ai l'habitude. Rassurez-vous, je viens seulement vous donner quelques informations. »

Elle recula : « Entrez. Ne faites pas attention au désordre. Je ne sais pas de quoi j'ai l'air moi-même.

— J'aurais dû vous appeler avant de venir. Et vous m'avez l'air très bien.

— Asseyez-vous, dit Nicole en lui montrant l'affreux fauteuil marron. Je vous offre quelque chose à boire ?

— Si je ne suis pas tout seul, oui.

— J'ai bu trop de café aujourd'hui et j'ai les nerfs en vrille. Un verre de vin me ferait du bien. Ça vous dit, ou vous êtes de service ?

— Non, je ne suis pas en fonction. Un verre de vin sera parfait. »

Nicole eut envie de s'enfoncer sous terre en passant devant le miroir sur le chemin de la cuisine. Sans maquillage, les yeux cernés, elle offrait un spectacle plus désolant encore qu'elle n'avait cru. Pour parfaire le tableau, sa joue était couronnée d'une tache d'encre ! Elle éteignit son ordinateur portable, se précipita devant l'évier et fit disparaître la tache avec un bout de papier absorbant mouillé. Elle crut entendre un gémissement étouffé dans le living-room. Sans doute DeSoto venait-il de se faire happer par l'énorme fauteuil.

Elle remplit deux verres et retourna au salon. Le sergent avait finalement pris place sur le canapé. Les jambes allongées devant lui, il feuilletait un exemplaire de *Vanity Fair*. Il le reposa et prit en souriant le verre que Nicole lui tendait. Il était vraiment joli garçon, pensa-t-elle, mais Shelley avait tort, il ne ressemblait pas du tout à Jimmy Smits.

« J'ai l'impression que je vous dérange, en fait, j'aurais certainement dû téléphoner avant.

— Je viens de passer toute la soirée à préparer mes cours. Je reprends le travail demain à l'université. Mais vous ne me dérangez pas, ça me fera du bien de penser cinq minutes à autre chose.

— Bien. Je serai aussi bref que possible. » Il but une gorgée de son vin et poursuivit presque nonchalamment. « J'ai lu dans la journée le rapport de police sur votre rôdeur.

— Ah oui ? On vous l'a transmis ?

— Sans doute parce que je m'étais occupé des papiers pour votre père… Mais bon, j'ai remarqué que ce n'était pas la première fois que vous aviez ce genre de visite.

— Le loup-garou, comme dit ma fille. Notre visiteur porte un masque de loup.

— J'ai lu ça aussi dans le rapport. Avec le fait qu'il rentre dans votre jardin en accrochant une corde sur un arbre. Mais ce n'est pas vraiment cela qui a attiré mon attention. »

Presque certaine qu'il allait lui faire la leçon, lui rappeler avec insistance qu'il était dangereux de garder une arme chez soi et de la brandir devant un inconnu, elle se raidit. Elle n'en avait cependant rien dit aux policiers la veille.

« C'est en fait la présence de ce chien », expliqua-t-il.

Ce qui la mit plus mal à l'aise encore. Elle déglutit. « Le gros chien qui a mordu le rôdeur ? demanda-t-elle d'un ton très neutre.

— Oui. On a fait une vérification de routine auprès des hôpitaux locaux, mais personne ne s'est présenté avec une blessure de ce type. On pourrait donc croire que la morsure n'était pas bien profonde. » Il s'interrompit. « On n'a pas relevé d'empreintes digitales sur le médaillon, mais il y a une adresse gravée sur celui-ci. À Olmos Park. Le numéro était à moitié effacé, et on a fini par le déchiffrer. » La bouche sèche comme un sablier, Nicole fixait DeSoto. « Madame Chandler, je suis au courant de ce qui vous est arrivé il y a une quinzaine d'années. Et de votre relation avec Paul Dominic.

— Ah, fit-elle vaguement.

— L'adresse inscrite sur le médaillon est celle d'Alicia Dominic, la mère de Paul. »

Nicole ouvrit la bouche, mais aucun son ne sortit.

« Mais vous le saviez, n'est-ce pas ? »

Elle déglutit de nouveau et retrouva un filet de voix. « Savoir, non. Disons que je m'en doutais.

— Et pourquoi pensiez-vous que ce chien était celui d'Alicia Dominic ? »

Elle inspira profondément. « Je ne pense pas que ce soit celui d'Alicia. Je pense que c'est le chien de Paul. »

DeSoto se montra brusquement surpris. « Qu'est-ce qui vous fait dire ça ?

— Je crois avoir aperçu Paul aux obsèques de mon père. » Le sergent fronça les sourcils. « Avec le chien, mais d'assez loin. Et puis j'ai reçu un coup de téléphone, l'autre soir. » Elle rapporta l'avertissement prononcé à l'encontre de Roger, et l'utilisation du mot *chérie*.

DeSoto affichait une moue dubitative. « Madame Chandler, au cours des quinze dernières années, Paul Dominic aurait-il pris contact avec vous ?

— Non.

— Vous savez qu'on l'a considéré mort ?

— " Considéré ", oui. Encore faut-il savoir ce que cela veut dire. »

DeSoto but une autre gorgée de son vin, puis la dévisagea longuement.

« Êtes-vous absolument certaine de l'avoir vu à l'enterrement, et d'avoir reconnu sa voix ? »

Nicole se sentit moins sûre d'elle sous le regard insistant du policier. « Il se trouvait quand même à une certaine distance, et c'est un fait que je ne l'ai pas vu, ni entendu, depuis de longues années. Mais cet homme lui ressemblait tellement, et cette voix était si familière. Et personne d'autre ne m'a jamais appelée *chérie*. »

Détournant les yeux, DeSoto se mit à étudier l'aquarium. « Il est superbe », dit-il.

Elle suivit son regard. « Oui, je trouve aussi. » Nicole contempla un instant ses poissons de verre, « néons » et autres aphyocharax aux merveilleuses couleurs. Des fougères artificielles oscillaient doucement par-dessus les sables bleutés et les différentes teintes des minuscules coraux. « C'est apaisant. »

DeSoto acquiesça mais restait muet. Nicole finit par briser le silence. « Je me trompe ou vous avez autre chose à me dire ?

— Pas grand-chose. Je suis passé aujourd'hui à la maison des Dominic.

— Oh, fit-elle, interloquée. Je pensais que vous auriez seulement téléphoné.

— On apprend parfois plus en se rendant soi-même sur les lieux. »

Ce qui explique que vous soyez là ce soir, pensa-t-elle. « Et qu'avez-vous appris ?

— Je n'ai réussi à parler qu'à la gouvernante.

— Rosa ?

— Vous la connaissez ?

— Pas vraiment. Je me souviens d'elle, disons. Elle a toujours été là. Elle ne m'aimait pas beaucoup. »

DeSoto sourit. « Elle ne donne pas l'impression d'aimer grand monde.

— À part peut-être Mme Dominic. »

Il haussa les épaules. « Sans doute. Elle la protège à la manière d'un vrai pit-bull, en tout cas.

— Elle ne vous a pas laissé voir Mme Dominic ?

— Non. Elle prétend qu'elle est invalide. Que son cœur est fragile et qu'elle a subi une attaque l'année dernière.

— Quelle tristesse. Elle n'est pas très âgée, en plus. Croyez-vous que la maison soit habitée, à part Rosa et Mme Dominic ?

— J'ai à peine dépassé la porte d'entrée. La maison m'a paru négligée, d'ailleurs. Il y régnait un silence parfait. »

Alors qu'autrefois la musique était presque la maîtresse des lieux, pensa Nicole, en se souvenant de la dernière soirée qu'elle y avait passée, à écouter *Rhapsody in Blue*. Elle se demanda depuis combien de temps les puissants haut-parleurs s'étaient tus.

« Et, pour le chien, qu'en est-il ?

— La gouvernante m'a affirmé qu'ils n'avaient jamais eu de chien, même quand Paul était enfant.

— Et le gamin ?

— Quel gamin ?

— Rosa avait un fils, elle aussi. Il s'appelait Juan. Il était bien plus jeune que Paul. »

DeSoto hochait la tête. « Je ne savais pas. Elle n'en a rien dit. Cela ne doit pas changer grand-chose. La fille était catégorique — pas de chien, un point c'est tout. J'ai regardé dans le jardin, et je n'ai rien vu qui puisse démontrer le contraire.

— Moi non plus. » DeSoto posa sur elle un regard interrogateur. « J'y suis allée moi aussi, aujourd'hui, admit-elle.

— Vous avez sonné ?

— Grands dieux, non ! Je n'avais pas mis les pieds à Olmos Park depuis... Enfin, je n'avais pas trop envie de m'y attarder. » Elle marqua un temps. « Vous croyez ce que vous a dit Rosa, pour le chien ?

— Oui.

— Pourquoi l'adresse sur le médaillon, dans ce cas ?

— On ne peut pas être entièrement sûrs du numéro de la rue. Il suffirait que ça soit un autre et ça change tout.

— Enfin... D'abord, je vois cet homme qui ressemble à Paul, avec ce gros chien, et ensuite on trouve l'adresse des Dominic sur le médaillon. Vous ne trouvez pas que c'est quand même une drôle de coïncidence, sergent DeSoto ?

— Raymond. Appelez-moi Ray. » Il baissa les yeux sur son verre, puis la regarda avec solennité. « Personne n'a vu Paul Dominic depuis quinze ans. C'est donc assez peu vraisemblable qu'on le retrouve subitement à San Antonio et qu'il soit là aux obsèques de votre père.

— Vous ne me croyez pas, c'est ça ? » dit-elle, sans cacher sa déception.

Détournant les yeux, il recommença à fixer l'aquarium. « Ce n'est pas ce que j'ai dit. Seulement que tout cela paraît assez improbable. » Son regard revint se poser sur elle. Il sourit. « Mais improbable ne veut pas dire impossible. »

Soulagée, elle soupira. « Au moins, vous ne rejetez pas tout en bloc.

— Non. Et vous pensez que votre intrus pourrait être Paul Dominic ? »

Elle fronça les sourcils. « Ça m'a traversé l'esprit, mais je suis sûre que non. Je pense que le chien dont on a retrouvé le médaillon est le chien de Paul. Et mon rôdeur justement a été attaqué par ce chien. Je ne vois donc pas comment il aurait pu s'en prendre à son maître. »

DeSoto tournait son verre entre ses mains. « Mais vous l'avez vu, ce chien, hier soir ?

— Non. Il se trouvait de l'autre côté de la clôture. En revanche, j'ai vu ce doberman trois fois, les jours qui ont précédé, et j'avais remarqué le médaillon qu'il portait au cou. Je pense que c'est celui-là qu'a retrouvé la police.

— Bon. Admettons qu'il s'agisse du même chien, celui que vous avez vu au cimetière avec cet homme, et que donc il ne l'attaquerait pas. Dans ce cas, qui est venu dans votre jardin, avec un masque sur la tête ?

— Un farceur de mauvais augure.

— Un de vos étudiants, peut-être ?

— C'est possible, mais je ne vois pas qui. De plus, notre inconnu ne cherche apparemment qu'à nous faire peur. »

Il acquiesça. « Vous fermez bien toutes vos portes et toutes vos fenêtres ?

— Soigneusement, oui. »

Il hocha de nouveau la tête, posa son verre de vin et regarda Nicole droit dans les yeux. « Si vous êtes convaincue que Dominic est vivant, qu'il se trouve ici à San Antonio, pourquoi avez-vous si peur ? Je croyais que vous l'aimiez.

— C'est du passé, tout ça.

— Et c'est un assassin.

— Ça n'a jamais été prouvé ! » lança-t-elle aussitôt. Elle se radoucit. « Excusez-moi. Je n'ai jamais pu croire que Paul soit capable de commettre deux meurtres avec préméditation. D'ailleurs, il n'y a jamais eu que des présomptions contre lui. Et des dépositions, c'est tout. » Elle soupira. « Les miennes étant en fait les plus graves. C'est pour cela que j'ai peur, parce qu'il peut parfaitement penser que j'ai détruit sa vie.

— C'est absolument faux, objecta le policier. Il a tué ces hommes de sang-froid et il a pris la fuite, trop lâche pour répondre aux accusations.

— Qu'il se soit enfui, d'accord, admit-elle à contrecœur. Mais c'est à cause de moi, si on l'a inculpé.

— Et parce qu'on a retrouvé l'arme du crime chez lui.

— Il n'empêche que mes propos ont joué contre lui.

— Ils constituent un témoignage, pas une preuve.

— Oui, mais de la bouche de la personne qu'il aimait. Qu'est-ce que vous auriez pensé, à sa place ? » Brusquement agitée, elle se pencha vers lui. « Ray, mais c'est une évidence, j'ai détruit sa vie, vous ne comprenez pas ?

— Calmez-vous, madame Chandler », dit-il gentiment.

Se rendant compte qu'elle venait de hausser le ton, elle posa ses mains à plat sur ses genoux et se mit à respirer lentement. « Excusez-moi, je me suis emportée. Mais je reste certaine que Paul est ici.

— Peut-être. La probabilité est infime, vraiment. »

Elle baissa les yeux sur ses mains jointes. Elle portait encore son alliance. L'idée ne lui était même pas venue de la retirer. « Vous avez raison, fit-elle d'une voix plus calme.

— Je vois que vous vous sentez mieux. »

Nicole leva la tête. « Non, je ne me sens pas mieux pour autant. Je conviens seulement que la probabilité est infime, comme vous dites.

— Vous continuez donc à penser que Paul est bien vivant et qu'il se trouve ici, à San Antonio.

— Oui.

— Bon. Je ne vous ferai pas changer d'avis et je n'essaierai pas, de toute façon, parce que ça m'a l'air possible. Mais enfin, il y a peu de chance. Sans doute pas une sur mille. » Il sourit et se leva. « J'ai assez abusé de votre temps, madame Chandler. Et je suis bien désolé de vous avoir troublée. »

Elle le raccompagna à la porte. « Vous pouvez m'appeler Nicole. Ne soyez pas désolé. D'une certaine façon, je suis contente de pouvoir parler de cela avec quelqu'un. Mon amie Carmen ne me croit pas non plus.

— Je ne refuse pas de vous croire. Je suis d'une nature sceptique, c'est tout. »

Nicole ouvrit la porte d'entrée. Elle resta un instant immobile, silencieuse, puis détacha le bouton de rose blanche qu'on avait glissé sous le marteau.

Ray sourit. « Vous avez un admirateur qui aime les roses blanches ?

— Oui, murmura-t-elle. Paul m'offrait toujours des roses blanches. »

NEUF

Raymond DeSoto retrouva son véhicule, démarra, fit un grand tour dans le quartier et revint se garer à une centaine de mètres de chez Nicole.

Elle était donc persuadée que Paul Dominic était de retour à San Antonio. Après le suicide de Clifton Sloan, DeSoto avait écouté ses collègues évoquer l'agression de Nicole, le double meurtre de Zand et de Magaro, l'inculpation de Dominic et sa fuite. Il se rappelait cette époque, mais le temps avait passé et les versions qu'il venait d'entendre étaient légèrement différentes de ses propres souvenirs, c'est pourquoi il avait consulté tous les articles de presse. Il voulait se faire une idée sur la perception générale de ces événements à l'époque.

Il en avait retiré l'image d'une jeune femme durement mise à l'épreuve, traumatisée, sur une période de plusieurs semaines. Ritchie Zand et Luis Magaro l'avaient brutalisée au point que c'était un miracle qu'elle en soit sortie vivante. DeSoto devinait également ce qui, dans les journaux, était écrit entre les lignes — le sentiment, partagé par de nombreux policiers et une bonne partie de la population, que Nicole avait cherché ce qui lui était arrivé. Trop jolie, trop bien habillée, seule dans la rue à une heure tardive, il ne faut pas rêver.

La presse révéla ensuite qu'elle avait une liaison avec Paul Dominic, un riche et célèbre concertiste de dix ans son aîné.

Si la nouvelle fit sensation, les journaux cachèrent leurs sources. Il s'agissait, paraît-il, d'une « personne proche de Mlle Sloan ». Ray était sûr que cela ne pouvait être ses parents. Il venait d'apprendre que Carmen Vega était alors déjà l'amie de Nicole, mais si elle était en cause, apparemment Nicole n'en savait rien ou du moins leur amitié n'en avait pas été affectée. Bien sûr, Carmen n'était pas la seule personne au courant de cette liaison. Après tout, Magaro et Zand avaient su exactement où trouver leur victime le soir de l'agression — devant la maison de Paul Dominic.

Affublé d'un masque de loup, quelqu'un s'amusait aujourd'hui à se montrer à la fenêtre de la jeune femme. DeSoto sourit un instant du caractère grossier d'une telle farce, qui effrayait pourtant Nicole. Il était moins sceptique sur l'éventuelle présence de Paul Dominic qu'il ne l'avait prétendu en face d'elle — elle avait raison, les coïncidences étaient tout de même confondantes. Il savait cependant que ce n'était pas Dominic qui jouait au loup-garou. Comme Nicole l'avait souligné, il ne se serait pas fait mordre par son propre chien.

Mais avait-elle raison sur toute la ligne ? Ce qui était arrivé hier soir entre le chien et l'intrus était-il purement accidentel, ou Dominic la suivait-il ? Dans ce cas, quelles pouvaient être ses intentions ? Nicole craignait qu'il ne cherche à se venger des ennuis qu'elle lui avait valus. Hochant la tête, DeSoto émit un grognement sardonique. Nicole n'avait en réalité rien fait pour lui nuire, sinon répéter à la police les menaces de mort qu'il avait proférées. Un collègue qui avait traité l'affaire affirmait d'ailleurs qu'à l'époque Nicole Sloan était abrutie par les tranquillisants. Un bon avocat aurait aisément démoli ce genre de témoignage.

Ceci mis à part, Dominic ne pouvait rien lui reprocher. Peut-être ne cherchait-il aucunement à se venger. Peut-être même pensait-il à en refaire sa maîtresse. Quelles que soient ses motivations, l'homme agissait d'une manière excentrique. Il n'était pas impossible qu'il soit déséquilibré. Et il filait Nicole Chandler.

Ray avait établi le programme de la soirée avant même de lui rendre visite. Il saisit la thermos qu'il avait posée sous la boîte à gants et se servit une tasse d'un café noir et chaud. Puis il s'enfonça dans son siège de façon à ce qu'on ne l'aperçoive pas de l'extérieur, et il se prépara à veiller une longue nuit.

★

Pour reprendre les cours, Nicole avait choisi un tailleur iris, un chemisier de soie blanche, un collier et des boucles d'oreille de fausses perles. Parant ses lèvres d'un rouge discret, elle avait également apporté un soin particulier à sa coiffure. Personne ne verrait en elle une femme brisée et larmoyante, pensa-t-elle avec satisfaction. « Montre-toi toujours sous ton meilleur jour, disait son père. Le monde n'a pas besoin de connaître tes misères. »

« Je fais de mon mieux, papa », murmura-t-elle à son image dans le miroir. Puis, à haute voix : « Tu es prête, Shelley ? Tu prends l'autobus, ce matin, pour aller à l'école. »

Jessie sur les talons, Shelley bondit aussitôt dans sa chambre. « Maman, dis donc, tu t'es faite belle !

— Merci, mon cœur.

— Il t'a invitée à dîner, le sergent DeSoto ? »

Nicole la regarda, surprise. « Comment sais-tu qu'il est venu ?

— Ce n'est pas la Maison-Blanche, ici. J'ai entendu des voix et j'ai ouvert ma porte une seconde.

— Eh bien, voyons. Tu es sûre que tu ne voulais pas t'assurer que je ne vienne pas te déranger pendant que tu regardais *NYPD Blue*, par hasard ?

— Maman, c'est vrai que je vous ai entendus. » Elle afficha un petit sourire coupable. « Mais c'était pendant les publicités et j'avais enlevé mon casque. C'était vraiment un bon épisode. Je suis sûre qu'il t'aurait plu. »

Nicole hocha la tête d'un air résigné, sans pouvoir toutefois contenir un vif amusement. « Tu es incorrigible, Shel.

— Qu'est-ce que ça veut dire, maman ?

— Tu es assez grande pour chercher dans le dictionnaire.

— Bon. » Shelley revint à la charge tandis que sa mère attachait sa montre-bracelet. « Et alors, il ne t'a pas invitée ?

— Non.

— Non ? s'étonna Shelley en s'asseyant bruyamment sur le lit, bientôt suivie de Jessie. Pourquoi ?

— Tu as donné à manger aux poissons ?

— Oui, mais tu n'as pas répondu à ma question. Pourquoi il ne t'a pas invitée, le sergent DeSoto ?

— Shelley, même s'il en avait envie, je suis encore mariée.

— Ce n'est pas ça qui gêne papa. »

Nicole marqua un temps. « Oui, tu peux le dire. » Elle observa son alliance, puis la retira d'un geste et la posa dans son coffret à bijoux.

« Papa ne porte plus la sienne, non plus, dit posément Shelley. C'est parce que vous vous détestez, maintenant ? »

Nicole la dévisagea un instant. « Non. Ton père et moi avons vécu heureux ensemble un certain temps et nous resterons proches l'un de l'autre parce que tu es là. Nous ne sommes plus vraiment mariés, c'est tout, sinon au regard de la loi, et cela aussi changera bientôt. »

Elle s'attendit à des larmes, à une mine mélancolique, à une demande réitérée de la part de Shelley pour voir son père et sa mère réunis, pourtant elle répondit simplement : « Bien. Mais tu n'as toujours pas répondu à ma question. »

Nicole leva les yeux au ciel. « Voilà ma fille qui joue les entremetteuses, maintenant. Je t'ai répondu qu'il ne m'a pas invitée.

— Pourquoi est-il venu, alors ?

— Pour parler du rôdeur.

— Le loup-garou ! Je savais bien qu'il nous croirait, si on lui disait !

— Il ne pense pas que cela soit un loup-garou. Plutôt un imbécile qui se cache derrière un masque.

— Et il va *planquer* des policiers pour l'attraper ? » s'exclama Shelley, enthousiaste. « Oh, de toute façon, même s'ils lui mettent la main dessus et qu'il n'est pas trop bête, le type refusera de parler en l'absence de son avocat. »

Nicole posa son front dans sa main ouverte avant d'éclater de rire. « Shelley, tu regardes trop la télévision. Tu ne parles plus comme une petite fille de neuf ans. On dirait un commissaire de police.

— C'est ça que j'ai envie de faire quand je serai plus grande.

— Je croyais que tu voulais jouer la comédie. »

Shelley fronça les sourcils. « Je pourrai peut-être jouer des rôles de policier.

— J'aimerais mieux que tu fasses des études, moi.

— Bof... », répondit-elle, tandis que sa mère se demandait si cette interjection allait devenir un leitmotiv jusqu'à la fin de son adolescence. Soudain le visage de Shelley s'éclaira et elle bondit vers la rose blanche que Nicole avait placée dans un vase sur la commode.

« Maman, qu'elle est jolie !

— Oui, très.

— C'est le sergent DeSoto qui te l'a offerte ?

— Chérie, il est temps qu'on se mette en route.

— Tu n'as pas répondu à...

— Non, ce n'est pas Ray.

— Ray ?

— Le sergent DeSoto, je veux dire.

— Qui c'est, alors ? »

Nicole ajusta sa boucle d'oreille et fourra dans son sac un paquet de mouchoirs en papier. « Je n'en sais rien. »

Shelley étudia la fleur, puis le visage de sa mère. « Je crois que tu sais très bien qui c'est, mais que tu ne veux pas me le dire », observa-t-elle avec espièglerie.

Et Nicole ne répondit pas puisqu'elle avait raison.

★

Son bureau, à l'université, lui donna l'impression d'être celui de quelqu'un d'autre. Elle ne s'en était absentée qu'une semaine, mais cela paraissait des mois. Elle ouvrit la porte, trouva la carte de Miguel et la lut. Quelle gentillesse, pensa-t-elle en versant de l'eau dans la cafetière. Comme il lui restait quarante-cinq minutes avant le premier cours, elle s'assit et tria le courrier arrivé pendant la semaine.

Le téléphone sonna cinq minutes plus tard. « Alors, la prof, ça va ? demanda une voix chantante.

— Carmen, quelle bonne surprise ! Comment vas-tu ?

— Comme quelqu'un qui pensait t'inviter à dîner quelque part, ce soir.

— Chez toi ?

— Non. Quelque part, c'est dehors. Si on allait sur River Walk, par exemple ? »

Nicole sourit. C'était une attention charmante de la part de Carmen, qui se doutait que la reprise des cours n'irait peut-être pas de soi et que Nicole aurait envie de se délasser dans un endroit qu'elle appréciait — comme River Walk.

« Très bonne idée. Dis-moi, est-ce qu'on emmène Jill et Shelley ? Parce que, dans ce cas, il faudra quand même surveiller notre langage et... pas plus d'un verre chacune !

— Non. Ce soir on passe une bonne soirée toutes les deux, ce qui veut dire sans les filles. J'ai pensé que Shelley pouvait passer la nuit avec Jill. Elles s'entendent plutôt bien en général, non ?

— Jill fait une grande sœur idéale, elle a à peine deux ans de plus que Shelley.

— Tu la poses à la maison vers six heures ? Bobby veut bien faire le baby-sitter. Il a même proposé de les conduire toutes les deux demain matin à l'école.

— Celle de Shelley est quand même assez loin, pour lui ?

— Il dit que cela ne le dérange pas. Et moi, tu me retrouves au magasin.

— Rendez-vous pris ! répondit Nicole.

— Eh bien, je vois qu'on se remet vite », fit une autre voix.

Tandis qu'elle raccrochait, Nicole reconnut la silhouette de Bette Simon-Smith devant la porte.

« Bonjour, Bette. Je ne sais si je me remets aussi vite que vous le dites, mais il faut reprendre courage.

— Et de nouveaux rendez-vous, bien sûr, fit Bette d'un air faussement dégagé.

— Carmen est ma meilleure amie depuis trente ans. »

Bette la regardait fixement en affichant un sourire supérieur.

Peu de gens étaient capables d'énerver Nicole aussi rapidement, mais elle s'efforçait toujours de se montrer courtoise envers cette femme dont on aurait pu croire qu'elle faisait partie des murs. « Merci de vous être occupée de mes élèves en mon absence.

— Eh oui, je suis la bête de somme du département.

— Désolée pour le surcroît de travail, répondit gentiment Nicole. J'ai préparé du café, je vous en sers une tasse ?

— C'est tout ce que j'ai comme récompense ? »

Nicole étudia un instant sa longue mine disgracieuse. « J'ai pensé à vous faire parvenir des fleurs...

— Des fleurs ! » s'exclama Bette. Comme horrifiée, elle avait presque crié. « Pour que les gens se demandent si nous ne sommes pas lesbiennes, en plus ! »

Stupéfaite, Nicole observa son interlocutrice qui éclata d'un rire bruyant, en réalité plus proche du braiment.

« Oh, rangez-moi ces yeux exorbités. Si on ne peut plus plaisanter. Et n'ayez crainte, personne ici n'irait croire que vous êtes lesbienne, avec toute l'attention que vous manifestez à vos jeunes étudiants.

— Je vous demande pardon ? balbutia Nicole.

— Oh, rien du tout. Décidément, les gens manquent terriblement d'humour dans ce département. »

Précisément, deux de leurs sinistres collègues jetèrent un regard dans la pièce en passant dans le couloir, mais reconnurent Bette et préférèrent ne pas s'arrêter. Pas étonnant, pensa Nicole. À leur place, je resterais moi aussi à l'écart de ce genre de situation.

« Oui, répondit brusquement Bette.

— Comment ? »

Simon-Smith lâcha un soupir. « Vous m'avez proposé un café et je vous dis oui.

— Ah. Du sucre ? De la crème ?

— Les deux. Je n'ai pas de problème de régime, moi.

— C'est toujours un souci en moins.

— En moins ? Parce que vous croyez que ça m'amuse de ressembler à une anorexique ?

— Mais vous ne ressemblez pas à une anorexique, voyons », dit Nicole qui remplit une tasse de café pour sa collègue en souhaitant désespérément qu'elle prenne congé.

« Trop aimable. Cela doit être pour cette raison que tout le monde vous aime tellement ici. Bien sûr, toujours un mot plaisant. Un vrai petit rayon de soleil. »

Nicole tendit la tasse, le sucre et la crème à Mme Simon-Smith, puis partit se rasseoir derrière son bureau. « Ma mère ne serait peut-être pas de votre avis.

— C'est que vous réservez vos charmes pour votre carrière. »

Bette avala une gorgée de café et plissa son long nez pointu. « Trop d'eau. »

Nicole fut sur le point de se déclarer désolée, mais elle se ravisa. S'il n'y avait pas eu, soi-disant, trop d'eau, Bette aurait trouvé le café trop fort, trop chaud, trop froid, ou Dieu savait quoi encore. Avec elle, rien n'allait jamais, de toute façon.

« Comme je vous le disais, poursuivit Simon-Smith sans se préoccuper du silence de Nicole. Vous êtes la chérie de l'unité de recherches. Notre jeune et belle petite princesse.

— Bette, j'espère que vous plaisantez, répondit Nicole d'une voix égale. Sinon je vais me mettre à penser que vous perdez vos esprits.

— Ha, ha ! s'exclama sa collègue. Enfin, un peu de méchanceté. On ne peut pas être gentil avec tout le monde, n'est-ce pas ?

— Je n'ai rien dit de méchant. Je plaisante simplement comme vous. »

Bette posa sa tasse sur le bureau de Nicole, avec une maladresse voulue, et le café gicla. « Mais c'est que je ne plaisantais pas.

— Alors il y a quelque chose qui cloche dans votre raisonnement. Je ne suis certainement pas une petite princesse, ni ici ni ailleurs. Je trouve même ridicule que vous puissiez affirmer de telles choses. »

Bette se redressa abruptement. « Je dois m'en aller. Je sais que vous traitez Herman Melville aujourd'hui. J'ai fait un excellent travail sur Hawthorne, pour vos étudiants. J'espère que vous saurez éviter de massacrer le pauvre Melville.

— Je ferai de mon mieux pour me montrer à la hauteur de vos enseignements », articula sèchement Nicole.

Un instant plus tard, tandis qu'elle essuyait le café renversé par Bette, elle leva les yeux et reconnut Nancy Silver qui passait la tête à la porte.

« Contente de te revoir, dit celle-ci.

— Merci.

— Nicole, j'ai entendu quelques mots de votre conversation. » Elle entra. Ses cheveux noirs brillèrent à la lumière du jour. « Bette n'est pas au mieux de sa forme, tu sais. »

Nicole pensa à Kay. « Tu veux dire qu'elle est malade ?

— Pas physiquement, mais… Elle a encaissé de drôles de coups, ces derniers temps.

— Cela n'arrive pas qu'aux autres, répondit amèrement Nicole.

— Ce n'est pas ce que je voulais dire. Cependant, tu es encore jeune, séduisante et tu as ta fille. Bette est parfaitement seule. Pas de mari, pas d'enfant. Elle rêvait de devenir un grand professeur mais, au bout de vingt-cinq ans de carrière, elle n'a publié qu'un livre, il y a bien longtemps, et à peine deux ou trois articles. L'ouvrage sur lequel elle travaille depuis cinq ans a été rejeté par la plupart des éditeurs.

— C'est bien malheureux, mais…

— Essaye de ne pas faire attention à elle pendant quelques mois encore, interrompit Nancy. Elle part l'année prochaine en congé sabbatique et cela lui fera le plus grand bien. Elle aura le temps, comme nous le souhaitons tous, de se reprendre et je suis certaine qu'elle redeviendra la collègue sensible et intelligente qu'elle était.

— Espérons-le », fit Nicole sans enthousiasme. Quelque chose lui disait que le temps ne ferait rien à l'affaire et que Bette Simon-Smith nourrirait en toute circonstance la même inimitié envers elle. En outre, Nicole ne ressentait aucune sympathie pour les gens qui détestent la terre entière parce que leurs livres sont rejetés. « Je suis désolée, Nancy, je sais que tes intentions sont louables, et Bette a de la chance que tu sois là pour la soutenir. Mais je n'ai pas la tête à ce genre de discussion, ce matin. Et, si je ne me dépêche pas, je vais arriver en retard à mon cours. »

★

« Où est-ce que vous allez manger, avec tante Carmen ? demanda Shelley en faisant irruption dans la chambre de sa mère, avec son grand sac fourre-tout.

— Je ne sais pas encore. Je crois que je vais laisser Carmen décider.

— Je ne vois pas pourquoi on ne peut pas vous accompagner, moi et Jill.

— *Jill et moi*, corrigea Nicole qui enfilait des jeans neufs, apparemment très étroits. Parce qu'on a décidé de sortir entre filles, voilà. »

Elle boutonna son long chemisier beige et chaussa une paire de bottes mexicaines de cuir noir.

« Mais on est aussi des filles, Jill et moi.

— Oui, mais des *petites* filles. » Nicole ajustait deux grands anneaux à ses oreilles.

« Tu as l'air d'avoir dix-huit ans, comme ça, maman. »

Nicole se pencha et embrassa sa fille sur le front. « Tu es ma petite fille adorée et, *non*, je n'augmente pas ton argent de poche et, *non*, tu ne sors pas ce soir.

— Oh zut, bouda Shelley. Bon, mais c'est vrai que tu as l'air jeune. Aussi jeune que Lisa. Et beaucoup plus jolie, surtout. »

Maintenant prête, Nicole s'agenouilla et prit Shelley dans ses bras. « Tu ne veux pas essayer de l'aimer bien, Lisa, juste un peu ?

— Et pourquoi ?

— Parce que ton papa l'épousera peut-être un jour. »

Shelley grogna. « Je ne le supporterai jamais.

— Mais si, voyons. Donne-lui une chance, quand même. »

Shelley réfléchit. « D'accord, je serai très polie avec elle. Mais je ne te promets pas de l'aimer.

— Je ne peux pas t'en demander beaucoup plus, j'en ai peur », admit Nicole en pensant qu'elle ne ferait pas mieux elle-même.

Trois quarts d'heure plus tard, Nicole sonnait avec Shelley, son grand sac à l'épaule, à la porte de la petite maison d'adobe de la famille Vega. Bobby vint leur ouvrir et se montra aussi froid et distant avec Nicole que Jill était rayonnante. Il débarrassa Shelley de son sac. « Hé ! Qu'est-ce que tu as mis là-dedans ? Des parpaings ?

— Juste le nécessaire », répondit Shelley de sa voix la plus adulte. Nicole savait qu'elle s'efforçait de se grandir aux yeux de Jill qui, de deux ans seulement son aînée, utilisait déjà un léger rouge à lèvres rose.

Vêtu d'un vieux chandail gris, Raoul Vega, le père de Bobby, les rejoignit à la porte. Ses cheveux clairsemés portaient la marque d'un peigne mouillé. « Nicole ! » lança-t-il sur un ton joyeux.

Surprise qu'il se souvienne encore d'elle, elle afficha un large sourire : « Monsieur Vega, quel plaisir de vous revoir !

— Mais vous êtes toujours aussi charmante ! Vous n'avez pas changé ! Pas vrai, Bobby ?

— Ouais, ouais, fit platement celui-ci.

— J'espère que les filles ne vous causeront pas trop d'embarras, ce soir », reprit Nicole.

Raoul lui offrit un regard espiègle. « Les filles ? Un embarras ? Pff ! J'en ai élevé six, moi.

— Trois, corrigea Bobby.

— Tu es sûr ? J'ai toujours cru qu'il y en avait six. »

Nicole et Raoul se mirent à rire. Puis, brusquement, le doute sembla obscurcir le visage ridé du vieil homme, et ses yeux balayèrent abstraitement la pièce. « Comment va votre copain ?

— Vous voulez dire mon mari ?

— Vous l'avez épousé ? Ce beau gars pour qui j'avais confectionné une croix ? » Il joignit les mains et regarda son fils. « C'était une jolie croix en argent, incrustée de turquoises, avec des ailes gravées derrière. Nicole disait que les ailes symbolisaient l'inspiration, la musique. » Il dévisagea Nicole. « Elle lui a plu ?

— Il l'a trouvée très belle, oui », dit-elle d'une voix incertaine, en se rappelant le bijou qu'elle avait offert à Paul Dominic pour son vingt-neuvième anniversaire.

« Un sacré talent, poursuivit Raoul. Un don peu ordinaire pour le piano, vraiment.

— Bon, bien, je vais devoir repartir », dit Nicole en se détournant pour ne pas offrir en spectacle les larmes qui perlaient ses yeux, tandis qu'elle revoyait Paul en train d'ouvrir son cadeau. Il l'avait ce soir-là demandée en mariage.

Elle conduisit plus vite qu'elle n'en avait l'habitude, son autoradio à plein volume sur une chanson d'Alanis Morisette qu'elle chanta à pleins poumons jusqu'à ce que la voix de Paul lui proposant de devenir sa femme s'évanouisse dans son esprit. Il y a si longtemps, se répétait-elle. Tout cela ne voulait plus rien dire.

Mais c'était faux. Cela comptait peut-être même davantage aujourd'hui.

« Et tu ne sais plus où tu en es, cria-t-elle comme pour couvrir la musique. Le matin tu pleures en pensant à l'homme que tu aimais, et le soir tu te mets à craindre qu'il cherche à se venger de toi. Roger serait trop content de te psychanalyser, tiens ! »

Elle se sentit légèrement plus détendue en atteignant le centre de San Antonio. Elle gara sa voiture dans le parking de plusieurs étages de la National Bank et refoula une soudaine montée d'adrénaline au souvenir de quantité de séries TV dans lesquelles on voyait des femmes agressées dans ce genre de structure. Mais Nicole ne prenait plus de risque. Elle aurait choisi un autre parking si elle n'avait pas trouvé une place au rez-de-chaussée et, pour parer à toute éventualité, elle avait glissé sa petite bombe de gaz lacrymogène dans la poche intérieure de son blazer.

Elle quitta le bâtiment et se dirigea vers River Walk. Le *Paseo del Rio*, comme son père lui avait traduit quand elle était petite, suivait la rive du fleuve San Antonio à environ cinq mètres au-dessous du niveau des rues. Le quartier entier avait été construit entre 1939 et 1941, pour préserver ce méandre en forme de fer à cheval que des hommes d'affaires de la ville avaient voulu, vingt ans plus tôt, couvrir de ciment et transformer en égout. Mais on avait fait valoir de plus sages opinions, et les berges avaient été aménagées pour fournir une promenade de quatre kilomètres de long, en plein cœur de San Antonio. Elles en constituaient aujourd'hui l'une des principales attractions touristiques.

Nicole descendit rapidement l'escalier de pierre qui lui avait toujours paru donner accès à un monde magique, et elle se sentit d'excellente humeur. Combien d'heures avait-elle passées ici en compagnie de Carmen, lorsqu'elles étaient toutes les deux gamines, à faire du lèche-vitrines, à traîner aux terrasses des cafés, à visiter les galeries d'art? Les bords du fleuve ressemblaient ce soir, comme toujours, à un jardin enchanté, avec leurs milliers d'ampoules minuscules nichées dans les arbres, avec la musique omniprésente dans les bars et les boîtes de nuit, les navettes qui embarquaient de nouveaux touristes toutes les quarante-cinq minutes, et les bateaux-mouches où l'on servait des dîners aux chandelles.

J'ai l'impression d'avoir à nouveau dix-huit ans, se dit-elle en se félicitant d'avoir revêtu une tenue jeune. Elle redouta presque aussitôt l'aiguillon de la culpabilité — son père était mort depuis quelques jours à peine. Mais elle n'essaya pas de se payer de mots, ni de quelque cliché détestable du style: «Il aurait voulu que tu t'amuses», ou «Mais oui, la vie continue». Ce soir, pour une fois, elle avait simplement envie d'oublier la brutalité de tant d'émotions — la disparition cruelle de Clifton, les colères idiotes de Roger, la peur déclenchée par le retour de Paul Dominic. Ce soir, Nicole voulait être une jeune femme insouciante.

Elle croisa une foule de personnes sur le chemin de la boutique des Vega. Le panneau FERMÉ était placé derrière la vitrine, mais Nicole aperçut Carmen qui déambulait à l'intérieur, encore éclairé. Celle-ci vint aussitôt ouvrir la porte à son amie. « Tu as un quart d'heure de retard ! dit-elle de sa voix légèrement rauque.

— Désolée, c'était bouché partout. »

Carmen l'étudia de pied en cap. « Je donnerais une fortune pour pouvoir mettre des jeans aussi étroits.

— Ça fait dix jours que je ne mange presque rien, sinon je n'y arriverais pas non plus. » Elle sourit. « Je ne sais pas comment je vais les enlever, d'ailleurs. Si Shelley n'est pas là pour m'aider, il faudra que je dorme avec.

— Évidemment, moi, je mange pour deux. Bobby a même commencé à me faire des réflexions, admit Carmen en gratifiant d'une claque une hanche bien charnue sous la toile plutôt lâche de son pantalon.

— D'après ce que je viens de voir, tu peux lui en réserver autant. »

Carmen posa sur Nicole un regard presque alarmé. « Dire à Bobby qu'il a pris du poids ? Tu n'y penses pas, chatouilleux comme il est là-dessus...

— Et pourquoi serait-il le seul à avoir le droit d'être désagréable ?

— Il est encore persuadé d'avoir vingt ans.

— Et on dit que les femmes sont coquettes ! Je trouve que tu es parfois trop gentille avec lui, Carmen. Cela dit, je meurs de faim. Où est-ce qu'on va manger ?

— Si on allait chez Tequila Charlie ? Ils font les meilleurs margaritas de River Walk, tu adores ça et moi aussi, et je suppose que tu ne cracherais pas dessus après une rude journée de labeur universitaire. Comment ça s'est passé ?

— Si je n'avais pas eu droit aux commentaires stupides de Bette Simon-Smith, ç'aurait été parfait.

— C'est cette vieille pie qui en a toujours après toi ?

— Oui, et elle était dans une forme exceptionnelle, aujourd'hui. Il paraît qu'elle prend un congé sabbatique, l'année prochaine, mais je me demande si elle tiendra jusque-là. J'ai l'impression qu'elle va nous faire une bonne dépression nerveuse.» Nicole sourit. «Mais ne t'inquiète pas. Je n'ai pas le cafard et je suis de très bonne humeur. J'ai envie de m'amuser, ce soir.

— Parfait! Je m'assure que la porte du fond est bien fermée, j'enfile ma veste, et j'arrive.»

Carmen partit dans l'arrière-boutique et Nicole se mit à inspecter les présentoirs. De grands casiers vitrés abritaient une jolie collection de bijoux en argent. Elle n'avait certainement pas eu besoin que Raoul Vega lui rappelle, quelques instants plus tôt, le jour où elle lui avait demandé de confectionner sur mesure la croix qu'elle destinait à Paul, incrustée de turquoise d'un côté, avec deux ailes gravées sur l'autre. Le souvenir d'une journée de bonheur. Nicole ferma les yeux, puis continua sa visite.

Elle étudia les nombreuses poteries d'argile sur les étagères, les paniers tressés portant les armoiries de la cour d'Espagne, et une variété d'ornements sculptés dans l'obsidienne ou le jade du Mexique. Plusieurs tableaux étaient suspendus aux murs. Il y avait également des tapis tressés aux motifs sud-américains. Tout était de très bon goût. Et cher. La bijouterie avait toujours été une des boutiques haut de gamme de River Walk. Carmen disait que Bobby pensait à distribuer aussi des articles de moindre valeur, pour augmenter son chiffre d'affaires, mais elle s'y était opposée avec son beau-père. Bien qu'elle comprît les motivations de Bobby — il faut quand même gagner sa vie —, Nicole elle-même aurait regretté de voir décliner la qualité de leurs produits.

«Juste une minute, dit Carmen depuis le fond du magasin, je ne sais plus où j'ai mis mon sac, pour changer.

— J'ai l'estomac dans les talons, mais je dois pouvoir encore tenir trente secondes.»

Nicole s'apprêta à refaire le tour du magasin. Elle s'immobilisa brusquement. Sur un autre mur se trouvaient trois masques — le premier représentait un aigle, le deuxième un ours, et le troisième un loup. Elle s'approcha de ce dernier, bien que ce ne fût pas indispensable. Elle l'aurait reconnu à cent mètres.

«Voilà, je suis enfin prête, déclarait Carmen en quittant l'arrière-boutique. Qu'est-ce qui ne va pas?

— Ces masques.

— Ils sont vraiment superbes, n'est-ce pas ? Ce sont des reproductions d'authentiques masques indiens. Les membres des différents clans les accrochaient à l'entrée de leurs tipis, pour que l'on sache à quelle société ils appartenaient. Tu savais que, chez les Indiens, les enfants étaient toujours élevés par la famille de leur mère, même si le père était d'une autre tribu ?

— Oui, fit Nicole d'une voix absente. Mais tu en vends beaucoup, de ces masques ?

— Non, malheureusement. C'est qu'ils sont assez chers. Ne me dis pas que tu veux en offrir un à ta mère !

— Elle a horreur de ce genre de chose. Tu n'as que ces trois-là ?

— Il y en a peut-être d'autres en stock, il faudrait voir. C'est un ami de Bobby qui les fait.

— Un ami de Bobby, répéta lentement Nicole. Il doit les lui vendre bien moins cher.

— Moins cher qu'ici, évidemment. » Carmen afficha un sourire ironique. « Tu ne veux quand même pas en acheter en gros ?

— Non, bien sûr. Cependant j'aimerais savoir qui vous en a pris un récemment. Celui du loup. »

Carmen fronça les sourcils. « Ça t'embêterait de me dire pourquoi ? » Soudain son expression changea. « Ah ! Le loup-garou, c'est ça ? » Elle éclata de rire. « Nicole, tu ne penses pas sérieusement que ton rôdeur portait un de ces masques ?

— Si, pourquoi ?

— Parce qu'ils coûtent les yeux de la tête ! Si quelqu'un cherchait à te faire peur, il prendrait un truc en plastique, du commerce. Pas un masque de ce genre qui vaut deux cents dollars. Et qui pèse au moins un kilo, par-dessus le marché !

— Depuis combien de temps en vendez-vous ?

— Pas tout à fait un an, je crois. Nicole, franchement...

— Je sais que ça te semble tiré par les cheveux, mais, juste pour me faire plaisir, tu ne peux pas regarder dans tes registres pour voir qui en a acheté un ? »

Carmen hocha la tête. « Oui, ça me paraît saugrenu, mais je le ferai pour toi. Cependant on ne garde pas trace de nos clients, à moins qu'ils ne nous demandent de sertir un bijou ou de graver un nom. Nos peintures ne sont pas garanties, et la poterie non plus. Le mieux que je puisse faire, c'est demander à Bobby demain. C'est lui qui a eu l'idée de les commander. Je suis certaine qu'il se rappellera combien on en a vendus, et peut-être même à qui. »

Nicole sourit. « Merci, Carmen. Je sais que tu me trouves ridicule, mais ce masque de loup ressemble tellement à celui que j'ai vu...

— Je comprends. Même si tu te laisses sans doute emporter par ton imagination. Après tout, tu n'as vu ton bonhomme que dans le noir. Et certainement trop vite pour t'en souvenir vraiment. »

Que si, je m'en souviens, pensa Nicole, sûre d'elle, en contemplant le masque qu'elle avait vu clairement deux fois, derrière la fenêtre de la chambre de Shelley puis derrière la sienne.

DIX

La salle du restaurant Tequila Charlie était pleine, mais il restait une petite table de libre dans la cour intérieure. Un vent léger s'était levé et il ne devait plus faire que seize ou dix-sept degrés. De minuscules ampoules électriques constellaient les chênes, les myrtes, les cyprès et les saules. Bordant la rive du fleuve, elles prêtaient à celui-ci leurs clignotements. Nicole se rendit compte qu'elle ne s'était pas sentie aussi bien depuis près de deux semaines.

Elles commandèrent toutes deux un plat de steak et de crevettes tex-mex, et des margaritas glacées.

« Des chips et de la salsa avec les boissons ? demanda la serveuse.

— Oui, s'il vous plaît, répondit Nicole. Sinon je vais m'évanouir, tellement j'ai faim. »

Les margaritas arrivèrent et elle but une longue gorgée du cocktail citronné, avant de passer la langue sur ses lèvres pour recueillir le sel jusque-là collé sur les bords du verre. « Elle est parfaite.

— Ne me dis pas que c'est la première que tu bois depuis ton retour à San Antonio ?

— Si. Roger déteste les restaurants de River Walk. Il n'y a que Shelley qui arrive à le traîner ici. » Elle rit : « Il paraît qu'il était enchanté de déjeuner avec elle au Planet Hollywood, l'autre jour.

— Il faut croire qu'il adore sa fille. » Carmen s'interrompit, goûta sa margarita, trempa une cinquième chips dans la sauce rouge, puis demanda : « Qu'est-ce qu'il t'a donné comme raison de revenir à San Antonio ?

— Il disait que c'était mieux pour Shelley de vivre près de ses grands-parents, qu'elle connaissait à peine. Mais il n'a pas fallu longtemps pour qu'il lui reproche de voir trop souvent son grand-père. Roger pensait aussi que c'était une bonne idée qu'on enseigne dans la même faculté. Parce qu'on pouvait trouver une maison près du campus et n'utiliser qu'une voiture. C'est vrai qu'il y avait un poste pour chacun de nous, ce qui n'est pas si fréquent.

— Mais toi, tu lui as dit que tu ne voulais pas revenir ici ?

— Dix fois par jour, mais bon. Il prétendait que cela me ferait du bien d'être confrontée au passé — que j'en ressortirais grandie.

— Et tu l'as cru ?

— Non. Mais le reste n'était pas si bête. Et il était déterminé. Obstiné, même. »

Carmen pencha la tête légèrement de côté. « Et tu m'accuses d'être trop gentille avec Bobby ?

— L'hôpital qui se moque de la charité, c'est ça que tu veux dire ?

— Je n'irai pas jusque-là... » Elle but une nouvelle gorgée et regarda Nicole. « L'alcool doit me délier la langue. Bobby m'avait demandé de ne rien dire, mais je n'y arrive plus. À chaque fois que je te vois, ça me reste sur l'estomac. »

Nicole se figea, brusquement tendue comme une corde de piano. « Tu me fais peur. De quoi s'agit-il ?

— Bobby connaît les parents de Lisa Mervin.

— Ils sont d'ici, aussi ?

— Oui. Ils l'avaient envoyée étudier dans l'Ohio à cause d'un type louche qu'elle fréquentait et qui les inquiétait. C'est là-bas qu'elle a rencontré Roger. Ses parents ont appris qu'elle sortait avec lui et ils lui ont ordonné de rentrer à San Antonio. »

Nicole écarquillait les yeux. « Tu veux dire que ça a commencé *là-bas* ?

— Il faut croire.

— Quel fils de... » Nicole sentait la rage monter. Elle avala d'un trait le reste de son verre. « C'est donc pour la *suivre* qu'il m'a traînée ici. Ce crétin nous a fait traverser les États-Unis dans l'autre sens pour retrouver cette gamine !

— Oui », admit Carmen d'une petite voix.

Les yeux de Nicole brillaient d'un éclat furieux. « Mais, nom d'un chien, Carmen, pourquoi ne me l'as-tu pas dit quand on était là-bas ? »

Carmen sembla vexée. « Tu crois que je te l'aurais caché, si je l'avais su à ce moment-là ? Les Mervin sont des amis de Bobby, moi je ne les connais pas. Je n'ai rien su de Lisa ou de toute cette affaire jusqu'à ces derniers temps.

— Oui, excuse-moi, dit Nicole qui retrouvait son calme. Tu ne l'aurais sans doute pas laissé me faire ça, si tu avais su. » Elle tapota du bout des ongles sur la table. « Et les parents de Lisa ? Où ils en sont, maintenant ?

— Elle leur en a tellement fait voir qu'ils ont fini par lui couper les vivres. Ils ne lui donnent plus un rond.

— Tu veux dire que c'est Roger qui l'entretient.

— Jusqu'au moindre centime.

— Et moi qui me retrouve à deux avec un seul salaire.

— Il ne t'a pas laissé d'argent pour la maison et le reste ?

— Quelques centaines de dollars. »

Carmen était consternée. « C'est *tout* ?

— Eh oui. Il va falloir que j'enfonce le clou, le mois prochain, à l'audience devant le juge.

— Et l'héritage de ton père ?

— Il l'a écrit avant que Roger ne me quitte. C'est maman qui hérite de tout, mais il a ouvert un fonds pour Shelley qu'elle touchera à sa majorité.

— Ta mère ne peut pas te prêter d'argent ?

— Certainement que si. Mais après il faudrait en passer par ses quatre volontés. Elle nous obligerait à venir vivre chez elle, et ensuite elle se débrouillerait pour nous mener à la baguette. Je ne lui jette pas la pierre, elle veut toujours bien faire, mais… tu la connais. » Nicole frissonna. « On se retrouverait comme deux oiseaux dans une cage dorée.

— Tu peux peut-être essayer de freiner ses ardeurs.

— Je ne sais pas. J'aurai sans doute besoin d'elle de toutes les façons. On a perdu de l'argent en vendant la maison de l'Ohio, parce qu'on n'a pas eu le temps de le faire correctement. Et on n'a plus aucune épargne. C'est d'ailleurs Roger qui s'en occupait et je n'ai jamais eu accès aux comptes.» Elle soupira. «Carmen, depuis quand sais-tu qu'il n'est venu ici que pour retrouver Lisa?

— Depuis Noël, à peu près au moment où il t'a annoncé qu'il voulait te quitter. Je ne t'en ai rien dit, parce que Bobby insistait pour que je me taise. Mais j'espérais aussi que Roger se rendrait compte qu'il faisait une erreur, et qu'il reviendrait sur sa décision. Cela aurait été plus facile pour toi de lui rouvrir la porte si tu ne savais rien de toute l'histoire.»

Bouche bée, sidérée par l'ampleur du mensonge de Roger, par ce machiavélisme gras et repu, Nicole gardait le silence.

«Je suis navrée, dit Carmen en repoussant nerveusement une longue mèche noire derrière son oreille. On était parties pour passer un moment agréable et il faut que je te déballe tout ça. Bobby répète toujours que je n'ai aucun tact.

— Oh, il en a sûrement assez pour observer tes défauts à haute voix, lâcha Nicole.

— Tu n'es pas obligée de faire rejaillir sur lui ce que tu dois reprocher à Roger.

— Et pourquoi pas? Tu ne devinais sans doute pas ce qui se tramait dans mon dos, mais Bobby le savait très bien, lui. D'accord, il ne m'aime pas beaucoup, mais cela fait bientôt vingt ans que je le connais et, puisque c'est ton mari, il aurait pu avoir la décence de me mettre au courant avant que je ne me retrouve dans cette situation insensée, et en plus sans un rond.

— Il pensait qu'il n'avait pas à mettre son nez dans ton mariage», dit tristement Carmen.

Nicole la regarda. Elle n'en croyait rien. Elle connaissait depuis longtemps l'aversion que Bobby éprouvait pour elle. S'il avait préféré garder le silence, ce n'était certainement pas dans le souci de se préserver des affaires d'autrui. Plutôt parce qu'il devinait le dénouement de l'histoire, et que tôt ou tard Nicole en souffrirait affreusement. Mais Carmen avait foi en son mari, et elle paraissait pour l'instant si perturbée que Nicole se força à réprimer sa colère. En outre, Dieu seul savait pourquoi, mais Carmen adulait Bobby.

«Allez, ne fais pas cette tête, dit doucement Nicole. Tu n'y es pour rien. Et je comprends finalement l'attitude de Bobby.» Et comment, pensa-t-elle — il m'a joué un bon tour sans même avoir à lever le petit doigt. « Ce que je ne comprends pas, en revanche, c'est pourquoi Roger m'a forcée à l'accompagner ici à San Antonio, alors qu'il était amoureux de sa gamine et qu'il avait sans doute déjà décidé de me quitter. Il aurait pu me laisser là-bas, dans l'Ohio, ce qui nous aurait épargné un déménagement coûteux. »

Carmen inspira profondément et, à contrecœur, déclara : « Je pense que c'est Shelley qu'il voulait avoir ici avec lui, Nicole, pas toi. C'est évident que Shelley serait restée là-bas avec toi, s'il t'avait quittée dans l'Ohio. Tandis qu'ici, il avait l'une et l'autre. »

Nicole se frappa le front avec le plat de la main. « Mais *évidemment* ! Ce que je peux être stupide ! Il me fait toutes les scènes possibles et imaginables pour la prendre avec lui. Et il la ramène avec trois heures de retard, en conduisant en état d'ivresse. Même s'il sait qu'on lui refusera, je ne serais pas étonnée s'il demandait au juge de lui confier Shelley.

— Moi, plus rien ne m'étonnera en ce qui le concerne. Fais quand même attention à tes arrières. Il ne m'inspire vraiment pas confiance. »

Nicole fronça les sourcils. « Tu as d'autres révélations à me faire, peut-être ?

— Non. Mais je sais comment il se comporte avec toi. Bobby ne me ferait jamais ça. »

Le visage de Carmen s'éclaira à la mention de Bobby, et Nicole ressentit une pointe de tristesse. Même à l'époque des Zanti Misfits, elle n'avait jamais compris ce que Carmen lui trouvait.

« Tu l'aimes vraiment, dis-moi ?

— Oh que oui, répondit Carmen. Et dire que j'ai failli le perdre à cause de cet orchestre de malheur. Dieu, ce que je détestais ces types, Magaro et Zand ! Ils ont fait tout ce qu'ils ont pu pour le détourner de moi, avec leur cocaïne et leurs groupies. » Elle trouva le regard de Nicole. « Oh, pardonne-moi. Qu'est-ce qui me prend de parler de ces types en face de toi ?

— Je ne vois pas où est le problème. Je n'ai pas d'amour pour mes tortionnaires, vivants ou morts.

— Je voulais te remonter le moral, et je suis en train de passer en revue les événements les plus pénibles de ton existence. » Elle regarda son verre de margarita, vide. « Qu'est-ce qu'ils mettent là-dedans, à ton avis ?

— Du sérum de vérité, répondit Nicole de son air le plus sérieux. Et j'ai hâte de savoir toutes ces choses que tu ne m'as jamais dites. J'ai l'intention d'aborder maintenant le sujet de ta vie sexuelle, et je veux du *concret.*»

Carmen se couvrit les yeux et éclata de rire. «Je crois que je ne sais vraiment plus où j'en suis, ce soir.

— Mais non, tout va bien, ne t'inquiète pas.» Nicole était déterminée à ne pas laisser transparaître à quel point elle était bouleversée par ce qu'elle venait d'apprendre à peine un instant plus tôt. «Détends-toi, on est là pour ça.»

La serveuse s'arrêta à leur table et elles commandèrent deux autres margaritas.

«Vous reprendrez des chips, aussi?»

Incrédule, Nicole regarda la corbeille de chips, vide, et comprit qu'elle n'y avait pas touché. «Oui, s'il vous plaît.

— Ça vient tout de suite, répondit la fille. Les plats devraient arriver en même temps.

— Je crois qu'on sera trop saoules pour avoir faim», lança Carmen. Puis à Nicole: «C'est moi qui ai mangé toutes les chips, je suis désolée. Tu disais que tu mourais de faim.

— Je m'en fiche, des chips. Je vois là-bas quelque chose de bien plus intéressant.» Nicole se pencha vers son amie et chuchota: «Ne regarde pas maintenant, mais je viens d'apercevoir Lisa Mervin, trois tables derrière toi, avec une autre fille et deux types assez jeunes.»

Évidemment, Carmen tourna aussitôt la tête.

«Je t'ai dit de ne pas regarder, siffla Nicole.

— Ah, excuse-moi. De toute façon, elle ne me connaît pas.

— Oui, mais moi si.

— Elle n'a sûrement même pas vu que tu étais là. Hé, il n'est pas mal du tout, le gars à qui elle parle.»

Nicole étudia rapidement la table, puis ouvrit de grands yeux. Elle n'avait pas reconnu tout de suite Miguel Perez, parce qu'il avait défait son habituelle queue-de-cheval et que ses cheveux lui couvraient la moitié du visage. La tête relevée, il écoutait maintenant en riant ce que lui disait Lisa. Non — Miguel *et* Lisa? Nicole en restait comme deux ronds de flan. Déçue.

«Je croyais qu'il avait un peu plus de goût, déclara-t-elle.

— Qui ça ?

— Carmen, c'est Miguel que tu trouves pas mal. Un de mes étudiants, tu le connais.

— Ah, c'est lui ? » Elle chercha le regard de son amie. « Il te plaît ?

— Quoi ? Lui ? » Nicole allait d'étonnement en étonnement. « Enfin, écoute, c'est un de mes *élèves*.

— Et alors, qu'est-ce que ça peut faire ?

— Ça peut faire que je ne suis pas Roger, moi, dit sèchement Nicole.

— Mais ton Miguel n'est pas Lisa non plus. Tu as trente-quatre ans, et lui sans doute pas loin de trente.

— Je ne sais pas quel âge il a.

— Je suis certaine que si. Il n'est pas beaucoup plus jeune que toi et il est mignon à croquer. En plus, il t'aime bien.

— Moins que Lisa, apparemment. »

Carmen arborait un sourire ironique au moment où la serveuse apporta leurs margaritas. « Tu es *jalouse* !

— Ça va pas, non ? Mais c'est vrai que je lui reconnais certaines qualités. Il est intelligent, sensible et il écrit très bien. Je ne serais sûrement pas aussi élogieuse au sujet de Lisa. C'est pour cela que je ne suis pas enchantée de les voir ensemble. Il pourrait trouver mieux, quand même. » Elle se tut, puis retrouva le sourire : « Pourtant, ça ne ferait pas de mal à Roger si elle le plaquait pour quelqu'un de plus jeune. »

Elles se mirent toutes les deux à ricaner sans pouvoir s'arrêter.

La serveuse apportait les plats : « On dirait qu'elles font de l'effet, ces margaritas...

— On dirait, oui, assura Nicole. Mais je ne suis pas fâchée de manger.

— Si vous avez besoin de quoi que ce soit, je suis toujours là. » La fille disparut.

Nicole et Carmen attaquèrent leurs steaks et crevettes avec appétit, et parlèrent ensuite de Jill et de Shelley. Puis Nicole se rappela l'irruption incongrue de Bette Simon-Smith dans son bureau. La scène lui paraissait maintenant parfaitement absurde, ridicule. Elle fit l'impasse sur le coup de fil qu'elle attribuait à Paul, mais parla de la façon dont Roger l'avait appelée pour l'accuser d'avoir brisé son pare-brise et crevé ses pneus.

« Tu seras mille fois mieux sans lui, assura Carmen.

— Moi, oui, mais pas Shelley. » Nicole était sincèrement affectée. « Il est quand même son père, Carmen. Shelley n'a peut-être que neuf ans, cela ne l'empêche pas de comprendre qu'il se comporte mal. S'il ne rectifie pas le tir, d'ici trois ou quatre ans elle le méprisera totalement, elle se sentira même humiliée d'être sa fille. Quels que soient mes rapports avec lui, j'aimerais mieux qu'elle puisse rester fière de son père, vois-tu. Et je le vois mal parti pour devenir autre chose qu'un ivrogne en train de draguer n'importe qui dans le premier café venu. Ça serait plus facile si nous ne vivions pas dans la même ville, mais...

— Attends », l'interrompit Carmen en se retournant vers la table de Lisa. « Regarde derrière moi. »

Nicole obéit et n'en revint pas de voir précisément Roger avancer à grands pas vers le petit groupe autour de Lisa.

« Ah, te voilà quand même ! » cria-t-il, furieux.

Lisa blêmit. Tout le monde venait de se taire dans la petite cour intérieure et Nicole entendit Lisa répondre d'une voix timide :

« Tu m'as dit que tu avais du travail ce soir, Roger.

— Et toi, tu prétendais passer la soirée tranquillement chez Susan.

— Mais je suis avec Susan, objecta faiblement Lisa en montrant son amie près d'elle. Qui t'a dit qu'on était ici ?

— La sœur de Susan, je l'ai appelée. Je n'étais pas au courant que tu devais sortir en compagnie de ces messieurs. » Il jeta un regard méprisant au jeune homme assis à côté de Susan. « Et à qui ai-je l'honneur ? »

Blond et grand, le jeune homme en question l'examina d'un œil torve. « Mon nom est Toby, et je ne vois pas vraiment en quoi cela vous regarde.

— Toby ! s'exclama Roger. On se croirait au cirque, il n'y a que les éléphants qu'on appelle comme ça ! » Il se tourna ensuite vers Miguel. « Et vous ? Non, attendez, je vous ai déjà vu quelque part. Voilà, vous êtes cette espèce d'étudiant qui drague ma femme. » Miguel lui décocha une œillade assassine. « Michael Perez, c'est ça ?

— Miguel. Maintenant je crois que vous devriez, soit vous asseoir et parler calmement, soit vous en aller tout de suite, monsieur. »

Roger ne prit pas la peine de répondre. « Lisa, viens avec moi », dit-il d'une voix autoritaire.

Elle était maintenant rouge comme une pivoine. « Roger, ce sont mes amis et il n'y a rien de plus. Il n'y a aucune ambiguïté entre nous, ici. En plus, je n'ai pas fini de dîner.

— Dîner ? Parce que j'ai mangé, moi, peut-être ?

— Qu'est-ce que cela vient faire ? fit Lisa d'une voix blanche.

— Elle ne doit pas souvent lui faire la cuisine, chuchota Nicole à Carmen, quelques tables plus loin.

— Cela vient faire que j'ai moi aussi le droit de dîner le soir, hurlait presque Roger. On peut écrire une thèse et avoir faim, non ?

— Eh bien, commandez une pizza », suggéra Miguel avec un certain à-propos.

Roger se pencha au-dessus de leur table, si brusquement qu'il faillit la renverser. « Mêlez-vous de vos affaires, vous. Ceci ne concerne que Lisa et moi. »

Le propriétaire du restaurant intervint. « Monsieur, vous êtes ici chez moi, et vous dérangez mes clients. Je suis obligé de vous demander de vous asseoir gentiment ou de quitter les lieux. »

Irrité, Roger le toisa. « Je ne dérangerais pas vos clients, comme vous dites, s'ils se mêlaient de leurs affaires. » Il balaya les différentes tablées d'un regard de défi. « Occupez-vous de vos assiettes ! lança-t-il. Il n'y a rien à voir ! » C'est alors qu'il aperçut Nicole. « Tiens, tiens, comme par hasard, ma très vertueuse femme. Mais il y a presque toute la famille ! » Il parlait de plus en plus fort. « À quoi tu joues, Nicole ? Tu files ma petite amie, maintenant ?

— Ignore-le, chuchota Carmen.

— J'en ai bien l'intention, répondit Nicole en baissant la tête.

— Tu pourrais répondre, Nicole, quand je te pose une question. »

Sans doute plus gênée qu'elle ne l'avait été de sa vie, elle décida de fixer son assiette. Sentant un vif picotement aux joues, elle se crut sur le point de céder à une crise d'hyperventilation.

« Tu as perdu ta langue ? »

Le propriétaire revint à la charge. « Monsieur, si vous ne partez pas immédiatement, j'appelle la police. »

Roger le dévisagea avec une dignité affectée. « Avec plaisir, monsieur. Je n'ai pas grand-chose à faire dans un établissement de cette sorte.» Il attrapa Lisa par le bras. «Allez, magne-toi.

— Lâche-moi, Roger, tu me fais mal! cria Lisa.

— Je te dis de te dépêcher, OK?» Il la tira si fort qu'elle se mit à hurler.

Miguel se leva, contourna la table, et lui fit lâcher prise. «Fichez-lui la paix et disparaissez!

— Je n'ai pas d'ordre à recevoir d'une espèce de tapette aux cheveux...»

Il n'avait pas fini sa phrase que Miguel lui décochait une bonne droite en pleine mâchoire. Nicole vit Roger chanceler, puis s'effondrer sur la table derrière lui qui céda sous son poids, projetant à terre verres et assiettes. Roger parvint à se redresser au dernier moment, tandis que dans la cour les autres clients passaient de la stupeur à l'hilarité. Certains même applaudirent. Alertée, Nicole résista à l'impulsion de se lever.

Carmen riait, elle, de bon cœur en regardant Roger tenter de reprendre contenance. Nicole, hébétée, s'attendait à ce qu'il rende à Miguel la monnaie de sa pièce. Mais il s'abstint, se retourna, présenta ses excuses aux convives qu'il venait de priver de dîner, et regarda simplement Lisa. Elle quitta la table et partit rapidement avec lui sans ajouter un mot.

Nicole gardait le silence tandis que les employés nettoyaient le désordre. «Il a perdu la tête, dit-elle d'un air absent.

— Il était saoul comme une barrique, tu veux dire, répondit Carmen en essuyant ses yeux avec sa serviette. C'était vraiment à hurler de rire.»

Aucunement réjouie, Nicole la regarda. «Tu aurais ri autant si ç'avait été Bobby, à sa place?»

Carmen se renfrogna aussitôt. «Pardonne-moi. Je me fais brusquement l'effet d'une sale égoïste.

— Évidemment, vu de l'extérieur, ça pouvait paraître drôle.

— Ne m'en veux pas. Je ne suis pas si "extérieure" que tu le dis. Après tout, nous nous connaissons depuis si longtemps que je pourrais être ta sœur. Mais je n'aime pas Roger, même si je ne le connais pas spécialement. Ce que je sais de lui me suffit, d'ailleurs.»

Nicole sourit malgré tout. «Je ne t'en veux pas. Et ne prends pas cet air désolé. Je suppose que, demain, je m'amuserai moi-même du ridicule de la situation.

— Madame Chandler ? »

Nicole leva les yeux. C'était Miguel.

« Je suis navré de ce qui s'est passé.

— Vous n'y êtes pour rien, répondit froidement Nicole. Il l'avait cherché.

— Je suis peut-être allé un peu loin.

— Il aurait fini par lui arracher le bras, si vous n'étiez pas intervenu. »

Elle se montrait volontairement distante et Miguel le sentit. Il recula imperceptiblement.

« Je ne sais pas. Mais je vous prie de m'excuser.

— Il n'y a vraiment pas de quoi. »

Il partit rejoindre ses amis en train d'enfiler leurs vestes à l'entrée.

Carmen leva un sourcil : « Dans le genre glacial, tu n'étais pas mal.

— Tu trouves ? objecta Nicole avant de finir son verre.

— Tu lui en veux d'avoir volé au secours de Lisa, ou quoi ?

— Pas du tout, répondit-elle franchement. Il valait quand même mieux qu'il y ait quelqu'un pour la défendre.

— Eh bien, alors ? » Carmen réfléchit. « J'avais raison, finalement, tu es jalouse.

— Je t'en prie, je t'ai déjà dit ce que j'en pensais.

— Oui, mais il y a autre chose qui me revient à l'esprit. Je crois que je te l'avais dit le jour des obsèques. » Nicole dévisageait son amie d'un œil curieux. « Miguel ressemble à Paul Dominic. Je n'y avais pas franchement fait attention quand tu as organisé ce barbecue à Noël. En revanche, ce soir, ça m'a sauté aux yeux. Et ne me dis pas que tu ne l'as pas remarqué toi-même. Miguel doit avoir le même âge que Paul quand tu l'as rencontré.

— Je boirais bien un autre verre, dit promptement Nicole en faisant un signe à la serveuse.

— Nicole ?

— Oui, d'accord, moi aussi, j'ai remarqué. Il y a une vague ressemblance, mais ce n'est quand même pas Paul.

— Enfin, je ne lui ferais pas beaucoup confiance, non plus, à ta place. Tu le connais à peine.

— Pourquoi devrais-je lui faire confiance, de toute façon ?

— Je t'ai bien regardée quand tu l'as vu à la table de Lisa. Tu avais l'air de quelqu'un qu'on vient de trahir. »

Et pour cause, pensa Nicole. Voilà encore un homme dans cette vie sur lequel je ne pourrai jamais compter.

★

« On a bien fait de rester, finalement. Malgré les pitreries de Roger, j'ai passé une bonne soirée.

— Moi aussi », dit Carmen en souriant. Elle consulta sa montre. « Mon Dieu, il est presque dix heures. Et j'avais promis à Bobby de rentrer à neuf heures.

— Il survivra.

— Je vais passer un coup de fil à l'intérieur pour qu'il ne s'inquiète pas. »

Carmen se leva, et Nicole s'enfonça confortablement dans son siège. Le vent frais de la soirée caressait gentiment les mèches de ses cheveux. Deux autres margaritas avaient fait retomber sa tension. Elle savait toutefois que, le lendemain matin, elle repenserait, horrifiée, au comportement de Roger. Et elle aurait la migraine. La soirée ne s'était pas franchement déroulée comme elle l'avait souhaité. Mais bon, elle en tirait, disons, certains enseignements.

Carmen revenait déjà, l'air accablée.

« Quelque chose qui ne va pas ? demanda Nicole, aussitôt inquiète qu'il ait pu arriver quelque chose à Shelley.

— Non, rien de spécial. Bobby est furieux contre moi, c'est tout.

— Pourquoi ?

— Parce que je suis en retard, que je l'ai laissé seul avec les deux filles et son père.

— Je croyais qu'il s'était proposé lui-même de rester à la maison.

— C'est vrai, mais il faut croire que Raoul est intenable, ce soir.

— Qu'est-ce qui lui arrive ?

— Il y a des moments où il se met à parler à tort et à travers, on ne peut plus l'arrêter. À ce que j'ai compris, il se mélange les crayons entre Shelley et toi, et il a passé la soirée à évoquer des tas de souvenirs. Ce qui met Bobby hors de lui, comme tu peux t'en douter.» Non, je n'en savais rien, pensa Nicole, faute de quoi je n'aurais pas laissé Shelley chez vous. «Elle vient, cette addition? s'impatientait Carmen.

— Mais les filles, ça va?

— Hein? Ah oui. Pas de problème, elles dorment.

— Je vais passer récupérer Shelley.»

Carmen parut vexée. «Ce n'est pas la peine. Je te l'ai dit, tout va bien. En plus, Bobby se demanderait pourquoi tu as changé d'avis, il s'imaginerait des choses et il m'en voudrait encore plus.» Elle regarda autour d'elle. «Bon, elle arrive, cette serveuse?

— Ne t'en fais pas pour ça, dit fermement Nicole. Rentre chez toi, je vais payer.

— Il n'y a pas de raison.

— On s'arrangera plus tard.» Nicole se souciait plus de voir Carmen agitée que de régler la note. «Rentre, et ne conduis pas trop vite.»

Carmen soupira. «OK. Je te remercie, vraiment.» Elle se leva et embrassa son amie. «Tu es une vraie sœur pour moi.»

Elle partit aussitôt, courant presque à cause d'un mari qui avait décidé d'être de mauvaise humeur parce que sa femme était en retard. Pourquoi Carmen se faisait-elle du mauvais sang pour si peu? Nicole se souvint toutefois de ses premières années de mariage. Elle s'était comportée de la même façon envers Roger. Mais elle avait vite appris à ne pas se laisser emporter trop facilement. Ce n'était apparemment pas le cas de Carmen.

Une fois l'addition payée, elle respira profondément et se sentit soudain si fatiguée qu'elle se demanda si elle avait encore assez d'énergie pour marcher jusqu'à sa voiture. Trop d'émotions — et trop de tequila, évidemment. Elle se fit servir en partant une tasse de café fort dans un gobelet en polystyrène.

Elle retrouva River Walk et, pensant à Roger, se dit qu'elle aurait ri aux éclats si on lui avait montré, deux ou trois ans auparavant, une vidéo de la scène qu'il avait provoquée au restaurant. Cela ne paraissait pas crédible. Que t'est-il arrivé, Roger? grommela-t-elle. Je ne t'aime plus, mais je ne peux m'empêcher de souffrir en te voyant te détruire. Elle voulut en reporter la faute sur Lisa, mais cela semblait trop facile. Loin d'en être la cause, Lisa n'était qu'un des symptômes du déclin de Roger. Alors c'est peut-être moi, la cause, pensa tristement Nicole. Peut-être ne pouvait-il pas vivre avec une femme traumatisée.

Elle se réjouit d'avoir emporté un café. Le vent était devenu insistant et il faisait sans doute à peine quinze degrés. Elle but une gorgée du liquide chaud, ajusta sa veste sur ses épaules et la boutonna entièrement. Illuminée de proue en poupe, l'une des navettes approchait sur le fleuve. Les passagers chantaient à bord un enthousiaste *Guantanamera* — une chanson que Nicole n'avait pas entendue depuis des années. Elle leur fit un signe de la main et presque tous lui répondirent.

Le long alignement des terrasses de River Walk était parfois interrompu par des espaces vides, des promenades pavées et des jardins tranquilles le long des canaux latéraux. Débouchant sur l'un de ceux-ci, à l'écart des voix, des rires, et de la musique diffusée par d'invisibles haut-parleurs, Nicole entendit distinctement le clapotis de l'eau contre la rive bétonnée. C'était un bruit régulier, désolé, solitaire. Et, bien que les canaux fussent vidés et nettoyés tous les ans au mois de janvier, l'eau semblait ici sale, boueuse, et il s'en dégageait une vague odeur saumâtre.

Comme le vent redoublait de force, Nicole eut besoin plusieurs fois de ranger ses mèches désordonnées. Elle se rendit compte que les passants et les badauds se faisaient ici de plus en plus rares, que les foules avaient disparu en à peine un clin d'œil. Pressant le pas, elle passa sous l'un des ponts voûtés en pierre, aux teintes d'ambre légère parcourues de reflets verts.

C'est alors qu'elle prit conscience d'autres pas derrière elle. En d'autres circonstances, elle n'y aurait pas prêté attention, mais quelque chose l'intrigua. Ils étaient parfaitement synchronisés avec les siens. Si elle marchait plus vite, ils l'imitaient. Si elle ralentissait pour avaler une gorgée de café, ils s'espaçaient.

La tentation de regarder derrière elle devenait insupportable. Mais une voix intérieure lui interdit de le faire. Qu'elle s'arrête pour de bon, et le suiveur la rattraperait aussitôt. Elle observa l'autre berge du canal. Un homme et une femme âgés, le premier s'aidant d'un déambulateur, avançaient lentement. D'une voix monotone, ils se plaignaient du froid, de l'heure tardive, de la note salée au restaurant, et des pavés inégaux sous leurs pieds. Une femme un peu plus jeune, qui les accompagnait, les encourageait gentiment. « Encore un petit effort. » Mais aucun d'eux n'aperçut Nicole. Pas d'aide à trouver de ce côté-là.

Car c'était justement d'aide qu'elle avait besoin. Elle n'était pour l'instant confrontée qu'à un bruit de pas, mais elle se savait en danger. Ce n'est pas Dieu *possible* ! pensa-t-elle, furieuse contre elle-même. River Walk n'était pas une zone à risques et elle n'y avait jamais été inquiétée. Personne ne l'y avait cependant jamais suivie non plus. Pourquoi avoir choisi ce moment pour venir ici, alors qu'elle redoutait que Paul Dominic surveille ses faits et gestes ? Évidemment, rien ne l'avait obligée à rester si tard. Carmen avait prévu au départ de partir vers huit heures et demie. Il fallait quand même admettre que rien ne s'était passé comme elles l'avaient souhaité, l'une ou l'autre. L'apparition de Roger avait plongé Nicole dans un profond désarroi, c'est pourquoi elle avait engourdi son esprit avec force margaritas. Dix heures avaient vite sonné, il faisait presque froid et les berges s'étaient dépeuplées. Maintenant elle était seule, et quelqu'un la suivait sans doute possible.

Distinguant une série de marches qui menaient à l'avenue, elle reprit espoir. Elle s'engagea dans l'escalier et entendit les pas ralentir derrière elle. Mais le portail donnant sur le trottoir en haut était verrouillé.

Elle eut envie de hurler, mais se contenta de pester et redescendit le court escalier avec une nonchalance feinte — comme si de rien n'était. Elle repartit à droite, trouva une boîte à ordures où jeter son gobelet maintenant vide, chercha le contact de la bombe lacrymogène dans sa poche et referma ses doigts autour de celle-ci sans la sortir. Encore deux cents mètres et, cette fois-ci, c'est le bon escalier, puis ma voiture est au bout de la rue, se dit-elle. Marche et ne te pose pas de question. Ne pense pas, ne cours pas, ne montre pas que tu as peur.

Il se trouvait devant elle un nouveau passage voûté, plus sombre que le précédent. La main serrée sur sa bombe, elle inspecta les alentours, toujours à la recherche de quelqu'un qui puisse l'aider. Mais il n'y avait plus personne et, à l'heure qu'il était, le dernier bateau était certainement rentré. Le monde s'était rétréci à ces éclairages mornes, au clapotis de l'eau, au battement de son cœur, et à l'incessant bruit des pas qui résonnaient derrière.

L'air était plus froid encore sous le passage voûté. C'est le dernier, pensa-t-elle en remarquant qu'elle transpirait malgré la fraîcheur de la nuit. Passé le pont, elle allait trouver le bon escalier, atteindre la rue où il resterait quelques passants et où la police faisait ses rondes habituelles.

Soudain les pas se pressèrent derrière elle. Elle sortit la bombe de sa poche et se mit à courir. Mais un corps se jeta sur elle et la plaqua brutalement contre le mur. La bombe lui échappa des mains tandis que sa tête heurtait la pierre. Le souffle coupé, elle sentit une douleur aiguë lui parcourir l'épine dorsale. Elle se débattit à l'aveuglette, à coups de bras, de pieds, jusqu'à obtenir enfin de son assaillant un grognement de douleur. Elle eut alors le temps de distinguer un visage maigre, couvert d'une barbe de deux jours, et une bouche édentée où brillait quelque part une dent en or. Une curieuse odeur de moisissure et de sueur mêlées l'enveloppa brièvement, puis une main crasseuse la gifla avec une telle force que sa vue se troubla. La même main lui couvrit la bouche avant qu'elle ne puisse crier.

Comme insensible à ses petits poings durs qui cognaient de plus belle, l'homme tira sur son sac dont elle sentit bientôt la lanière céder. Il la gifla de nouveau et déchira son chemisier, puis s'en prit à son soutien-gorge. Paralysée par le souvenir de la même scène, quinze ans plus tôt, elle comprit qu'il la poussait vers le sol. La panique s'abattit sur elle, une panique d'autant plus envahissante qu'elle savait maintenant précisément à quoi s'attendre. Magaro et Zand avaient laissé dans sa mémoire leur trace indélébile. Et maintenant deux mains s'en prenaient à sa gorge.

Elle perçut soudain un grognement animal. Non, pensa-t-elle, ce n'est quand même pas ce type ? Puis il y eut la pression d'un troisième corps par-dessus les leurs. Les halètements redoublèrent. L'agresseur poussa un cri et Nicole aperçut la gueule d'un chien — un doberman dont les crocs dénudés s'enfoncèrent aussitôt dans le bras du violeur. L'homme hurla à nouveau et elle sentit ses mains relâcher leur étreinte autour de sa gorge.

Hébétée, Nicole resta un instant immobile pendant que l'homme luttait contre le chien. Il s'efforçait maladroitement de se relever, et elle dut encaisser dans sa chair les soubresauts désordonnés de ses pieds et de ses genoux. Mais le doberman gardait les mâchoires bien serrées. Puis, sans arrêter de gronder, il planta brusquement ses crocs dans le mollet de l'agresseur.

Celui-ci flanqua un violent coup de pied dans la gueule du chien. L'animal gémit, tandis que l'homme se relevait finalement en jurant, prêt à frapper encore. Quelqu'un cria : « Arrête ! » L'écume aux lèvres, le doberman resta un instant immobile, et l'homme prit la fuite. Une autre silhouette avança vers le chien. À demi inconsciente, Nicole la vit s'en approcher, puis l'examiner rapidement, comme à la recherche d'une éventuelle blessure. « Vas-y ! » ordonna alors la voix et l'animal s'élança aussitôt vers le fuyard, qui ne put réprimer un hoquet angoissé en l'entendant aboyer dans son dos.

À bout de forces, encore tremblante, Nicole parvint quand même à s'asseoir. Son chemisier était déchiré, son soutien-gorge pendait. Ses yeux lui faisaient défaut, tout était indistinct. Elle voulut se lever, mais ne réussit qu'à s'effondrer. Des bras puissants se glissèrent sous ses épaules et l'aidèrent à se rasseoir. « Non, je vous en supplie, non », gémit-elle en se débattant faiblement. Deux grandes mains empoignèrent doucement les siennes, puis une voix grave, masculine, déclara : « Tu n'as plus rien à craindre, c'est fini. »

Elle voulut ouvrir les paupières, mais ne trouva que le noir. « Qui êtes… »

Alors il y eut des voix, des cris, des bruits de pas précipités. Elle entendit : « Ça va aller, *chérie*, ne t'en fais pas. » L'homme lui glissa quelque chose autour du cou. Elle sentit le contact froid du métal entre ses seins nus. Le nuage obstiné qui lui brouillait la vue se dissipa un instant et elle crut plonger dans les deux yeux noisette qu'elle trouva devant les siens. L'homme posa un baiser sur son front, son nez, et disparut en vitesse.

ONZE

Nicole passa les heures qui suivirent dans un brouillard mental. Des gens arrivèrent en tous sens, un homme l'aida à se relever, une femme boutonna sa veste sur sa poitrine dénudée, puis on la conduisit au commissariat. Les policiers lui demandèrent si elle voulait appeler quelqu'un. Elle pensa d'abord à Roger mais, malgré son état, l'idée la fit presque pouffer. Sa mère, alors ? Non, Phyllis avait suffisamment souffert ces derniers temps. Carmen, peut-être ? Non plus. La situation était déjà bien assez tendue comme cela avec Bobby. Nicole déclara finalement qu'elle ne souhaitait appeler personne.

Elle ne devait se rappeler plus tard que l'amertume du café et les questions qui fusaient — quelqu'un en avait-il après elle ? À quoi ressemblait son agresseur ? Combien de verres avait-elle bus ? Que faisait-elle encore dehors à une heure pareille ? « Vous vous habillez souvent de cette façon pour traîner le soir toute seule sur River Walk ? » insistait un agent, le dénommé Erwin, aussi désagréable qu'il était bien en chair. Nicole se retrouva brusquement quinze ans en arrière, devant un autre policier et la même question : « C'est ça que vous faites la nuit, en général ? Arpenter les rues dans un jean sexy ? »

« Appelez-moi DeSoto », dit-elle brusquement.

Erwin la regarda avec une lueur d'intérêt : « DeSoto ?

— Le sergent Raymond DeSoto.

— C'est votre copain ? »

Elle braqua sur Erwin un œil froid comme la glace. « Vous m'avez bien dit que je pouvais appeler quelqu'un ? Alors appelez-moi DeSoto.

— J'ai peur qu'il ne soit pas de service, ma petite dame. Vous n'avez pas d'autre copain chez les flics ? Vous pouvez aussi bien me parler à moi, vous savez. »

À bout de nerfs et maintenant au bord des larmes, Nicole se pencha vers l'officier de police et déclara calmement à voix basse : « Si vous n'appelez pas DeSoto tout de suite, je me mets à hurler jusqu'à ce que les murs tremblent et je vous accuse devant tout le monde de m'avoir fait des avances.

— Personne ne vous croirait », répondit Erwin en contenant sa fureur. Il ne donnait pourtant pas l'impression d'être aussi sûr de lui.

Elle le défia d'un sourire. « D'accord, on essaie ? »

Erwin baissa les yeux.

« Appelez-le, et maintenant », ordonna-t-elle.

Quinze ans auparavant, un flic du même acabit l'avait humiliée jusqu'aux larmes et elle n'allait pas laisser celui-là la rabaisser aujourd'hui. J'ai dû changer, pensa-t-elle. Bien plus que je n'aurais cru.

Vingt minutes plus tard, DeSoto arriva, vêtu d'une paire de jeans, d'un sweat-shirt aux couleurs de l'université du Texas et d'une veste en daim. S'attendant peut-être à ce qu'ils se jettent dans les bras l'un de l'autre, Erwin les surveillait du coin de l'œil. Nicole leva simplement un sourcil : « J'ai rencontré l'homme de ma vie. »

DeSoto observa ses habits déchirés, ses joues pleines d'ecchymoses, sa paupière tuméfiée. « Il doit avoir du charme, dit-il. Que s'est-il passé ?

— Elle s'est fait agresser sur River Walk, répondit Erwin. Tu as le rapport ici.

— Merci. » DeSoto attrapa la petite liasse, mais y jeta à peine un coup d'œil. « Vous voulez tout me raconter depuis le départ ? »

Nicole résuma la soirée, le dîner avec Carmen, et détailla l'irruption de Roger et la scène qui suivit. Elle s'en servit en quelque sorte pour justifier d'être rentrée si tard et d'avoir bu plus qu'à l'accoutumée. Puis les bruits de pas derrière elle et l'agression.

« Donc il vous a jetée à terre, il a arraché vos vêtements, il a commencé à vous brutaliser et il est parti avec votre sac ?

— Il n'est pas parti de son plein gré...

— Elle dit qu'il a été attaqué par un chien », interrompit Erwin. Le ton de sa voix laissait entendre qu'il n'y croyait pas.

DeSoto regarda Nicole : « Un doberman ? »

Elle hocha la tête sans rien dire.

« Qu'est-ce qui te fait dire que c'est un doberman? releva Erwin.

— C'est la première chose qui m'est venue à l'esprit, répondit DeSoto sans ciller. Le chien a fait des siennes ?

— Il a mordu le type au bras, assez fort pour qu'il me lâche la gorge. Ensuite il s'en est pris à son mollet droit. Mais le type lui a flanqué un bon coup de pied. Le chien a encaissé avant de... revenir à la charge. » Elle cacha pour l'instant l'arrivée de l'inconnu qui s'assura que son animal n'avait rien, avant de le lancer aux trousses de l'agresseur.

« À quoi il ressemblait, ce type ? »

Nicole ferma les yeux. « Mince, mais costaud. Visage étroit. Il lui manque une des dents de devant. Celle de droite. Celle de gauche est en or. Les cheveux longs, gras, noirs.

— Les yeux ?

— Désolée, je n'arrive pas à me souvenir. En revanche, il était d'une saleté répugnante. Et il sentait une drôle d'odeur. Comme de la moisissure. »

DeSoto parcourait les notes. Il leva les yeux. « De la moisissure ?

— Oui. Ça va vous paraître bizarre, mais vous n'avez jamais reniflé l'odeur des rideaux de douche dans les vieilles salles de bains humides ?

— Je ne peux pas dire, non, répondit Ray en réprimant un sourire. Enfin, pas vraiment.

— Oui, euh... Ce n'est pas une vocation chez moi non plus. » Nicole sentit son visage s'empourprer. Ce qu'elle venait de dire paraissait idiot. « Enfin, il sentait l'humidité, reprit-elle, et la sueur. Il ne devait pas s'être lavé depuis des semaines.

— Quel âge avait-il environ ?

— Je ne sais pas, fit-elle d'une voix lasse. Trente ou quarante ans, peut-être. »

DeSoto fronça les sourcils. « Ça n'a pas l'air d'être le genre de bonhomme qu'on voit souvent traîner à River Walk. À Market Square, oui, mais pas à River Walk.

— Je vous assure qu'il était là, pourtant.

— Qu'est-ce qu'il vous a volé ?

— Mon sac. Il ne l'a pas lâché quand le chien est arrivé. Et il a dû partir avec. Les gens ont regardé partout par terre, mais ils ne l'ont pas retrouvé.

— Autre chose ?

— Non.

— Sauf qu'il a vos papiers, vos cartes de crédit et vos clés.

— Donc je ne peux ni ouvrir ma voiture, ni rentrer chez moi.

— Comment, vous n'avez pas d'autres clés ?

— Pas pour la maison, non. J'ai seulement un double de celles de la voiture.

— Je crois que je vais vous ramener, alors. Mais, d'abord, on passe par l'hôpital.

— Je n'ai pas besoin d'aller à l'hôpital. Deux aspirines, ça suffira. »

Il la regarda solennellement. « Vous vous êtes vue dans un miroir ? Il vous a précipité la tête sur la paroi et il vous a battue comme plâtre. Vous avez un œil à moitié fermé. Peut-être une commotion cérébrale. Je ne comprends même pas qu'on ne vous ait pas amenée tout de suite chez un médecin. »

Minuit avait passé et Nicole était de toute façon trop fatiguée pour objecter. Elle se mit pourtant à trembler lorsqu'on commença à l'ausculter. Elle ne se rappelait que trop bien les heures qu'elle avait endurées, la dernière fois, dans des conditions si semblables. Il lui avait fallu attendre ce qui avait paru des heures, souillée et couverte de poussière, à frissonner, gelée, et les examens obligatoires en cas de viol ne constituaient rien moins qu'une humiliation supplémentaire. Elle revit sa mère debout près d'elle, blanche comme un linge, qui évitait de la regarder. Elle se souvint de la honte qui l'avait submergée.

Mais il n'y eut rien de tout cela. L'examen ne prit que quelques instants, le jeune médecin et l'infirmière se montrèrent sympathiques et compréhensifs, visiblement soucieux de lui remonter le moral. Ils l'auscultèrent normalement, procédèrent aux radiographies nécessaires, et déclarèrent que, malgré quelques bons bleus, elle n'avait rien. Ni commotion, ni fracture, aucune plaie ni égratignure. « Et vous n'aurez pas à faire de test HIV, déclara le jeune docteur. Cela dit, je doute que vous dormiez bien cette nuit. » Il glissa un comprimé dans une enveloppe. « C'est du Seconal. Prenez-le *juste* avant de vous coucher, mais prenez-le. Vous avez besoin de sommeil. »

★

« OK, maintenant on peut rentrer, dit Ray lorsqu'elle le retrouva dans la salle d'attente.

— Une chance que Shelley passe la nuit chez Carmen et que je n'aie cours qu'en début d'après-midi. »

Ils arrivèrent devant le véhicule du sergent.

« Mais comment vais-je faire pour rentrer chez moi sans clés ? »

Ray lui fit un clin d'œil. « Gardez-le pour vous, mais je suis le roi du rossignol.

— Parfait. Je n'avais pas envie d'appeler le serrurier une fois de plus. »

Ils prirent la direction des quartiers du nord de la ville et Ray demanda :

« Qu'avez-vous pensé d'Erwin ?

— Oh, un garçon charmant, fit-elle sur un ton glacial. Un macho imbécile, oui ! Évidemment, quand on voit des types se promener torse nu avec des pantalons troués aux fesses, personne n'a peur qu'ils se fassent violer.

— Eh oui, admit DeSoto.

— Écoutez, je n'ai pas eu beaucoup l'occasion de rigoler depuis Noël, et c'est même un doux euphémisme. Mais hier soir, pour une fois, j'ai décidé de me sentir bien, *jeune*, et insouciante. J'avais envie de m'amuser et d'avoir une image agréable de moi. C'est pour ça que j'ai mis un pantalon serré. Erwin n'a pas arrêté d'insinuer que j'avais après tout cherché ce qui m'est arrivé. Il faut porter une combinaison d'alpiniste pour mériter les bonnes grâces de votre collègue ?

— Il faut garder les cheveux sales et éviter le rouge à lèvres, aussi. »

Leurs regards se croisèrent et ils s'esclaffèrent.

« Excusez-moi, dit Nicole. J'exagère peut-être. J'ai eu droit à ce genre de commentaires, déjà, et les types de cette sorte m'exaspèrent.

— C'est une femme qui aurait dû vous interroger, mais Erwin se précipite toujours sur ce genre d'affaires. On dirait que ça l'amuse de se défouler sur les dames.

— Je plains sa femme.

— Erreur. C'est elle qui le tyrannise. »

Nicole rit. Un moment passa, puis Ray reprit la parole. « Vous voulez me raconter toute l'histoire, maintenant ? »

Elle tourna la tête vers lui. « Vous pensez que je n'ai pas tout dit ?

— J'ai eu l'impression que vous gardiez certaines choses pour vous. Vous ne me faites pas confiance ?

— Si », admit-elle finalement. Puis : « C'est Paul qui était là, avec le doberman. »

DeSoto se raidit. « Quoi ? Dominic vous a agressée ?

— Non, bien sûr. C'est le chien, Jordan, qui m'a tirée d'affaire. Mais, quand il s'est lancé à la poursuite de l'agresseur, Paul est arrivé. Il m'a dit que je ne craignais plus rien. Et il m'a embrassée sur le front en m'appelant *chérie.* »

Ray fronça les sourcils. « Nicole, vous étiez certainement morte de peur. En plus, vous étiez dans le cirage après ce coup à la tête. Vous avez sans doute cru voir quelqu'un qui lui ressemblait...

— Sauf qu'il m'a attaché cette croix autour du cou. Elle lui appartient. »

DeSoto jeta un regard de côté et vit la croix d'argent et de turquoise que Nicole lui montrait. « Il doit y en avoir des centaines comme celle-là », dit-il.

Elle la retourna. « Non. Il y a ces deux ailes gravées au dos, qui symbolisent l'inspiration. Il y a aussi les initiales R. V., celles de Raoul Vega. Car c'est moi qui lui ai commandé cette croix avant de l'offrir à Paul pour son vingt-neuvième anniversaire. »

★

Ray crocheta la serrure, laissa entrer Nicole, et partit inspecter chaque pièce de la maison, sans oublier la cave, pour s'assurer que personne ne s'y était introduit. Puis il lui fit promettre de procéder dès le lendemain aux oppositions de chèques et de cartes bancaires, de demander le renouvellement de son permis de conduire et de sa carte de sécurité sociale. Dix fois il lui demanda si elle n'avait pas peur de passer la nuit seule, et dix fois elle répondit non.

Lorsqu'il fut parti, elle se rendit tout de suite à la cuisine afin d'ouvrir la porte du jardin et de laisser entrer Jessie. Le chien n'avait pas l'habitude de rester si tard dehors, pourtant il ne se précipita pas à la porte. Peut-être qu'il dort, pensa-t-elle. Elle sortit regarder dans la niche, mais elle était vide. « Jessie ? appela Nicole à haute voix. Où te caches-tu ? »

C'est alors qu'elle comprit — le portail au milieu de la clôture était ouvert. Elle s'y précipita et hoqueta de stupeur en découvrant le cadenas brisé. « Oh non, gémit-elle. Non, non, *non* ! » Elle passa de l'autre côté et balaya la rue du regard. « Jessie ! cria-t-elle ouvertement. Jessie ! »

Pas de réponse — pas le moindre aboiement. Sans voiture, elle ne pouvait même pas faire le tour du quartier pour essayer de le retrouver. Elle longea la rue trois cents mètres dans un sens, puis autant dans l'autre. Épuisée, elle finit par renoncer et rentra en grelottant.

Le nez contre un coussin, elle s'affala de tout son long sur le canapé du salon. Jessie s'était déjà éclipsé auparavant et était revenu sain et sauf. Mais ce soir, c'était différent. Le cadenas avait été forcé. Nicole ne croyait pas que cela pouvait être l'œuvre d'un gamin du quartier. L'homme au masque de loup était-il revenu défouler ses penchants pervers sur un inoffensif petit chien ? « Oh non, gémit Nicole, pas ça. » S'il était arrivé quoi que ce soit à Jessie, Shelley serait anéantie. D'abord son père, puis son grand-père, et enfin le petit chien qu'elle adorait. Tous envolés. Nicole sentit ses larmes lui gonfler les yeux. « Mais qu'est-ce qui m'a pris de sortir ce soir ? » demanda-t-elle aux murs en tapant du poing sur l'ineffable canapé que Roger lui avait laissé — souvenir de ses mensonges et de sa trahison. « Et pourquoi ce soir ! »

Elle fouilla dans sa poche et retrouva l'enveloppe avec le cachet de Seconal, sans lequel elle savait qu'elle ne trouverait jamais le sommeil. La journée serait longue demain. Il fallait récupérer la voiture, changer les verrous de la maison, assurer deux cours et, pire encore, apprendre à Shelley que Jessie avait disparu s'il n'était pas revenu à la fin de l'après-midi quand elle quitterait l'école.

Nicole prit une douche longue et chaude, puis s'examina dans le miroir. Elle gardait sur le cou la marque rouge des mains de son agresseur et elle avait un œil tuméfié. Elle s'inquiétait de savoir Shelley chez Carmen et Bobby, puisqu'elle se méfiait maintenant grandement de ce dernier. D'un autre point de vue, elle se réjouissait quand même que sa fille ne puisse pas la voir dans cet état.

Elle enfila une culotte et une chemise de nuit légère qui effleurait à peine ses membres endoloris, jeta son chemisier et son soutien-gorge dans la grande poubelle du garage, revint dans la cuisine, fourra plusieurs glaçons dans un gant de toilette, et regarda par la fenêtre. Une voiture de police était garée dans la rue. Elle sourit malgré elle. Elle avait bien compris que Ray n'était parti qu'à contrecœur malgré son assurance répétée qu'elle n'avait pas peur. Il avait chargé un agent de surveiller la maison et elle lui en était reconnaissante. L'homme de River Walk avait ses clés et il pouvait entrer à tout moment.

Elle alla se verser un verre de lait et prit le comprimé de Seconal. De retour dans sa chambre, elle alluma sa lampe de chevet, s'assura que le store était baissé, posa les deux oreillers l'un sur l'autre, et s'allongea en posant le gant de toilette sur son œil fermé. Déjà somnolente, elle ramassa la croix sur la table de nuit. Elle était fine et belle, sertie avec soin d'une fort jolie turquoise. Nicole la retourna pour admirer les ailes artistiquement gravées par Raoul Vega, un maître dans son art.

Elle avait été si fière d'apporter cette touche personnelle, et Paul en avait été ému. « Cette croix nous unit, avait-il dit. Je fais le vœu que l'un de nous deux la porte toujours. » Elle s'en était souvenue quand on avait soi-disant retrouvé sa voiture, gravement accidentée, quatorze ans plus tôt. La croix ne figurait pas au nombre de ses affaires personnelles. Et ce qui restait du corps n'avait pas pu être officiellement identifié.

Elle éteignit la lampe de chevet et, pour la première fois depuis de nombreuses années, s'assoupit sans allumer sa veilleuse. Elle revit brusquement le visage si souriant de Raoul Vega, quelques heures plus tôt, tandis que ses paroles lui revenaient en mémoire : « Vous l'avez épousé ? disait-il. Ce beau gars pour qui j'avais confectionné une croix ? » Puis : « Un sacré talent. Un don peu ordinaire pour le piano, vraiment. »

Nicole se redressa en sursaut, les yeux tout endormis. Mais j'avais prétendu à l'époque que je voulais offrir cette croix à ma cousine Ellen, se souvint-elle. Je ne lui ai jamais dit que c'était pour un homme, et surtout pas un homme doué de quelque talent que ce soit ! Cependant Raoul *savait* sans le moindre doute.

Qui lui avait alors appris qu'il s'agissait de Paul Dominic ? se demanda Nicole en se rendormant, mais elle détenait déjà la réponse. Elle n'avait mis au courant de sa relation avec Paul qu'une personne et une seule, et c'est à cette personne-là qu'elle avait révélé pour qui elle faisait en réalité confectionner cette croix.

Carmen.

★

Izzy Dooley parcourait lentement la rue dans sa vieille Plymouth. Il repéra la petite maison aux briques blanches. À l'intérieur, les lumières étaient toutes éteintes. Apercevant ensuite la voiture de police garée cinquante mètres plus bas, il ressentit une gêne imprévue. Il fut rassuré en la dépassant. Derrière son volant, le flic avait le menton collé à la poitrine. Dooley ricana : les meilleurs flics sont des flics qui dorment. « Protéger et servir[1] », tu parles. Avaler ses sandwiches et roupiller, plutôt. Il consulta sa montre. Il était trois heures vingt du matin. Les autres dormaient la nuit. Pas lui.

Izzy se comparait volontiers à un vampire, une créature dangereuse qui ne mettait le pied dehors qu'après le coucher du soleil. Il avait vu cinq fois *Entretien avec un vampire*, et il s'était identifié au personnage de Louis, incarné par Brad Pitt. Il s'était même trouvé une ressemblance frappante avec celui-ci. Évidemment le

---

1. « To Protect and to Serve », la devise des policiers américains.

jeune acteur avait toutes ses dents et quelques rides en moins, mais c'était secondaire. Izzy se reconnaissait parfaitement en lui, surtout lorsqu'il lavait ses longs cheveux et les laissait tomber sur ses épaules. Il était même surpris que les autres autour de lui n'en remarquent rien.

Izzy fit le tour du lotissement et gara sa voiture à l'arrière de la maison blanche. Puis il traversa le jardin de la maison voisine, marron foncé, repéra la clôture de celle de Nicole, et la longea, d'abord en courant, puis en rampant, jusqu'à atteindre le portail qu'il ouvrit sans problème. Il n'y avait pas de verrou, sinon un cadenas ouvert, apparemment forcé. D'où il était, Izzy apercevait encore le policier dans sa voiture, qui restait profondément endormi.

Il entra dans le jardin et se figea en découvrant la niche. Elle n'était pas très grande, d'évidence pas assez pour héberger un animal aussi imposant que le doberman furieux qui l'avait attaqué plus tôt. Izzy s'en était sorti de justesse. La douleur était lancinante au bras et au mollet, là où le chien l'avait mordu. Il attendit cinq bonnes minutes près du portail, pour être bien sûr qu'un autre représentant de la race canine n'allait pas se ruer sur lui. Mais non. Et d'ailleurs, s'il y avait un chien dans cette niche minuscule, Izzy saurait rapidement le maîtriser. Il perdait son temps par excès de prudence.

Il referma le portail derrière lui et baissa le loquet. Puis il observa les fenêtres de la maison. Les stores étaient baissés, mais aucune espèce de lumière ne filtrait aux extrémités. Et le jardin était mal éclairé par un court lampadaire, haut d'à peine un mètre vingt, dont le globe ne devait contenir qu'une ampoule de faible puissance. Il n'y avait semble-t-il rien à craindre.

Izzy sortit de sa poche un couteau à cran d'arrêt et un porteclés. Puis il se faufila vers la porte et essaya une première clé. Ce n'était pas la bonne. Il en choisit une autre. Celle-là semblait convenir parfaitement. Grimaçant de plaisir, il la fit tourner dans la serrure. La porte s'ouvrit avec un imperceptible craquement.

Il se glissa à l'intérieur et resta un instant immobile. Le silence était absolu. Izzy laissa ouvert pour éviter de faire le moindre bruit en sortant tout à l'heure. C'était d'ailleurs autant de temps gagné s'il devait partir précipitamment.

Il atteignit le couloir où il trouva deux portes. Il poussa celle de droite et jeta un coup d'œil rapide dans la pièce. Les vampires étaient nyctalopes, malheureusement pas lui. Il tenta de plisser les paupières, mais comme cela ne changeait pas grand-chose, il ne put résister à mettre un pied à l'intérieur. Honteux, il étouffa un cri au contact d'un objet large et mou. Le doberman ? Non, ce n'était qu'un gros ours en peluche. Ce devait être la chambre d'un enfant. Pourtant on n'entendait personne respirer.

Il sortit de la pièce et se dirigea vers la suivante. Il perçut brusquement un bruit et se raidit. Qu'est-ce que c'était ? Le discret claquement d'un interrupteur ? Le cliquetis d'un téléphone qu'on venait de décrocher ? Ni l'un ni l'autre. Plutôt un vague frou-frou…

Il sentit une douleur brutale dans le dos en même temps qu'une main lui couvrait la bouche. Quelque chose — une lame de couteau — venait de s'enfoncer au bas de son épine dorsale, sectionnant plusieurs nerfs vitaux d'un geste parfaitement maîtrisé.

Izzy tomba à genoux et s'effondra la tête la première. Son nez se brisa. Il reconnut le goût du sang qui coulait sur ses lèvres et le long de son cou. Puis, avec une vitesse foudroyante, la silhouette le retourna par terre et lui fourra un gant de toilette dans la bouche, si profondément qu'il en eut un haut-le-cœur. Il hoqueta. Ses yeux s'étaient cependant légèrement habitués à l'obscurité. Il vit la silhouette se redresser et la regarda, horrifié. *Rêvait-il ?* Il se mit à grogner, mais aussitôt deux doigts repoussèrent le gant de toilette dans sa gorge. C'était pire qu'un bâillon.

Il comprit qu'on le tirait. Ses jambes et son bassin étant paralysés, il ne pouvait guère plus qu'agiter les bras. Il voulut crier, mais le gant d'éponge sec, collé sur son palais, l'étouffait.

Lorsqu'ils atteignirent la porte de la cuisine, Izzy tenta de se cramponner au chambranle. Il y parvint quelques secondes. Une violente traction lui fit lâcher prise. Sa tête se mit à marteler le sol le long de l'allée bétonnée. Il aperçut de nouveau la niche. Cette fois, il se prit à regretter qu'elle soit vide. Un chien, aussi petit fût-il, se serait mis à aboyer et lui aurait sans doute permis d'échapper à la tournure inattendue, mais certainement fatale, des événements.

Mais de chien, point. Ni aucun bruit dans le jardin, à l'exception du chuintement de son corps contre l'herbe froide et rêche, qui cessa brusquement. Ouvrant les yeux, Izzy contempla les étoiles et il lui revint mystérieusement en mémoire le refrain que fredonnait autrefois sa mère — *When You Wish Upon a Star*[1] — pour l'aider à trouver le sommeil. Il y avait si longtemps. Il n'était qu'un petit garçon malade. Puis, sa mère ayant disparu, personne ne lui chanta plus rien.

Il sentit qu'on lui soulevait le torse, qu'on l'asseyait contre la clôture. Ce fut ensuite l'extrémité creuse d'un cylindre métallique que l'on pressa sur sa tempe. Il devina instantanément ce que c'était, mais éprouva une étrange impression de calme, comme si l'esprit du vampire venait de quitter son corps.

Ignorant le canon du revolver, il leva les yeux vers les millions de galaxies — lointaines, magnifiques, mais, contrairement à la chanson, parfaitement indifférentes à lui. Il ne fit même pas de vœu et se contenta d'observer leur scintillement magique jusqu'à ce qu'il s'éteigne de manière abrupte. Et définitive.

★

Elle avait froid aux pieds — horriblement froid. Sa vue s'était brouillée. Mais elle entendait leurs voix.

« Elle a cru qu'elle allait nous avoir, disait Magaro.

— Elle a bien failli, renchérissait Zand en sniffant quelque chose.

— Mais c'est raté. On aurait mieux fait de la descendre comme j'avais décidé... »

La sonnerie était insistante.

Nicole agita ses jambes, posa ses mains sur ses oreilles, et finit par ouvrir les yeux. La pièce était sombre et floue.

Toujours cette sonnerie.

« Le téléphone, grommela-t-elle en couvrant ses yeux d'une main tandis que l'autre saisissait le combiné. Allô ?

— Maman ! » C'était la voix de Shelley, affreusement aiguë, semblait-il, mais si joyeuse. « Tu dormais ?

— Je crois, oui... Tout va bien ?

---

1. La chanson de Pinocchio.

— Oui. Tante Carmen a pensé que c'était une bonne idée de t'appeler avant que je parte à l'école.

— Elle a eu raison. » Nicole passa la langue dans sa bouche sèche. « Je t'embrasse, bonne journée.

— Qu'est-ce qu'il y a, maman ? Tu as l'air bizarre.

— Ah oui ? C'est parce que je suis endormie.

— On dirait que tu es malade. Hein ? Ah, attends une minute. Carmen voudrait te parler. »

Nicole aurait donné le bon Dieu contre un verre d'eau. Elle avait l'impression d'avoir avalé du sable. Carmen saisissait le combiné.

« Nicole ?

— Oui. » Elle perçut comme un bruit léger et continu. Cadencé, plutôt.

« Tu as une voix de déterrée. Qu'est-ce qui t'arrive ? »

Elle comprit. C'était de la musique. « Je t'expliquerai plus tard. »

Carmen chuchota : « Tu n'es pas seule ? »

Nicole se redressa. « Bien sûr que si. Mais, nom d'une pipe, Carmen… » Elle venait de se rendre compte que la musique ne provenait pas du téléphone. C'était chez elle.

« Nicole ?

— Chut ! » Elle tendit l'oreille. Reconnut le morceau. Un frisson glacial lui parcourut l'échine.

« Tu me fais peur, écoute ! Qu'est-ce que… »

Nicole posa le combiné et bondit hors de son lit. Elle faillit perdre l'équilibre en posant le pied sur le plancher. Presque aussitôt, les événements de la veille lui revinrent à l'esprit. L'agression. Le commissariat. L'hôpital. Le Seconal. Les images se catapultaient, tandis que d'autres souvenirs, ceux-là auditifs, se réveillaient au son du morceau familier qui résonnait dans le salon.

« Nom de Dieu, qu'est-ce que c'est que cette histoire ? marmonna-t-elle, le cœur battant.

— Nicole, *Nicole* ! criait Carmen au téléphone. Mais réponds-moi ! »

Ignorant la voix implorante de son amie, elle partit pieds nus dans le couloir et courut au salon. La chaîne était allumée. Le volume était sensiblement plus bas qu'elle n'avait l'habitude de le régler, mais tout à fait audible par une personne normalement réveillée. Le morceau choisi était surtout désagréablement familier.

Rhapsody in Blue.

Elle marcha lentement vers la stéréo. Elle écoutait le plus souvent des CD, et c'était une cassette qui tournait dans l'appareil. Le petit coffret de plastique était ouvert sur l'étagère au-dessus de l'amplificateur. Sachant déjà laquelle c'était, elle la saisit. La photo intérieure représentait Paul en smoking, assis devant un grand Steinway, sous le titre de l'album *Dominic joue Gershwin à Carnegie Hall.* « L'enregistrement qu'il m'avait fait écouter chez lui, à peine sorti, la dernière fois que nous nous sommes vus », dit-elle à haute voix en laissant le coffret tomber par terre sur la moquette.

Depuis combien de temps la cassette tournait-elle dans la platine ? L'appareil étant équipé d'une fonction aller et retour automatique, il pouvait y avoir des heures.

Immobile, Nicole attendit la longue cadence de piano qui débouchait sur la célèbre mélodie de l'andantino moderato. L'orchestre donnait toute sa mesure avant de développer un thème plus lent et d'amener la rhapsodie au feu d'artifice de la fin.

Le souffle coupé, hésitante, elle ferma les yeux. Le silence s'installa un instant, puis l'appareil *auto-reverse* émit un petit claquement, signifiant qu'il allait jouer l'autre face. Celle-ci débutait par *The Man I Love.* Nicole se laissa tomber sur ses genoux, tandis qu'un grognement d'animal blessé s'échappait de sa gorge. Elle croisa les bras sur son ventre et se mit à se balancer d'avant en arrière. « Paul », gémit-elle en retrouvant derrière ses paupières fermées la sensation qu'elle avait éprouvée, quinze ans plus tôt, en écoutant le même air dans les bras de Dominic, dans sa chambre du deuxième étage de la luxueuse maison d'Olmos Park.

« Paul, est-ce toi qui es venu ici et qui as mis cette cassette ? demanda-t-elle tout haut. Si c'est toi, pourquoi fais-tu cela ? Tu me suis partout, n'est-ce pas ? Mais que me veux-tu ? Du mal ou du bien ? »

Elle baissa de nouveau la tête, cette fois sans fermer les yeux. C'est alors qu'elle vit ses chevilles nues, puis les croûtes rouge sombre collées sous la plante de ses pieds. Elle se figea, posa tout de même un doigt hésitant sur la peau du talon. Elle n'avait pas mal et ne s'était pas blessée en marchant. Mais elle n'eut aucun doute : c'était du sang.

Sans éteindre la stéréo, elle se leva et repartit lentement dans le couloir où elle alluma la lumière. Immédiatement son estomac se noua et elle dut réprimer un haut-le-cœur. Une éternité passa. Nicole ne pouvait détacher son regard de l'énorme cercle carmin imprimé sur la moquette bleu clair. Une traînée de même couleur partait vers la porte du fond.

Toujours pieds nus, elle suivit la piste et ouvrit la porte du jardin. Elle n'était pas verrouillée. Nicole jeta d'abord un coup d'œil à la niche. Jessie n'était pas revenu. Puis elle étudia le parterre de fleurs qu'elle n'avait jamais réussi à faire pousser. Enfin, elle aperçut la forme inerte suspendue à une branche du chêne près de la clôture.

Sans hésiter, le visage figé, elle avança tel un somnambule dans le jardin, tandis que le vent rabattait sur ses jambes le tissu vaporeux de sa chemise de nuit. Elle gardait les yeux ouverts, mais il lui semblait presque ne plus voir ce vers quoi elle se dirigeait. Ce corps inanimé lui faisait l'effet d'un aimant auquel elle ne pouvait résister. Elle marcha jusqu'à se retrouver le nez devant la botte du pendu.

C'est à ce moment-là qu'elle retrouva ses esprits. Elle examina les deux pieds bottés, les deux jambes en éventail, l'ourlet effiloché des jeans, le T-shirt blanc par-dessus, et le blouson de cuir.

La tête de l'homme était recouverte d'une cagoule noire.

Le même type de cagoule dont on avait affublé quinze ans plus tôt Ritchie Zand et Luis Magaro.

DOUZE

« Paul ! lâcha Nicole, désespérée. Mon Dieu, faites qu'il ne soit pas l'auteur de cette abomination. »

Elle fixait son pendu. Il était immobile, mais ce n'était pas le mot. Rigide convenait mieux. *Rigor mortis*. Mort. Qui était-ce ? Depuis quand était-il là ?

« Il faut que je le détache », pensa-t-elle. Devinant, sous la cagoule, la tête courbée par-dessus la nuque brisée, Nicole dut à nouveau combattre sa nausée. Elle se retourna et repartit vers la maison, en se demandant déjà où se trouvait l'échelle, et si elle disposait d'un couteau assez tranchant pour couper la corde. Son pied nu heurta l'arête vive d'un caillou. La douleur lui parcourut la jambe, et dissipa d'un coup l'absurdité de son raisonnement.

Détacher le corps ? Elle n'était pas malade ? C'était le travail de la police, qui lui aurait reproché — et c'était assez grave — de compliquer la tâche des médecins légistes et autres spécialistes. Elle n'aurait même pas dû approcher si près de l'arbre. Elle avait peut-être déjà même détruit de précieux indices.

Les idées à nouveau en place, Nicole revint en courant à l'intérieur et claqua la porte derrière elle. Puis elle se précipita dans sa chambre et retrouva le combiné du téléphone posé sur son lit. En le portant à son oreille, elle entendit la tonalité rapide qui signalait que Carmen avait raccroché.

Les mains tremblantes, elle fit de même puis composa en hâte le numéro de la police. Celui qu'elle avait composé exactement huit jours plus tôt en apprenant que son père s'était tiré une balle dans la tête.

On lui posa mille questions. Au bout de quatre minutes, montre en main, elle éclata : « Mais, nom d'un chien, il y a un cadavre dans mon jardin ! Vous m'envoyez quelqu'un ou je dois attendre la semaine prochaine ? » Et elle raccrocha au nez de l'opératrice qui continuait de jacasser à l'autre bout du fil.

Elle regarda sa chemise de nuit transparente. Mettre un peignoir ? Non, les policiers allaient bientôt arriver, du moins pouvait-on l'espérer, et elle se sentait trop vulnérable ainsi vêtue. Elle sortit une paire de jeans de la penderie, mais ils lui rappelèrent la soirée de la veille et elle les jeta en boule par terre. Elle finit par trouver un pantalon de jogging gris, et repensa brusquement à ses pieds tachés de sang. Impossible d'ouvrir à qui que ce soit avant d'avoir pris une douche.

Elle s'était longuement frottée et brossée avant de se coucher, comme pour faire disparaître les mains qui l'avaient souillée, et ce matin l'eau chaude et le savon parurent rêches à sa peau. Elle se lava aussi rapidement que possible, mais ne put se retenir d'observer le filet rougeâtre qui prit forme sur les carreaux mouillés. Vingt-quatre heures plus tôt, ce sang avait été celui d'un être vivant. Aujourd'hui il disparaissait dans la bonde, usé comme l'eau du robinet. La vie n'était que cette chose vulnérable, le corps un fragile réceptacle, aisément profané.

Elle était en train de nouer les lacets de ses Reeboks quand elle entendit un véhicule s'engager dans l'allée. Elle se rua à la porte. C'était une patrouille en uniforme. Elle jeta un coup d'œil dans la rue et vit l'autre voiture de police — celle qu'elle avait aperçue au petit matin, après le départ de DeSoto. Soucieuse, Nicole regarda sa montre. Huit heures et demie. Que faisait-elle encore là ? Elle aurait dû partir depuis longtemps. Si Nicole avait su, elle serait allée immédiatement trouver le policier en faction.

Elle fit quelques pas au-dehors. Les deux agents qui venaient d'arriver regardaient également le véhicule garé plus bas. L'un des policiers partit vers celui-ci, suivi par Nicole, tandis que l'autre — c'était une femme — les observait. « Je ne comprends pas, dit Nicole. Pourquoi est-ce qu'il ne sort pas ?

— Je n'en sais rien », dit la jeune femme, qui était jolie et s'efforçait de paraître autoritaire.

Nicole se figea, incrédule, et la laissa rejoindre son collègue. Celui-ci, penché devant la portière, se redressa comme sous le coup d'un électrochoc.

« Il est mort ! cria-t-il. Il a reçu une balle dans le crâne ! »

La jeune femme s'immobilisa. Nicole poussa un long soupir, puis crut qu'un nuage noir venait de s'abattre sur elle. On avait tué le policier chargé de sa surveillance. Quelqu'un s'était introduit chez elle et s'était fait assassiner, peut-être à moins d'un mètre de sa chambre à coucher, puis on l'avait suspendu à une branche dans le jardin, et tout cela pendant son sommeil, alors qu'elle rêvait de Zand et de Magaro.

Elle s'accroupit par terre et posa la tête entre ses bras repliés pour que le sang irrigue son cerveau. Puis elle inspira profondément et se mit à articuler d'une voix blanche : « Je ne veux pas m'évanouir. Je ne veux pas m'évanouir. »

Elle répétait encore sa litanie lorsqu'on posa une main sur son épaule. Nicole étouffa un hoquet et leva les yeux. C'était Carmen, livide, le front soucieux, les cheveux mal coiffés et retenus par un élastique.

« Tu m'as fichu une trouille d'enfer au téléphone. Pour l'amour de Dieu, que se passe-t-il ici ?

— Où est Shelley ? murmura Nicole.

— À l'école. Bobby l'a emmenée.

— Ah », balbutia Nicole. La mort était partout ici. La vie de sa fille était *la* vie.

Carmen s'agenouilla auprès de son amie, prit son menton dans sa grande main douce, et la força peu à peu à la regarder en face. « Excuse-moi, j'ai besoin de savoir. Que fait la police ici ? Que s'est-il passé ?

— Ils sont morts. Tous les deux.

— *Qui* est mort ?

— Le policier dans la voiture. Le type dans le jardin.

— Le type *dans le jardin* ?

— Accroché à un arbre. » Irréelle, la voix de Nicole tremblotait.

Carmen perdit contenance. Puis elle secoua fermement Nicole.

« Écoute, réveille-toi, s'il te plaît. Je n'y comprends rien. Qui y a-t-il dans ton jardin ?

— Mais je t'ai dit que je n'en savais rien ! », hurla presque Nicole. Le monde reprenait soudainement un genre de réalité, et elle sentait la colère poindre. Carmen ne pouvait-elle pas la laisser tranquille une seconde ?

« Laisse-moi une minute, j'ai besoin de reprendre mes esprits. »

Dans la rue, les gens sortaient sur le pas de leur porte. Nicole vit les policiers les repousser chez eux, commencer à circonscrire les lieux, tenir les propos d'usage d'une voix neutre et absente. Je ferais un flic lamentable, pensa-t-elle. Je ne serais jamais capable de garder mon calme dans ces situations.

« Nicole ? » insistait Carmen.

Elle aspira une goulée d'air : « Quand tu es partie hier soir, je me suis fait agresser.

— *Comment ?* cria Carmen, vers qui tous les regards convergèrent.

— Est-ce que je peux essayer de t'expliquer ce qui s'est passé, ou est-ce que tu préfères continuer à hurler ?

— Excuse-moi, vas-y.

— Bon. Le type qui m'a attaquée a piqué mon sac, avec mes clés et mes papiers. Après m'avoir ramenée chez moi, le flic dont je t'ai parlé hier soir, Raymond DeSoto, a posté un agent dans une voiture pour surveiller la maison. Mais quelqu'un a quand même réussi à entrer. Quand je me suis réveillée, il y avait du sang dans le couloir — une mare de sang séché —, alors j'ai jeté un coup d'œil au jardin. Il y avait un type pendu à l'arbre, avec une cagoule noire sur la figure. J'ai appelé la police. Quand je suis sortie pour leur ouvrir, la voiture de la veille était encore là dans la rue. Ils sont allés voir et...

— Et le policier est mort. »

Nicole hocha la tête. « Une balle dans la tête. »

La bouche entrouverte, les yeux fixes, Carmen s'assit dans l'herbe à côté de son amie. « Nicole, tu es sûre de ce que tu racontes ? » dit-elle au bout d'un moment.

Nicole la regarda d'un air incrédule, tandis qu'un nouveau véhicule de police s'arrêtait devant la maison, suivi par une voiture banalisée sur le toit duquel brillait un gyrophare. « Parce que tu crois que j'ai rêvé ? Regarde, le type aux cheveux noirs qui descend de la deuxième voiture, c'est Raymond DeSoto. Tu me crois maintenant, ou quoi ? »

Ray vint aussitôt trouver Nicole. « Vous n'avez rien ? » demanda-t-il. Son visage était impassible, mais sa voix trahissait une certaine inquiétude. « Vous n'êtes pas blessée ?

— Non, mais elle est en état de choc », répondit Carmen à la place de Nicole.

Ray la dévisagea. « Excusez-moi, vous êtes ?

— Carmen Vega. Nicole et moi nous connaissons depuis presque trente ans. »

Il hocha la tête. « Puis-je vous demander de rester à l'écart, pendant que nous inspectons le jardin ?

— Pourquoi ? dit Carmen.

— Parce que c'est une scène de meurtre et qu'il ne faut toucher à rien, lâcha Nicole d'une voix lasse. Bien sûr, Ray. Faites votre travail. »

Il partit rejoindre les agents affairés autour du véhicule stationné depuis la veille.

« Ce n'est peut-être pas le moment de penser à ce genre de chose, dit Carmen, mais il est beau garçon, ton Raymond DeSoto. Et on pourrait même croire qu'il ne t'est pas tout à fait indifférent.

— Non, ça n'est pas le moment, Carmen. Même s'il n'est pas si mal. De toute façon, il cherche seulement à me ménager.

— J'en suis moins sûre que toi.

— Tu n'en sais rien du tout. Et je ne suis pas spécialement d'humeur à m'envoyer en l'air, là. On peut parler d'autre chose, peut-être ?

— Oui, de cadavres, par exemple. »

Nicole ferma les yeux. « OK. Parlons d'amour. »

Carmen lui donna un léger coup de coude : Ray venait les retrouver.

« Voulez-vous m'accompagner à l'intérieur ?

— Oui, bien sûr. »

Nicole et Carmen se levèrent.

« Madame Vega, je préférerais que vous restiez ici, dit Ray. Votre présence ne sera pas utile.

— Mais je ne toucherai à rien», protesta Carmen, qui avait l'air déçue.

Nicole la regarda. «Crois-moi, c'est un spectacle dont tu peux bien te passer. C'est beaucoup plus sympa à la télévision.

— Bien sûr, excuse-moi, acquiesça Carmen. De quoi j'ai l'air?»

Ray lui sourit. «La curiosité est une réaction naturelle, madame Vega.» Il prit Nicole par le bras. «Ça ira?

— Non, mais il faut bien.»

Ils remontèrent l'allée. Nicole s'aperçut que DeSoto s'était muni d'un petit carnet et qu'il avait revêtu de fins gants en latex. Arrivé au milieu du salon, il se figea d'un air incrédule. «Vous avez mis de la musique avant ou après avoir trouvé le corps?

— Je n'ai rien mis du tout, lui apprit Nicole. C'était comme ça quand je me suis réveillée.»

Il fronça les sourcils et s'approcha de la stéréo.

«C'est Gershwin. Une cassette de Paul Dominic, dit-elle.

— Une des vôtres?

— Non. Je n'ai aucun de ses enregistrements.»

Ils échangèrent un long regard. Puis Ray prit quelques notes dans son carnet, et appuya sur le bouton stop de la platine-cassettes avec le bout de son stylo. Il lut: «*Dominic joue Gershwin à Carnegie Hall.* C'est son dernier concert. Son dernier enregistrement, aussi.

— Comment savez-vous ça?

— J'ai eu quelques raisons de potasser son dossier, ces temps-ci.» Il observa la pièce puis ses yeux trouvèrent la large tache brune, sur la moquette du couloir. «Quelqu'un a perdu beaucoup de sang, ici.

— Oui. Il y a une longue traînée par terre jusqu'au jardin, expliqua Nicole. Je pense que le type a été blessé, ou tué à l'intérieur. J'étais certainement abrutie par le comprimé de Seconal, mais je suis étonnée de n'avoir rien entendu. J'ai marché dans le sang sans m'en apercevoir, puis j'ai vu, et je suis allée ouvrir la porte du fond. J'ai aperçu le corps et j'ai traversé le jardin pieds nus.

— Ce n'est donc pas le corps de quelqu'un que vous connaissez?»

Elle ferma les paupières. «Non, je ne sais pas qui c'est. J'ai dit la même chose à Carmen. Le type a une cagoule noire sur la tête.

— Une cagoule noire?

— Oui, fit-elle en réprimant un frisson. Ça ne vous dit rien?

— Si. Magaro et Zand. C'est le même genre de cagoule?»

Elle baissa les yeux. «Je n'ai vu que les photos des journaux. Et je n'ai jamais compris ce que ça voulait dire.

— Des gens ont émis l'hypothèse que c'était un crime rituel, comme l'assassinat de Sharon Tate. Elle avait été retrouvée pendue à un lustre, avec son amie Jay Sebring. Celle-ci avait un torchon plein de sang sur la tête.

— Quelle mémoire, commenta Nicole, l'estomac soulevé.

— Cette histoire m'a beaucoup impressionné. Je crois que c'est l'une des choses qui m'ont poussé à devenir policier.

— Vous étiez pourtant jeune à cette époque.

— Oui, mais Charles Manson demande régulièrement sa mise en liberté conditionnelle. Les journaux continuent d'en parler. Cette histoire a fait date.» DeSoto désigna la porte arrière. «Vous êtes sortie par là, donc?

— Oui. Je me suis réveillée — en fait, c'est Shelley qui m'a réveillée au téléphone —, puis j'ai entendu la musique et j'ai couru dans le salon. Je n'ai même pas fait attention à la moquette. J'ai trouvé le coffret de la cassette et c'est ensuite que j'ai vu la tache de sang. Et j'ai suivi la traînée jusqu'au jardin.

— Allons-y.

— Vous voulez que je vous accompagne?»

Le collègue de Ray les rejoignit à cet instant. Noir, plus âgé, il semblait afficher perpétuellement un air maussade. «Elle n'a pas besoin d'aller avec toi, pour le moment, lui dit-il. Il faut autant que possible ne toucher à rien.»

DeSoto lui décocha un regard glacial. «*J'ai* besoin qu'elle vienne avec moi, Waters. Elle pourra peut-être identifier le corps. Et elle ne dérangera rien.»

Nicole crut entendre Waters, irrité, grincer des dents. C'était lui, déjà, qui accompagnait Ray le jour où on avait appelé la police en découvrant que Clifton s'était suicidé. Elle l'observa. Il devait avoir entre quarante et cinquante ans — légèrement enveloppé, les tempes grisonnantes, un visage large et des yeux perçants. Il aurait pourtant l'air aimable, s'il pensait à sourire, pensa-t-elle. Mais ce n'était visiblement pas son genre.

Ils contournèrent la tache de sang circulaire, large de soixante centimètres, et Ray ouvrit la porte du jardin.

« Il n'y a pas eu effraction, dit-il.

— Vous aviez verrouillé cette porte, hier soir ? demanda Waters.

— Oui, absolument certaine », répondit-elle sans être complètement sûre. Si elle fermait toujours soigneusement *toutes* les portes et fenêtres, elle ne se revoyait pas précisément en train de le faire, cette fois-là. Elle avait été, après tout, dans un état épouvantable en rentrant la veille.

« Ne touchez à rien, ordonna Waters tandis qu'ils se dirigeaient vers le corps.

— Oh, relax ! lâcha Ray. Il serait peut-être temps de faire les présentations, d'ailleurs. Nicole, le sergent Chuck Waters. Waters, cette dame s'appelle Mme Chandler et elle sait très bien ce qu'il faut faire ou pas.

— Si Madame veut bien m'excuser... » marmonna Waters.

Nicole lui sourit : « Je ferai attention. »

Il enfonça ses mains dans ses poches et adopta une attitude plus conciliante.

Nicole ralentit en arrivant près du cadavre. Pointées en éventail, ses vieilles bottes de cow-boy usées avaient une allure pathétique. Un oiseau avait orné ses jeans d'une fiente toute fraîche. L'homme avait les mains raides et sales.

« Vous le reconnaissez ? demanda Waters.

— Il faudrait enlever la cagoule », dit-elle.

Ray s'approcha du cadavre. « Pas avant que les photographes aient fait leur travail. Mais si vous remarquez pour l'instant quelque chose qui peut nous mettre sur une piste...

— L'odeur, l'interrompit Nicole. Cette odeur d'humidité...

— *D'humidité ?* répéta Waters, incrédule.

— Elle a un odorat très développé », fit Ray.

Waters leva les yeux au ciel puis la regarda comme une extraterrestre.

« Vous pourriez peut-être travailler avec la Canine. Si vous étiez capable d'identifier aussi facilement la cocaïne...

— La cocaïne, je ne sais pas, mais vous avez sûrement mangé de l'ail, hier soir », rétorqua-t-elle.

Waters était mouché, pourtant il eut l'air de réprimer un sourire. « Autre chose ?

— Il y a des traces de morsures. Au poignet droit. Le type s'est fait mordre par un chien. Et regardez son pantalon à gauche. Il est déchiré sous le genou. À mon avis, il a également été mordu à la jambe. » Nicole se tourna vers Ray. « C'est celui qui m'a agressée hier soir à River Walk. »

TREIZE

Une fois qu'on eut pris des photos, circonscrit les lieux avec des mètres de ruban jaune, et pris toute sorte de notes, la cagoule fut enfin retirée. « Vous m'en direz tant, lança Waters. Izzy Dooley en personne.

— Izzy Dooley ? répéta Nicole d'une voix absente.

— Oui. Je crois qu'Izzy est le diminutif d'Isidore. Ce taré se prenait pour un vampire. C'est un récidiviste, il s'est fait coffrer plusieurs fois pour de petits délits. » Waters fronça les sourcils. « Mais River Walk, ce n'est pas le genre de coin où il traînait. C'est même assez inattendu de sa part.

— Qu'y faisait-il, à votre avis ? demanda Nicole.

— Aucune idée. » Waters examinait Dooley. « Et vous savez quel âge il a ? Vingt-quatre ans. On lui en donnerait dix de plus. »

Nicole observa le filet de sang qui avait séché sur la joue droite, si près de l'œil qu'on aurait dit une larme. Justement, pensa-t-elle, les vampires sont censés pleurer du sang.

« Il est entré avec les clés qu'il a volées hier soir à Mme Chandler, commentait Ray.

— Et *après* avoir descendu l'agent dans la voiture, ajouta Waters. Mme Chandler a été agressée vers vingt-deux heures. À quelle heure la voiture est-elle arrivée ?

— Pas avant une heure du matin, dit Nicole.

— Dooley avait trouvé vos papiers dans votre sac. Ça lui laissait trois heures pour arriver ici avant vous, remarqua Waters. Pourquoi n'est-il pas entré par la rue ? Et pourquoi a-t-il fracassé le cadenas ?

— Parce que Jessie, notre chien, était là, sans doute, répondit Nicole. Il aura préféré le laisser s'échapper pour ne pas alerter tout le voisinage. Peut-être qu'il est arrivé ici pendant que j'étais encore à l'hôpital avec le sergent DeSoto. Dans ce cas, nous ne l'aurions pas vu et l'autre policier non plus.

— J'ai inspecté la maison, objecta Ray.

— Mais pas le jardin.

— Vous avez dit que vous aviez verrouillé la porte du fond, rappela Waters.

— Oui, mais comme il avait la clé, ça ne change pas grand-chose, reprit DeSoto.

— Le cadenas était-il cassé quand vous êtes rentrée de l'hôpital ? demanda Waters.

— Je ne m'en suis rendu compte qu'un quart d'heure après être arrivée. »

Waters retrouvait sa rudesse de ton. « Je ne suis pas convaincu par cette histoire de chien. Si Dooley cherchait à coincer Mme Chandler et qu'il disposait bien des clés, il n'avait plus qu'à s'introduire chez elle et l'attendre. Pourquoi s'embêter à casser le cadenas ?

— Il a dû vouloir cambrioler la maison avant que Nicole soit rentrée, et se débarrasser du chien pour qu'il n'aboie pas, lâcha Ray, apparemment énervé. Ça me paraît assez simple. »

Nicole le regarda. « Mais ça n'explique pas la cassette de Paul que j'ai trouvée sur la chaîne.

— Paul ? réagit aussitôt Waters.

— Paul Dominic, expliqua Nicole à contrecœur. C'était un musicien que j'ai fréquenté il y a une quinzaine d'années, un pianiste… »

Waters leva une main. « Je sais, madame Chandler. Vous ne devez pas vous rappeler, mais je me suis occupé de ce dossier, à l'époque. »

Elle le fixa. « Non, je ne me rappelais pas, lâcha-t-elle d'une voix timide.

— Je ne suis pas un joli cœur comme M. DeSoto. Les femmes ne se souviennent pas de moi. »

Elle l'observa un instant. « En fait, si, je me souviens de vous. » Elle marqua un temps. « Enfin, pour revenir à cette cassette, quelqu'un l'avait mise sur la platine avant que je ne me réveille. Et ce n'est pas une des miennes. »

Waters la dévisagea longuement. « Vous ne pensez pas que Paul Dominic aurait tué le policier dehors, quand même ? »

Nicole se sentit acculée au fond d'un piège. « Je… je sais que tout le monde pense qu'il est mort, mais…

— Chuck, elle pense avoir vu Dominic récemment, coupa DeSoto. À plusieurs occasions. Au début, j'ai eu du mal à y croire.

— Et maintenant ? demanda Waters.

— Je ne suis pas loin d'être convaincu qu'il est bien vivant, qu'il est revenu à San Antonio, et qu'il suit Mme Chandler. »

Cent fois Nicole avait pensé la même chose. Mais d'entendre un policier l'admettre devant un collègue donnait à l'éventualité un nouveau poids.

Elle ne fit pas vraiment attention à l'homme qui, maintenant, grimpait à l'échelle contre l'arbre. On allait retirer ce cadavre qui, la tête masquée par une cagoule, était resté toute la nuit dans son jardin. Elle frissonna et serra ses bras sur sa poitrine.

Waters remarqua, sembla-t-il, que la jeune femme avait l'esprit ailleurs. Elle sursauta lorsqu'il lui posa subitement une nouvelle question : « Qu'est-ce qui vous fait croire que Dominic est en ville ? »

Elle déglutit. « Des coïncidences qui n'en sont pas, je pense. »

Waters maintenait sur elle un regard interrogateur. Sans réfléchir, elle lui expliqua dans quelles circonstances elle l'avait plusieurs fois aperçu. Son récit terminé, elle s'attendit à ce que le policier oppose quelque argument, mais il se contentait de regarder un nuage gris qui défilait sous le soleil.

« Vous savez ce que cela implique, dans ce cas ? dit-il finalement. Si Paul Dominic est le meurtrier des hommes qui vous ont maltraitée il y a quinze ans, il est peut-être aussi l'assassin de celui qui vous a agressée hier soir sur River Walk. » Chuck Waters afficha un sourire tordu. « Il ne connaît pas son Gershwin pour rien.

— Que veux-tu dire ? demanda Ray.

— *Someone to Watch Over Me* [1], c'est le titre d'une chanson de Gershwin. À condition qu'il soit vivant, on dirait que Paul Dominic a décidé de veiller sur Nicole Sloan jusqu'à la fin de sa vie. »

★

Il ne faisait pas froid et Nicole avait revêtu un épais chandail. Pourtant elle grelottait presque lorsqu'elle traversa la maison dans l'autre sens pour retrouver Carmen. Elle faillit tomber dans les bras de son amie.

« Détends-toi un peu, lui dit celle-ci.

— C'est le type qui m'a agressée hier soir, lui apprit Nicole. Il s'est certainement servi de mes clés pour rentrer, et il faut croire que quelqu'un l'attendait.

— Quelqu'un ?

— Ça pourrait bien être Paul. »

Carmen recula et regarda Nicole d'un air consterné. « Tu ne veux pas arrêter de ressasser cette histoire absurde ? Il n'y a plus de Paul Dominic ! Si tu continues, les flics vont penser que tu as un grain. »

DeSoto et Waters arrivaient à leur tour. Ce fut Ray qui répondit : « Madame Vega, on ne peut pas complètement exclure que Paul Dominic soit derrière tout ça.

— Comment ? fit Carmen, étonnée. Parce que vous la croyez ?

— Carmen, je ne suis tout de même pas folle, lâcha Nicole.

— Oui, mais il faut quand même rappeler…

— Nous n'excluons pas entièrement l'éventualité que Paul Dominic soit revenu à San Antonio, dit Ray. Il peut même être l'auteur de ces deux meurtres, celui d'Izzy Dooley comme celui de notre homme dans la voiture. »

Nicole lança à DeSoto un regard furieux. « Vous parlez maintenant d'éventualité ? Je pensais que vous me croyiez. Ou peut-être que vous me suspectez, finalement ?

— Madame Chandler, nous ne savons pas qui se cache derrière ces meurtres », fit Ray froidement.

1. « Quelqu'un qui veille sur moi. »

Waters la fixait avec insistance. « Possédez-vous une arme ? »

Ébahie, Nicole dut se ressaisir avant de répondre : « Oui.

— Et où la gardez-vous ? »

Elle observa DeSoto. Pourquoi ne prenait-il pas sa défense contre Waters ?

« Dans le tiroir de ma table de chevet, admit-elle finalement. Il est fermé à clé et la clé est sous mon oreiller. Mais enfin, vous ne croyez quand même pas que j'ai tué ces deux hommes ?

— Et pourquoi pas ? »

Elle était abasourdie. « Parce qu'un coup de feu aurait réveillé toute la rue, pour commencer !

— Bien sûr, dit Waters. Mais les silencieux, ça existe. »

Nicole était de nouveau en proie à un tremblement fébrile. Mais elle fixa Waters droit dans les yeux.

« Navrée de vous décevoir, mais mon arme est un revolver.

— Je vois que vous vous y connaissez un peu, répondit-il. Donc vous savez qu'il n'est pas totalement impossible d'adapter un silencieux à un revolver.

— À condition de faire monter un pas de vis sur le canon. Ce n'est pas le cas, dit-elle, furieuse.

— Nicole ! lâcha Carmen. Calme-toi. Tu parles comme un gangster. »

Mais elle était lancée. « Et vous pourrez constater par vous-même qu'il n'a pas été utilisé ces dernières vingt-quatre heures.

— Rien ne me dit que vous n'en avez pas un autre.

— Moi, je vous le dis, lui retourna-t-elle froidement. Et si vous ne me croyez toujours pas, faites un test à la paraffine. Vous ne trouverez aucun résidu nitrique sur mes mains.

— Pourquoi avez-vous pris une douche avant que nous arrivions ? La baignoire est encore mouillée.

— J'ai pris une douche parce que j'avais du sang sur les pieds. De toute façon, les résidus nitriques résistent un certain temps à l'eau.

— Madame Chandler, des tas de gens se servent de leur arme avec une main gantée, voyez-vous ? Précisément pour cette raison. Et je trouve que vous en savez décidément trop en ce qui concerne les armes à feu. »

Les naseaux épatés comme des chevaux furieux, ils se toisaient l'un l'autre. Ray finit par lâcher : « OK, Chuck. Ça suffit.

— Je suppose aussi, reprit Nicole, ignorant DeSoto, que, selon vous, j'ai accroché le type sur sa branche ? Au cas où vous n'auriez pas remarqué, je mesure un mètre soixante-deux pour quarante-neuf kilos. Pas vraiment un sumo, je dirais…

— Les lois de la physique peuvent… »

Il n'eut pas le temps de finir : « Les lois de la physique ! » explosa Nicole.

Carmen la prit par le bras. « Tu te calmes ou tu appelles un avocat, mais tu la fermes, s'il te plaît, avant que je ne te bâillonne pour de bon ! »

Nicole la fusilla du regard. « Mais il faut bien que je…

— Ferme-la, je te dis ! Tais-toi !

— Madame Vega, on ne vous demande pas d'intervenir, coupa froidement Waters.

— Je me mêle de ce qui me regarde, répliqua Carmen, devenant elle aussi furieuse. Nicole est ma meilleure amie et vous profitez de ce qu'elle soit sur les nerfs pour lui faire débiter n'importe quoi ! » Ses yeux lançaient des éclairs. « Ce n'est d'ailleurs pas la première fois que les flics jouent à ça avec elle. »

Waters lui offrit un sourire ironique. « Je fais mon travail, madame, c'est tout. Je ne l'ai pas arrêtée, pour l'instant, que je sache ?

— Oui, eh bien arrêtez votre petit jeu idiot, je vous prie. De toute façon, je prends Nicole avec moi, maintenant.

— Mme Chandler reste chez elle jusqu'à nouvel ordre, intima Waters.

— Dans ce cas, permettez-moi de l'amener jusqu'à la thermos de café qui se trouve dans ma voiture, Votre Excellence.

— Si vous voulez. Mais si vous démarrez, vous vous mettez en infraction. »

Carmen leva les yeux au ciel et jura en espagnol. Nicole ne saisit pas ce qu'elle dit, mais crut percevoir que Waters comprenait.

★

DeSoto resta dans la rue pour interroger les voisins. Waters s'en revint à l'arrière, dans le jardin. Un jeune homme du service médico-légal lui fit signe de le rejoindre devant le cadavre qu'on avait allongé sur le ventre.

« Les deux victimes ont reçu une balle dans la tempe gauche, apprit-il à Waters. On a tiré à bout portant. Je dirais — un calibre 38, sans doute. L'examen initial ne révèle pas d'autre blessure sur l'officier de police. En revanche, lui… » Il montrait le bas du dos d'Izzy Dooley. « Il s'est pris un méchant coup de poignard. De quoi le paralyser instantanément de la taille aux doigts de pied.

— Aucune trace de lutte ?

— Non. On l'a sans doute poignardé par surprise, avant de le traîner dans le jardin. Il a un bleu à l'intérieur de l'avant-bras. Ce qui implique qu'il n'était pas mort quand on l'a sorti de la maison. Il aura peut-être essayé de s'accrocher quelque part en chemin. Et le bras a tapé sur quelque chose de dur, si on a tiré assez fort pour lui faire lâcher prise. C'est une possibilité.

— Pas de blessure à la gorge, ou de marque de strangulation ? demanda Waters.

— Des éraflures, mais pas de sang. On lui a fait sauter la cervelle avant de le pendre.

— Oui, je me doutais qu'on ne l'avait pas pendu vivant », lâcha Waters, irrité. Il avait faim et froid aux pieds. Sa femme lui imposait depuis peu un régime.

Le jeune homme poursuivit patiemment : « Il a quelques éraflures autour de la bouche, aussi. Comme si on lui avait fourré quelque chose dedans pour l'empêcher de brailler.

— Quoi, par exemple ?

— C'est difficile à dire. Un truc rêche. On en saura plus après l'autopsie. Ça pourrait être une serviette ou un gant de toilette.

— Intéressant, murmura Waters. Je me demande s'il manque un gant de toilette dans l'armoire de Mme Chandler. »

★

DeSoto avait déjà interrogé trois personnes. Il parlait maintenant à une femme d'âge moyen, aux cheveux teints roux clair, qui lui narrait en détail la violente dispute entre Nicole et son mari à laquelle elle avait assisté dimanche soir.

« Ce langage qu'elle lui tenait, c'était une horreur ! Je n'en croyais pas mes oreilles, assurait-elle.

— Je vois. Et M. Chandler ? Il répondait sur le même ton ?

— Sans aucun doute, répondit la voisine. Je ne sais pas comment un homme pourrait endurer de tels propos sans réagir. Si vous voyiez, en plus, ces jeunes gens qui défilent dans sa maison ! Le soir même des obsèques de son père, elle en recevait un ! Voyons, les cheveux longs… »

Une voix l'empêcha de continuer : « À propos d'obsèques, c'est vous qui avez refusé de donner ne serait-ce qu'un dollar pour la couronne qu'on a fait porter au nom des voisins, n'est-ce pas ? »

Ray se retourna et vit arriver à grands pas un homme assez âgé, sec comme un roseau, aux cheveux blancs et drus, vêtu d'un pantalon de flanelle et d'un cardigan marine.

Il se présenta : « Newton Wingate », et offrit à DeSoto une main noueuse aux veines saillantes. Ray lui donna facilement quatre-vingts ans, toutefois sa poignée de main était ferme et ses yeux bleus brillaient d'une lueur jeune et intelligente derrière les verres de ses lunettes.

« Monsieur, j'ai quelque chose d'important à déclarer à propos de ce qui s'est passé cette nuit.

— Voilà qu'on se rend intéressant, maintenant ! » commenta la fausse rousse d'un ton acerbe.

Ignorant la remarque et son auteur, Newton Wingate poursuivit : « Voilà, j'ai la prostate d'un homme de mon âge. Mon Dieu, j'espère que vous n'aurez jamais à subir ça, car ça n'est pas une sinécure. Les médecins ont voulu m'opérer, mais je m'y suis refusé. Je leur ai dit : “ Non, messieurs, je suis arrivé sur terre avec mes pièces d'origine et je compte bien les avoir encore en partant ! ” »

La voisine leva les yeux au ciel et s'éloigna à grands pas.

« Bref, j'ai constamment besoin d'aller aux toilettes. Cela fait quinze ans que je n'arrive plus à dormir deux heures de suite, la nuit dernière comme les autres. Seulement j'ai mes petites habitudes. Quand je me lève la nuit, je mets mes lunettes. Il ne manquerait plus que je trébuche sur quelque chose et que je me casse une jambe. C'est pourquoi je jette toujours un coup d'œil par la fenêtre pour m'assurer que je les ai bien sur le nez. La fenêtre des toilettes est juste au-dessus du siège. Je peux vous emmener voir, si vous voulez vérifier.

— Je vous crois, monsieur Wingate, merci.

— Bien. Parce que je ne raconterais jamais des stupidités à la police, moi. Ce n'est pas le genre de la maison. Bon, enfin, vers une heure moins le quart du matin, j'ai vu Mme Chandler qui faisait les cent pas dans la rue. J'ai ouvert ma fenêtre et je l'ai entendue qui appelait son petit chien, "Jessie". Il n'est pas gros mais il fait un sacré raffut quand ça lui prend. J'ai compris qu'il s'était échappé et j'ai pensé à sortir donner un coup de main à Mme Chandler pour le retrouver, seulement j'étais en pyjama et j'avais mis mon dentier à tremper. Sans mes dents, je n'aime guère me montrer en spectacle devant une jeune femme. Je regrette maintenant de ne pas l'avoir fait, mais que voulez-vous ? Une demi-heure plus tard — ah, quand je vous dis que ce n'est pas une sinécure ! — j'ai eu à nouveau besoin de me lever. Je jette un œil au-dehors, Mme Chandler n'est plus là, mais je vois une patrouille s'arrêter dans la rue. Ça m'a inquiété. Je me suis demandé si son nigaud de mari n'était pas revenu la tourmenter. J'ai fini par me dire que cette poule mouillée n'oserait pas venir l'embêter, puisque la police était là, et je me suis rendormi. »

Scrupuleusement, Ray avait tout noté dans son carnet. Il leva les yeux. « Rien d'autre ? »

Newton Wingate parut vexé. « Bien sûr que si, je ne serais pas venu vous ennuyer autrement. Alors, voilà : à deux heures trente, je suis encore obligé de sortir du lit. » Wingate dévisagea DeSoto d'un air défiant. « Et ne me demandez pas si je suis bien sûr de l'heure, parce que je regarde *toujours* mon réveil avant d'aller aux toilettes.

— Je vous crois. Donc, à deux heures et demie...

— Je regarde comme d'habitude à la fenêtre, et je vois quelqu'un en train de parler au policier dans la voiture. »

Ray demanda aussitôt. « Quelqu'un dans la voiture avec lui ?

— Non. Dehors. Mais le policier était dedans.

— Ce quelqu'un — un homme ou une femme ?

— Dans l'obscurité, c'était difficile à dire. Comme, en plus, je ne voyais que son dos... Ce que je peux vous affirmer, tout de même, c'est que cette personne était vêtue de noir et qu'elle était bien plus grande que Mme Chandler.

— Assez grande pour être un homme, donc ?

— Oui. Ou une femme un peu forte.

— Et ensuite ?

— Ensuite, eh bien… » Wingate prit un air penaud. « J'étais aux toilettes, il faut bien que je regarde ce que je fais. Mais quand j'ai jeté un dernier coup d'œil dans la rue avant de revenir dans ma chambre, il n'y avait plus personne.

— Et le policier dans la voiture ?

— Il était derrière le volant. Immobile. La tête baissée, apparemment. Il ne bougeait plus. Sur le coup, ça n'avait rien d'alarmant. Alors je suis retourné me coucher. » Il soupira. « Et j'apprends maintenant que le pauvre gars est mort. »

QUATORZE

Pelotonnée sur un siège de la voiture, Nicole regardait la rue en pleine effervescence.

« Tu prends toujours une thermos avec toi ? » Carmen lui tendait une tasse fumante. « Ou pour les grandes occasions seulement, comme aujourd'hui ?

— Bobby ne veut plus que je mette de la crème et du sucre dans mon café. C'est le régime sec. Comme on a deux voitures et que je pars généralement avant lui, je m'arrête quelque part en route, je remplis ma thermos avec mon café comme je l'aime, et je la planque en arrivant au magasin.

— Je ne te savais pas aussi tortueuse ! sourit Nicole avant d'avaler une gorgée. Il a un goût de banane, ton café.

— Je mets du sucre artificiel. Enfin, moitié-moitié. »

En buvant une nouvelle gorgée du liquide sirupeux somme toute assez éloigné de ce que l'on désigne généralement par du café, Nicole observait Ray en train d'interroger les voisins. Elle se demanda ce qu'ils pouvaient bien lui révéler.

« Je n'ai jamais vu la rue dans cet état. Trois voitures de police, autant de types en uniforme qu'en costume de ville. Une ambulance. Heureusement que Shelley n'est pas là.

— Tu ne vas pas revenir ici avec elle, ce soir, quand même ?

— Non. On va aller chez maman.

— Je te souhaite bon courage. Elle va t'assaillir de questions et te faire la morale. En plus, si j'ai bonne mémoire, elle n'est pas vraiment folle de Jessie. »

Nicole sentit les larmes se presser dans ses yeux. « Jessie a disparu, Carmen. Quand je suis rentrée hier soir, j'ai trouvé le cadenas brisé sur le portail du jardin.

— Oh non, compatit Carmen. Remarque, ce n'est pas la première fois qu'il joue la fille de l'air. Il est toujours revenu.

— Oui, mais là, je crains que cela ne soit plus grave. Je ne pense pas que ce soit une blague imbécile des mômes du quartier, vois-tu ? Je te rappelle que deux types se sont fait assassiner pendant la nuit. Quand on est capable de tuer un homme, on n'hésite pas à se débarrasser d'un chien. Jessie est peut-être mort, lui aussi ? C'est la cerise sur le gâteau. Comment veux-tu que j'annonce ça à Shelley ?

— Je ne pense pas qu'il soit mort, moi.

— Qu'est-ce que tu en sais ?

— Parce que, si la police avait retrouvé son corps, ils l'auraient sûrement dit. Donc Jessie est ailleurs. Et, à mon avis, le type qui a descendu le flic et ton agresseur avait autre chose à faire que d'enterrer un chien. Et puis, essaie d'attraper Jessie s'il n'a pas envie. Tu as intérêt à courir vite.

— Je n'avais pas pensé à ça », admit Nicole qui retrouvait espoir. Elle sécha ses larmes. « Il a dû s'enfuir, alors.

— Évidemment. »

Nicole observa son amie et perçut dans son œil une lueur de réconfort. Mais c'était feint, pensa-t-elle. Carmen s'efforçait simplement de lui remonter le moral. Cela avait presque fonctionné. « Disons qu'il n'y a plus qu'à prier. Seulement, s'il décide de revenir ce soir, il ne trouvera personne à la maison.

— Dans ce cas, il reviendra jusqu'à ce que vous soyez rentrées. » Carmen regardait droit devant elle. « Je crois que tu as d'autres problèmes plus urgents que Jessie. »

Nicole ne releva pas. Ray DeSoto était en train de parler à son voisin Newton Wingate. Veuf depuis vingt ans, il avait, semble-t-il, fait de Shelley et Jessie ses meilleurs amis. Elle-même le trouvait d'une gentillesse exquise. Roger, en revanche, le considérait sénile et pervers.

« Nicole, tu ne m'écoutes pas ?

— Si, Carmen, et je sais que Jessie n'est pas le problème le plus urgent. Contrairement à ce que tu semblais croire tout à l'heure, je ne suis pas encore devenue folle.

— Excuse-moi, mais j'ai quand même cette drôle d'idée qui me trotte dans la tête depuis que tu m'as parlé des masques, l'autre jour. J'ai demandé à Bobby qui en avait acheté. »

Nicole la regarda : « Et qu'a-t-il répondu ?

— Que Roger en a un. Celui du loup.

— Roger ! répéta Nicole, ébahie.

— Enfin, indirectement. Bobby dit que c'est Lisa qui l'a acheté, pour lui en faire cadeau.

— Carmen, *quand* a-t-elle acheté ça ?

— Avant Noël. Avant que ses parents ne la fichent dehors et ne lui coupent les vivres.

— Carmen, ce n'est *pas* Roger qui est venu se montrer dans le jardin avec ce masque.

— Et pourquoi ce ne serait pas lui ?

— Parce que c'est ridicule. Pour quelle raison chercherait-il à faire peur à sa propre fille ?

— D'abord, il a pu engager quelqu'un pour le faire à sa place. Ensuite, c'était peut-être toi qu'il visait. C'est facile de se tromper de fenêtre.

— Mais ça n'a pas de sens, Carmen. Dans quel but ferait-il ça ?

— Parce qu'il veut Shelley. »

Nicole fronça les sourcils.

« Tu ne te souviens pas de ce qu'il a dit aux obsèques de ton père, quand vous avez parlé de la garde ? Que tu avais subi de graves épreuves psychologiques, et que la police s'était intéressée à toi. Qu'il avait les moyens de te faire la guerre, et qu'il n'hésiterait pas à s'en servir, ou quelque chose comme ça ?

— J'aurais du mal à l'oublier.

— Alors je me suis demandé s'il ne chercherait pas à te faire passer pour une déséquilibrée — le genre de dingue qui prétend voir des loups-garous dans son jardin, quoi.

— Carmen, ça n'est pas les rôdeurs qui manquent. Je ne vois pas en quoi ça ferait de moi une déséquilibrée.

— Peut-être. En revanche, tout le monde ne se croit pas forcément suivi par un homme qui a disparu il y a quatorze ans après avoir buté deux types.

— D'accord, j'ai des visions ! Je ne savais pas que tu me tenais en si haute estime.

— J'ai toute l'estime du monde pour toi, Nicole. Mais tu ne m'ôteras pas de l'esprit que cette période a été pour toi un véritable traumatisme. D'abord, ces deux ordures, ensuite Paul qui se fait arrêter. Et je n'ai pas oublié le jour où je t'ai téléphoné pour t'apprendre qu'on l'avait retrouvé mort. Tu m'as raccroché au nez. J'ai rappelé aussitôt et je suis tombée sur une de tes copines de fac. Elle disait que tu venais de t'évanouir. »

Nicole se souvenait elle aussi. Elle avait attendu plus d'un an que Paul se manifeste. En vain. Jusqu'à ce que le téléphone sonne et que Carmen lui assène qu'il venait de trouver la mort dans un accident de voiture. Ce jour-là, le monde avait changé de couleur, le ciel s'était obscurci, et jamais la lumière n'était entièrement revenue.

« Ensuite, tu reviens ici dans cette ville que tu détestes. Roger te plaque pour une gamine dont il pourrait être le père, et pour couronner le tout ton père se suicide... Il y a quand même de quoi sérieusement péter les plombs.

— Sauf que j'ai les idées à leur place, siffla Nicole entre ses dents, et que Ray me croit, lui.

— Vraiment ? Je n'en ai pas eu l'impression. " Madame Vega, on ne peut pas complètement exclure que Paul Dominic soit derrière tout ça. " Voilà ce qu'il a dit, et rien d'autre. Ce n'est pas ce que j'appellerais une conviction. Je crois que tu devrais vraiment t'abstenir de parler de Paul.

— Carmen, je l'ai vu hier soir. » Passant une main sous son chandail, Nicole en ressortit la croix qu'elle avait gardée au cou. « Il m'a laissé ça.

— Et qu'est-ce que c'est ?

— Je voulais justement t'en parler. C'est une croix en argent avec des turquoises incrustées et des ailes gravées au dos, que j'avais demandé de faire à ton beau-père. J'avais dix-neuf ans et tu étais la seule à qui j'avais appris que je voyais Paul, la seule aussi à qui j'ai dit que j'allais lui offrir cette croix. Hier quand j'ai déposé Shelley chez toi, Raoul voulait savoir si j'avais épousé le beau gars pour qui il l'avait confectionnée, celui qui avait "un sacré talent, un don vraiment peu ordinaire". Ce qui implique que Raoul lui aussi était au courant. Quand lui as-tu tout appris, Carmen ? »

Carmen s'était peu à peu, mais vivement, empourprée en l'écoutant. « Je suis désolée, Nicole, murmura-t-elle. Ce n'est pas à Raoul que j'en ai parlé, mais à Bobby. Et il y a bien longtemps.

— *À Bobby ?*

— Oui. Tu sais que j'étais folle de lui. J'avais besoin de trouver quelque chose pour me faire mousser. J'étais impressionnée que tu aies rencontré quelqu'un de célèbre et, comme Bobby était aussi un musicien à sa façon, je me suis servie de toi et de Paul Dominic. Pour me rendre bêtement intéressante, un peu plus qu'une jolie fille toute simple. Puisque ma meilleure amie sortait avec un grand concertiste.

— Carmen, c'est pathétique. Et je ne comprendrai jamais pourquoi il t'a fallu déployer tant d'efforts pour gagner l'affection de Bobby. Ni ce qui t'a mis en tête qu'il en valait la peine. » Brusquement Nicole écarquilla les yeux. « Carmen, quand lui as-tu parlé de Paul ? Avant ou après que je me fasse violer ? »

Carmen se mordit la lèvre sans répondre. Nicole vit sa pomme d'Adam aller et venir plusieurs fois. Elle répondit à sa place : « Avant. Ensuite Bobby en a parlé à Zand et à Magaro. C'est comme ça qu'ils ont su où venir me cueillir. »

Carmen ferma les yeux et joignit ses mains sur ses genoux, comme si elle allait prier. « Nicole, je te supplie de me pardonner. J'étais jeune et idiote. J'aurais fait n'importe quoi pour avoir Bobby. Jamais je n'aurais imaginé qu'il allait le répéter. Si tu savais par quoi je suis passée…

— Nous sommes des amies d'enfance, Carmen. Et c'était un secret entre nous, fit Nicole, encore incrédule. Comment as-tu pu faire ça ?

— Je te l'ai dit. J'étais jeune et stupide. Mais je n'en ai parlé qu'à Bobby. Comment aurais-je pu deviner les conséquences ? »

Nicole la regardait, furibonde. « Est-ce qu'il se sent au moins un poil coupable de ce que Magaro et Zand ont fait, munis de ses informations ? »

Carmen tourna vers son amie un regard implorant. « Bien sûr, j'en suis certaine. »

Nicole souriait sans rire. « Tu en es peut-être sûre, mais il ne l'a jamais dit. En revanche, il a bien attendu son moment avant de révéler que Roger nous emmenait à San Antonio pour ne pas perdre sa petite Lisa. Bobby a une façon de se taire ou de se mettre à parler qui ne manque pas d'à-propos, tu ne trouves pas ? »

Froissée, Carmen répondit avec véhémence : « Tu ne vas pas lui attribuer la cause de tous tes malheurs, non plus ?

— Il a quand même une bonne part de responsabilité ! »

Tête baissée, Carmen agrafait et dégrafait nerveusement le bracelet de sa montre en cherchant quelque chose à répondre. Elle ne trouva cette fois rien pour défendre son Bobby adoré, pensa Nicole. Elle n'était cependant pas plus responsable de ses actes de celui-ci que Nicole l'était vis-à-vis de Roger. Certes, elle avait trahi un secret, mais elle n'était à l'époque qu'une adolescente.

Nicole la regarda. Taraudée de remords coupables, Carmen était blême, ses yeux noyés de larmes, et elle avait mordu ses lèvres jusqu'au sang. Nicole n'aimait certainement pas la voir ainsi. Et il fallait considérer l'autre côté des choses. La bourde de Carmen avait eu des conséquences tragiques, mais par ailleurs elle avait constamment fait preuve d'une affection et d'un soutien dévoués au fil des années. À cet instant précis, Nicole en voulait à la terre entière, pourtant elle ne pouvait laisser sa colère l'étouffer complètement, ni rejeter catégoriquement les personnes autour d'elle qui comptaient vraiment.

Elle posa une main sur le bras de son amie. « Bon. C'est le passé, et on n'y changera rien. Oublions tout ça.

— Tu es sûre ? demanda Carmen d'une voix chevrotante.

— Oui.

— Tu me le jures ? » Carmen n'avait plus dit cela depuis l'enfance.

Nicole sourit. « Juré. Seulement il faut que tu me croies : c'est bien Paul que j'ai vu, et c'est la croix que je lui avais offerte qu'il m'a passée autour du cou. »

Carmen ferma les yeux. « Nicole, tu devais être dans tous tes états hier soir. Tu as peut-être confondu avec quelqu'un d'autre. Et Raoul a certainement fait d'autres croix du même genre.

— Il m'avait promis que non.

— Il n'a peut-être pas tenu sa promesse. On a compris qu'il

avait la maladie d'Alzheimer bien avant qu'il ne confie le magasin à Bobby. Il a sans doute même oublié ce qu'il t'avait promis.

— Il n'empêche que c'est cette croix et pas une autre, éclata Nicole. Comment peux-tu être aussi têtue ?

— Mais enfin, tu ne t'entends pas ! » Carmen se mit à imiter la voix de Nicole. « " Paul Dominic me suit partout, gna-gna. J'ai peur qu'il ne veuille se venger de moi, gna-gna. Non, en fait, je m'étais trompée, gna-gna. C'est Paul et son gentil toutou qui m'ont sauvée hier soir sur River Walk, et Paul m'a rendu la croix que je lui avais offerte, gna-gna. " C'est tiré par les cheveux, Nicole. Ensuite, tu trouves un cadavre dans ton jardin et tu embrouilles encore les choses en te disputant avec ce Waters à propos de silencieux, de canons filetés et de résidus d'acide.

— De nitrate.

— Quelle importance ? Je ne savais plus où me mettre ! » Carmen en pleurait. « Nicole, écoute-moi une bonne fois. Est-ce que tu te rends compte de ce qui pourrait se passer, si Roger répétait tout ça devant le juge ? »

Nicole ouvrit la bouche, mais ne trouva pas de mots. Carmen avait raison. Elle ne pouvait aucunement prouver que Paul lui avait restitué cette croix, et elle était pratiquement la seule à pouvoir l'identifier. En revanche, elle était liée malgré elle à deux assassinats et Waters semblait prêt à l'accuser. Roger était bien capable d'utiliser toute l'histoire contre elle au cours de la procédure du divorce dans le but d'obtenir la garde de Shelley. Il se ferait même un plaisir d'ajouter que, quinze ans plus tôt, souffrant de dépression nerveuse, elle avait été obligée d'abandonner ses études pendant un an.

« Que dois-je faire, selon toi ? demanda-t-elle, abattue.

— D'abord et surtout, tu ne dis plus un mot à propos de Paul Dominic. Et ensuite, pour l'amour du ciel, tu arrêtes d'étaler ta science en matière d'armes à feu.

— Mais je n'y connais rien ! C'est des banalités, ce que j'ai rétorqué à Waters.

— Pour lui peut-être, pas pour moi ni le reste de la terre. » Carmen la regarda calmement. « Tout cela ne me paraît pas si compliqué, finalement. Roger est arrivé hier soir au restaurant et il est reparti après s'être fait humilier devant toi par un de tes étudiants. Deux heures plus tard, tu te fais agresser par un type que Roger avait déjà probablement payé pour faire le pitre devant ta fenêtre avec le masque que lui a acheté Lisa. Cela ne lui a pas échappé que nous étions ensemble. Il est peut-être passé ici et, voyant qu'il n'y avait personne, il a compris que Shelley ne dormait pas à la maison. Alors il a demandé à son type de faire la garde. Mais le type a paniqué en trouvant la voiture du flic et il l'a tué. Ensuite il s'est introduit chez toi avec des intentions pas catholiques non plus.

— Tu as drôlement arrangé tout ça, dis-moi, fit lentement Nicole.

— Oh, il n'y a pas besoin d'être Einstein.

— Seulement ça ne tient pas entièrement debout. Roger a peut-être payé Dooley pour me surveiller. Et ensuite ? Tu crois que le même Dooley — pris de remords, va savoir ? — se tire une balle dans la tête et se pend tout seul à mon arbre avec une cagoule noire en hommage à Zand et à Magaro ? »

Carmen, cette fois, se tut un instant. « D'accord, je n'ai aucune idée de ce qui s'est passé une fois qu'il est entré chez toi. Mais il s'est certainement passé quelque chose.

— C'est un euphémisme. »

Carmen leva les mains : « Peut-être que Roger a repris ses esprits et qu'il a décidé d'écarter cet Izzy Dooley avant qu'il n'ait le temps de faire trop de mal.

— Oui, il a repris ses esprits et il est venu le pendre, sans oublier avant de partir de mettre une cassette de Paul sur la chaîne.

— OK, OK, comment saurais-je ce qui s'est passé ? Il n'y a qu'à laisser les flics s'en occuper. C'est leur boulot. Mais je te demande une fois de plus d'arrêter de parler de Paul Dominic à tout bout de champ. Il y a un meurtrier qui traîne autour de toi, Nicole, quelqu'un de bien vivant, et de vraiment dangereux.

— Rien ne dit que ça n'est pas Paul. »

Carmen réprima un hurlement d'impatience. « Depuis la tombe ? Paul Dominic est *mort*, Nicole, fourre-toi ça dans le crâne, nom d'une pipe ! Paul Dominic est mort et enterré. »

Je n'y crois pas une seconde, pensa Nicole en regardant par la vitre. Il est aussi vivant que toi et moi.

☆

Nicole décida malgré tout d'enseigner les deux heures de cours qui l'attendaient dans l'après-midi. « Les policiers m'ont affirmé tout à l'heure qu'ils n'avaient plus de questions à me poser, et j'ai déjà pris un congé d'une semaine, dit-elle à Carmen qui s'y opposait. Je suis seulement rentrée hier. Je ne vais quand même pas leur téléphoner pour dire que je suis encore absente. J'ai besoin de ce travail, Carmen. J'ai un enfant à charge et, jusqu'au divorce du moins, je n'ai pas d'autres ressources.

— D'accord, je n'ai rien dit. Prends ce dont tu auras besoin pour quelques jours avec Shelley, et fichons le camp de cette maison. Je te conduis chez ta mère.

— Non, tu rigoles ? Et juste avant les cours, en plus ? Elle va me rendre folle et je serai incapable de parler à mes étudiants.

— Chez moi, alors.

— Non, trancha aussitôt Nicole. C'est trop loin. Je vais demander à M. Wingate si je peux me changer chez lui. Et j'irai chez maman ce soir.

— Qui est ce M. Wingate ?

— Le vieux monsieur qui est sorti pour parler à la police. Il est encore là. C'est le seul ami que j'aie vraiment dans la rue. Je ne pense pas qu'il s'offusque. »

Elle avait raison. Enchanté de leur rendre service, Newton Wingate les conduisit toutes deux dans sa petite maison bien rangée, ne les pressa pas de questions, et insista pour leur servir un café et des sandwiches avant que Nicole ne se change.

Plus tard, alors qu'elle prenait une nouvelle douche, elle s'efforça de penser aux sujets qu'elle allait traiter à l'université. Elle avait l'esprit complètement ailleurs. La première heure était un cours de composition écrite, la seconde un séminaire de structure narrative. Devoir sur table, pensa-t-elle soudain. Faute de mieux, c'était son dernier recours. Même si elle n'avait prévenu personne.

Elle aperçut la balance de M. Wingate en sortant de la douche et se pesa. En neuf jours, elle avait perdu près de trois kilos. Elle trouva dans le miroir ses joues creuses et ses yeux cernés. Combien de temps pourrait-elle encore tenir à ce rythme ? Il faudrait s'efforcer de manger plus, peut-être consulter un médecin pour qu'il lui prescrive des tranquillisants, car il était hors de question qu'elle tombe malade. Comme elle l'avait dit à Carmen, elle n'avait pas les moyens de perdre son travail. Ce serait courir au désastre.

Elle avait pris chez elle un col roulé gris qui servirait à masquer les traces rouges sur son cou, œuvre d'un certain Izzy Dooley qui se prenait pour un vampire et qu'on avait retrouvé mort dans son jardin. Elle enfila son tailleur marron, remarqua qu'il ne lui serrait plus la taille, puis brossa ses cheveux qu'elle coiffa simplement en arrière.

« Ravissante, comme toujours ! affirma M. Wingate lorsqu'elle revint au salon.

— Merci, dit-elle. Mais je doute que mes étudiants soient ravis de ce qui les attend. C'est eux qui vont travailler aujourd'hui.

— Ça leur fera les pieds », affirma-t-il.

Nicole sourit. « Moi c'est le week-end qui me ferait du bien, et on n'est qu'au milieu de la semaine. »

Jeudi, puis vendredi, et enfin samedi, pensa-t-elle. Cela semblait une éternité.

★

En classe, les étudiants se mirent au travail en grognant. Nicole leur expliqua que ces devoirs leur offraient l'occasion de faire le point sur leurs nouvelles connaissances, mais elle sentit bien qu'elle ne convainquait personne.

Elle retourna dans son bureau avec une pile de copies à corriger pendant le week-end. Réjouissante perspective. Où trouverait-elle le minimum de concentration nécessaire pour s'en acquitter correctement ?

Il s'agissait avant tout pour l'instant de savoir où passer la nuit. « Il va bien falloir que tu appelles ta mère, un de ces jours », dit-elle à haute voix. Elle composa le numéro de Phyllis qui décrocha immédiatement : « Nicole ! J'étais justement sur le point de te téléphoner.

— Quelque chose qui ne va pas ? demanda prudemment Nicole, inquiète que sa mère ait déjà eu vent des événements de la nuit.

— Et comment ! Cela fait plusieurs jours que je me sens complètement ramollie. J'ai fait vérifier la chaudière ce matin, et il y a une fuite d'oxyde de carbone.

— Bon Dieu, maman, tu aurais pu mourir en dormant sans te rendre compte de rien !

— Je sais. Il y a des semaines que je répète à ton père qu'il faudrait installer un détecteur pour l'oxyde de carbone, mais il ne veut rien savoir. » Elle s'interrompit subitement, comme si elle venait de se souvenir qu'il n'était plus là pour écouter ses reproches.

« Ils n'ont pas pu réparer la fuite ?

— Eh non, bien sûr. Il faut remplacer la chaudière, il n'y a pas d'autre moyen. »

Nicole sourit. Sa mère répétait tout bonnement ce que les ouvriers lui avaient déclaré, mais prétendait en faire une vérité universelle.

« Que vas-tu faire ? Aller à l'hôtel ?

— J'y pensais, seulement Kay est passée et elle m'a proposé de m'héberger quelques jours.

— Tu as accepté ?

— Je vois bien que ça te surprend. Tu pensais que je dirais non tout de suite, que j'étais trop attachée à mon intimité ? Eh bien, je lui ai dit oui. Ça me fera sûrement du bien de passer un ou deux jours avec elle. » Sa voix s'adoucit. « On ne la verra plus très longtemps, tu sais. » Elle se tut.

Qu'est-ce qui t'a empêchée de te rapprocher d'elle pendant toutes ces années, si tu en avais envie ? pensa Nicole. Vous aviez l'une et l'autre besoin d'une amie. Pourtant certaines personnes vivent réservées et discrètes. Il leur faut un événement grave pour se décider à faire le premier pas.

« J'espère que je ne vais pas éternuer toute la journée, reprit Phyllis. Tu sais à quel point je suis allergique aux chats.

— Maman, le médecin t'a dit il y a des années que le poil de chat, ni de chien d'ailleurs, n'était pas en cause dans tes allergies. Ce n'était qu'un prétexte pour m'empêcher de garder un animal à la maison.

— Cet allergologue n'y connaissait rien. À propos de sac à puces, comment va ton digne représentant de la race canine ?

— Jessie ? Il joue la fille de l'air.

— Ah bon ? Depuis combien de temps ?

— Hier soir.

— Ah, il faut que tu le retrouves », dit Phyllis d'un ton convaincu.

Surprise par ce revirement inattendu, Nicole ne répondit pas tout de suite : « Je croyais que tu ne l'aimais pas.

— C'est sûrement un gentil petit chien. C'est du moins ce qu'en disait ton père. Mais c'est à Shelley que je pense. Elle adore cet animal. Je serais navrée pour elle s'il disparaissait. »

Nicole se racla la gorge. « Oui, moi aussi, maman.

— Je te sens inquiète. C'est à cause de Jessie ou il y a autre chose ? » Le ton de Phyllis devenait plus urgent. « Je ne t'ai même pas demandé pourquoi tu m'appelais ?

— Pour prendre de tes nouvelles, c'est tout.

— Tu es sûre ? Tu avais plus d'imagination quand tu étais petite. »

Nicole cligna des paupières pour chasser ses larmes. « Je suis un peu déprimée. Je pensais passer la nuit chez toi avec Shelley, mais ça tombe mal, apparemment. »

Elles restèrent un moment silencieuses. Pourquoi les choses ne pouvaient-elles pas être plus simples entre elle et sa mère ? se demanda Nicole. Elle regretta de ne pouvoir lui confier ses angoisses, lui expliquer clairement la situation, puis pleurer un instant sur son épaule. Mais ce genre de relation n'était pas le leur. D'ailleurs Phyllis ne connaissait que deux modes de réponse devant une telle attitude. Soit elle s'affolerait pour déclarer très vite que Shelley et sa mère avaient besoin de la protection rapprochée de la police, soit elle rejetterait tout en bloc en affirmant qu'il fallait prendre les choses sur soi, comme le lui avait appris son père le général. Sois un bon soldat et garde tes problèmes...

« Viens nous rendre visite chez Kay si tu n'as pas le moral, offrit Phyllis d'une voix mal assurée. Je suis certaine qu'elle sera heureuse de te voir.

— Non, ça ira.

— Bien, comme tu voudras. » Un nouveau silence commençait à s'installer, que Phyllis rompit brusquement. « Je t'aime beaucoup, Nicole, tu sais. Tu es ma petite merveille. »

Stupéfaite, Nicole ne sut quoi répondre. D'aussi loin qu'elle se souvînt, sa mère ne lui avait dit qu'elle l'aimait que deux ou trois fois dans sa vie, et les marques de gentillesse n'étaient pas son fort.

« Moi aussi, je t'aime, maman. Mais je me demande si tu n'as pas respiré trop de gaz carbonique. » Elle eut immédiatement envie de se gifler elle-même. Laquelle des deux, finalement, était la plus incapable d'exprimer un sentiment affectueux?

« Dis bonjour à Kay. Je te rappelle bientôt. »

Il n'était donc plus question de passer la nuit chez Phyllis. Cela n'aurait d'ailleurs pas été la meilleure des idées. Une autre vint subitement à l'esprit de Nicole. Sa mère ne saurait rien des événements de la nuit, mais il fallait s'en occuper immédiatement.

Elle fit tourner les cartes de son Rolodex et trouva rapidement le numéro de téléphone de Kay Holland, qui répondit à la deuxième sonnerie.

« Nikki, bonjour, comment vas-tu? dit-elle, ravie. J'étais en train de préparer la chambre d'amis pour ta mère. Lui as-tu parlé aujourd'hui?

— Oui. Elle m'a dit que la chaudière fuyait et que tu l'avais invitée.

— Je n'aurais jamais cru qu'elle accepterait. Enfin, c'est quand même une chance que cette fuite ne soit pas trop importante. C'est qu'elle aurait pu y rester.

— Oui, ça m'a donné la chair de poule. Écoute, Kay, j'ai un service à te demander.

— Mais bien sûr, Nikki, que puis-je faire pour toi?

— Il y a eu un peu de raffut autour de chez moi cette nuit. Ils vont certainement en parler à la télévision et dans les journaux du soir.

— Nikki! s'exclama Kay. Que s'est-il passé?

— Je suis dans mon bureau et je ne veux pas en parler pour l'instant.

— Oui, mais Shelley et toi! Vous n'avez rien?

— Tout va bien, ne t'inquiète pas. J'aimerais que tu fasses en sorte que maman n'en apprenne rien avant demain. Tu peux faire cela pour moi?

— Écoute, je ne reçois pas le journal du soir, et pour ce qui est de la télé, je trouverai bien quelque chose. Mais tu me fais peur, Nikki. Tu as l'air désolée, et il s'est passé tellement de choses affreuses.

— C'est vrai. Pourtant je te promets que je n'ai rien, ni moi, ni Shelley. Fais de ton mieux vis-à-vis de maman. Vous serez de toute façon au courant l'une et l'autre demain. Ah, au fait, Shelley et moi allons passer la nuit dans un motel.

— Nikki...

— Merci, Kay, je t'embrasse. À bientôt. »

Nicole venait d'ouvrir l'annuaire à la page « motels » lorsqu'on frappa. Elle grommela : « Mon Dieu, faites que cela ne soit pas Bette Simon-Smith. » Puis, à voix haute : « Entrez ! »

La porte s'ouvrit lentement et Nicole faillit bondir sur son siège en découvrant Miguel Perez. Elle n'avait jamais remarqué qu'il ressemblait à ce point à Paul. Sans doute son inconscient le lui avait-il interdit. Miguel s'était fait son habituelle queue-de-cheval. Il entra d'un air grave dans le bureau.

« Madame Chandler, j'aurais voulu parler un instant avec vous à propos d'hier soir. »

Elle reprit la lecture de l'annuaire et répondit sèchement : « Est-ce bien nécessaire ?

— Je pense que oui. » Il s'assit en face d'elle. « Vous devez certainement vous demander pourquoi vous m'avez vu en compagnie de Lisa Mervin.

— Je n'ai pas à me mêler des gens que vous fréquentez.

— Je suis l'ami de Susan, qui habitait le même appartement que Lisa. Et c'est le frère de Susan qui était avec nous, hier soir. Je ne savais même pas que Lisa allait nous rejoindre. »

Il paraissait sincèrement malheureux, ce qui embarrassait d'autant plus Nicole.

« Miguel, je vous répète que cela ne me regarde pas.

— Oui, mais vous m'en voulez. »

Elle fit claquer ses ongles sur son bureau et se rendit compte que sa froideur pouvait être aisément prise pour de la jalousie.

« Miguel, je reconnais avoir été choquée de vous voir avec cette Lisa, dit-elle lentement. Comme vous pouvez vous en douter, je n'ai pas une très haute opinion d'elle. J'admets aussi avoir eu l'impression d'être en quelque sorte trahie — je me sentais plus proche de vous que de mes autres élèves. Et vous n'ignorez sûrement rien des relations de mon mari avec cette fille. Quand je vous ai aperçu avec elle, apparemment conquis par ses charmes... eh bien, cela m'a surprise. Et déplu.

— Je ne suis certainement pas conquis par ce que vous appelez ses charmes.

— Vous m'en voyez ravie.

— Cependant vous m'en voulez toujours.

— Miguel, j'ai voulu vous faire comprendre que…

— J'ai entendu. Tout cela vous est égal. » Il se leva, marcha jusqu'à la porte, puis se retourna. « Et c'est bien ce qui m'ennuie. »

Elle le vit refermer doucement la porte derrière lui. Cette fois, le doute n'était plus permis. Miguel était amoureux d'elle. Amoureux et finalement charmant.

Il s'était trouvé lui aussi sur River Walk la veille. Il y avait tant de choses que Nicole avait crues secrètes à propos de sa relation avec Paul, et qui ne l'étaient finalement pas. Carmen le lui avait révélé. Si Miguel était réellement épris d'elle, serait-il allé jusqu'à consulter de vieux journaux, voire interroger quelques personnes pour en apprendre plus à son sujet ?

Et si c'était ses yeux qu'elle avait cru voir, à la place de ceux de Paul ? Miguel aurait-il pu confier à un bijoutier la confection d'une croix d'argent et de turquoise, avec des ailes gravées au dos, pour lui passer autour du cou ? Aurait-il glané quelque part le mot *chérie* qu'affectionnait Dominic ?

Elle se rappela aussi que, le jour des obsèques, il était resté quelques heures en possession de ses clés. Rien ne l'avait empêché d'en faire faire des doubles.

« Miguel, avez-vous tué Izzy Dooley pour me sauver la vie ? murmura-t-elle, horrifiée. Essayez-vous de devenir pour moi un autre Paul Dominic ? »

QUINZE

Elle courut pratiquement à sa voiture, car elle voulait arriver à l'école avant que Shelley ne monte dans l'autobus. Elle conduisit plus vite que d'habitude, en espérant qu'un agent n'aurait pas la mauvaise idée de l'arrêter sur le bas-côté de la route pour lui dresser une contravention. Nicole avait voulu partir plus tôt de l'université, mais Miguel l'avait retardée.

Elle se gara près de l'école et attendit à l'extérieur de la salle de classe pour être sûre de ne pas rater sa fille. Elle ne put résister à l'envie de jeter un œil à l'étroite fenêtre au milieu de la porte. Les meilleurs enseignants n'arrivent de toute façon jamais à garder l'attention de leurs élèves pendant les cinq dernières minutes de cours. Shelley avait une bonne institutrice que Nicole appréciait. Lorsqu'elle aperçut les chères petites têtes blondes en train de ranger leurs affaires en douce, déjà prêtes à bondir vers la porte, elle se sentit rassurée. Ses propres étudiants se mettaient eux aussi à rêvasser à un quart d'heure de l'interclasse.

La sonnerie retentit et, comme prévu, les élèves se levèrent tous comme un seul homme pour se ruer au-dehors. Nicole se cacha, puis tendit une main qu'elle posa sur l'épaule de Shelley : « Coucou !

— Maman ! s'exclama sa fille. Mais qu'est-ce que tu fais là ?

— On ne rentre pas tout de suite à la maison. »

Shelley comprit aussitôt que quelque chose s'était passé. « Pourquoi ?

— Je te le dirai dans la voiture. »

Shelley continua d'afficher un air inquiet, mais ne posa pas d'autre question. Nicole démarra et cinq bonnes minutes s'écoulèrent avant que la petite ne demande d'une voix incertaine : « Pourquoi on ne rentre pas tout de suite ? »

Nicole hésita. Fallait-il inventer quelque chose ? Non. Shelley avait bientôt dix ans. Il était inutile de vouloir lui cacher la vérité.

« Chérie, quelqu'un s'est introduit dans la maison, cette nuit, commença Nicole en décidant de faire l'impasse sur l'épisode de River Walk. Il faut croire que quelqu'un d'autre l'attendait à l'intérieur, parce que… eh bien, on l'a tué. »

Interloquée, Shelley la regarda de ses deux yeux bleus écarquillés, soudain plus grands que nature.

« Tué !…

— Oui. Et le sergent DeSoto avait posté un agent de police devant la maison. Il a été tué lui aussi.

— Han ! s'exclama Shelley. Mais toi, personne n'a cherché à te faire du mal ?

— Non. Personne n'a posé la main sur moi.

— Oh, maman, jamais je n'aurais supporté que… »

La voyant s'effondrer en larmes, Nicole se félicita de n'avoir rien dit de son agression.

« Tout va bien, ma chérie, maman est là.

— Je t'aime, moi. » Shelley déglutit une fois ou deux et essuya ses larmes du revers de la main. Elle se tut un instant, puis : « Comment on les a tués ?

— Une balle dans la tête, l'un et l'autre.

— Et tu n'as rien entendu ? » Nicole fit signe que non. « Ah, un silencieux, c'est ça ? reprit Shelley.

— Oui.

— Han. » Shelley regardait droit devant elle. Soudain elle s'écria : « Et Jessie ?

— Il est parti, je ne sais pas où il est.

— Tu ne sais pas ? Maman ! » Elle se remit à pleurer, apparemment beaucoup plus troublée par l'absence de son chien que par les deux meurtres. C'était compréhensible, pensa Nicole. Ces hommes étaient pour elle des inconnus, alors que Shelley aimait Jessie passionnément. « Maman, tu es sûre qu'on ne l'a pas tué, aussi ?

— Ça m'étonnerait vraiment. Je crois qu'il est parti se promener. Tu sais que c'est difficile de l'attraper, de toute façon, quand il se méfie.

— Ah oui, alors ! fit Shelley, curieusement enthousiaste. Je parie qu'il court plus vite que ce gros chien noir, tout à l'heure. »

Nicole se raidit. À sa connaissance, Shelley n'avait pas eu l'occasion de voir le grand doberman. « Quel gros chien noir ?

— Celui qui était devant la maison quand papa m'a ramenée de chez sa Vietnamienne, pendant que vous vous disputiez tous les deux. Je l'ai aperçu près de la cour, tout à l'heure, à la récréation.

— Oh, fit Nicole, faussement nonchalante. Mais il était seul, ce chien ?

— Non, il y avait un homme avec lui. Il m'a fait signe, d'ailleurs.

— Il t'a dit quelque chose ?

— Non. Il était trop loin. Mais il me regardait.

— Ta maîtresse, elle l'a vu aussi ?

— Non. Maman, tu crois que Jessie sera rentré quand on arrivera ?

— On ne rentre pas à la maison, ce soir, dit Nicole d'un air détaché. La police a besoin d'y travailler.

— Ah oui, les pièces à conviction. »

Nicole la regarda : « Shelley, tu parles comme un avocat.

— Il faut que je fasse semblant de ne rien comprendre ?

— Non, répondit Nicole d'une voix lasse.

— Mais si Jessie revient et qu'il ne nous trouve pas ?

— Eh bien, il reviendra. Tu sais comme il est obstiné.

— Ça veut dire quoi, obstiné ?

— Sans blague, y aurait-il des mots que tu ne connaîtrais pas encore ? Cela veut dire qu'on est entêté, qu'on ne renonce pas à quelque chose qu'on a décidé. Shelley, parle-moi de cet homme à...

— Tu es sûre qu'il reviendra ? »

Nicole observa le si joli visage de sa petite fille, tout empreint d'inquiétude. « Chérie, Jessie t'adore autant que tu l'aimes. Il reviendra tous les jours jusqu'à ce que nous soyons rentrées. »

Shelley parut légèrement rassurée.

« Maintenant, dis-m'en un peu plus à propos de cet homme que tu as vu. À quoi il ressemblait ?

— Hm, grand. Les cheveux noirs. Noirs et longs. Coiffés en arrière. Comme Miguel.

— C'était Miguel ?

— Peut-être. Il portait des lunettes de soleil. Et Miguel n'a jamais dit qu'il avait un chien. » Elle fronça les sourcils. « Je l'ai entendu dire quelque chose.

— Comment as-tu fait pour l'entendre, s'il était aussi loin ?

— Parce qu'il a crié. Pas à moi. À son chien. Il s'en allait, mais le chien ne bougeait pas, alors il s'est retourné et il a lancé tout fort : "Jordan ! Viens !" Je trouve que c'est joli comme nom, d'ailleurs.

— Oui, c'est pas mal », répondit Nicole en réfléchissant. Le chien qui avait mordu Izzy Dooley portait un médaillon avec l'adresse d'Olmos Park. Elle était certaine que c'était celui de Paul. Miguel aurait-il lui aussi un chien noir dénommé Jordan ?

Improbable, mais possible, conclut-elle. Une question restait cependant sans réponse. Qui que ce fût, Miguel Perez ou Paul Dominic, que faisait-il là, de toute façon, à espionner Shelley dans la cour de récréation ?

★

« Ce n'est pas très sympathique », se plaignit Shelley en balayant du regard la chambre du motel.

Nicole ouvrit une valise et commença à la vider. « Qu'est-ce qui ne te plaît pas ?

— J'aime mieux notre maison. Tu as donné à manger aux poissons avant de partir ?

— Oui.

— Et si Jessie revient, et qu'il a faim ?

— Il ira chez M. Wingate.

— On pourra rentrer demain, tu crois ?

— Je ne sais pas, mais on pourra au moins passer voir si Jessie nous attend.

— En fait, je ne comprends pas pourquoi on nous empêche d'aller chez nous. » Tournant le dos à sa mère, Shelley s'allongea sur le lit à l'envers, les pieds au niveau des oreillers. « Il y a le câble, ici ?

— Sûrement. » Nicole referma sa valise. « Bon, je crois qu'on a tout ce qu'il nous faut pour demain. Maintenant, j'ai deux ou trois coups de téléphone à passer.»

Shelley soupira exagérément. «Je peux regarder la télé?

— Oui, à condition que tu ne mettes pas trop fort.»

Tandis que, munie de la télécommande, Shelley zappait sans arrêt d'une chaîne à une autre, Nicole appela Carmen. Ce fut Bobby qui répondit. Elle dit à peine bonjour et demanda à parler à son amie. Nicole confia à Carmen le nom du motel et le numéro de téléphone de la chambre.

«J'espère que la police va t'envoyer quelqu'un.

— J'en doute. Mais je vais quand même leur indiquer où je suis.

— Il y a du neuf à propos des meurtres?

— Pas que je sache. Ils vont sûrement en parler à la télé, ce soir.

— Certainement. Nicole, je me fais un sang d'encre pour toi.

— Il ne faut pas. Disons que ça nous changera les idées, de dormir pour une fois ailleurs qu'à la maison. Et, de toute façon, il n'y a presque personne qui sache où nous sommes. Si quelqu'un voulait s'en prendre à moi, il irait sans doute me chercher chez ma mère.

— Justement, remarqua Carmen. Elle est toute seule dans cette grande maison, là-bas.

— Non, pas ce soir. Elle dit qu'il y a une fuite d'oxyde de carbone, et elle passe la nuit chez Kay. Elles ne sont pas encore au courant de ce qui s'est passé cette nuit, et c'est aussi bien. Ah, s'il te plaît, Carmen, ne dis rien à personne non plus.

— Nicole! J'y avais pensé toute seule. Je sais tenir ma langue, ne t'inquiète pas. Et si tu as besoin de quoi que ce soit…

— Je t'appelle», finit Nicole à sa place, en sachant qu'elle ne le ferait pas. Pour l'instant, Carmen n'était pas en mesure de l'aider. Et elle ne voulait pas la voir s'immiscer plus avant dans cette affaire.

Elle appela ensuite le commissariat et demanda Raymond DeSoto. «Je passe la nuit avec Shelley dans un motel, lui dit-elle. Il y a du nouveau?

— Un petit peu, mais je préfère ne pas en parler maintenant. Si on dînait ensemble?

— Ensemble? répéta Nicole, surprise. Mais je suis avec Shelley.

— Pardonnez-moi, je devrais être plus précis. Si on dînait ensemble, tous les trois?»

Nicole était si étonnée qu'elle bafouilla. « Euh, excusez-moi une minute. » Elle couvrit d'une main le microphone du combiné. « Shel? »

Shelley leva la tête.

« Veux-tu aller dîner avec le sergent DeSoto? »

Elle écarquilla les yeux. « Il m'invite à dîner? »

Nicole s'esclaffa malgré elle. « Il nous invite, toutes les deux!

— Ah. » Shelley fit mine de réfléchir. « Oui.

— Shelley veut bien, dit Nicole au téléphone. Et… moi aussi. Mais nous devons rentrer tôt. Il y a école demain.

— Je connais une très bonne pizzeria. Ce n'est pas très central, mais je préfère qu'on ne me voie pas avec vous à cause de l'enquête. Ça vous va? »

Nicole était légèrement froissée par sa remarque. Elle n'avait rien à se reprocher. Elle répondit : « OK, on aime bien les pizzas.

— Parfait. Donnez-moi votre adresse et je viens vous prendre vers six heures. »

★

Chuck Waters ouvrit la porte d'entrée de sa petite maison, retira ses chaussures et soupira. Il resta un instant dans le couloir à renifler les douces odeurs qui provenaient de la cuisine. Cela semblait plus prometteur que d'habitude.

« Chuckie, c'est toi? »

Cela faisait trente-deux ans qu'Aline posait exactement la même question tous les soirs.

« Non, c'est Sidney Poitier, dit-il.

— Mettez-vous à l'aise, Sidney. Le dîner est bientôt prêt. »

« Chuckie » prit place dans le canapé usé, mais confortable, de leur salon coquet et propre, et regarda au mur les photos de ses enfants qui avaient fait de cette pièce un véritable chaos pendant si longtemps. C'étaient de chouettes gosses, mignons, éveillés, intelligents. Chuck se réjouissait tout de même que le petit dernier ait été accepté à l'université de Dallas avec une bourse. Aline et lui avaient maintenant la maison pour eux seuls, et il avait l'impression d'une nouvelle lune de miel.

Grande, bien bâtie et remarquablement jeune pour ses cinquante et un ans, Aline le rejoignit au salon avec un verre de tonic au citron vert.

« Bonne journée ?

— Immonde.

— Tu dis toujours ça. » Elle s'assit à côté de lui sur le canapé. « Ça ne sent pas mauvais du tout, ce que tu prépares.

— Bœuf Strogonoff. »

Elle crut voir les yeux de son mari sortir de leurs orbites.

« Ah ? J'ai le droit de ne plus mourir de faim ? Fini, les basses calories et l'aspartame ? »

Aline but une gorgée de son propre verre. « Il faut bien se faire plaisir de temps en temps. »

Il ferma les yeux. « Béni soit le Seigneur.

— Chuckie, je suis infirmière et je sais ce que je fais. Ce n'est jamais si immangeable que tu le prétends, et le docteur t'a expliqué pourquoi tu avais besoin de ce régime. D'ici quelques semaines, tu n'y feras plus attention.

— Il me fait marrer, le toubib. Jamais il n'avalerait ce genre de truc. Ou alors il faudrait lui coller un pistolet sur la tempe.

— Ne commence pas à ronchonner. » Pinçant d'un air absent le lobe de son oreille, elle reprit : « À propos, il paraît qu'on t'a confié une affaire pas commune, aujourd'hui ?

— Oui. »

Elle maintenait sur lui un regard interrogateur.

« Qui t'a dit ça ?

— J'ai des amies mariées à d'autres policiers, ou qui travaillent elles-mêmes dans la police…

— Ha, ha. C'était pas bien beau, ce matin. »

Elle le regardait toujours.

« Tu veux que je te raconte ?

— Pourquoi pas ? On a vingt minutes avant que le dîner ne soit prêt.

— D'habitude, tu détestes que je te parle de mon travail.

— J'aimais mieux que tu ne le fasses pas quand les enfants étaient encore à la maison.

— Tu sais qu'il y a deux semaines… » Chuck s'interrompit. Il avait faim et cette odeur dans l'air était décidément appétissante. Ses yeux revinrent se poser sur Aline, qui lui faisait son regard de biche, et il comprit. « Tu sais chez qui j'étais ce matin, alors, c'est ça ? »

Elle sourit. « Bien sûr que je le sais. Si tu as bonne mémoire, tu dois te rappeler que j'étais de service aux urgences quand on nous a amené Nicole Sloan dans un sale état, il y a quinze ans.

— Je n'ai pas oublié.

— Sans la chirurgie esthétique, elle serait restée défigurée. Notre aînée avait son âge, à l'époque, et j'étais atterrée.

— Oui, c'est ce que je m'étais dit aussi.

— J'ai également une bonne mémoire, et je me souviens de quelque chose qui te chipotait dans cette histoire. Tu avais voulu m'en parler, mais je ne t'ai pas écouté, parce que ça me rendait malade de penser à cette jeune femme. J'aimerais que tu me dises ce qui t'ennuyait. »

Chuck hocha la tête. « Je n'ai jamais cru à l'alibi de Zand et de Magaro. Ça me révolte toujours qu'on ne soit pas capable de mettre ce genre de types sous les verrous. Tout le monde savait que leur alibi était bidon, mais on n'a jamais pu le prouver. »

Aline hocha la tête. « C'est après, que ça m'intéresse. Ce que tu disais au sujet de leur meurtre, à ces deux-là.

— Tous les témoignages accusaient Paul Dominic.

— Mais tu n'y croyais pas.

— Jusqu'à ce qu'il prenne la fuite. S'il avait été innocent, il n'aurait pas disparu de cette façon. »

Elle leva un sourcil. « Chuck, je te connais. Je sais que quelque chose te contrariait, même après qu'il s'est envolé. Et, rien qu'au son de ta voix, je sais que ça t'ennuie encore. Sûrement parce qu'il y a un rapport avec les types qu'on a retrouvés morts chez la petite Nicole ce matin.

— Tu as vu juste. Tu ne veux pas parler de ça après le dîner ?

— Non. Tu me dis tout ou tant pis pour le Strogonoff. »

Chuck grogna, puis lâcha d'un air méditatif : « Voilà pourquoi tu me joues les cordons bleus ce soir. Pour me faire du chantage.

— Exactement, répondit-elle en riant. Mets-toi à table, sinon tu ne manges pas. »

SEIZE

Le Village Pizza Inn était un établissement confortable, relativement petit et pratiquement vide, si tôt dans la soirée. Ils prirent place à une table couverte d'une nappe de Vichy. Après avoir lu quatre fois le menu, Shelley choisit une pizza végétarienne, grand modèle. Puis elle ne quitta pratiquement plus Ray du regard. « Jessie avait disparu, ce matin. Est-ce qu'il est revenu ?

— Que je sache, non. J'ai quitté la maison à trois heures de l'après-midi.

— Vous aviez une piste ? »

DeSoto était visiblement interloqué par le langage de la petite fille.

« Elle passe son temps à regarder les séries policières à la télévision », intervint Nicole.

Shelley acquiesça. « Celle que je préfère, c'est *NYPD Blue*. Vous avez lancé un avis de recherches pour Jessie ? »

Nicole se réjouit de voir Ray lui répondre sans une once de condescendance. « Non, Shelley, pas encore. Il y avait plus urgent aujourd'hui. De toute façon, il faut attendre vingt-quatre heures pour lancer un avis de recherche. Et nous pensons que Jessie refera apparition d'ici un jour ou deux.

— Vous savez qui a tué les deux hommes ? »

DeSoto regarda Nicole.

« Je lui ai tout dit, expliqua-t-elle. Elle a pris la chose dignement, comme la petite fille intelligente et courageuse qu'elle est. »

Shelley leva les yeux au ciel. « Maman, ne me fais pas passer pour plus bête que je ne suis.

— Mille excuses, s'indigna faussement Nicole. C'était un compliment.

— C'est ça. » Shelley fixait de nouveau Ray. « Alors ?

— Tu m'as l'air plus exigeante que mon propre lieutenant. » Il sourit. « Non, Shelley, on ne sait pas encore.

— Aucune piste ?

— Non, m'dame. »

Elle soupira. « Au bout de vingt-quatre heures, les meilleures pistes s'effacent. »

Ray éclata de rire. « Shelley, tu es incroyable !

— Mais pourquoi ?

— Parce que tu poses trop de questions, voilà pourquoi, déclara Nicole, légèrement irritée par le ton inquisiteur de sa fille. Laisse un peu Ray tranquille.

— Ce n'est pas grave, affirma celui-ci. Ce que je voulais dire, Shelley, c'est que tu as l'esprit vif. Tu as envie de travailler dans la police, plus tard ?

— Peut-être.

— Elle hésite avec une carrière dans le cinéma », expliqua sa mère.

Il hocha la tête. « Fais des études comme ta maman. Ça ouvre toutes les portes.

— Oui, mais si je n'arrive pas à me décider, je ne saurai jamais dans quelle faculté m'inscrire.

— Rien ne t'empêche de suivre à la fois des cours de criminologie et de théâtre. Ce n'est pas très courant, mais après tout pourquoi pas ?

— Peut-être, admit Shelley sans enthousiasme. Vous êtes allé à l'université, sergent DeSoto ?

— Oui. Et tu peux m'appeler Ray. »

Shelley regarda sa mère : « Je peux ?

— S'il le dit. » Nicole appréciait que sa fille, future criminologue, n'ait pas encore oublié ses bonnes manières.

« Où avez-vous étudié, Ray ? » demanda gentiment Shelley.

Visiblement de bonne humeur, il s'enfonça dans son siège. « À New York.

— Ouh, c'est loin.

— Je n'avais connu que le Texas, et ma mère a disparu quand j'étais petit. Je n'ai pas grandi dans l'opulence et je ne savais pas ce que voulait dire le mot vacances. J'ai eu la chance de décrocher une bourse pour étudier à New York et je n'ai pas hésité une seconde.

— Je suis sûre que vous êtes un bon policier. »

Il sourit : « Je l'espère. »

Ils commandèrent et Shelley demanda si elle pouvait aller mettre de la musique au juke-box. Ils lui donnèrent chacun un dollar, et elle partit vers l'appareil.

« Elle a du caractère, admit Ray.

— C'est le moins qu'on puisse dire. Elle a de la suite dans les idées. Forcément, ces deux meurtres, ça lui fait peur, alors elle se protège à sa manière. Elle se fait surtout du souci pour Jessie. Heureusement, elle n'est pas toujours fatigante comme ça.

— Je ne la trouve pas fatigante. Elle est précoce, c'est tout.

— Oui. Elle tient de son père. Roger est un homme brillant. Même si son comportement est loin d'être exemplaire en ce moment. »

Ray l'observait. « Moi, je suis sûr qu'elle tient de vous. »

Nicole esquissa un sourire. « Merci, mais croyez-moi, je suis moins fine que lui. Il m'a fait royalement tourner en bourrique depuis un an.

— Comment cela ? »

Elle préféra ne pas révéler que Roger l'avait ramenée à San Antonio dans le seul but de se rapprocher de Lisa. Le reconnaître publiquement était trop humiliant. « De toutes les façons possibles », admit-elle avant de boire une gorgée de son citron pressé. Elle baissa les yeux, puis : « Qu'avez-vous découvert ce matin, à la maison ? »

Ray jeta un coup d'œil derrière lui pour s'assurer que Shelley ne les entendait pas.

« N'ayez crainte, fit Nicole. Elle met toujours deux heures à choisir ce qu'elle a vraiment envie d'écouter. »

Il rit. « Bien. D'abord, on a trouvé vos clés dans les poches de Dooley. Ce qui ne nous a pas surpris.

— Et l'autre homme ? Je veux dire, celui qui l'a tué ?

— Il n'y a aucune trace d'effraction. Peut-être est-il entré en même temps que Dooley, mais ce n'est pas très plausible. Ou alors il est arrivé juste après.

— C'est difficile à concevoir. À moins qu'il ne l'ait suivi exprès.

— Oui. C'est toutefois une piste à considérer. Autrement, Izzy et notre agent ont été tués avec le même pistolet.

— Un automatique ?

— Oui. On va vous rendre votre revolver. Nous n'avons pas retrouvé l'arme des meurtres. »

Ils entendirent le début d'un morceau de Tracy Chapman.

« Notre collègue a pris une balle dans la tempe et il est mort instantanément. Izzy a eu moins de chance, si je puis dire. Tout le sang répandu chez vous provient certainement de la même blessure, au bas du dos.

— Au bas du dos ?

— Oui. » Ray sortit de sa poche une feuille de papier pliée et commença à lire : « Selon le rapport d'autopsie, on lui a enfoncé une lame de dix centimètres au bas de l'épine dorsale. On n'a pas retrouvé le couteau non plus. Toujours est-il qu'on lui a tranché le canal médullaire.

— Ce qui entraîne normalement une paralysie des membres inférieurs, non ? »

Il hocha la tête.

« Mais il aurait dû hurler de douleur. Comment se fait-il que je n'aie rien entendu ?

— On a retrouvé des fragments de tissu éponge dans sa bouche. L'assassin a dû lui fourrer un gant de toilette au fond de la gorge avant de le poignarder. Ça va, vous tenez le coup ?

— Oui, bafouilla-t-elle, avant de déglutir. C'est épouvantable. »

Il restait impassible. « Rappelez-vous quand même qu'il vous aurait sans doute tuée, autrement. C'est ce que nous avons fini par penser. Il avait aussi dans sa poche une petite longueur de fil électrique. Dooley avait déjà essayé d'étrangler son père, il y a une dizaine d'années. On peut supposer qu'il s'apprêtait à en faire autant avec vous. »

Elle éprouva un sentiment mêlé d'effarement et de révolte. « Pourquoi on ne l'avait pas mis en prison ?

— Pour la tentative de meurtre de son père ? Parce qu'il était mineur et que la défense a fait valoir un déséquilibre temporaire dû à la consommation de drogue. Il a été relâché peu de temps après son inculpation. Il y a deux ans de ça, on est tombés sur un meurtre du même genre. Je crois que Dooley était coupable, mais on n'a jamais pu le prouver.

— Mais pour quelle raison aurait-il voulu me tuer ? Pour me cambrioler ? Je ne possède aucun objet de valeur. »

Ray hésitait. Son regard fit plusieurs va-et-vient entre Nicole et la fenêtre.

« Nicole, on a retrouvé trois mille dollars en liquide chez lui. On a vérifié tous les vols courants de ces dernières journées, mais il n'y a rien de ce montant. On a fait le tour des monts de piété, aussi, sans résultat. En outre, il ne devait pas avoir l'argent depuis longtemps, faute de quoi il l'aurait dépensé à acheter de la drogue. Notre avis est que quelqu'un l'a payé, hier probablement, pour vous tuer.

— *Quoi ?* cria-t-elle, en ignorant le couple à la table d'à côté qui se retournait vers eux. Mais *qui*... ?

— Votre mari apparaît comme le premier suspect. »

Nicole fixa DeSoto un moment, puis repoussa l'éventualité d'un signe de tête résolu. « Non. Roger et moi sommes en mauvais termes, et la procédure de divorce promet d'être pénible, mais jamais il n'irait jusque-là. Et vous n'avez aucune preuve qu'Izzy Dooley a été payé pour m'assassiner.

— Aussi étrange que cela paraisse, Dooley avait une petite amie. Une perle rare répondant au nom de Jewel Crown[1]. Sans rire, c'est son vrai nom. C'est à se demander si sa mère la destinait à faire du strip-tease ou le tapin. On l'a interrogée aujourd'hui et elle nous a révélé que Dooley avait bien été payé pour un meurtre. » Ray prit une voix nasale et haut perchée pour imiter sa voix : « "La régulière d'un type, une prof ou un truc de ce genre.

---

1. Littéralement : « Bijou Couronne » (cf. *the Crown Jewels* : les joyaux de la couronne).

Elle a une gosse, mais Izzy touchait pas aux gamins. Rien que la nana. "» Il reprit sa voix normale. « Cela dit, cette fille est une prostituée. Accrochée à la coke, en plus. Pas vraiment le témoin idéal, mais bon... »

Nicole refusait d'y croire. Elle avait subitement froid, elle était ébahie, mais c'était impensable.

« Ray, je vous le répète, jamais Roger ne ferait une chose pareille.

— En êtes-vous certaine ? »

La bouche sèche, elle pensa au stratagème qu'il avait échafaudé pour la persuader de revenir au Texas, à ses écarts de conduite, à la détermination dont il faisait preuve pour obtenir la garde de Shelley. « Trois mille dollars, ce n'est pas cher payé pour la peau de quelqu'un.

— Mais pour Dooley, c'était une petite fortune. On est en train d'examiner le compte en banque de votre mari, au cas où il aurait récemment retiré de grosses sommes. »

Elle avala une nouvelle gorgée de sa limonade et se prit à regretter que cela ne fût pas de l'alcool. Barbouillé depuis la veille, son estomac n'était cependant pas du même avis.

« Je ne peux simplement pas y croire, lâcha-t-elle finalement.

— Qui d'autre pourrait en vouloir à vos jours ?

— Personne. Ou peut-être...

— Paul Dominic ? »

Elle porta de nouveau son verre à ses lèvres, puis répondit lentement : « Quand j'ai commencé à me demander s'il n'était pas rentré à San Antonio, l'idée m'est venue qu'il cherchait peut-être à se venger de ce que j'avais détruit sa vie.

— Et maintenant vous pensez qu'il aurait tué Dooley pour vous protéger ?

— C'est une possibilité.

— Mais l'agent qu'on avait envoyé pour surveiller votre maison, Nicole ? Il s'appelait Jason Abbott, il avait vingt-six ans et deux enfants en bas âge. Lui aussi, Dominic l'aurait tué dans le but de vous protéger ? »

Comme à bout de souffle, elle recula sur son siège. « C'est horrible. Je suis navrée, vraiment.

— Vous n'êtes pas en faute.

— J'ai l'impression que si, surtout si Dominic fait tout cela à cause de moi...

— Vous n'êtes pas responsable de ses actes.»

Elle savait que tout bon psychologue affirmerait la même chose. Shelley revint à table et Nicole pensa aux deux petits orphelins du policier. Elle n'avait jamais cru que Dominic ait assassiné Zand et Magaro. Pourtant, s'il l'avait vraiment fait, cela ne pouvait être que pour la venger : pour elle. Et, si Paul avait également tué Izzy Dooley, c'était probablement pour lui sauver la vie. Mais Jason Abbott ? Paul serait-il allé jusqu'à condamner un innocent pour préserver son anonymat et sa sécurité ?

« Maman, tu n'as pas l'air dans ton assiette ? demanda Shelley.

— Mais non, tout va bien, ma chérie.»

Nicole se força à avaler sa pizza. Chaque nouvelle bouchée avait un goût de carton-pâte, et elle se crut bientôt sur le point d'étouffer. Quelqu'un, peut-être plusieurs personnes, en voulaient à sa vie. Et elle avait le sentiment affreux que l'une d'entre elles arriverait à ses fins.

★

Jewel Crown avait repris le chemin de chez elle, après une longue et morne soirée. Pas un seul client. Elle reconnut que c'était assez normal. Elle n'avait pas le cœur au travail. Izzy n'était pas exactement un rêve de jeune fille, mais il la traitait bien. Lorsqu'elle manquait d'argent, il lui donnait toujours de quoi tenir un jour ou deux, suffisamment pour manger et acheter quelques grammes de coke. Et il disait toujours qu'elle était jolie. Pas comme tous ces michetons qui ne s'intéressaient qu'à ses fesses. Non, lui il le pensait vraiment. Et maintenant il n'était plus là.

Jewel avait renâclé à parler à la police. Quelle prostituée, de toute façon, y aurait pris plaisir ? Ça la rendait malade de repenser à la manière dont Izzy avait trouvé la mort. Sans compter que les flics avaient fait main basse sur les trois mille dollars qu'ils avaient retrouvés chez lui. Bon, ils lui avaient tout de même laissé un petit quelque chose pour la remercier d'avoir conté son histoire.

Jewel savait qu'elle n'avait rien à craindre. Elle avait dit la vérité — on avait *payé* Dooley pour rectifier une bonne femme, un professeur. Izzy lui avait expliqué qu'il s'agissait d'une horrible personne, qui martyrisait son enfant, sinon il n'aurait jamais accepté, et elle avait compris pourquoi. Elle non plus n'aimait pas qu'on maltraite les gamins, cela lui faisait trop penser à ses propres parents. Le seul problème, c'est qu'elle avait affirmé ne rien connaître de l'identité du commanditaire, ce qui était faux. Izzy lui avait tout raconté. Évidemment qu'elle ne l'avait pas répété à la police. D'ailleurs, de gré ou de force, jamais ils ne le lui auraient fait cracher. Seulement, le client d'Izzy, lui, n'en était peut-être pas persuadé. Peut-être la prenait-il pour une imbécile, une pauvre gagneuse sans imagination, et s'imaginait-il qu'elle irait le balancer. Ou qu'elle s'apprêtait à le faire chanter. Non. Jewel Crown n'était pas une idiote, et elle n'était pas cupide non plus.

Elle se tordit un pied sur ses hauts talons et jura. Ses orteils lui faisaient mal et ses vêtements, jupe de cuir étroite et chemisier en fileté doré, la serraient plus que d'habitude. Elle s'arrêta pour enlever ses chaussures. Pour le reste, il fallait attendre de rentrer, car elle ne portait rien en dessous. Le trottoir semblait gelé sous ses pieds nus. Ce soir, Jewel avait renoncé à enfiler ses bas résilles, ceux qu'Izzy aimait tant — puisqu'elle était en deuil. Ils étaient restés dans le tiroir de la commode.

Elle s'engagea dans une rue latérale, mal éclairée. Elle se sentait fatiguée, épuisée comme jamais. Elle n'avait pas réussi à fermer l'œil la nuit précédente. Cette nuit, en revanche, elle dormirait à poings fermés, ce qu'Izzy aurait compris. Car elle était seule maintenant. Encore quelques nuits sans clients comme celle-ci, et elle allait droit dans le mur. Elle avait besoin d'effacer les cernes qui lui mangeaient les yeux et de retrouver la souplesse aguichante de sa démarche, ce côté chatte espiègle qui plaisait tant aux hommes.

Un projectile siffla brusquement derrière sa tête avant de se ficher dans le mur d'un immeuble. Jewel se figea, paralysée, puis une violente douleur lui parcourut l'épaule. Elle porta aussitôt la main sur sa blessure et se rendit compte qu'on lui tirait dessus depuis un véhicule de l'autre côté de la rue. Elle s'agenouilla, s'aplatit par terre et se mit à ramper vers les grandes bennes à ordures alignées plus loin contre le mur. Une nouvelle balle vint percer le métal d'une poubelle, qui résonna comme un bourdon. Jewel poussa un cri et continua de ramper. Il n'y avait que trois bennes et elle aperçut le trou laissé par la balle au-dessus de sa tête. La prochaine pouvait être la bonne…

Des voix retentirent. « Hé, mais qu'est-ce qui se passe, ici ? » cria l'une. Une autre répondit : « Il y a quelqu'un qui tire des coups de feu ! »

Les détonations cessèrent. Des pneus crissèrent. Les phares s'éloignèrent et la voiture disparut au fond de la rue.

Grelottant, pleurant, l'épaule ensanglantée, Jewel resta blottie une vingtaine de minutes derrière sa benne à ordures avant de se décider à se relever. Elle s'enfuit dans la nuit, oubliant derrière elle ses talons préférés.

★

Dans sa voiture, Ray attendit soigneusement que Nicole et Shelley soient rentrées dans leur chambre. En lui apprenant que, selon lui, quelqu'un avait payé Izzy Dooley pour l'assassiner, il l'avait durement ébranlée et il le savait. Mais il avait été nécessaire de le lui dire. Il fallait qu'elle comprenne qu'on en voulait réellement à sa vie et qu'elle ne devait faire confiance à personne. En tout cas ni à Roger Chandler ni à Paul Dominic.

Il ne doutait aucunement que Roger Chandler était en proie à une dépression nerveuse. Nicole lui avait confirmé ce qu'il avait compris lui-même — que Chandler était un homme brillant qui, pour quelque raison, était sorti de ses gonds l'année dernière. Roger n'était pas amoureux de Lisa Mervin au point de recourir à des solutions extrêmes pour se débarrasser de sa femme. Après tout, Nicole ne lui refusait pas le divorce et n'exigerait guère plus qu'une modeste pension alimentaire. Leur maison était louée, il n'y avait même pas d'emprunt à rembourser. Et Nicole payait le loyer. Mais Chandler était décidé à obtenir la garde de sa fille. Nicole ne l'accepterait jamais et, vu le comportement du père, il était plus qu'improbable que le juge des affaires familiales écarte Shelley de sa mère. En somme, si Chandler voulait vraiment sa fille, la solution la plus efficace consistait à éliminer Nicole.

Ce soir, Ray avait appris l'existence de Miguel Perez. Shelley était repartie un moment mettre des pièces au juke-box, et Nicole en avait profité pour parler de l'homme que sa fille avait vu pendant la récréation. Il lui avait fait signe et la petite avait noté sa ressemblance avec Miguel. Nicole avait également mentionné la déclaration d'amour, à peine voilée, dont Perez l'avait gratifiée dans son bureau. Ray avait répondu qu'il ne voyait pas pourquoi un étudiant en viendrait à souhaiter sa mort. Il avait cependant affirmé qu'il ne manquerait pas de faire sa petite enquête sur Miguel — sait-on jamais ? Même s'il n'était d'aucune façon derrière l'intervention avortée d'Izzy Dooley, Perez pouvait éventuellement se révéler dangereux.

Ensuite, il y avait Paul Dominic. Devant la plupart des gens, Ray mettait en veilleuse son sentiment profond que Dominic se trouvait à San Antonio — il se devait d'apparaître objectif. Mais il en était pratiquement sûr. Dominic était vivant, il était revenu au Texas et il filait Nicole. La question était de savoir *pourquoi*.

À dix heures, soit deux heures après qu'il eut laissé Nicole au motel, DeSoto éprouva une sensation désagréable — le sentiment incontournable d'un danger imminent. Il l'éprouvait depuis sa tendre enfance, parfois accompagné de vagues de nausée, et jamais il ne s'était trompé.

Il retourna en vitesse au motel et se gara dans une zone d'ombre du parking, d'où il voyait distinctement dans son rétroviseur la chambre de Nicole au premier étage. Les rideaux étaient tirés, mais la lumière brillait derrière. Elle était sans doute incapable de dormir. Peut-être était-elle en train de regarder la télévision ou de corriger ses copies. Il était dix heures vingt et tout était calme autour du motel. Quelqu'un se gara devant la réception, entra, puis revint chercher une place au fond du parking, avant d'ouvrir une des portes du rez-de-chaussée, une valise à la main. Un homme sortit d'une autre pièce pour chercher des boissons fraîches au distributeur, puis réintégra tranquillement sa chambre.

Tout semblait normal. Mais il y avait quelque chose qui clochait.

S'enfonçant dans son siège, Ray se prépara à passer la nuit à planquer devant le motel. Il aurait pu demander à se faire remplacer par un agent de service, mais ce soir il préférait se charger lui-même de la besogne, même après cette journée longue et fatigante.

Il avait l'impression d'être parfaitement éveillé. Puis il aperçut sa mère. Agenouillée devant lui, elle souriait. Son visage rayonnait et elle lui ouvrait les bras. Mais rien n'y faisait, plus il s'approchait d'elle et plus elle reculait. Peu à peu, ses yeux, ses cheveux devinrent flous, et soudain elle ne fut plus qu'une silhouette avachie et dédaigneuse. Ce n'était plus sa mère, mais une autre personne qui se dressait devant lui, la main tendue, prête à le gifler.

Il se réveilla en sursaut. Il n'avait plus rêvé cette scène depuis des années. Il avait même cru qu'il l'avait laissée avec son enfance oubliée. C'était, mathématiquement, faux. Sans doute Shelley avait-elle réveillé de vieux souvenirs, lorsqu'elle lui avait demandé où il avait étudié et qu'il avait répondu New York. New York lui avait fait l'effet d'une porte de sortie, la première — une vraie libération.

Il consulta sa montre-bracelet. Onze heures et demie. Il avait donc dormi une heure. Furieux contre lui-même, il se redressa et jeta un coup d'œil à la chambre de Nicole. Y avait-il une ombre près de la porte ? DeSoto plissa les paupières. On n'y voyait vraiment rien.

Il fronça les sourcils. À l'évidence, il y avait une présence devant la chambre de Nicole, mais cela ne pouvait être un homme. L'enfant d'un couple qui passait une nuit là ? Ou quelqu'un accroupi, le nez devant le trou de la serrure ? Non. C'était un *chien*. Un gros chien, même.

Il dégaina son arme et bondit hors de la voiture en criant : « Dominic ! » Le pistolet au poing, il fit un tour sur lui-même mais ne vit personne. « Je sais que tu es là, bon Dieu ! Cette fois, tu ne t'en sortiras pas comme ça ! » L'arme levée, il se rua vers l'escalier extérieur menant au premier étage. Des lumières s'allumèrent dans plusieurs des chambres.

« Dom... »

DeSoto ressentit un choc brutal à l'arrière du crâne. Mille étoiles jaillirent sous ses paupières tandis qu'il tombait sur les genoux. Il tenta de relever son pistolet mais, perdant connaissance, il n'eut pas le temps non plus de sentir sa joue racler le goudron du parking.

★

Se retournant sans arrêt sur son lit trop étroit, Nicole repensait à ce que Ray lui avait révélé. L'amie d'Izzy Dooley prétendait que celui-ci avait été payé pour tuer quelqu'un — une femme, professeur. Mais Roger irait-il vraiment jusque-là pour se débarrasser d'elle ?

Le clair de lune filtrait par la fente des rideaux. Les idées en bataille, elle se mit à fixer l'astre. Elle avait parlé de Miguel à DeSoto, puisqu'il était après tout possible qu'il se soit introduit la veille chez elle. Si Dooley avait volé le trousseau de clés original, Miguel en avait peut-être fait faire un double. Il pouvait donc être l'assassin d'Izzy, et celui du policier. Mais pour quelle raison aurait-il inséré cette cassette de Paul Dominic dans la platine, en sachant que la musique jouerait continuellement jusqu'au réveil de Nicole ? Pour la lancer sur une fausse piste ? Lui faire croire que Dominic était le meurtrier ?

Pour que Miguel comprenne qu'elle croyait au retour de Paul, il aurait fallu qu'il la suive lui aussi. Dans ce cas, Perez aurait comme elle aperçu Dominic. Par ailleurs, il n'était guère difficile de trouver encore des photos de ce dernier.

Quel rapport tout cela pouvait-il bien avoir avec son père ? Qui lui avait envoyé ces lettres mystérieuses, avec précisément des photographies de Paul ? Que contenaient-elles d'assez insupportable pour que Clifton vive ses dernières semaines dans un enfer constant ?

Shelley gémit plusieurs fois en dormant — de brefs cris essoufflés qui, déchirant le cœur de sa mère, la poussèrent chaque fois à se lever pour regarder son enfant dans le lit jumeau. Devant son expression inquiète, Nicole craignit qu'elle ne soit en train de rêver aux deux hommes abattus, ou à la disparition de Jessie.

Comme pour la protéger d'invisibles dangers, elle lui remonta ses couvertures jusqu'au menton et se recoucha. Puis elle regarda son réveil. Onze heures et quart. Dans neuf heures, elle devait être prête à assurer ses cours à l'université. Il y en avait trois le vendredi et, cette fois, il n'était plus question de s'en dégager par des devoirs en classe. Il fallait dormir. Cela lui paraissait impossible.

Vingt minutes plus tard, contre toute attente, elle avait finalement trouvé le sommeil. Un sommeil lourd, sans rêve, au fond duquel elle n'entendit pas le téléphone brusquement sonner. Il fallut que Shelley décroche elle-même, puis se mette à la secouer vigoureusement pour qu'elle se réveille.

« Maman, il y a quelqu'un qui veut te parler, dit la petite.

— Qui ça ? répondit Nicole sans ouvrir les yeux.

— Un homme. Je ne sais pas qui c'est, mais je ne l'aime pas. »

Dieu du ciel, quoi encore ? pensa-t-elle en prenant le combiné. « Allô ?

— Ah, tourterelle », fit une voix éraillée. Nicole crut que son cœur allait s'arrêter de battre. Quinze ans après, elle la reconnaissait comme si elle l'avait entendue la veille. « Alors, papa n'est plus là pour protéger son petit oiseau ? Tu m'as peut-être oublié, mais pas moi. Je n'ai pas oublié une seconde ce que j'ai été obligé de subir à cause de toi avec Ritchie. Et tu vas payer, tourterelle. Je vais prendre mon temps, tu vas souffrir, tu vas payer, toi et ta *puta* de gamine. »

L'homme raccrocha. Couverte de sueurs froides, Nicole resta immobile dans son lit.

« Maman, maman, qui c'était ? demanda Shelley d'une voix aiguë.

— Luis Magaro, siffla Nicole entre ses dents. Un revenant.

— Et c'est quoi, un revenant ?

— Un fantôme. Un mort. »

DIX-SEPT

« *Un mort !* » La terreur contenue dans la voix de Shelley arracha Nicole à sa propre angoisse.

« Enfin, les morts ne parlent pas au téléphone, voyons.

— Si, c'est ce que tu viens de dire, maman ! insistait Shelley.

— J'étais à moitié endormie. »

Nicole se rendit compte qu'elle avait gardé la main étroitement serrée sur le combiné. Elle le reposa sur son support et détendit ses doigts. Puis elle se redressa et prit dans ses bras sa fille qui tremblait.

« Ne t'inquiète pas, ma chérie. C'était un coup de téléphone anonyme, c'est tout. Je n'étais pas bien réveillée et je ne savais pas ce que je disais.

— Mais tu as eu l'air d'avoir tellement *peur* !

— C'est parce que j'étais en train de faire un cauchemar. C'est fini, maintenant.

— Cette voix ne me plaisait pas, non plus. Il faut appeler Ray », pleurnicha Shelley.

Malgré son hébétude, son anxiété, Nicole remarqua que sa fille ne demandait pas son père. Elle sentait donc elle aussi, apparemment, que l'on ne pouvait plus compter sur Roger pour résoudre une situation difficile.

« Ray dort certainement à cette heure-ci et je ne veux pas le réveiller pour un simple coup de téléphone anonyme. Je lui en parlerai demain.

— Et si c'était ce type qui avait enlevé Jessie ?

— Qu'est-ce qui te fait dire qu'on l'a enlevé ? »

Shelley se détacha de sa mère. « Il n'a rien dit à propos de Jessie ?

— Non. Rien du tout. »

Elles entendirent quelque chose gratter contre la porte et elles sursautèrent l'une et l'autre. Shelley retrouva aussitôt les bras de sa mère.

« C'est *lui* ! cria-t-elle. C'est le fantôme qui vient nous chercher. »

Nicole avait envie de se gifler pour se punir d'avoir prononcé de telles sottises. Shelley était encore morte de peur. « Shelley, je t'ai expliqué que j'étais endormie et que je ne savais pas ce que je disais. »

Le bruit se reproduisit. Shelley poussa un nouveau cri : « C'est le loup-garou !

— Mais écoute, ça n'existe pas, les loups-garous. »

On gratta encore. Toute angoisse s'évanouit brusquement sur le visage de Shelley : « Maman, c'est Jessie ! Il nous a retrouvées !

— Non ! Ne... »

Shelley avait bondi hors du lit et courait vers la porte.

« Shelley, n'ouvre pas ! hurla sa mère en mettant pied à terre.

— Mais c'est Jessie !

— Non, Shel, Jessie n'est pas capable de faire un bruit pareil ! » Elle se prit les pieds dans le drap et les couvertures, et faillit tomber pendant que Shelley détachait la chaîne et tournait la poignée. « Shelley, non ! » cria-t-elle désespérément. Mais il était trop tard. Shelley ouvrait. Dieu du ciel, aidez-moi, pensa sa mère en se dégageant enfin de ses maudites couvertures. Elle crut s'évanouir en voyant la porte pivoter, exposer leur abri précaire aux dangers de la nuit noire. « Mon Dieu, mon Dieu, je vous en prie, marmonna Nicole malgré elle. Ma petite fille... »

Cette ultime prière n'était pas nécessaire. Mère et fille, transies, hébétées, virent le gros doberman noir entrer dans la chambre, s'asseoir sur ses membres inférieurs, puis tendre une patte à Shelley.

« C'est le chien que j'ai aperçu cet après-midi ! s'exclama cette dernière en prenant la patte dans sa main. C'est Jordan ! »

Bouche bée, abasourdie, Nicole regardait l'animal. Puis elle leva les yeux vers la porte restée ouverte. Quelqu'un allait-il maintenant apparaître après le chien ? Paul Dominic ?

Mais personne ne se manifesta. Non, personne ne semblait avoir suivi Jordan, et celui-ci ne semblait attendre personne non plus. Il était simplement arrivé là, et il avait tout l'air de vouloir rester.

Nicole courut à la porte, la referma, la verrouilla, puis raccrocha la chaîne. Lorsqu'elle se retourna, elle vit Shelley, à genoux, qui avait placé ses bras autour du cou du chien. « Tu es venu nous protéger des fantômes, hein, Jordan ? » lui disait-elle.

Le chien lui lécha le visage puis, tournant la tête vers Nicole, la regarda avec cette expression étrange de connivence qu'elle avait remarquée les fois précédentes. Bien qu'elle respirât encore par à-coups et qu'elle sentît son cœur battre dans sa poitrine, elle réussit à sourire faiblement. Shelley avait raison — son cœur le lui disait : le danger rôdait autour du motel et le chien venait de leur être envoyé pour veiller sur elles.

Mais par qui ? Paul ? Comment pouvait-il savoir qu'elle venait de recevoir ce coup de fil terrifiant ?

★

Quand elle se réveilla le lendemain matin, Nicole trouva le doberman couché par terre entre les lits jumeaux. Ses grands yeux sombres, ouverts, étaient déjà en alerte. Elle mit pied à terre et, s'agenouillant près du chien, le caressa doucement.

« C'est Paul qui t'a envoyé ici, hein ? murmura-t-elle. Il n'est pas loin, dis-moi ? »

L'animal l'observa longuement, d'un regard appuyé.

« Comment savait-il que j'ai eu si peur ?

— C'est qui, Paul ? » demanda Shelley.

Jordan et sa mère se retournèrent vers elle.

« Je ne pensais pas que tu étais réveillée, dit Nicole.

— Si. C'est qui, Paul ? »

Nicole soupira. Elle était trop fatiguée pour inventer quoi que ce soit.

« Paul Dominic. Quelqu'un que j'ai connu il y a longtemps. »

Shelley quitta son lit. Sa petite main cherchait le chien.

« C'était ton amoureux.

— Comment sais-tu cela ?

— Rien qu'à la façon dont tu dis son nom. Et je me rappelle le soir où vous vous êtes disputés, avec papa, devant la maison. Il disait que c'était la seule personne qui avait jamais compté pour toi.

— Rien ne t'échappe, dis-moi ?

— Maman, vous étiez en train de crier tous les deux.

— Oui, c'est vrai. C'était assez honteux de notre part. »

Shelley haussa les épaules. « Il faut croire que ça arrive. Aux gens mariés, surtout. L'autre soir, oncle Bobby se disputait lui aussi avec tante Carmen. »

Nicole leva un sourcil. « Tu ne m'avais pas dit ça.

— J'en avais l'intention, mais j'ai oublié quand tu es venue à l'école pour m'apprendre que Jessie avait disparu et qu'on avait tué des gens à la maison. Bobby était vraiment méchant. Il criait à tante Carmen qu'il n'aurait jamais dû l'épouser, qu'il l'avait fait " à cause du môme ", parce qu'elle était enceinte. Jill m'a expliqué qu'elle avait eu un grand frère, et qu'il était mort tout petit. Je n'ai pas vraiment tout compris, mais elle pleurait. Et tante Carmen aussi. Après, Bobby est parti. Il a claqué la porte et il a démarré la voiture. Même son père criait, lui aussi. Jill m'a dit qu'elle avait peur quand Bobby faisait ça. Je ne l'aime pas, il est méchant avec tout le monde.

— Il est sorti, alors ?

— Oui. Tante Carmen a continué à pleurer. Moi, je me suis endormie. Le lendemain, après que je t'ai téléphoné, elle est partie. J'ai compris plus tard qu'elle allait te rejoindre à la maison, à cause de tout ce qui se passait. Bobby nous a emmenées à l'école, Jill et moi, et il faisait drôlement la tête. Il ne voulait pas qu'on allume la radio et il ne nous a même pas dit au revoir. »

Si Nicole savait bien que la situation était tendue entre Carmen et Bobby, elle ne se doutait quand même pas qu'ils se disputaient en hurlant au milieu de la nuit.

D'une petite voix charmeuse, Shelley se pencha vers le chien : « Jordan, tu ne sais pas où est Jessie, toi ? » Elle se pencha et regarda l'animal dans les yeux. « Maman, je suis sûre qu'il le sait !

— Shelley, voyons, qu'est-ce que tu dis ? Et puis un chien, ça ne parle pas.

— Mais si, il parle avec ses yeux. » Shelley s'accroupit. « Jordan, trouve Jessie. »

Le doberman se leva aussitôt et se dirigea vers la porte.

« Tu vois, fit Shelley d'une voix triomphante. J'en étais sûre ! » Elle suivit le chien et commença à ouvrir la chaîne et le verrou.

« Shelley, arrête », dit vainement Nicole tandis que sa fille ouvrait grand la porte. La lumière du jour envahit la pièce.

Le chien lécha la main de Shelley, puis traversa rapidement le balcon et se précipita au bas des escaliers.

« Attends ! cria Shelley. Tu vas trop vite, comment veux-tu qu'on te suive ? »

Nicole sortit sur le balcon et aperçut le chien qui disparaissait à l'angle du bâtiment. Shelley la regarda d'un air désolé.

« Pourquoi il est parti comme ça, maman ?

— Il avait peut-être besoin de faire… ses besoins.

— Et d'aller retrouver Paul. »

Cela paraissait si étrange d'entendre Shelley prononcer familièrement le nom d'un homme autrefois tant aimé, mais devenu aujourd'hui mystérieux, incertain — un homme dont Nicole ne savait rien, finalement, des intentions profondes.

« Oui, Paul l'attend peut-être quelque part », admit-elle dans un souffle.

Shelley l'observait. « Dis, maman, tu l'aimais, Paul Dominic ?

— Oui.

— Plus que papa ? »

Elle hésita : « Pas de la même façon.

— Ça veut dire que tu l'aimais plus que papa, j'ai bien compris. C'était un professeur, Paul, aussi ?

— Non, il était concertiste. »

Shelley fronça les sourcils et Nicole, en quelque sorte, traduisit.

« Cela veut dire qu'il jouait du piano dans les salles de concert. Il jouait dans les grandes villes du monde et il enregistrait des disques. Il était très célèbre.

— Oh ! la la, fit Shelley, impressionnée. Et qu'est-ce qu'il est devenu ? »

Nicole inspira profondément. « Je ne sais pas, Shelley. Honnêtement, je n'en sais rien. »

★

Elle faillit arriver en retard à l'université. Ses élèves posèrent toutes sortes de questions à propos des meurtres de la veille, que Nicole repoussa fermement et sans équivoque. Déjà informés par la télévision et les journaux, ils parurent déçus qu'elle ne leur révèle rien. Elle ignora tout simplement leur réaction. En revanche, son cours était mal structuré, son discours parfois haché ou hésitant. Une bonne moitié des étudiants ne sembla pas le remarquer — comme ils n'auraient vu aucune différence si, au lieu de Melville, elle avait traité Chaucer ou Byron. Mais les autres, eux, y firent attention, tout particulièrement Miguel qui, prenant à peine quelques notes, la fixa presque l'heure entière, ce qui la rendit plus nerveuse encore. Était-il entièrement étranger à cette fureur violente qui se déchaînait autour d'elle, ou en était-il au contraire l'instigateur ?

Son cours terminé, elle se réfugia dans son bureau. Elle ferma soigneusement la porte et appela le commissariat de police, où on lui apprit que Raymond DeSoto était porté absent. Quand elle demanda pourquoi au policier de garde, celui-ci lui passa le poste de son plus proche collaborateur, Chuck Waters.

« Waters à l'appareil, que puis-je pour vous, madame Chandler ?

— J'aurais souhaité parler au sergent DeSoto.

— C'est personnel ou professionnel ?

— Professionnel.

— Vous pouvez aussi bien me parler à moi.

— Soit. J'ai dormi dans un motel, cette nuit, avec ma fille. Vers une heure et demie du matin, j'ai reçu un coup de téléphone anonyme. » Silence. Oppressée, elle poursuivit à toute vitesse. « La voix ressemblait à celle de Luis Magaro. Il m'a appelée… » Elle s'interrompit et s'efforça de reprendre son souffle. « Il m'a appelée " tourterelle ", exactement comme le soir où ils m'ont violée. Et il a traité ma fille de *puta*. Il a dit ensuite qu'il n'avait rien oublié de ce qu'ils avaient subi à cause de moi. Après, je ne me rappelle plus précisément ses mots, mais il a dit qu'on paierait, Shelley et moi. »

Haletante, elle termina sa tirade. Waters ne répondit pas tout de suite. Il finit par demander : « Vous dites que c'est Magaro qui vous a appelée ?

— *Non*. Magaro est mort. Il faut croire que quelqu'un imitait parfaitement sa voix, mais quelqu'un qui sait tout de ce qu'ils m'ont dit le jour où ils m'ont violée. »

Waters adopta un ton légèrement moins sec. « Avez-vous une idée de qui cela peut être ?

— Aucune. Je ne vois vraiment pas qui serait capable d'imiter aussi bien cette voix, ni de savoir ce qu'on m'a dit ce soir-là. » Un temps, puis : « Je pourrai joindre le sergent DeSoto plus tard ?

— Madame Chandler, hier soir, Ray s'inquiétait pour vous. Il est resté plusieurs heures garé devant votre motel et il a aperçu quelque chose autour de votre chambre. Pour une raison qui m'échappe, il ne m'a pas donné de détails. Enfin, il est sorti de sa voiture pour se rendre compte, et il a reçu un coup sur la nuque.

— Non, ce n'est pas vrai ! s'exclama Nicole. Il est blessé ?

— Une légère commotion, c'est tout. Quand il a repris connaissance, il s'est rendu tout seul à l'hôpital, ce qu'il n'aurait jamais dû faire. Avez-vous entendu du bruit, dehors, pendant la nuit ?

— Non, rien du tout. » Ils vont bientôt penser que j'ai besoin d'un sonotone, se dit-elle. Je n'entends jamais rien. À part les coups de griffe de Jordan sur la porte. Mais Nicole garda cela pour elle. Si Jordan était venu là-bas, c'est que Paul l'avait accompagné — Paul aurait-il attaqué Ray ?

« Comment va Ray ? demanda-t-elle, oubliant soudainement les civilités d'usage et appelant celui-ci par son prénom. Il est encore à l'hôpital ?

— C'est ce qu'il aurait dû faire, mais il a insisté pour rentrer. Vous pouvez sans doute l'appeler chez lui.

— Bien », dit Nicole qui se rendit compte qu'elle ne savait même pas où il habitait. Pourvu que son numéro figure dans l'annuaire.

« Madame Chandler, donnez-moi le nom de votre motel et le numéro de la chambre. » Ce qu'elle fit. « Rappelez-moi aussi l'heure de l'appel, je vous prie.

— Une heure et demie, environ.

— OK. Je vais faire mon enquête. À propos, on a fini chez vous, vous pouvez rentrer ce soir.

— Formidable, dit-elle platement.

— Ça ne vous enchante pas trop ? Je vous comprends. S'il arrive à nouveau quoi que ce soit, surtout appelez-moi.

— Mais certainement, sergent Waters », répondit-elle en pensant que, si quelque chose devait encore avoir lieu, elle mordrait les portes et les murs.

*

Chuck Waters s'enfonça dans son siège. Selon Ray, Nicole Chandler était filée par une personne qui ressemblait beaucoup à Paul Dominic. Ray pensait même que *c'était* Paul Dominic. Waters était loin d'en être sûr. Il croyait Paul Dominic mort depuis des années. Nicole et Ray avaient cependant raison sur un point : rien ne prouvait réellement qu'il ait péri dans cet accident de voiture. Même Aline en avait convenu lorsqu'ils en avaient parlé hier au soir.

Aujourd'hui Mme Chandler affirmait avoir reçu un coup de téléphone d'une personne qui savait imiter la voix de Luis Magaro. À son grand soulagement, Chuck avait noté qu'au moins, celui-là, elle le croyait bien mort. Le contraire eût été difficile à soutenir : Magaro avait reçu une balle dans la tempe, puis on l'avait pendu avec une cagoule sur la tête, de la même manière exactement qu'Izzy Dooley.

« Bon Dieu, mais qu'est-ce que ça veut dire, tout ça ? » marmonna Waters en faisant claquer doucement le capuchon de son stylo sur ses dents. Le père de Nicole Chandler qui se suicide ; un mystérieux individu que Ray et Nicole prennent pour Paul Dominic ; un rôdeur qui se promène dans le jardin de la jeune femme affublé d'un masque de loup ; enfin, le meurtre du jeune policier et d'Izzy Dooley. Jewel Crown selon qui son Izzy aurait reçu de l'argent pour tuer l'épouse de quelqu'un. Si elle disait vrai, « l'épouse » était Nicole Chandler, et le suspect le plus évident son mari Roger.

Pourtant Chuck pensait que le tout était lié à ce qui était arrivé quinze ans plus tôt. C'est ce qu'il avait déclaré la veille à Aline. « Tu n'étais pas convaincu par les résultats de l'enquête », lui avait-elle rappelé. Et il lui avait expliqué pourquoi.

« D'abord, Dominic n'était pas seulement un musicien doué. C'était aussi un type intelligent. Savais-tu qu'il avait été accepté à Harvard, et à l'âge de seize ans à peine ? Est-ce que tu croirais, toi, qu'un type de ce niveau serait assez bête pour fourrer un pistolet et une chemise pleine de sang dans les poubelles de sa mère, en bas dans le jardin ? Il aurait au moins brûlé la chemise et jeté le pistolet dans le fleuve. Sinon, pourquoi ne pas envoyer le tout à la police en recommandé avec accusé de réception ? »

Aline avait froncé les sourcils. « Tu as raison. Et ensuite ?

— Ensuite, qui était ce type anonyme qui l'a accusé au téléphone ? À ma connaissance, personne n'en sait rien. Rien ne prouvait que cette dénonciation avait la moindre crédibilité. Moi, j'ai eu l'impression que toute l'histoire était un coup monté. Ce qui n'a pourtant pas empêché le juge Hagan de délivrer un mandat d'arrêt : il était à moitié sénile.

— Rien d'autre ?

— Si. Le pistolet. Le numéro de série avait été limé. Mais, la plupart du temps, on arrive à le déchiffrer en faisant des gravures à l'acide nitrique.

— Ça n'a pas été fait ?

— Ils ont prétendu qu'ils avaient essayé, mais que le numéro restait illisible, parce que le limage était trop profond. J'ai eu du mal à le croire. Quand on veut vraiment faire disparaître un numéro de série, on attaque le métal à la perceuse, pas à la lime. À mon avis, ils n'ont pas fait leur travail jusqu'au bout. Alors que ce numéro nous aurait certainement appris des choses.

— Sauf si Dominic avait acheté son arme à un inconnu.

— Ça reste possible, oui. Cependant, du côté de la défense, on a toujours intérêt à montrer que l'arme n'a pas été vendue officiellement à quelqu'un de la famille. On consulte toujours les registres. Va savoir si on n'aurait pas découvert, d'ailleurs, que le propriétaire était lié d'une façon ou d'une autre à Zand et à Magaro. Parce que, sans la chemise et le pistolet trouvés dans les poubelles des Dominic, on n'aurait pas forcément pensé au viol de Nicole. Tout simplement parce que ces gars-là trempaient dans je ne sais combien de trucs louches. C'était de vraies ordures. Je suis certain qu'ils avaient d'autres agressions du même type à leur tableau, peut-être même des meurtres. Cet orchestre était une bande de voleurs, de drogués, et j'en passe.

— Tous ?

— Oh, je ne pense pas que les autres étaient aussi pourris que Zand et Magaro, mais tu peux me croire que ce n'était pas des enfants de chœur non plus. Ce que je veux dire, c'est que leur assassinat n'avait peut-être rien à voir avec Nicole Sloan.

— Mais Dominic a pris la fuite. Pourquoi a-t-il préféré disparaître, s'il était innocent ? »

Chuck se pencha vers elle et lui déposa un baiser sur le bout du nez.

« Parce que le système a ses imperfections, chou. Il arrive que des innocents soient condamnés. Et Dominic, qui était intelligent et instruit, le savait. Bon, alors, ce bœuf Strogonoff ?

— On dîne, d'accord, mais à une condition, dit fermement Aline. Il faut que tu protèges cette fille, Chuckie, tu comprends.

— Je crois que Ray a envie de s'en charger personnellement, répondit-il avec un brin d'amertume. Et moi, j'ai l'impression qu'elle ne peut pas me sentir.

— C'est certainement parce que tu joues les grands méchants avec elle, comme tu le fais avec tout le monde. Mais j'insiste, il faut que tu fasses attention à elle. »

« Promis », répétait maintenant mentalement Waters, tandis que dans le commissariat le téléphone se remettait à sonner. « Oui, cette petite a besoin d'aide. » Il se pencha pour décrocher.

★

Déjà épuisée à la fin de la première heure, Nicole avait le sentiment de ne pas avoir dormi pendant une semaine entière. Et le week-end lui donnait l'impression d'un mirage qui se déroberait constamment sous ses pas. Comme elle disposait d'une heure de liberté avant le prochain cours, elle revint dans son bureau et prépara une cafetière pleine, pour faire passer le goût du café, au motel, qui s'était révélé abominable. Tandis que le délicieux parfum du moka commençait à se répandre dans la pièce, elle avala deux aspirines, puis s'installa à son bureau et posa la tête sur ses bras croisés. Elle somnolait déjà quand le téléphone sonna.

« J'ai vraiment besoin de ce café », grommela-t-elle en décrochant. Elle répondit d'une voix pâteuse : « Chandler.

— Bonjour, ma petite crêpe à la Chandler, dit Carmen en riant, tu m'as l'air pleine d'entrain, ce matin.

— Je suis morte de fatigue.

— Mal dormi au motel ?

— Plutôt mal, oui. » Nicole démêla le long cordon du téléphone et, se rapprochant de la cafetière, se servit une grande tasse. « Un type qui avait la voix de Luis Magaro a appelé en pleine nuit.

— Magaro ?

— Oui. Il disait qu'il n'avait rien oublié de ce que je lui aurais fait, à lui et à Zand, et il nous a menacées, Shelley et moi. » Elle revint s'asseoir à son bureau. « Carmen, tu es toujours là ?

— Oui. » Silence, puis : « Nicole, tu n'as pas oublié que Magaro était mort, quand même ? » demanda-t-elle prudemment.

Nicole faillit en avaler de travers sa première gorgée de café. « Mais non, évidemment.

— Tu viens de dire qu'il t'a appelée.

— Non, je t'ai dit que le type avait la même voix. Pas que c'était Magaro.

— Tu as prévenu la police ?

— Oui. Je suis tombée sur le collègue de Ray, Waters. Ray est absent aujourd'hui. J'ai appris qu'il avait décidé de surveiller ma chambre, au motel, cette nuit. Waters prétend que Ray a aperçu quelque chose de bizarre, qu'il est sorti de sa voiture pour intervenir et qu'il a reçu un coup sur le crâne. Il a une légère commotion.

— C'est dingue ! Il a eu le temps de voir qui c'était ?

— Je ne lui ai pas parlé directement, mais Waters n'avait pas l'air de savoir.

— Ou il n'a pas voulu te le dire.

— Peut-être. Sinon, on peut enfin rentrer à la maison ce soir, Shelley et moi. Je ne sais pas trop quoi en penser. Je me demande dans quel état la police a laissé les lieux. Et avec tout ce sang dans le couloir…

— Tu as peur d'être seule là-bas ?

— Non, mentit Nicole.

— Si tu changes d'avis, appelle-moi et j'arrive tout de suite.

— D'accord. » Nouveau mensonge. Bobby ne manquerait pas

de rendre une fois de plus la vie impossible à Carmen, si elle devait s'absenter.

Nicole raccrocha en se rappelant ce que Shelley lui avait rapporté. Bobby avait déclaré à Carmen ne l'avoir épousée qu'à cause du « môme ». Bobby et Carmen s'étaient mariés un mois après le meurtre de Zand et Magaro. Nicole n'avait pas pu se rendre à la modeste cérémonie à laquelle ils l'avaient conviée. Couverte de pansements après le travail des chirurgiens esthétiques, elle avait cependant compris la raison de ce mariage rapide. Deux mois plus tard, la grossesse de Carmen était une évidence. Quatre autres mois s'écoulèrent et Robert Vega junior naquit. Il décéda à l'âge de trois mois, de mort subite du nourrisson.

Nicole avait toujours su que son amie était enceinte à la date du mariage, mais pas que Bobby l'avait épousée à contrecœur. Ils sortaient ensemble depuis déjà deux ans et Carmen n'avait jamais caché son désir d'une union officielle. Peut-être était-elle la seule des deux à y penser vraiment. Nicole était au courant, comme bien d'autres, des penchants avérés de Bobby et des Zanti Misfits pour les groupies et diverses sortes de drogues. Le jour du mariage, cependant, le groupe était dissous, désagrégé par la mort de Ritchie Zand.

« C'est qu'on n'a pas l'air dans son assiette, aujourd'hui. »

Nicole leva la tête et réprima un grognement en apercevant Bette Simon-Smith qui la fixait, depuis l'encadrement de la porte, de ses grands yeux bouffis.

« Ah, la vie de célibataire ! poursuivit l'intruse. Il faut dormir la nuit, parfois, vous savez ?

— Bonjour, Bette, dit Nicole d'une voix égale. Figurez-vous que j'aimerais bien dormir, oui, célibataire ou pas.

— Voyons, suis-je bête ! dit Bette en faisant claquer ses doigts comme si elle ne se rappelait que maintenant. C'est vrai que deux personnes ont trouvé la mort, chez vous. Vous menez une existence passionnante, décidément.

— Je ne sais pas bien ce que vous appelez passionnant, répondit Nicole d'une voix lasse. Voulez-vous entrer boire une tasse de café ? »

Simon-Smith redressa le menton et fit mine de humer l'odeur du moka. Elle portait de longues boucles d'oreilles mobiles qui la faisaient ressembler à un genre d'épagneul. Nicole l'imagina un instant en train de renifler une proie dans la forêt. Attends, dans une seconde elle va se mettre à quatre pattes et chercher le café en reniflant par terre, se dit-elle. Nicole eut à peine le temps de se retenir de pouffer.

Bette enfonçait justement sa tête entre ses épaules. « Qu'y a-t-il de si drôle ? demanda-t-elle.

— Rien, s'esclaffa Nicole, incapable de se retenir en voyant les longues boucles d'oreille se remettre à balancer au bout des lobes. Non, rien du tout.

— Vous vous payez ma tête, c'est ça ?

— Non, vraiment, je pensais à quelque chose de drôle, c'est tout… »

Furieuse, les narines épatées, Bette avança à grands pas vers le bureau. Nicole n'avait jamais remarqué à quel point elle avait de grands pieds, parfaitement disproportionnés au reste de son corps. *Bette aux grands pieds part chasser le dahu dans les montagnes Rocheuses*. Perdant tout contrôle d'elle-même, Nicole éclata franchement de rire. Elle tenta de se reprendre, mais il n'y avait rien à faire. Son rire fusa de plus belle, bruyant, irrépressible — elle s'étranglait, elle en avait les larmes aux yeux, et bientôt le hoquet…

« Vous n'êtes qu'une petite traînée », lâcha Bette qui tourna les talons et disparut.

Oh non, mon Dieu, non, murmura Nicole, en sentant le remords poindre entre deux nouvelles crises de ricanements hystériques. Avait-elle complètement perdu la tête ? Elle n'aimait certes pas Simon-Smith, mais elle savait que sa collègue, d'une susceptibilité démesurée, souffrait aussi de dépression. Ce n'était vraiment pas le moment de lui faire subir ce genre d'humiliation. Nicole, de plus, ne se serait jamais moquée d'elle — malgré son attitude constamment désobligeante —, si elle avait été dans son état normal. « Mais je ne suis pas dans mon état normal », bafouilla-t-elle, tout en cherchant un mouchoir. « Je suis épuisée, à bout de nerfs, et je vis dans l'angoisse constante qu'il nous arrive quelque chose, à Shelley et à moi. »

Elle essuya ses dernières larmes et son fou rire s'évanouit pour de bon. Elle se dit qu'il lui faudrait présenter ses excuses à Mme Simon-Smith, lui expliquer la tension nerveuse à laquelle elle était soumise. Pas en détail, bien sûr, mais suffisamment pour qu'elle comprenne. « Elle voudra peut-être me pardonner, finalement », dit-elle à haute voix.

Sauf que Bette Simon-Smith était du genre rancunier. Nicole poussa un long soupir et se massa les tempes. Sa tête commençait à bourdonner. Soudain le téléphone sonna. Elle décrocha : « Allô.

— J'aurais souhaité parler au professeur Nicole Chandler ?

— Elle-même.

— Bonjour, c'est Mindy au bureau du Dr Linden. »

Nicole fronça les sourcils : « Pardon ?

— Mindy. La secrétaire du Dr Linden.

— Je ne connais pas de docteur Linden.

— Vraiment ? Écoutez, je ne comprends pas. Vous connaissez quand même un certain Jessie Chandler ?

— Jessie ? répéta Nicole, médusée.

— Environ douze kilos, un petit diable au poil assez noir, il boite un peu, et il aboie plus fort qu'un rottweiler, ça vous dit quelque chose ?

— Jessie est chez vous ?

— Mais oui, madame. On nous l'a amené hier matin, et on nous a demandé de vous appeler au bureau pour que vous n'oubliiez pas de venir le prendre. Il a subi un examen médical, une piqûre de pénicilline à cause d'une vilaine éraflure au flanc, suivie d'un bon bain qui m'a rendue sourde, si vous voyez ce que je veux dire. Nous sommes ouverts jusqu'à dix-neuf heures.

— Vous dites qu'on vous l'a apporté ? demanda Nicole, ahurie. Qui l'a apporté ?

— Une seconde, je vous prie, je consulte le registre. » Mindy commençait, semble-t-il, à s'exaspérer de l'ignorance affichée de Nicole. « Voilà, j'y suis. Jesse Chandler. Entré hier matin, avec pour consigne de l'ausculter, le soigner, le laver, puis le garder jusqu'à ce soir, avec votre numéro de téléphone pour vous rappeler de venir le prendre.

— Mindy, *qui* vous a amené Jessie ? » insista Nicole, elle aussi impatiente.

Elle entendit la secrétaire soupirer au bout du fil. Puis : « Le chien nous a été confié par votre ami, George Gershwin. »

DIX-HUIT

Nicole avait prévu de rentrer à la maison en avance et de nettoyer les taches de sang dans le couloir avant d'aller chercher Shelley, mais elle préféra sans attendre lui annoncer la bonne nouvelle. Elle se rendit directement à l'école et regarda par la fenêtre à l'intérieur de la salle de classe. Shelley était bien là, avec de petits yeux tristes et inquiets, penchée sur le côté, la tête dans sa main. Non, impossible d'attendre la fin des cours, trente-cinq minutes plus tard, c'était trop cruel. Nicole frappa, entra et déclara à l'institutrice qu'elle avait besoin de récupérer sa fille tout de suite. La maîtresse, qui avait sans doute entendu parler des deux meurtres, prit un air soucieux, mais sourit gentiment et répondit avec simplicité : « Mais bien, sûr, je comprends, madame Chandler. Shelley, va avec ta maman. »

Shelley, elle aussi inquiète, attendit de sortir pour demander d'une voix incertaine : « Qu'est-ce qu'il y a, maman ? C'est le " revenant " qui t'a encore appelée ? Il y a encore eu des " accidents " ?

— Rien du tout, et je t'ai déjà dit qu'il n'y avait pas de revenants. Par contre, j'ai une très bonne nouvelle. On a retrouvé Jessie. »

Shelley resta bouche bée. Pas longtemps : « C'est vrai ? Vrai de vrai ? »

Nicole hocha la tête.

« Il n'a rien ?

— Il va très bien, à ce qu'on m'a dit. Et il a envie de rentrer à la maison. Je suis navrée de te faire faire l'école buissonnière, mais...

— Vite, maman ! On y va ! Où est-il, qu'on aille le chercher ? »

La salle d'attente était bondée lorsqu'elles arrivèrent au cabinet du Dr Linden. Shelley fonça tout droit sur la réceptionniste et déclara : « On est venues prendre Jessie Chandler. »

Mindy — gaie, aimable et jolie, vingt et un ans à peine — lui sourit : « Vous êtes la maîtresse de Jessie ?

— Oui, madame. Il m'a demandée, je suis sûre.

— Il n'a pas arrêté, répondit Mindy, cette fois très sérieuse. Avez-vous une laisse avec vous ? »

Shelley brandit la laisse que Nicole gardait toujours dans sa voiture. Mindy la prit et revint quelques minutes plus tard avec Jessie, dûment attaché. Mais il lui échappa et se précipita vers Shelley en aboyant suffisamment pour briser le tympan d'une garnison entière.

Quelques instants plus tard, un homme d'âge moyen aux tempes grisonnantes, vêtu d'une blouse blanche de médecin, les rejoignit à la réception : « Qu'est-ce que c'est que ce chantier ?

— Un certain Jessie, vous connaissez ? répondit Mindy.

— On dirait qu'il est content de vous voir, dit en souriant le vétérinaire à Shelley, qui rayonnait de plaisir.

— Si tu allais m'attendre à la voiture, avec Jessie ? proposa Nicole à sa fille, assez fort pour couvrir les aboiements. Je m'occupe de régler ce monsieur, pendant ce temps. »

Shelley s'exécuta. Une fois le calme revenu dans le cabinet, le vétérinaire demanda : « Madame Chandler, vous laissez votre chien se promener dans les rues ?

— Bien sûr que non, jamais. Des gens se sont introduits chez moi l'autre jour, en mon absence, c'est pourquoi il s'est échappé.

— Ah. » Il fronça un instant les sourcils, puis croisa de nouveau son regard. Il venait certainement de faire le rapprochement entre le nom de famille de Nicole et les événements dont avaient parlé les journaux, télévisés ou non. Pas étonnant. La photo de Nicole avait été diffusée partout. Il reprit : « Savez-vous où on l'a retrouvé ? »

Elle hocha la tête : « Je ne savais pas où il était jusqu'à ce que votre secrétaire appelle mon bureau, il y a seulement une heure.

— Je suppose qu'il a accroché son collier en essayant de passer sous une clôture, ou quelque chose comme ça. Il était dans un état d'excitation terrible quand on nous l'a amené, avec une vilaine éraflure au flanc. Mais rien de grave, finalement. Pourtant, si personne ne l'avait libéré, il risquait de mourir de soif, ou de strangulation.

— Heureusement que quelqu'un a eu la bonne idée de le trouver.

— M. Gershwin avait l'air de se faire du souci pour lui, couina Mindy de sa petite voix aiguë.

— Pourriez-vous me décrire cet homme ? la pria Nicole.

— M. Gershwin ? » demanda Mindy.

À chaque fois qu'elle répétait ce nom, Nicole avait envie de crier. À l'évidence, les connaissances de la secrétaire en matière de musique étaient fort limitées. Le sauveteur de Jessie aurait pu s'appeler Durand ou Smith qu'elle ne s'en serait pas autrement émue.

« Il était plutôt bien de sa personne. Grand, les cheveux bruns, longs d'ailleurs, avec une queue-de-cheval. De jolis yeux noisette. » Mindy, qui affichait un air rêveur, avait sans le moindre doute été charmée par « M. Gershwin ». « Mais vous ne le connaissez pas ? Il disait être l'un de vos amis.

— Sans doute, dit vaguement Nicole.

— Enfin, lui vous connaissait bien, puisqu'il m'a indiqué votre département à l'université. C'est une des secrétaires qui m'a donné ensuite votre numéro de poste. Et il a bien insisté pour que je vous appelle tout à l'heure comme je l'ai fait. Il disait que vous seriez sortie de cours.

— Bien sûr, répondit Nicole, épatée que le mystérieux " musicien " soit si bien au courant de son emploi du temps. En tout cas, je me félicite de ce qu'il ait retrouvé Jessie. Ma fille lui est très attachée. Combien vous dois-je, s'il vous plaît ?

— Rien du tout, déclara le Dr Linden. M. Gershwin a payé d'avance. » Contrairement à Mindy, le vétérinaire connaissait le nom du compositeur dont il détacha bien les deux syllabes. « C'est même nous qui vous devons de l'argent, puisqu'il avait prévu large.

Mais Jessie n'a pas eu besoin de soins excessifs. Bien sûr, il y a cette patte un peu raide. Ce qui aurait pu être arrangé juste après la fracture, mais c'est un peu tard, maintenant.

— C'est un chien qu'on a recueilli, expliqua Nicole. Quand je l'ai trouvé, sa patte devait être déjà cassée depuis plusieurs jours, et notre vétérinaire dans l'Ohio a dit qu'on ne pouvait plus faire grand-chose.

— J'en doute. Enfin, ça ne l'empêche pas de courir, apparemment. »

La secrétaire tendit à Nicole un billet de cinquante dollars. « Votre dû, madame. » Elle sourit de toutes ses dents. « Dites à M. Gershwin que nous serons heureux de nous occuper de ses animaux, s'il en a d'autres. N'est-ce pas, docteur ?

— Mais certainement, renchérit celui-ci en faisant un clin d'œil à Nicole. Au revoir, madame Chandler. Votre petit Jessie se portera bien. Et saluez bien M. Gershwin pour moi. Sa musique est un vrai bonheur.

— Quoi, il joue dans un groupe ? » demanda Mindy.

Nicole quitta le cabinet avec le sourire.

★

La voiture était à peine garée que Jessie bondit gaiement au-dehors, suivi par sa jeune maîtresse. Nicole constata avec plaisir que les policiers avaient retiré les piquets et les longs mètres de ruban jaune qui délimitaient la scène du crime. Elle remarqua toutefois qu'une voiture de police était toujours stationnée à proximité. Pourvu que ce nouvel agent ait plus de chance que le précédent, pensa-t-elle.

« Maman, il va falloir enfermer Jessie toute la nuit ? demanda Shelley.

— Non. Le portail du jardin ferme encore et on ira acheter un nouveau cadenas demain. Laisse-le sortir pour qu'il puisse vérifier que ses petits trésors sont toujours enterrés au même endroit.

— Super ! »

Avant de glisser sa clé dans la serrure, Nicole ajouta : « Shel, je préfère te prévenir qu'il doit y avoir un sacré désordre à l'intérieur.

— Ce n'est pas grave, dit sa fille, désinvolte. Ça ne sera pas la première fois.

— Oui, mais pas n'importe quel désordre. L'un des hommes a été blessé. Il y a du sang sur la moquette. »

Le visage de Shelley s'assombrit. « Beaucoup ?

— Encore assez, oui. »

Shelley ne dit rien un instant, et Nicole rassembla son courage avant d'ouvrir. « Bon, eh bien, on ne va pas attendre cent sept ans. Ça ne peut pas être aussi horrible que ça. »

Mais à sa grande surprise, elle trouva la maison plus propre que jamais. La moquette avait été nettoyée à fond et un tapis neuf — crème comme le précédent — était déroulé dans l'entrée.

« Ce n'est certainement pas la police qui a tout lavé en partant », lâcha Nicole, éberluée, avant de refermer la porte.

Au même instant, une camionnette se garait contre le trottoir. Un jeune homme en sortit et marcha vers Nicole en vérifiant son adresse sur une feuille de papier.

« Vous êtes madame Chandler ?

— Oui, répondit-elle, hésitante, tandis que Jessie se mettait à aboyer.

— Je viens mettre vos nouvelles serrures : entrée, jardin, et un cadenas sur le portail.

— Mais je n'ai rien demandé. »

Le jeune homme consulta une nouvelle fois son bordereau. « La commande est au nom d'un certain sergent DeSoto, m'dame. Il précise que vous voudrez peut-être vérifier. » Il montra le papier à Nicole. « Le numéro de téléphone est mentionné ici. J'attends dehors. » Il baissa les yeux. « Hé, bonjour, le toutou ! »

Jessie aboya de plus belle et éternua sur les chaussures du serrurier.

« Désolée, dit Shelley. Il n'aime pas qu'on l'appelle toutou. »

Sans trop se soucier, apparemment, de ses souliers, le jeune homme rit de bon cœur. « Ce n'est pas grave. Alors comment veux-tu que je t'appelle, bandit ? Médor ? Fido ? Milou ? Cerbère ? Rantan-plan ? »

Tandis qu'il continuait à plaisanter avec Shelley et Jessie, Nicole partit à l'intérieur composer le numéro, apparemment personnel, de Ray. Lorsqu'il répondit, elle demanda sans préambule : « Est-ce que ça va ? Le sergent Waters m'a appris que vous aviez été blessé.

— Ah, bonjour, madame Chandler. Ravi de vous entendre. Tout va bien, merci.

— Je me suis inquiétée pour vous. Que s'est-il passé ?

— Je vous le dirai plus tard. Votre serrurier est arrivé ?

— Il est là. Dites-moi, c'est vous qui avez passé la commande ?

— Oui. J'ai mal fait ?

— Non, c'est une excellente idée. J'ai été tellement occupée toute la journée que je n'y ai plus pensé.

— Je ne voulais pas que vous preniez le risque de passer une nouvelle nuit chez vous avec les anciens verrous.

— Merci mille fois, Ray, dit-elle chaleureusement. Ce n'est quand même pas vous que je dois remercier aussi d'avoir laissé la maison si propre ?

— Mais si. J'ai passé toute la journée à quatre pattes. À frotter.

— Non, pas possible ! »

Il rit. « Bien sûr que non. Je ne suis pas le genre fée du logis. J'ai appelé une société de nettoyage. J'espère qu'ils ont travaillé comme il faut ?

— Ray, c'est tellement gentil de votre part ! La maison est absolument impeccable. Je ne sais pas comment vous remercier. »

Il ne répondit pas tout de suite. « Peut-être que, le jour où ces événements malheureux seront derrière nous, nous pourrions dîner en tête à tête ? »

Nicole se fit brusquement l'effet d'une jeune fille timide de seize ans à qui l'on proposait son premier rendez-vous. « Eh bien, pourquoi pas ? dit-elle en se reprochant intérieurement de ne pas se montrer plus enthousiaste. Je suis vraiment touchée par ce que vous faites pour nous, Ray.

— Je ne le ferais peut-être pas pour tout le monde, c'est vrai. »

Elle sourit. « Au fait, j'ai de bonnes nouvelles de mon côté. On a retrouvé Jessie.

— C'est vrai ? Formidable. Mais où ça ?

— J'ai reçu un coup de téléphone d'un vétérinaire chez qui on l'a porté. » Elle inspira profondément. « Ray, l'homme qui a récupéré Jessie s'est présenté à la secrétaire sous le nom de George Gershwin.

— Non, lâcha Ray à l'autre bout du fil.

— Si. La fille n'a pas réagi, mais je lui ai demandé de me le décrire. C'est Paul. Et ce n'est pas tout. Jordan nous a retrouvées au motel, hier soir.

— Jordan ?

— Le doberman.

— Ah oui, j'avais oublié comment il s'appelait. Je l'ai vu moi-même près de votre chambre. Enfin, je ne savais pas que c'était lui. Au début, j'ai pensé que c'était un homme, puis j'ai compris que c'était un chien. C'est pour cela que je suis sorti de la voiture.

— Et c'est à ce moment qu'on vous a frappé.

— Oui.

— Je suis vraiment navrée. » Elle hésita. « Autant que je vous le dise : le chien a passé la nuit avec nous.

— *Quoi ?* Dans votre chambre ?

— Oui. D'abord, j'ai reçu ce coup de téléphone...

— Waters m'a dit ça, en effet.

— J'ai raccroché, et cinq minutes après, j'ai entendu qu'on grattait à la porte. Shelley a cru que c'était Jessie. Elle s'est précipitée et je n'ai pas eu le temps de l'arrêter. Et c'était Jordan.

— Et Dominic ?

— On ne l'a pas vu. C'est comme s'il nous avait envoyé son chien pour nous protéger.

— Dominic m'a frappé à la nuque quand je suis descendu de voiture. »

Nicole réfléchit. « En êtes-vous sûr ? Vous l'avez vu ?

— Non. Mais je ne vois pas qui ça aurait pu être d'autre.

— Peut-être le type qui imitait la voix de Magaro.

— Vous ne croyez pas que ce soit Dominic ? »

Elle soupira. « Disons que je n'ai pas envie de le croire.

— Après tout ce qui a déjà eu lieu ? Je suis certain qu'il se trouvait là-bas hier soir, Nicole. Il y avait son chien, il ne devait pas être bien loin. »

Elle se surprit à griffonner des silhouettes de chien sur le bloc-notes près du téléphone, et reposa son crayon. « Je sais que cela paraîtrait logique, mais je n'y crois pas. Encore hier soir, c'était plausible, mais plus maintenant.

— Et pourquoi ?

— Parce que c'est Paul qui a retrouvé Jessie et qui l'a emmené chez le vétérinaire, Ray. Il a fait en sorte qu'il soit bien soigné et que Shelley le récupère rapidement. Elle est folle de joie.

— Comment pouvez-vous être sûre que c'est Paul Dominic qui a porté le chien chez le véto ? Et si c'était votre étudiant, là, Perez ?

— Je ne crois pas. La secrétaire du Dr Linden m'a décrit ses yeux. Paul a des yeux noisette, ceux de Miguel sont bien plus foncés.

— Cela ne fait pas une grande différence, Nicole. Tout le monde, dans la police, sait à quel point il faut se méfier des témoins visuels. C'est incroyablement risqué de se fier à leurs déclarations.

— Sans doute, mais pour moi, la description de Mindy était celle de Paul », maintint Nicole avec entêtement. Elle se tut un instant. « Ray, je ne pourrai jamais croire qu'un homme qui prend la peine d'arracher à la mort le chien de ma petite fille s'amuserait à me téléphoner en imitant la voix de Magaro pour proférer des menaces de mort. J'ai fait des cauchemars toutes les nuits pendant des années, à cause de Zand et de Magaro. »

Ray garda le silence à son tour, puis : « Nicole, n'avez-vous jamais parlé de Magaro à Dominic ? Il ne vous est pas arrivé de lui répéter les mots qu'il avait employés, de décrire le timbre de sa voix ?

— Si.

— Je voulais vous le faire dire. Et, à part Dominic, qui d'autre ? »

Elle réfléchit. « Roger. Carmen. Et si je dis Carmen, cela implique aussi Bobby, puisqu'elle ne lui cache rien.

— On ne peut pas écarter Roger, mais je pense quand même à Dominic. Je ne suis d'ailleurs pas sûr, pour ma part, que Dominic soit l'homme qui a emmené Jessie chez le vétérinaire. C'est votre idée, pas la mienne. Admettons que vous ayez raison. Qu'est-ce que cela change ? Dominic est un déséquilibré. C'est un *meurtrier*.

— Il ne vous a pas tué.

— Vous croyez que votre mari a tué Izzy Dooley ?

— Certainement pas. Et je ne crois pas non plus qu'il ait payé Dooley pour m'assassiner.

— Alors, c'est qui ? Miguel Perez ? »

Nicole se remit à dessiner sur son bloc-notes. « C'est encore plus invraisemblable.

— Il ne reste que votre voisin, M. Wingate. »

Elle leva les yeux au ciel. « Vous n'êtes pas drôle.

— Ce n'était pas censé être drôle. Vous êtes tout attendrie parce que, selon vous, c'est Paul Dominic qui a conduit Jessie chez le vétérinaire. Vous insistez sur le fait que, s'il m'a sans doute attaqué cette nuit devant le motel, il n'est pas allé jusqu'à me tuer. Une chance. Mais réfléchissez quand même une seconde. Si c'est lui qui a assassiné Izzy Dooley — et Dominic est le suspect numéro un —, il a aussi abattu le jeune policier garé près de chez vous. En lui collant une arme sur la tempe et en pressant la détente, de sang-froid, juste pour qu'on ne puisse pas le reconnaître. *Voilà* pourquoi Paul Dominic est un homme dangereux, extrêmement dangereux. C'est un tueur et ses actes sont imprévisibles. »

★

Elles avaient défait leur valise, les nouveaux verrous étaient solidement vissés, le cadenas flambant neuf du portail était installé et Jessie avait vérifié que ses petits trésors étaient toujours enterrés au même endroit — lorsqu'une voiture s'engagea furieusement dans l'allée et s'arrêta dans un crissement de pneus. Roger descendit de sa grosse Ford. Nicole courut à sa rencontre sans lui laisser le temps d'atteindre la porte.

« Non, mais je rêve, siffla-t-il entre ses dents. Deux types se font descendre chez moi et il faut que j'apprenne ça en regardant la télé ?

— Ce n'est plus chez toi, ici, dit Nicole d'une voix lasse.

— La belle affaire, répondit-il. Nom d'une pipe, tu aurais quand même pu décrocher ton téléphone pour me parler. J'ai dû t'appeler au moins cent fois hier soir.

— Je reconnais que j'aurais pu te prévenir. Mais tout s'est passé si vite. » Nicole regrettait sincèrement qu'il se soit inquiété, mais la situation déjà difficile aurait été insupportable si elle avait dû y mêler Roger. « Excuse-moi.

— Où étiez-vous ?

— Dans un motel.

— *Un motel* », cingla Roger. On aurait cru qu'il disait « bordel ». « Shelley va bien ?

— Très bien. De toute façon, elle n'était pas à la maison cette nuit-là.

— C'est ça. On se demande bien pourquoi je me fais du souci, n'est-ce pas ? » Il toisa froidement Nicole. « Je la prends avec moi. »

Il partit d'un pas décidé vers la porte d'entrée, mais Nicole vint s'interposer. « Shelley reste ici. »

Posant ses deux mains sur ses épaules, il voulut la pousser. Le policier garé à proximité sortit aussitôt de son véhicule et les rejoignit à grandes enjambées : « Retirez vos mains, monsieur. »

Roger fit volte-face. « Qui êtes-vous, vous ?

— À votre avis ? » répliqua sèchement l'agent.

Nicole sentit l'haleine chargée de Roger qui, à l'évidence, avait bu, et aperçut certains de ses voisins qui sortaient de leurs maisons pour ne rien perdre de la scène.

« Je n'ai pas d'ordre à recevoir de vous. Je suis Roger Chandler, ceci est *ma* maison et je parle à *ma* femme.

— Monsieur, je ne vous le dirai pas deux fois. »

Roger poussa Nicole comme il en avait l'intention et fit un pas. Le policier le retint par l'épaule. « Stop !

— Haut les mains, peut-être ? » ironisa Roger.

L'agent répondit d'une voix plus qu'énervée : « Ce n'est pas un jeu, monsieur. Je vous demande de ne pas bouger, un point c'est tout. »

Roger se retourna subitement et voulut lui donner un coup de poing. Mais l'officier de police, bien entraîné, l'esquiva, et Nicole reçut le coup à sa place. Elle vacilla. Shelley hurlait à l'intérieur de la maison.

Roger parut horrifié : « Nicole, pardonne-moi, je...

— Vous l'aurez cherché », coupa l'agent. Deux secondes plus tard, Roger avait les deux mains menottées dans son dos.

« Ça va aller, madame ? » demanda le représentant de la loi.

Nicole porta la main à sa mâchoire. Le coup, porté de travers, l'avait plus surprise que vraiment blessée, mais elle s'éloignait instinctivement de Roger. Shelley courut rejoindre sa mère. « Papa, cria-t-elle. Comment peux-tu *oser* frapper maman ?

— Mais je ne voulais pas, admit-il d'une voix tremblante. C'est toi que je suis venu chercher. »

Shelley prit la main de sa mère. « Je n'irai plus jamais nulle part avec toi !

— Shelley, poursuivit Roger, décomposé. Tu n'as rien à craindre de moi.

— Si. Tu me fais peur. Je reste avec maman !

— Shelley, ça suffit, maintenant. Et ne me regarde pas comme ça, je te prie ! » explosa son père.

Shelley serrait si fort la main de Nicole que celle-ci en avait mal. Mais elle ne dit rien. La petite était terrorisée.

« Taisez-vous, intima le policier. Roger Chandler, vous êtes en état d'arrestation. »

Abasourdi, Roger le regardait. « Et pour quelle raison ?

— Refus d'obéissance aux injonctions d'un représentant de l'ordre public, pour commencer. Ensuite, coups et blessures sur la personne de votre femme.

— Coups et blessures ? répéta Roger, incrédule.

— Parfaitement. Vous avez besoin d'un dictionnaire, peut-être ? » Il se tourna vers Nicole. « Vous allez porter plainte, j'espère ?

— Coups et blessures ? ânonnait encore Roger. Mais c'est ridicule ! »

Le flic le regarda droit dans les yeux. « Il y a une demi-douzaine de témoins autour de nous qui seront certainement prêts à témoigner. De toute façon, ma parole suffit largement.

— Vous allez vraiment l'arrêter pour coups et blessures ? » demanda Nicole.

L'agent semblait stupéfait. « Que voulez-vous que je fasse d'autre ?

— Nicole ! » implorait Roger.

Elle l'observa un instant : les yeux injectés de sang, il serrait et desserrait les poings.

« Oui, dit-elle fermement. Je porte plainte.

— Roger Chandler, commença l'officier, voici vos droits… » Il récita le refrain habituel, puis emmena l'éminent professeur aux mains menottées.

Nicole rentra et s'effondra sur le canapé. Shelley vint se blottir contre elle. Elle regarda sa mâchoire enflée.

« Tu n'as pas mal, maman ?

— Pas trop, non. »

Shelley se tut un instant, puis : « Qu'est-ce qu'il a, papa ? C'est à cause de Lisa qu'il est devenu comme ça ? »

Nicole hocha la tête. « Non, ma chérie, je ne crois pas. Je l'ai pensé au début, mais plus maintenant. Cela ne serait pas juste de tout lui mettre sur le dos. Je crois que Roger est malade.

— Tu veux dire qu'il est fou ?

— Non, récusa Nicole, catégoriquement. Je pense qu'il a subi trop de pressions au fil des années, et qu'il est un peu déboussolé. Ses parents voulaient qu'il réussisse à tout prix et ils ne l'ont pas ménagé. Il s'est abruti de travail à l'université et il a été reçu à son doctorat avec les félicitations du jury. Après il m'a épousée et tu es née. Il s'est bien occupé de nous, Shelley, c'est vrai. C'est moi qu'il a eu un peu de mal à gérer, sans doute. »

Shelley plissa le front. « Mais pourquoi ? Qu'est-ce que ça veut dire, maman ?

— J'ai traversé des moments difficiles à la fin de mon adolescence.

— Qu'est-ce qui t'est arrivé ?

— Des choses que je t'expliquerai quand tu seras plus grande.

— Je peux peut-être comprendre.

— Sans doute que oui, admit Nicole. Mais je suis beaucoup trop fatiguée pour parler de tout ça maintenant. Enfin, ce que je voulais te dire, c'est qu'il ne faut pas que tu en veuilles trop à ton père en ce moment. Il n'est plus lui-même.

— Tu crois qu'on va le mettre en prison ?

— Non. Il sera sans doute relâché sous caution ce soir.

— C'est quand on donne de l'argent pour libérer quelqu'un, c'est ça ?

— Oui », répondit Nicole d'un air absent. Elle pensa à Paul. On avait à l'époque demandé une caution d'un million de dollars pour sa remise en liberté. Alicia, sa mère, avait réussi rapidement, aisément, à réunir cent mille dollars environ que le juge avait acceptés. Celui-ci ne craignait pas que Paul Dominic prenne la fuite, le sachant attaché à sa mère qui avait une santé fragile. Pourtant il avait disparu sitôt la fin de sa garde à vue.

«Tu crois que papa sera jugé?

— Peut-être qu'on ne sera pas obligés d'en passer par là. Il existe des procédures de conciliation, ou quelque chose comme ça, à condition de retirer sa plainte...

— Tu es sûre?

— Je ne suis pas avocate, ma chérie, je ne peux rien affirmer. Mais j'essayerai de faire en sorte que ton père n'aille pas en prison.»

J'essayerai de faire en sorte que ton père n'aille pas en prison. Ces mots résonnaient encore dans la tête de Nicole quand elle partit, un instant plus tard, examiner sa mâchoire devant le miroir de la salle de bains. Elle pensa à Ray selon qui la police suspectait Roger d'avoir tué Izzy Dooley pour s'introduire chez elle, sinon pour l'assassiner. Elle frissonna à cette idée, et renonça finalement à tout sentiment de culpabilité ou de compassion. La prison, et pourquoi pas une peine suffisamment longue, était peut-être exactement ce dont Roger avait besoin. Ce qu'il méritait, même. Tout bien considéré, elle n'avait plus aucune idée de ce qu'il était devenu capable de faire.

★

Pelotonnés les uns contre les autres sur leur affreux canapé, Nicole, Shelley et Jessie regardaient la télévision. La moquette était encore très légèrement humide, mais Nicole se surprit à trouver plaisante l'odeur du produit de nettoyage. Elle était de toute façon cent fois préférable aux remugles de sang et de mort qui empestaient la veille, quand elle avait quitté la maison.

«Je suis bien contente que ce soit vendredi et qu'on n'aille pas à l'école demain, dit Shelley.

— Et moi donc, renchérit Nicole. Si on me disait que j'avais cours, je me mettrais à hurler.

— Tu crois que papa est en prison?

— Non, ils l'ont sûrement laissé sortir, à l'heure qu'il est.

— Et s'il revenait ici pour essayer de m'enlever ? »

Nicole l'embrassa. « Il y a un policier, dehors. Il ne le laisserait jamais entrer. » Ni même seulement approcher, pensa-t-elle. Je n'ai pas porté plainte pour rien. Et Lisa est venue chercher la Ford.

« On peut faire du pop-corn ?

— Bien sûr, bébé joli. »

Nicole avait à peine posé les grains de maïs dans le four à micro-ondes que le téléphone sonna. Elle décrocha pour entendre la voix de sa mère, furieuse : « Nicole Marie Sloan, des gens se font assassiner dans ta propre maison, et tu ne m'appelles pas !

— Je ne voulais pas que tu te fasses du mauvais sang, maman. Cela n'aurait rien changé.

— J'aurais au moins pu venir près de toi, ma fille. Qui est ce type, Iggy Dooly, que faisait-il dans ta maison ?

— Izzy Dooley », corrigea Nicole en réglant l'horloge du four sur deux minutes. « Je ne l'ai pas exactement invité, vois-tu. C'était un cambrioleur. » Pour dire le moins, ajouta-t-elle intérieurement.

« Mais qui est-ce qui l'a tué ?

— Je n'en sais rien du tout.

— Tu veux dire qu'il y avait *deux* personnes chez toi, que l'une des deux a assassiné l'autre, et que tu n'as rien entendu ? »

Pas question de parler à Phyllis de l'affreuse soirée sur River Walk, de l'agression, de l'hôpital et du comprimé de Seconal. Elle était déjà assez consternée. « Je sais que cela paraît impossible.

— Et un jeune agent de police a lui aussi trouvé la mort ?

— Oui. C'est parfaitement horrible, toute cette histoire.

— Ah, ça n'est pas un conte de fées ! Mais je répète que tu aurais pu m'avertir.

— Maman, je...

— "... ne voulais pas que tu t'inquiètes", j'ai bien compris. Kay m'a raconté la même salade, puisque vous êtes complices.

— Il ne faut pas que tu en veuilles à Kay, maman. Elle non plus ne savait rien de ce qui s'est passé. Je lui ai seulement demandé de faire en sorte que tu ne lises pas le journal du soir, c'est tout.

— Non, je n'ai pas l'intention de me fâcher contre elle, puisque c'est toi qui étais derrière. Voilà encore quelqu'un qui, comme ton père, t'obéit au doigt et à l'œil. »

Déjà les grands mots. Nicole bondit : « Maman, je suis navrée que tu aies eu l'impression d'être trahie, mais j'ai fait cela pour *toi.* Je ne voulais pas que cela te mette dans tous tes états. De plus, Shelley et moi n'avons rien. Elle dormait ce soir-là chez Carmen avec Jill, et on ne m'a pas touché un cheveu.

— Mais tu as dû être affreusement choquée. Et dire que je ne pouvais même pas te loger à la maison, à cause de cette fuite d'oxyde de carbone. » À l'écouter, on aurait pratiquement pu croire que la maudite fuite était à l'origine de tout.

« On t'a installé la nouvelle chaudière ?

— Oui. Je rentre demain à la maison. Vous venez donc me rejoindre demain toutes les deux.

— Nous sommes revenues chez nous, maman. »

La voix de Phyllis partit dans les aigus du désespoir : « Tu ne vas pas rester dans cette maison infestée de criminels !

— Il ne faudrait quand même pas fantasmer, maman, il n'y a pas de criminels ici. Tout a été nettoyé de fond en comble, et il y a une voiture de police constamment dans la rue.

— On ne peut pas dire que cela ait servi à grand-chose, jusque-là. Quand je pense à ce pauvre jeune homme.

— Ne m'en parle pas. Je n'arrive pas à m'en remettre. J'ai fait porter des fleurs à son enterrement, mais je ne sais pas comment sa femme réagira. Son mari est mort à cause de moi, finalement.

— Non, Nicole. Il est mort dans l'exercice de ses fonctions, déclara fermement Phyllis. Tu n'as strictement rien à te reprocher. Et je suis certaine que tes fleurs ont été appréciées.

— J'ai quand même de bonnes nouvelles. On a retrouvé Jessie.

— Oh, Dieu merci ! s'exclama Phyllis. Je pensais que Shelley devait être terriblement malheureuse. Mais qui l'a retrouvé ?

— Je ne sais pas très bien, répondit Nicole. On l'a amené chez un vétérinaire, et c'est sa secrétaire qui m'a avertie.

— D'où avait-il ton téléphone ?

— Il est sur le collier de Jessie. » Nicole détestait mentir à sa mère, cependant il n'était pas question de lui dire la vérité. « Il avait une vilaine égratignure, mais ça guérira vite.

— Très bien. Shelley doit être ravie. » Silence. Puis : « Apparemment, je ne vais pas arriver à te convaincre de venir passer quelques jours avec moi. Mais vous pouvez quand même venir me voir demain après-midi, Shelley et toi, pour que je m'assure que vous allez bien toutes les deux?

— Mais bien sûr, maman.» Nicole pensa soudain au bleu que Roger lui avait laissé à la mâchoire. Il faudrait recourir au maquillage et éviter tout éclairage direct. «Tu seras chez toi à midi?

— Oui. Je vous préparerai un déjeuner léger.» Elle s'interrompit. «Vous pouvez amener votre petit démon à quatre pattes, si vous voulez.»

Il fallait vraiment que sa mère se préoccupe de leur bien-être pour aller jusqu'à inviter Jessie, pensa Nicole. «Je suis certaine que cela fera plaisir à Shelley.»

Les grains de maïs éclataient bruyamment dans le four et Shelley fit son entrée dans la cuisine. «Maman, tante Carmen vient d'arriver», dit-elle.

Nicole hocha la tête. «Maman...

— J'ai entendu, dit Phyllis. Tu as du monde. Alors, bonne soirée et à demain. Je t'embrasse.»

Carmen était venue avec un magazine de mode récent, «que tu n'as certainement pas encore lu», dit-elle, et leur almanach de classe de terminale, «pour rigoler un peu».

Nicole sortit le pop-corn du four à micro-ondes, dans lequel elle mit ensuite à fondre une bonne quantité de beurre — et tant pis pour le cholestérol —, qu'elle versa par-dessus le maïs soufflé. Puis elle disposa des boissons fraîches sur le plateau et apporta le tout au salon.

Carmen la regarda attentivement: «Qu'est-ce que tu as au menton?»

Nicole n'eut pas le temps d'expliquer qu'elle s'était cognée contre une porte que Shelley répondait déjà: «C'est à cause de papa. Il est venu tout à l'heure parce qu'il a appris qu'on a tué des gens ici. Il voulait m'emmener avec lui, mais maman l'en a empêché. Il a essayé de frapper le policier, qui l'a évité, et c'est maman qui a pris le coup de poing dans la figure. Alors le policier lui a mis les menottes, lui a dit qu'il pouvait téléphoner à un avocat, et il l'a emmené en prison.»

Bouche bée, Carmen fixait Nicole: «C'est vrai?

— Il faut croire.

— Non, ce n'est pas possible ! s'exclama Carmen. Enfin, sans doute que si. Ce pauvre Roger ne sait vraiment plus où il en est. »

Nicole s'assit sur le canapé. « Oh, on ne va pas en faire un drame, dit-elle en pensant surtout à Shelley. Ce n'est pas moi qu'il visait, et je n'ai pas mal, de toute façon. »

Carmen avait bien l'air de ne pas vouloir changer de sujet, mais le ton de Nicole n'invitait pas à d'autres commentaires.

« Pourquoi n'as-tu pas emmené Jill ?

— Elle passe la nuit chez une de ses amies, et je me suis dit que tu aurais le cafard en revenant ici, alors je me suis invitée. »

Nicole sourit. « Tu es un amour. Eh bien, nous voilà toutes les trois. Les plus belles filles du monde.

— Avec le plus beau chien du monde », ajouta Shelley en prenant place entre les deux amies. Elle saisit le bol de pop-corn sur la table basse et en offrit à Carmen. Celle-ci observa la chose un long moment avant de se décider à oublier pour une fois son régime. Le bol se vida en un rien de temps. Carmen ouvrit ensuite l'almanach sur une photographie qui représentait Nicole à la fin de sa terminale. Elle paraissait raide, affectée. De grandes mèches de cheveux frisés couronnaient son visage plus jeune. Shelley se mit à rire. « Maman, je ne savais pas que tu avais les cheveux frisés, avant.

— Heureusement que les modes changent, répondit Nicole. Si tu savais combien de temps j'ai passé à faire ces maudites boucles ! Et les tonnes de laque que j'ai utilisées ! Carmen avait plus de chance, elle, d'être naturellement bouclée. »

Elles trouvèrent une photographie de cette dernière. Ses épais cheveux ondulaient autour d'un visage plus mince.

« Tu as l'air triste sur cette photo, tante Carmen ? remarqua Shelley.

— C'est vrai », admit celle-ci d'une voix étouffée.

Nicole se souvenait de la journée où ces clichés avaient été pris. Carmen et Bobby s'étaient disputés le matin même et Nicole avait trouvé son amie bouleversée au-delà du raisonnable. Elle ne se doutait pas de ce que Carmen était en train de penser — que Bobby était allé se réfugier dans les bras d'une autre.

« J'aimerais bien voir les autres pages, dit Shelley. Il y a encore des gens que je connais ?

— Je ne crois pas, répondit Carmen. Mais il y a d'autres photos de ta mère et de moi. » Elle tourna plusieurs pages. « Voilà Miss Nicole Sloan, la reine des *cheerleaders*[1] que tous les gars voulaient inviter.

— Tu parles ! sourit Nicole. Si j'avais dû compter les samedis soirs où je suis restée seule à la maison... Je n'étais même pas sûre d'être invitée au bal de fin d'année.

— C'est parce que tes parents faisaient peur à tout le monde. Pour prendre rendez-vous avec toi, il fallait demander la permission au F.B.I.

— Ça, c'est maman. Son général de père lui a appris à mener des interrogatoires qui faisaient fuir tous mes soupirants.

— Tu n'étais pas *cheerleader,* toi aussi, tante Carmen ? demanda Shelley.

— Non, je jouais avec l'orchestre. Je portais l'uniforme et je me cachais derrière mon saxophone.

— Tu aimais ça ?

— Non. Et j'étais complètement nulle.

— Alors pourquoi tu jouais ?

— Je crois que je cherchais à attirer l'attention. » Elle tourna plusieurs autres pages. « Oh, regarde, Nicole. Tu te rappelles cette pièce qu'on jouait avec le club-théâtre ? »

Nicole se pencha vers la photo. « Nous ? On a joué une pièce ?

— Mais oui, souviens-toi. Le fils du directeur était fou de théâtre. Il avait écrit cette pièce impossible à propos des sorcières de Salem, et son père avait insisté pour que le club la joue. Ça n'en finissait pas, c'était ennuyeux à mourir, et très éloigné de ce qui s'est vraiment passé. » Carmen s'esclaffa : « Tiens, on est là, Madame la sorcière Carmen et Madame la sorcière Nicole. Ils nous ont fait même porter des cagoules, Shelley, ce qui n'est jamais arrivé dans la réalité.

— Des cagoules ? » répéta Shelley.

Nicole eut l'impression de se vider de son sang.

« Mais oui, expliqua Carmen. C'était censé symboliser la mort.

---

1. Étudiantes en costumes de majorettes qui soutiennent l'équipe de football de leur université et ponctuent les matches de quelques pas de danse en groupe.

À la fin du procès, les prétendues sorcières étaient condamnées à la pendaison. Mais nous devions revenir sur scène à l'épilogue et, pour que le public comprenne bien que nous étions mortes, on nous a fait porter ces cagoules. Tu trouvais cela horrible, Nicole, et ridicule. Tu as failli renoncer à jouer la pièce, et tu avais promis de mettre la tienne au feu à la fin de la représentation.

— J'avais complètement oublié ça», fit Nicole. Elle répéta d'une voix blanche : « Donc, nous étions pendues et on portait des cagoules. »

Carmen fronça les sourcils. Shelley posa une main sur le bras de sa mère. « Maman, ça ne va pas ? Tu es toute froide. »

Incapable de répondre, Nicole regardait son amie et ne pensait plus qu'à une chose — aux cagoules dont on avait affublé Zand et Magaro quinze ans plus tôt. Et à celle qui masquait le visage d'Izzy Dooley, retrouvé pendu, la veille au matin, dans le jardin.

DIX-NEUF

Assise sur le canapé, Phyllis se leva à moitié : « Nicole, il est encore en train de lever la patte, dit-elle, énervée.

— Shelley, emmène Jessie dehors, s'il te plaît », demanda Nicole pour la cinquième fois depuis qu'elles étaient arrivées, une heure plus tôt. Tandis que Shelley appelait son chien pour l'entraîner dans le grand jardin clôturé à l'arrière de la maison, Nicole sourit d'un air navré à sa mère : « Je suis désolée, maman. On n'aurait peut-être pas dû l'amener.

— Non, cela ne fait rien, dit Phyllis à contrecœur. Mais enfin, je pensais qu'il était plus propre.

— Mais il *est* propre. Il lâche juste une petite goutte ici et là pour marquer son territoire.

— Oui, eh bien c'est charmant, vraiment. »

Nicole sourit. « Maman, je sais que tu as fait un effort, et c'est gentil de ta part. On ne va pas tarder à te quitter. Je sais bien que tu n'aimes pas trop les animaux. »

Phyllis hocha la tête. « Ne te crois pas obligée de partir. J'ai été extrêmement inquiète pour vous. Et je ne déteste pas les animaux. Kay m'a révélé elle-même qu'elle était malade, hier soir, et je lui ai promis de m'occuper de ses chats quand elle n'en sera plus capable. »

Stupéfaite, Nicole dévisageait sa mère. « Tu vas t'occuper de ses *deux* chats ?

— Ne me regarde pas avec des yeux pareils. J'ai peut-être un petit peu plus de cœur que tu ne le crois.

— Je pense que tu es quelqu'un de sensible et de généreux, mais que tu fais de ton mieux pour qu'on ne s'en aperçoive pas. Je croyais surtout que tu étais allergique au poil de chat.

— Il faut croire que les médecins se sont trompés. Je viens de passer deux jours chez Kay, je n'ai eu aucune réaction allergique. Et je serai peut-être heureuse de les avoir, ses chats.

— Les animaux, il faut s'en occuper, tu sais, c'est une responsabilité.

— Je sais, ma fille. Je ne suis plus une enfant. De toute façon, qu'est-ce que je vais bien pouvoir faire de ma vie, dorénavant?

— Tu as toujours Shelley et moi.

— Shelley sera bientôt grande. Elle aura ses propres amis et elle sortira avec eux. Quand ton divorce sera réglé avec Roger, tu auras sans doute envie de rencontrer quelqu'un, toi aussi. Et, l'une comme l'autre, vous trouverez mille choses plus amusantes que de venir divertir ta mère le week-end.

— Et tes amis ?»

Phyllis hésita. «Mon seul ami véritable était ton père. Il n'est plus là. Je me serais certainement bien entendue avec Kay, mais j'ai mis trop de temps à m'en apercevoir.

— Tous ces gens que tu rencontres dans ton club de lecture?

— Oh, tu veux dire Mildred Loomis et consorts? Merci beaucoup, à chaque fois qu'elle vient ici, elle vide le frigidaire et j'ai droit à des heures de commérage. Quant aux autres, eh bien, ils ont leurs familles, vois-tu? Je t'ai expliqué pourquoi je ne voulais pas garder le magasin. Et je me demande vraiment qui engagerait une femme de soixante ans qui n'a jamais réellement travaillé, qui ne sait pas taper à la machine et encore moins se servir d'un de ces maudits ordinateurs. Pourtant je ne m'imagine pas assise ici toute la journée à regarder des crétineries à la télévision, ou à crocheter des napperons.»

Nicole sourit. «Il y a des jours, je donnerais cher pour n'avoir que ça à faire.

— Parce que tu traverses une période difficile, et que tu as, de toute façon, d'autres choix. Non, je n'ai pas envie de courir après les gens, et j'ai besoin d'occuper mon temps. Le plus agréablement possible, avec un minimum de plaisir ou de chaleur, et avec quelque chose ou quelqu'un qui m'apporte un peu de vie en retour. »

Nicole eut l'impression qu'elle n'avait jamais ressenti autant d'amour pour sa mère qu'à ce moment particulier. Elle pensa que Clifton serait certainement fier de l'entendre, lui aussi. Il adorait les animaux. Peut-être Phyllis y avait-elle elle-même pensé en offrant à Kay de s'occuper de ses chats.

Nicole se rappela subitement l'almanach de Carmen. « Maman, avant que Shelley ne revienne, il faut que je te pose une question. »

Phyllis leva un sourcil rehaussé d'un trait de noir.

« Est-ce que tu te rappelles cette pièce que j'ai jouée, au lycée ?

— En terminale ?

— Oui. Cette histoire impossible à propos du procès des sorcières de Salem, où...

— Et comment ! la coupa Phyllis. C'était abominable. Et je ne parle pas des costumes ! Je me demande encore pourquoi ils ont coiffé toutes ces jolies filles de ces affreuses cagoules. »

Nicole se raidit. « C'est justement d'une de ces cagoules que je voulais parler. Est-ce que tu sais où est passée la mienne ?

— Celle que tu portais dans la pièce ? Mais qu'est-ce que tu veux en faire ?

— Rien. Je te demande seulement si tu sais où elle se trouve. »

Phyllis leva les mains. « Eh bien, j'ai dû la coudre...

— C'est toi qui l'as cousue ? demanda Nicole, ébahie.

— On ne trouve pas de vêtements de si bon goût dans les supermarchés, répondit sèchement Phyllis. Oui, j'ai été obligée de le faire. La première fois, j'avais découpé les trous pour les yeux trop bas. Mais la seconde, ça allait.

— Tu en as fait *deux* ? dit lentement Nicole. Mais moi, où les ai-je rangées après la pièce ? Je les ai jetées ? »

Perplexe, Phyllis la regardait. « Qu'est-ce qui te prend de repenser aujourd'hui à ces cagoules ? »

Elle a donc oublié celles de Zand et de Magaro, et elle ne sait pas qu'Izzy Dooley en portait une aussi, pensa Nicole. « Carmen est venue à la maison, hier soir. Elle avait apporté notre almanach de terminale et j'y ai vu des photos de nous, avec les cagoules.

J'avais complètement oublié tout ça, c'est pour cela que je t'en parle. Mais qu'importe.

— Je crois que Jessie a fait tous ses besoins», s'exclama Shelley en revenant gaiement dans le salon bien rangé, où le petit chien choisit justement d'éternuer grassement.

Shelley regarda sa grand-mère. «Désolée. Parfois il éternue quand il n'aime pas les gens. Et d'autres, il éternue lorsqu'il est content. C'est un peu embêtant.

— Tant qu'il n'embête pas sa petite maîtresse chérie», dit Phyllis, les yeux au ciel.

Shelley rayonnait. Nicole n'en revenait pas de voir sa mère faire preuve d'aussi bonne volonté. Et Jessie paraissait sur le point d'éternuer plus joyeusement que jamais.

Le téléphone sonna sur le guéridon près du canapé et Phyllis décrocha. Elle resta un court instant silencieuse à écouter, puis répondit d'une voix tendue. «Oui, elle est ici. Quel est le problème?» Nouveau silence. «Eh bien, alors. Je suis sa mère, voyez-vous.»

Elle tendit le combiné à Nicole.

«Nicole Chandler à l'appareil.

— Madame *Roger* Chandler? lui demanda-t-on à l'autre bout.

— Oui. Et vous, qui êtes-vous?

— Madame Chandler, c'est le Texas Medical Center. On vient de nous amener votre mari aux urgences. Il a eu un accident de voiture et il est gravement blessé.»

★

Nicole raccrocha. «Roger a eu un accident de voiture. Il faut que j'aille à l'hôpital.

— Et pourquoi *toi*? déclara Phyllis, indignée.

— Parce que Roger est toujours mon mari, maman.

— Papa est blessé?» demanda Shelley, d'une petite voix à la fois anxieuse et coupable. Elle a peur que je lui en veuille de s'inquiéter pour son père, pensa Nicole.

«Oui, Shelley, il est blessé. Je sais que tu aimes toujours ton papa et que tu t'inquiètes, mais je préférerais que tu restes avec ta grand-mère pendant que je pars là-bas.

— Pourquoi est-ce que je ne peux pas venir ?

— Parce que je serai peut-être obligée d'attendre des heures aux urgences, et que ce n'est pas un endroit pour un enfant. »

Nicole vint s'agenouiller près de Shelley et posa ses mains sur ses épaules. « Je te téléphone dès que j'en sais plus, d'accord ? »

Elle jeta ensuite un coup d'œil vers sa mère. De toute évidence, Phyllis aurait préféré que Nicole ne parte pas non plus, mais elle renchérit : « Oui, Shelley, il vaut mieux que tu restes avec moi. Les salles d'attente des hôpitaux sont pleines de microbes. Tu ne veux quand même pas tomber malade ? Et que fera Jessie, sans toi ?

— Mais je ne veux pas que maman tombe malade.

— Ce n'est pas pareil, dit Nicole, je suis une adulte et j'ai déjà eu toutes les maladies infantiles.

— Il n'empêche que tu aurais pu te faire plus mal, hier soir », lança Shelley, soudain d'humeur à raisonner. Elle montra du doigt la mâchoire de sa mère.

Phyllis renchérit aussitôt : « Mais oui, Nicole. J'ai bien vu que tu as quelque chose sous le menton, bien que tu aies fait tous les efforts possibles pour tourner la tête dans l'autre sens. Qu'est-ce que c'est ?

— Je me suis cognée à la porte d'un placard de la cuisine », répondit Nicole en offrant à Shelley un clin d'œil invisible pour sa mère.

Mais Phyllis n'en crut rien. « Tu manques un peu d'imagination, ma fille. Le coup du réverbère et du placard de la cuisine, c'est un peu éculé. Et tu vas quand même le voir à l'hôpital, ce cher monsieur ? »

Nicole se leva. « Maman, c'est le père de Shelley. » Elle embrassa sa mère. « Je vous téléphone. »

Surprise par l'inquiétude qu'elle ressentait malgré elle pour la santé de Roger, elle arriva rapidement à l'hôpital. Non, elle n'avait jamais vu en lui ce qu'on appelle l'amour d'une vie, et il s'était comporté au cours des deux derniers mois comme le dernier des rustres : il l'avait humiliée, abandonnée, menacée, même frappée. Pourtant elle se faisait du souci pour lui. Certes, elle ne pensait pas à donner une nouvelle vie à un mariage condamné, mais elle souhaitait au moins que Roger retrouve un minimum de santé mentale et, pour l'instant, de santé tout court.

La première personne qu'elle vit en entrant dans la salle d'attente fut Lisa Mervin. Les jambes croisées sous son siège, elle était assise sur une chaise à l'angle de la pièce. Elle avait rassemblé ses cheveux sur le côté, et passait continuellement un doigt nerveux entre ses longues mèches.

«Lisa?» La jeune femme regarda Nicole. Le mascara avait noirci ses paupières. Son visage était d'une pâleur mortelle, et elle tenait son bras droit dans l'autre main comme s'il était blessé. «Vous étiez dans la voiture avec lui, Lisa?»

Elle répondit d'un hochement de tête négatif. «Non, je suis tombée, c'est tout, répondit-elle d'une voix d'enfant. Roger était en colère et il est parti en trombe à la voiture. J'ai couru après lui et voilà.

— Avait-il bu? demanda Nicole en s'asseyant près d'elle.

— Non, mais il était fou furieux.» Lisa détourna les yeux. «Il s'est fait arrêter à cause de vous, hier soir.

— Il a essayé de prendre Shelley de force et il m'a frappée. On l'aurait arrêté de toute façon, même si je n'avais pas porté plainte. Et il a agressé l'officier de police.»

Lisa se raidit. «Il a agressé un flic en plus de vous?

— Il m'a donné un coup de poing et il a *essayé* de frapper le policier. Pourquoi? Que vous a-t-il dit, à vous?

— Que vous l'aviez fait arrêter parce qu'il s'approchait de la maison, alors qu'il voulait simplement prendre de vos nouvelles, à vous et à Shelley.

— Eh bien, voilà un mensonge de plus, soupira Nicole. Dans quel état est-il? Ils vous ont parlé?

— Non, personne n'est encore venu. De toute façon, je ne suis pas de la famille. Ils voulaient un parent proche.

— C'est Roger qui vous a donné le téléphone de mes parents?

— Non. Je ne vous ai pas trouvée chez vous, alors j'ai appelé chez Vega. Carmen m'a dit que vous étiez peut-être chez votre mère et elle m'a donné le numéro.

— Ah», dit Nicole, mal à l'aise. Il y avait là les deux femmes qui comptaient dans la vie de Roger, l'épouse et la maîtresse, et toutes deux s'inquiétaient pour lui. Que pouvait-on bien dire dans une telle situation? Nicole repoussa l'idée de chercher un moyen de réconforter Lisa Mervin, et reprit le fil de ses questions.

« Cet accident, ça s'est passé où ?

— Juste au bout de la rue. Roger est sorti du parking, devant la maison, il est parti en trombe sans s'arrêter au croisement. Comme je courais derrière lui, j'ai pu voir toute la scène. Il est entré en collision avec deux voitures. »

Étonnée, Nicole l'observa. « Il ne s'est pas arrêté au croisement ? Il devait pourtant savoir qu'il était fréquenté. Vous êtes sûre qu'il n'avait pas bu ?

— Parfaitement sûre. Il a tourné en rond toute la matinée à boire du café et à se plaindre de vous, et... Il n'arrêtait pas de répéter qu'il allait vous enlever Shelley, que vous étiez devenue folle, que tout le monde le savait, que vous voyiez Paul Dominic partout, alors qu'il est mort et enterré, et que maintenant il y avait ces meurtres chez vous, et... »

Nicole leva un sourcil et Lisa rougit légèrement. Roger l'accusait donc d'avoir perdu la raison et se servait de ce prétexte pour justifier son désir de reprendre Shelley. N'était-ce pas exactement ce que Carmen avait prédit ? Qu'il cherchait à prouver qu'elle était instable afin d'obtenir la garde de l'enfant ? Et que tout remontait au « rôdeur » affublé d'un masque de loup...

« Lisa, je vais vous poser une question et je veux savoir la vérité. » La jeune femme la regarda d'un air las. « C'est à propos de ce masque que vous avez acheté chez les Vega. Vous l'avez vraiment offert à Roger ? »

Lisa posa sur elle un regard stupéfait. « Un masque ?

— Oui. Un masque de loup, de type indien. Bobby dit que vous l'avez acheté pour Roger. »

Incrédule, Lisa continuait de la dévisager. « Je n'ai aucune idée de ce dont vous voulez parler. » Elle semblait tout à fait sincère.

« Je pense que Roger s'est servi de ce masque pour venir nous faire peur, à Shelley et à moi, dans notre jardin. »

Lisa dévisageait maintenant Nicole comme si elle était bien cette hystérique que Roger décrivait. « Mais pourquoi ferait-il ça ?

— Je n'en sais rien. Dites-moi, si vous savez. »

Hésitante, Lisa paraissait reculer. « Écoutez, Nicole, je ne sais pas qui se promène dans votre jardin, et je ne mets pas votre parole en doute. Mais, en tout cas, personne à ma connaissance ne porte un masque que j'aurais acheté.» Elle fronça les sourcils. «C'est Bobby qui vous a parlé de ce masque?

— Oui. En fait, non. Bobby a dit que vous en aviez pris un et il l'a répété à Carmen.

— Ah. Donc, c'est Carmen qui en a parlé.

— Oui.»

Lisa haussa les épaules. «Eh bien, ça explique tout.

— Comment, ça explique tout?

— Je veux dire que je ne crois pas beaucoup à ce que Carmen peut raconter.»

Nicole se raidit. «Carmen est ma meilleure amie. Et je ne pense pas que vous la connaissiez.

— Qui vous dit que je ne la connais pas?

— Elle.»

Lisa s'offusqua: «Carmen et moi nous connaissons depuis que je suis toute petite.»

Nicole la regarda longuement avant de répondre: «Je ne vous crois pas.

—Vous me croirez si vous voulez, mais quand j'étais petite fille, la mère de Bobby était baby-sitter et j'allais chez elle tous les jours de la semaine. Carmen était là également, à couver son Bobby.

— Lisa, vous ne pouviez pas avoir plus de cinq ans à l'époque.

— Et alors? Je n'étais ni sourde, ni aveugle. En plus, Carmen est venue vivre chez les parents de Bobby, juste après leur mariage. Mme Vega ne l'aimait pas beaucoup. Elle avait déclaré à ma mère que Bobby n'avait jamais désiré l'épouser, et ce, qu'elle soit enceinte ou pas. Elle disait que Bobby n'aurait jamais accepté si l'orchestre dans lequel il jouait ne s'était pas séparé.

—Vous avez peut-être mal compris. Vous étiez quand même jeune.

— Chez moi, on ne reste pas jeune longtemps. Mes parents ne sont pas du genre à ménager leurs enfants. Et j'étais bien assez grande pour me rendre compte par moi-même que Carmen était bizarre. Elle était obsédée par Bobby. Je crois même qu'elle a fait exprès de tomber enceinte. Je me demande jusqu'où elle serait allée si Bobby avait malgré tout refusé de l'épouser.»

Déchirée entre le doute et le refus pur et simple de ces affirmations, Nicole resta silencieuse. Carmen et elle étaient presque des sœurs depuis leur tendre enfance. Carmen était la seule personne à qui elle avait appris sa liaison avec Paul Dominic. Elle était aussi la première à qui elle avait téléphoné quand Roger lui avait proposé le mariage : le témoin, l'amie fidèle avec qui elle était constamment restée en contact tandis qu'elle attendait la naissance de Shelley, la première à savoir aussi que Roger la quittait. Pourquoi aurait-elle menti à propos de Lisa Mervin ? Quel intérêt avait-elle à prétendre que Bobby avait vendu ce masque de loup à la jeune femme ?

Prête à ignorer Lisa, elle était sur le point de ramasser un magazine sur la table basse, lorsqu'un médecin apparut dans la salle d'attente. « Êtes-vous madame Chandler ? demanda-t-il à Nicole.

— Oui. Comment va mon mari ?

— Plutôt mal, répondit le médecin d'une voix grave. On vient de l'envoyer au bloc chirurgical à cause d'une perforation de la rate. Il a aussi deux côtes brisées sur le côté gauche, le bras droit cassé, et de nombreuses plaies, dont la plus inquiétante au sommet du crâne. Et il a perdu beaucoup de sang.

— Il est conscient ? » demanda Lisa.

Le médecin la regarda rapidement. « Pas pour l'instant. Mais il s'est réveillé pendant cinq minutes environ.

— Est-ce qu'il m'a demandée ?

— Qui êtes-vous, mademoiselle ?

— Lisa Mervin. Je suis sa fiancée. »

Le médecin, relativement âgé, la dévisagea avec une expression qui en disait long sur ce qu'il pensait de leurs relations. « Il n'a pas parlé d'une Lisa, ou d'une fiancée. » Son regard froid se posa ensuite sur Nicole. « En revanche, il a répété plusieurs fois que sa femme a saboté ses freins dans l'intention de le tuer. »

VINGT

Sans parler à Lisa, l'esprit assailli de questions, Nicole resta assise une heure dans la salle d'attente du bloc chirurgical. Si Roger n'était pas ivre, on ne pouvait expliquer l'accident que par une défaillance des freins. Et les freins s'abîmaient rarement tout seuls. Pour ne rien arranger, l'accident avait eu lieu moins de vingt-quatre heures après le coup de poing de Roger. Il paraissait probable que le protecteur anonyme de Nicole avait une fois de plus puni l'un de ses assaillants. Et la voiture de Roger était une cible facile, garée dans un parking à découvert devant son immeuble.

Nicole trouva finalement un téléphone à pièces d'où elle appela sa mère. Phyllis, pour une fois, avait branché son répondeur téléphonique et laissé un message. « Nicole, disait la voix métallique, j'ai emmené Shelley manger une glace. On sera rentrées vers quatre heures. » Elle attendit le signal sonore et enregistra son propre message, expliquant que Roger subissait pour le moment une opération et qu'elle rappellerait dès qu'elle en saurait plus.

Elle raccrocha et se réjouit que sa mère ait eu l'idée de cette promenade. Shelley avait enduré suffisamment d'épreuves ces derniers temps, et la nouvelle de l'accident de son père l'avait certainement troublée bien plus qu'elle ne l'avait laissé paraître. Phyllis essayait donc de la divertir.

À la fin d'une deuxième heure, aussi interminable que la première, et deux tasses d'un café tiède et amer, une chirurgienne se présenta dans la salle d'attente pour leur apprendre que l'opération n'avait pas posé de problèmes et que Roger avait été conduit en réanimation.

« Il va s'en sortir ? demanda Lisa.

— Sûrement. À moins qu'il n'y ait des complications.

— Quand pourrai-je le voir ? »

La doctoresse regarda attentivement Lisa. « Êtes-vous son épouse ?

— Non, c'est moi, lui apprit Nicole. Nous allons bientôt divorcer et je suppose qu'il préférera voir cette jeune femme.

— Vous êtes sûre ? objecta le médecin.

— Oui. Je m'en vais, de toute façon. Laissez-la le retrouver, quand il sera réveillé. » Elle regarda Lisa. « Appelez-moi si... » Si quoi ? pensa-t-elle. Si vous avez besoin d'une épaule pour pleurer ? « Enfin, tenez-moi informée de son état, je vous prie. »

Lisa lui lança une œillade agressive qui ne laissait pas de doute sur ses intentions : elle se garderait bien de jamais lui adresser la parole une seconde fois.

« Lisa, Roger est le père de ma fille, et Shelley a le droit de savoir comment il est.

— Bien, d'accord, dit Lisa à contrecœur. J'appellerai demain dans la journée.

— Appelez ce soir, s'il vous plaît. »

D'un hochement de tête, Lisa salua Nicole qui partit aussitôt. Avec ce sentiment étrange qu'après douze ans de mariage, elle qui avait donné un enfant à Roger s'interdisait d'aller le voir dans la salle de réanimation, parce qu'il était convaincu qu'elle venait d'essayer de le tuer.

Moi, certainement pas, se dit-elle en traversant le parking. Mais, de toute évidence, ajouta-t-elle d'une voix lugubre en ouvrant sa portière, quelqu'un a voulu le faire.

★

Au lieu de rentrer chez sa mère, Nicole se dirigea vers la grande villa blanche d'Olmos Park. Elle semblait aussi vide et mal entretenue que les dernières fois — monument déserté à la grandeur fanée. Sauf qu'il n'était d'aucune façon désert. Des gens vivaient à l'intérieur. Combien, Nicole n'en savait rien. Mais elle avait fermement l'intention de le découvrir.

Quoique personne ne pût le lui confirmer, elle savait au fond de son cœur que Paul Dominic était bien là, à San Antonio. C'est pourquoi il devait, forcément, rendre visite à sa mère de temps à autre, sans pour autant habiter chez elle. Paul l'adorait. Et ils avaient été si proches l'un de l'autre qu'Alicia saurait certainement s'il avait jamais tué quelqu'un. C'est entre autres pour cela que j'ai besoin de la voir, pensa Nicole.

Elle se gara devant la maison et s'avança vers l'allée. Elle crut apercevoir des rideaux onduler derrière une des fenêtres, mais elle s'efforça de regarder droit devant elle. Les feuilles mortes et la poussière encombraient le grand perron de l'entrée. Il avait été autrefois si propre, orné en outre de vigoureuses plantes vertes dans les immenses urnes qui flanquaient la double porte. « Je garde une clé de la maison cachée sous celle de gauche, avait avoué Paul à Nicole, des années plus tôt. C'est idiot… Un souvenir de mes jeunes années, quand maman ne me lâchait pas d'une semelle. Tu trouves que tu as toujours tes parents sur le dos, mais à côté de ma mère, je te jure que ce n'est rien. Si je voulais voir des amis, ou m'amuser quelque part, j'étais obligé de sortir en cachette et de laisser ma clé à un endroit où Rosa ne pouvait pas la trouver. Elle croyait que je n'en savais rien, mais elle inspectait régulièrement ma chambre pour voir si je ne cachais pas quelque objet interdit qu'elle aurait aussitôt porté à ma mère. Rosa ne m'a jamais aimé. »

Nicole frappa à la porte avec le marteau à tête de lion. Elle sentit presque immédiatement la présence de Rosa qui, de l'autre côté, compta le nombre de secondes réglementaires avant d'ouvrir. D'un regard dédaigneux, elle étudia Nicole de pied en cap avant de lâcher enfin : « Oui ?

— Vous vous souvenez certainement de moi. Je suis Nicole Sloan. Je porte aujourd'hui le nom de mon mari : Chandler. J'aurais souhaité rendre visite à Mme Dominic. »

Rosa la fixa un instant, comme si elle n'avait pas bien entendu, ou compris. Elle répondit finalement : « La Señora Dominic ne reçoit pas de visiteurs. Et surtout pas vous. »

Ignorant le commentaire, Nicole insista : « Voulez-vous bien lui demander si elle accepte de me recevoir, je vous prie ?

— Non. Elle ne veut pas vous voir.

— Êtes-vous autorisée à répondre à sa place ?

— Au revoir, Señora Chandler. Ne revenez pas, c'est inutile. »

Rosa claqua la porte.

Nicole resta un moment à regarder le bois abîmé du chambranle, puis la porte finement sculptée au vernis maintenant écaillé, et elle hocha la tête en murmurant : « Ne compte pas te débarrasser de moi aussi facilement, vieille sorcière. Je *verrai* Alicia Dominic avant la fin de la semaine, même si je dois entrer ici par effraction. »

★

Nicole se rendit ensuite à la boutique des Vega sur River Walk. Elle entra et trouva Bobby derrière le comptoir.

« Nicole ! Mais quelle surprise ! » lança celui-ci.

Elle l'étudia froidement. Il paraissait fatigué, bouffi, nerveux, irritable. Et dire qu'il critique Carmen constamment pour ses quelques kilos de trop, pensa Nicole. Il ferait mieux de se regarder lui-même.

« Bonjour, Bobby.

— Comment va ton charmant mari ? Il paraît qu'il a eu un accident. »

Elle avança vers le comptoir. « Il est encore en vie, et Lisa Mervin est à son chevet à l'hôpital.

— Ah, la jeune et délicieuse Lisa », dit-il avec un sourire ironique.

Sans les deux clients présents dans la boutique, Nicole l'aurait giflé sans hésiter. « Lisa vient de m'apprendre que tu la connaissais depuis son plus jeune âge.

— Ma famille était fort modeste, contrairement à la tienne. Ma mère faisait du baby-sitting pour joindre les deux bouts.

— J'ai également appris qu'elle sortait déjà avec mon mari l'année dernière et que c'est pour cette raison que je me suis retrouvée à San Antonio avec Shelley. Alors que toi, tu savais tout ça dès le départ. Tu aurais pu trouver le moyen de m'en informer, Bobby, cela m'aurait épargné un certain nombre d'épreuves pénibles. »

Il haussa les épaules. « Je n'ai pas l'habitude de mettre mon nez dans les affaires des autres.

— Quel sens de la discrétion, vraiment. » Nicole sentait sa colère monter devant la suffisance et l'hypocrisie. « Mais tu n'as pas toujours été aussi discret, dis-moi. »

Le sourire de Bobby s'évanouit. « Nicole, si c'est Carmen que tu cherches, elle est à la maison avec notre enfant. J'aime autant cela, d'ailleurs, que la savoir en train de te courir après, toujours prête à te tendre la main à chaque fois qu'il t'arrive *encore* quelque chose.

— Tu n'as pas répondu à ma question, Bobby. Cette discrétion dont tu te flattes ne t'a pas étouffé, semble-t-il, à l'époque des Zanti Misfits ? »

Nicole se rendit compte qu'une cliente, un vase à la main, prêtait ouvertement attention à leurs propos, mais elle n'en avait cure. La fureur qu'elle avait ressentie à l'égard de Bobby en apprenant qu'il n'avait jamais rien ignoré des intentions réelles de Roger était maintenant prête à éclater.

Bobby se figea. « J'aimais cet orchestre. On était promis à un brillant avenir. La mort de Ritchie Zand a été une vraie tragédie.

— Oui, c'est tellement horrible de voir un homme merveilleux quitter la vie si jeune.

— Oh, ne prends pas de grands airs à propos de quelqu'un que tu n'as pas connu. »

Nicole se pencha au-dessus du comptoir. Son visage se trouvait à quelques centimètres à peine de celui de Bobby. « Que je n'ai pas connu ? Tu veux que je te *décrive* comment j'ai fait sa connaissance ? »

Les joues de Bobby s'empourpraient. « Tais-toi. Tu ne sais pas ce que les filles auraient donné, à l'époque, pour coucher avec lui.

— Je n'ai pas couché avec Ritchie Zand. Il m'a *violée*. Et, si quelqu'un n'était pas intervenu à ce moment-là, il aurait aidé son ami Magaro à m'assassiner.

— S'il a fait ce que tu prétends, c'était à cause de Magaro qui lui faisait renifler n'importe quoi.

— *S'il* a fait ce que je prétends ? » Nicole le fixait d'un regard furibond. « Mais tu sais très bien ce qu'il a fait. Il ne s'en vantait pas devant toi ? »

Bobby tremblait de colère. Le couple présent dans le magasin les observait ostensiblement. « Et puis, de toute façon, tu t'en es bien sortie, non ? Tu n'avais pas besoin de les faire assassiner ! »

La cliente faillit en lâcher son vase.

« Je n'ai fait assassiner personne, siffla Nicole entre ses dents.

— Ben voyons. Notre sainte pas-touche Nicole Sloan a l'âme en paix, évidemment. » Il plissa ses paupières gonflées. « Seulement, au vu de ce qui s'est passé récemment, je commence à me demander si tu ne les as pas tués toi-même, sans passer par un intermédiaire.

— Et déguisé leurs meurtres pour faire condamner Paul, tant que tu y es ?

— Va savoir de quoi tu es capable ? Même de quoi sont capables les femmes en général ! Carmen ne reculerait devant rien pour obtenir ce qu'elle veut. »

Nicole hocha lentement la tête. « Je n'ai jamais compris ce qu'elle te trouvait, pour tout te dire. Et maintenant, je me demande comment elle peut encore te supporter.

— Oh ne t'inquiète pas pour ça, elle me supporte très bien. Pour la bonne raison qu'elle n'en a pas souvent l'occasion.

— Tu es vraiment un pauvre type, Bobby.

— Et toi, tu es une... » Il vit la dame reposer soigneusement le vase sur l'étagère, puis prendre le chemin de la porte avec son compagnon. « Sors de mon magasin, Nicole, dit Bobby d'une voix posée et menaçante. Tu fais fuir les clients.

— Il faut croire, admit-elle aussi calmement, d'un ton assuré qui ne laissait rien paraître des battements de son cœur. Mais je ne partirai pas avant d'obtenir une réponse à une question bien précise. »

Ses joues rondes toujours empourprées, il la regarda sans rien dire.

« Est-ce ici que Lisa Mervin a acheté un de ces masques indiens ? Celui avec la tête de loup ? »

Il rit sèchement. « Si Lisa avait de quoi se payer ce genre de chose, c'est des fringues qu'elle s'achèterait. L'art, c'est pas son truc.

— Même si elle souhaitait en faire cadeau à un homme qui apprécie l'art à sa juste valeur ?

— Écoute, quand Lisa veut offrir quelque chose à un bonhomme, ça ne doit pas aller plus loin qu'une bouteille d'eau de Cologne de Prisunic. Regarde dans l'armoire à pharmacie de ce bon vieux Roger, si tu as le moindre doute. Et crois-moi, Roger se fiche bien de ce qu'elle a dans la tête, c'est le reste qui l'intéresse, si tu vois ce que je veux dire. Oh, je ne lui jette pas la pierre, Lisa était un super coup quand elle avait quinze ans, ça n'a pu que s'améliorer. »

Nicole se figea. « Parce que toi et Lisa... »

Bobby retrouva son sourire. « Pas la peine de le répéter à Carmen, elle le sait déjà. Maintenant taille-toi d'ici avant que j'appelle la police. »

★

Nicole pensa à passer chez Carmen, mais y renonça. Elle s'était déjà sentie indésirable deux fois de suite dans la même journée, et c'était bien assez. De plus, elle se doutait que Phyllis et Shelley étaient maintenant rentrées, et Shelley devait se faire du souci pour son père.

La porte s'ouvrit avant que Nicole ne soit arrivée au bout de l'allée. Shelley courut à sa rencontre.

« Maman, il n'a rien, papa ?

— Non, ma chérie, répondit Nicole en se penchant pour embrasser sa fille. Il va s'en sortir. Il ne faut pas te faire de souci.

— Il voudra me voir ?

— Pas ce soir, en tout cas. Il a subi une opération. Il n'était pas encore réveillé quand je suis partie. Lisa est restée à l'hôpital. »

Shelley fit la grimace. « Oh, encore elle.

— Oui, encore elle », répondit Nicole, sans chercher aucunement un mot gentil, ni même mesuré, à l'attention de la jeune femme — elle ruminait toujours la confession de Bobby qui, quelques instants plus tôt, lui avait dit avoir trompé Carmen. L'idée que Lisa puisse un jour devenir la belle-mère de Shelley était en soi écœurante.

« Elles étaient bonnes, ces glaces ?

— Oui. J'en ai mangé deux. Pistache et rhum-raisins.

— *Deux ?*

— Parce que j'étais énervée. »

Nicole sourit. « C'est au moins un tranquillisant sans danger. »

Phyllis apparut sur le pas de la porte. « Tu as l'air fatiguée, Nicole. Entre, viens boire un café. »

Comme d'habitude, la maison était impeccable, pensa Nicole qui avait l'impression de pénétrer dans un havre de paix. Phyllis refusa qu'elle l'aide tandis qu'elle rassemblait sur un plateau son service à café en argent. Elle servit deux tasses, puis demanda : « Bon, alors. Où en est Roger ?

— Deux côtes brisées, un bras cassé, plus quelques blessures superficielles. Le médecin a dit qu'il a perdu beaucoup de sang. Quand je suis arrivée, on l'amenait au bloc opératoire à cause d'une perforation à la rate. Il semble que l'opération se soit bien passée.

— Pourquoi a-t-il eu un accident ? reprit Phyllis. Il n'était pas en état de conduire ? »

Ce qui voulait dire, évidemment : avait-il bu un verre de trop ? Nicole répondit : « Ce sont les freins de la Ford qui n'ont pas fonctionné.

— *Les freins ?* » Phyllis dévisagea sa fille, puis : « Shelley, tu ne voudrais pas aller voir dans ma voiture ? Je crois que j'ai fait tomber un tube de rouge à lèvres sous le volant, et j'ai peur qu'il ne fonde complètement au soleil. »

Shelley lança à sa grand-mère un regard suspicieux, mais s'exécuta sans rien dire. À peine avait-elle fermé la porte derrière elle que Phyllis passa à la question suivante : « Tu peux tout me dire maintenant. Que s'est-il passé ?

— Roger prétend que j'ai saboté ses freins pour me venger de son coup de poing. »

Phyllis croisa les bras et poussa un long soupir. « Qu'est-ce qu'il a encore inventé ? Il n'est pas bien ou quoi ?

— Je me demande. Je pense qu'il fait une dépression nerveuse. » Nicole s'abstint de révéler à sa mère que la police suspectait Roger d'avoir voulu la faire assassiner.

« Je pense que vous devriez passer un moment ici, avec moi », dit Phyllis.

Pour rien au monde Nicole ne l'aurait exposée elle aussi au tumulte dont elle était la victime. Phyllis avait soixante ans et se remettait difficilement du suicide de Clifton. « Merci, maman. Mais je pense qu'il vaut mieux que nous restions chez nous, Shelley et moi. De toute façon, Roger va passer plusieurs jours en observation à l'hôpital. Cela nous épargnera au moins ses visites, et je ne crois pas que la police prendra ses accusations au sérieux.

— Moi non plus. Cette histoire de sabotage est complètement absurde. Mais quand je pense à ces meurtres chez toi... » Elle s'interrompit, puis lâcha : « Comment peux-tu continuer à vivre dans cette maison ?

— La police s'occupe de notre protection, quand même.

— Cela n'a pas servi à grand-chose l'autre soir, non ?

— Maman, je ne veux pas me disputer avec toi à ce sujet. »

Phyllis la considéra d'un air grave. « Je sais pourquoi tu ne veux pas venir ici. Parce que tu t'inquiètes pour moi. Et je me garderai bien de me disputer avec toi. Je te connais comme si je t'avais faite, et tu es une entêtée de première. Pense à Shelley. Que tu ne veuilles pas séjourner ici tant que toute cette histoire n'est pas terminée, d'accord. Mais tu ne m'ôteras pas de l'idée que Shelley serait plus en sécurité ici. »

Nicole respira profondément et réfléchit. Certes, on ne savait pas qui était l'auteur des meurtres, toutefois ceux-ci étaient liés à elle, pas à sa fille. Nicole vivait dans un danger permanent et, en gardant Shelley près d'elle, elle l'y exposait également.

Shelley revint dans le salon en bondissant d'un pas léger. « Je n'ai pas trouvé ton rouge à lèvres, grand-mère. »

Nicole se décida au même instant et se tourna vers sa fille. « Shel, grand-mère se sent affreusement seule sans grand-père. Est-ce que tu voudrais bien lui tenir compagnie quelques jours ? »

Le visage de Shelley se voila. « Mais c'est toi qui te retrouverais toute seule ?

— Juste quelques jours.

— Et Jessie ?

— Jessie est le bienvenu, aussi, évidemment », dit Phyllis en masquant sa résignation. Elle comprenait que Shelley accepterait plus difficilement encore de se séparer de son chien.

La petite fille hésitait. Elle avait toujours chéri son grand-père, mais Phyllis l'intimidait. Elle ne se sentait pas particulièrement proche d'elle. Du moins jusqu'à récemment. Phyllis avait toujours compté sur la présence et l'affection de Clifton. Maintenant qu'il avait disparu, elle semblait davantage se tourner vers les autres. Et Shelley paraissait plus à l'aise avec sa grand-mère.

« Alors, Shel ?

— Bon, d'accord. Je veux bien, accepta gentiment la petite fille. Ne t'inquiète pas, grand-mère, je trouverai des tas de trucs sympas à faire, pour toi et moi.

— Je te remercie, ma chérie », dit Phyllis avec sa raideur habituelle, bien que Nicole pût lire au fond de ses yeux une gratitude sincère et chaleureuse.

★

La soirée parut particulièrement longue. Nicole se rendit compte que, même lorsque sa fille était dans sa chambre et elle-même en train de travailler, la présence affectueuse de Shelley restait à tout moment sensible. Ce soir, Nicole avait soudain l'impression d'être isolée du monde entier. Il n'y avait plus que la voiture de police dans la rue et les programmes débilitants de la télévision auxquels elle ne parvenait pas à prêter la moindre attention.

Elle pensa à appeler Phyllis pour savoir comment se comportait sa fille, mais elle eut peur que Shelley y voie l'aveu de sa solitude et qu'elle n'insiste pour rentrer. Envisageant ensuite de téléphoner à Carmen, elle s'abstint. Elle avait certainement de nombreuses questions à lui poser — pourquoi avait-elle omis de dire qu'elle connaissait Lisa depuis si longtemps ? Pourquoi avait-elle prétendu que Lisa avait acheté le masque de loup ? Ces choses-là devaient être abordées prudemment, en tête à tête, surtout pas noyées dans la relative neutralité d'un coup de téléphone.

À dix heures, Nicole s'assura que les portes et les fenêtres étaient toutes bien fermées. Elle vérifia que la voiture de police était dehors, et ne résista pas à l'envie de jeter un coup d'œil mélancolique dans la chambre vide de Shelley. Quel genre de ménage faisaient au même moment la petite fille, Jessie et Phyllis ? Deux mois plus tôt, il aurait été difficile de les imaginer passer une soirée ensemble. Nicole sourit à cette idée. Ces deux mois-là avaient vu tant de changements. Certes, pensa-t-elle, le changement est le sel de la vie, cette épice sans laquelle tout devient monotone. Mais à cet instant elle aurait donné tout l'or du monde pour une longue semaine ordinaire et ennuyeuse à souhait.

Décidée à se coucher tôt, elle était sur le point de se déshabiller lorsqu'on frappa à la porte. Elle se raidit, puis partit coller son œil sur l'œilleton, tandis qu'au-dehors la voix criait : « Nicole, c'est Ray DeSoto. »

Elle ouvrit. Il était vêtu de blue-jeans et d'un T-shirt bleu pâle sous un anorak. « Entrez, dit-elle, sincèrement ravie de le voir. Je suis toute seule ce soir. Shelley passe la nuit chez sa grand-mère.

— Tiens ? fit-il, souriant, en retirant son anorak. C'est votre idée ?

— Non, c'est maman qui y a pensé. Mais je pense qu'elle a raison, avec cette poisse qui me poursuit.

— Les mères ont souvent raison. »

Elle l'observa. Ses traits harmonieux avaient soudain une certaine solennité. « Je suppose que vous êtes au courant, pour l'accident de Roger, et que vous êtes venu en parler. Je vous offre quelque chose à boire ?

— Si vous avez un verre de vin, ce sera avec plaisir. »

Dix minutes plus tard, il était assis sur le canapé et Nicole sur le fauteuil, chacun un verre de chardonnay en main.

« Vous savez probablement aussi que Roger m'accuse d'avoir saboté ses freins », reprit-elle.

Il hocha la tête. « Il y a un câble en acier pour les freins arrière, mais c'est un système hydraulique qui permet d'actionner l'avant. C'est bien sûr à l'avant qu'ils sont le plus importants. Les câbles en plastique ont été sectionnés et la plus grosse partie du liquide de freins s'est répandue à terre, à l'endroit où sa voiture était garée. À ce que dit sa jeune amie, il est sorti du parking en marche avant sans avoir besoin de ralentir. Alors que, s'il avait mis le pied sur la pédale, il aurait compris que les freins ne suivaient plus et il aurait fait attention en arrivant au croisement. »

Nicole sentit le bout de ses doigts se glacer. « Je suis donc le suspect numéro un. Cela ne doit pas être bien difficile de sectionner un bout de plastique...

— Pas si vite. C'est quand même autre chose qu'un tuyau de

jardin. D'abord ils sont gainés, et le plastique est très résistant, puisqu'il doit supporter de fortes pressions. Il faut quand même une sacrée force pour couper ce genre de câble.

— Et la police pense qu'une femme n'en serait pas capable ?

— La police, je ne sais pas. *Moi* je ne pense pas que vous y seriez arrivée. Ni même que ce genre d'idée ait pu vous traverser l'esprit. Je sais bien que ce n'est pas vous, Nicole.

— Cela ne peut pas être l'usure, ou un accident ?

— Non. Les câbles ont très visiblement été sectionnés. »

Elle but une gorgée de son vin. « Dans ce cas, on ne peut plus soupçonner Roger d'avoir assassiné Izzy Dooley et le jeune agent de police.

— Non, cela ne change rien.

— Mais si la personne qui les a tuées s'en est prise aussi à Roger...

— Encore faudrait-il que cela soit la même personne. Ce n'est pas forcément ce que pense la police. »

Nicole soupira. « Bien. Donc je reste suspecte. »

Ray se pencha vers elle et la fixa. « Nicole, je suis convaincu que c'est la même personne qui a tué Dooley et Abbott, et qui a ensuite saboté les freins de votre mari. En outre je crois que cette personne est Paul Dominic. Le seul problème c'est que je ne dispose d'aucun élément tangible qui me permette de prouver qu'il se trouve à San Antonio, ou qu'il est bien vivant. Et, en l'absence de preuves, je ne peux pas faire grand-chose sinon vous protéger de mon mieux, voire vous protéger de la police. »

VINGT ET UN

Le lendemain matin, Nicole se réveilla légèrement désorientée, avec un mal de tête lancinant. Les idées vagues, elle garda un moment la tête sur l'oreiller. Les événements des dernières semaines défilèrent lentement dans son esprit : le suicide de son père ; les meurtres commis chez elle ; l'accident de Roger qui avait failli lui coûter la vie. Peu à peu s'imposait le souvenir de Paul. Puis l'image de Paul et de son chien. Ray croyait à son retour. Elle-même en était convaincue. Mais ils étaient bien les seuls.

J'ai besoin de savoir, pensa-t-elle. Je n'arriverai peut-être pas à découvrir s'il a, oui ou non, causé du tort à qui que ce soit, mais j'ai besoin de m'assurer qu'il est *réellement* ici, que je n'ai pas seulement imaginé sa présence, puis persuadé Ray d'y croire à son tour.

Elle s'assit dans son lit et réfléchit. Elle avait besoin de parler à Alicia Dominic. Si Paul se trouvait à San Antonio, elle le saurait sans aucun doute. Mais Rosa empêchait Nicole d'entrer dans la villa d'Olmos Park. Il n'était pas possible de forcer la porte, puis d'assommer la gouvernante, pour y accéder. Peut-être Alicia ne vivait-elle plus là, d'ailleurs. Sans doute l'avait-on placée dans une maison de retraite.

Non, je suis certaine qu'elle s'y trouve, pensa brusquement Nicole en repoussant ses mèches emmêlées. Sinon Rosa ne se serait pas opposée avec autant de détermination à ce que je la voie. Bien sûr. Si Rosa se contentait d'entretenir la vaste demeure en l'absence de sa maîtresse, elle n'aurait pas ces allures de chien de garde. Cependant Nicole ne pouvait s'introduire à Olmos Park que par la ruse.

Elle regarda son réveil. Six heures et demie. C'était bien tôt pour se réveiller, compte tenu, surtout, des difficultés qu'elle avait eues à trouver le sommeil. Tôt un dimanche matin. Dimanche ? « La messe ! » dit-elle à haute voix. Elle se rappela un des commentaires de Paul. « Cette impossible catholique passe tellement de temps à l'église qu'elle doit avoir la conscience bien chargée. Elle y va tous les jours, et deux fois le dimanche. »

Nicole bondit hors du lit, prit une douche rapide, enfila une paire de jeans, un chemisier, une veste, et quitta la maison sans prendre la peine de se maquiller. Elle ne savait pas si on avait donné à la voiture de surveillance la mission de la suivre, mais elle ne s'en préoccupa pas. Rien ne l'empêchait d'aller rendre visite à quelqu'un si elle en avait envie.

Elle se dirigea vers Olmos Park et se gara au début de la rue. Elle dut attendre nerveusement une heure avant de voir Rosa, toute vêtue de noir, quitter la maison et ouvrir le garage. Elle en ressortit cinq minutes plus tard, au volant d'une Chevrolet noire qui devait bien avoir dix ans. Nicole se tassa sur son siège en espérant que Rosa ne reconnaîtrait pas sa voiture, visible la veille depuis la porte d'entrée. Mais la gouvernante ne sembla pas la remarquer. Elle roula jusqu'au bout de la rue, tourna à droite, et disparut.

Par précaution, Nicole attendit encore cinq minutes, puis descendit et rejoignit la maison à grands pas. Évidemment, ni Paul, ni Alicia ne répondraient si elle s'avisait de frapper. Il lui fallait donc s'introduire à l'intérieur par ses propres moyens, et elle y avait réfléchi en chemin.

Celle que Paul cachait sous la grande urne à gauche de la porte à double battant pouvait-elle s'y trouver encore ? Nicole s'agenouilla et souleva de toutes ses forces la lourde urne en ciment. Celle-ci s'inclina légèrement et Nicole étouffa un cri de triomphe en découvrant ce qu'elle cherchait. Elle s'empara du petit objet et lâcha l'urne qui retrouva sa place avec un bruit sec.

La clé paraissait froide dans le creux de sa main. Froide et brillante. Soit il s'agissait d'un double, soit elle avait été nettoyée récemment. « Qui s'en serait préoccupé ? » murmura-t-elle avec un petit sourire. Certainement ni Alicia, ni Rosa.

Nicole regarda rapidement autour d'elle. La voiture de police ne se trouvait pas dans la rue. Sans doute le policier ne l'avait-il pas suivie. Ou peut-être attendait-il, hors de son champ de vision immédiat, qu'elle pénètre dans la maison et conduise ainsi la police tout droit à Paul. C'était un risque à courir.

S'introduire dans une maison, par la grande porte et la clé à la main, était à l'évidence bien moins suspect que briser une vitre avant d'escalader à l'intérieur. Le raisonnement était simple, mais fort pertinent. Elle prit donc l'air le plus décontracté qu'elle put trouver, inséra la clé dans la serrure, ouvrit et poussa le battant.

Le vaste hall de l'entrée était plongé dans l'obscurité. Les rideaux étaient tirés sur les fenêtres latérales et les lumières, éteintes. Ce qui pouvait se révéler dangereux si quelqu'un, et particulièrement Alicia Dominic, se proposait de descendre le grand escalier sombre. Mais peut-être Alicia était-elle alitée.

Nicole se rappelait l'avoir rencontrée trois fois. Alicia souffrait d'une pneumonie à l'époque de leur relation, toutefois Paul avait emmené Nicole dans la chambre de sa mère pour la lui présenter. Alicia passait alors ses journées dans un immense lit aux draps de satin doré. Elle portait de jolies liseuses garnies de dentelles et, malgré sa pâleur, sa minceur, Nicole avait pensé trouver la plus belle femme qu'elle avait jamais vue. Ses cheveux brillants tombaient en longues mèches noires par-dessus ses épaules, ses grands yeux mauves l'avaient regardée avec une expression rêveuse, et sa bouche était sensuelle sous un nez finement dessiné. Paul lui ressemblait terriblement, à l'exception des yeux. « J'ai hérité de ceux de mon père, avait-il expliqué. Ma mère dit que, jusqu'à sa mort, ils ont toujours brillé d'une lueur alerte et décidée. Je ne m'en souviens pas bien, j'étais encore jeune et c'était déjà un vieil homme, très distant envers moi. Je crois qu'il a été déçu que je renonce à faire carrière dans l'industrie, il voulait que je devienne un magnat dans son genre. »

Qui Paul aurait-il bien pu décevoir ? pensa Nicole. Certainement pas Alicia. Elle adorait son fils au point de rayonner, littéralement, en sa présence. Cela devait être également mon cas, se dit-elle en s'engageant dans l'escalier. À l'évidence, si Alicia était dans la maison, elle devait se trouver dans sa chambre à l'étage. Quant à Roger, conclut Nicole, lui ne m'a jamais fait rayonner d'aucune façon.

Une fois arrivée sur le premier palier, elle hésita. La « salle de bal », que Paul avait convertie en salon de musique, se trouvait au second étage. Les appartements de la famille et les chambres d'amis étaient au premier. Mais un couloir partait des deux côtés, avec plusieurs alignements de portes. Où était la bonne ? Nicole ferma les paupières en essayant de se souvenir laquelle Paul avait ouverte devant elle avant de lui présenter sa mère. Elle rouvrit les yeux, examina le couloir sombre à sa droite, et fit quelques pas. L'instant d'après, elle reconnut la porte à double battant de la suite maternelle.

Elle entra dans la pièce vaste et sombre, où planaient des odeurs médicamenteuses. Près d'un mur, un poste de télévision allumé diffusait des images de messe. À l'autre bout se trouvait un grand lit. Il paraissait vide.

« Madame Dominic ? » murmura-t-elle. Pas de réponse. Elle essaya plus fort : « Madame Dominic ? »

Elle perçut un léger froufrou.

« Qui est-ce ? demanda une voix grêle. Ce n'est pas vous, Rosa ? »

Nicole s'approcha prudemment du lit. Ses yeux s'étant habitués à l'obscurité, elle distingua une frêle silhouette sous le dessus de lit, puis la tête d'Alicia Dominic qui, curieusement, semblait éviter les oreillers doubles placés contre le dossier.

« Vous avez dû glisser, dit Nicole en se ruant au secours de la vieille femme. Vous ne vous êtes pas fait mal, au moins ?

— Je ne me suis pas fait mal et je fais bien exprès de ne pas m'asseoir contre ces oreillers, répondit la voix sèche. Je ne supporte pas ces messes télévisées. Mais Rosa s'obstine à me les asséner tous les dimanches matin. »

Nicole observa le visage d'Alicia. Son allure d'autrefois s'était comme évanouie. Son épaisse chevelure noire était maintenant uniformément grise, sa peau était devenue sèche et couverte de rides fines, et ses yeux superbes avaient perdu de leur éclat.

Plissant les paupières, elle regarda intensément la jeune femme : « Nicole ! »

Stupéfaite, celle-ci resta un instant silencieuse avant de retrouver la parole : « Madame Dominic, je... Puis-je faire quelque chose pour vous ?

— Vous pouvez m'aider à reprendre place sur mes oreillers, à condition que vous éteigniez au préalable ce poste de télévision. Et puis, on n'y voit rien dans cette chambre, vous ne trouvez pas ? On ne cultive quand même pas les champignons, ici !

— Mais bien sûr ! » Avec une grande douceur, Nicole fit ce qu'elle lui demandait. Elle ouvrit légèrement les rideaux, en prenant garde de ne pas baigner la pièce d'une lumière trop forte qui aurait ébloui les yeux fatigués d'Alicia.

Elle revint près du lit. « Madame Dominic...

— Je n'arrive pas à croire que Rosa vous ait laissée entrer.

— Rosa est sortie. Je suis déjà venue hier, mais elle m'a empêchée de vous voir, alors je suis entrée... par mes propres moyens. »

Le visage d'Alicia afficha une curieuse expression. Sourire ou désapprobation ? Impossible à savoir. Elle dit toutefois : « Cela ne serait pas la première fois que vous viendriez en cachette dans cette maison, semble-t-il. »

Nicole baissa les yeux. « Madame Dominic, c'est ce que j'essayais de vous dire. Je ne sais pas quels sont vos sentiments à mon égard, mais...

— Paul vous aimait.

— Oui, autrefois.

— Non, toujours. »

Nicole sentit son cœur battre plus fort. « Toujours ?

— Comme j'ai aimé moi-même.

— Vous voulez parler de votre mari ?

— Il était beaucoup plus âgé que moi, répondit Alicia, qui détourna la tête. J'avais dix-huit ans quand nous nous sommes mariés. Lui, quarante-neuf. Arthur était l'associé de mon père et mon père voulait ce mariage. Mon père était lui aussi un homme merveilleux.

— Certainement.

— Arthur voulait mon bonheur. Il m'aimait. » Découvrant une dentition légèrement jaunie, Alicia sourit. « Et il m'a donné Paul. » Elle tendit le bras et prit la main de Nicole dans la sienne. « Paul était extraordinaire, n'est-ce pas ?

— Bien sûr, chuchota Nicole.

— Il était le monde pour moi. Mon beau petit. Si bon, si gentil. Et si talentueux. L'avez-vous jamais entendu, au piano ? »

Elle divague, pensa Nicole. Pourtant ses yeux sont grand ouverts. « Bien sûr, madame Dominic, il jouait formidablement bien.

— Un génie, ce petit. Un cadeau des cieux. J'admirais Arthur, poursuivait Alicia. Honnête homme, bon mari. Et j'étais heureuse avec Paul. C'est *après* que je l'ai rencontré.

— Après ? Qui donc ? demanda Nicole, interloquée.

— Arthur était tout le temps parti. C'est pourquoi j'ai trouvé Javier. Il était si bel homme. Plus jeune que moi, aussi. J'ai d'abord essayé de le repousser. »

Feuilletant les années dans les épais volumes de sa mémoire, Alicia se tut un instant.

« Mais vous êtes tombée amoureuse de Javier », fit Nicole, intriguée.

Du bout de ses doigts décharnés, Alicia égrenait un rosaire. Ses yeux s'emplirent de larmes. « Oui, et c'était une erreur. »

Elle avait donc eu un amant, comprit Nicole. Paul lui avait autrefois appris que sa mère était profondément religieuse. C'est pourquoi elle avait dû souffrir de longues années durant de s'être écartée du droit chemin. Peut-être même la culpabilité expliquait-elle sa santé défaillante, son vieillissement prématuré.

« Dieu me l'a fait payer, admit Alicia, qui pleurait silencieusement. J'ai demandé son pardon, mais il me l'a refusé, parce que j'ai continué à mentir et à me cacher. Il me déteste, vous savez.

— Je crois que Dieu ne déteste personne.

— Pas Dieu, non. *Lui* ne me déteste pas. Mais on n'échappe pas à son châtiment. Il ne vous laisse pas en paix. »

Nicole caressa la main dans la sienne. « Madame Dominic, je suis tellement navrée que Paul ait été accusé de meurtre, et qu'il... soit parti.

— Cela avait commencé bien plus tôt. Mon châtiment a commencé avec Javier. J'ai pourtant voulu faire amende honorable. Non, non, ce n'est pas vrai. J'ai voulu gagner sur les deux tableaux. Et j'ai été doublement punie, voilà tout. Et l'autre... » Elle hocha la tête. « Qu'aurais-je pu faire pour lui ? On ne pouvait plus rien changer…

— Madame Dominic, je ne comprends pas ce que vous voulez dire, glissa doucement Nicole. Qui est cet " autre " dont vous parlez ? Javier ?

— Je ne peux rien dire. Seul le prêtre a le droit de savoir. » Les yeux d'Alicia revinrent se poser sur Nicole. La vieille femme sembla soudain revenir au présent. « Rosa sera furieuse, si elle vous trouve ici. Elle ne vous a jamais aimée. Moi si. » D'une main tremblante, elle posa délicatement une caresse sur la joue de Nicole. « Vous étiez l'épouse parfaite pour mon Paul. »

Taraudée par la tristesse et la culpabilité, Nicole déglutit difficilement. « Madame Dominic, je suis venue vous voir pour parler de lui. Est-il encore vivant ? »

Alicia détourna la tête et récita comme un cantique : « Paul est mort dans un accident de voiture il y a maintenant longtemps.

— Je sais que beaucoup de gens le croient, mais j'ai bien l'impression de l'avoir vu, récemment. Et, à chaque fois, en compagnie d'un chien. »

Alicia sourit à peine. « Un chien ? Ce beau grand… » Ses yeux s'écarquillèrent, puis elle reprit, du même ton hypnotique : « Paul est mort dans un accident de voiture il y a maintenant longtemps.

— Je vous en prie, madame Dominic, la suppliait Nicole. J'ai besoin que vous me disiez. Votre fils est venu vous voir, n'est-ce pas ?

— Eh bien, hier soir… » Elle s'interrompit de nouveau et regarda Nicole droit dans les yeux. « Ce n'est pas la police qui vous a envoyée ?

— Non. La police aussi le croit mort. Personne ne m'a envoyée ici. Et tout ce que vous me direz restera entre nous. Croyez-moi, madame Dominic, je suis quelqu'un à qui vous pouvez faire confiance. Même s'il est compréhensible que vous me haïssiez. »

Le visage d'Alicia se figea sur un genre d'expression indéfinissable. « Je ne vous hais pas. Je ne comprends pas ce qui s'est passé — tout cela est devenu obscur, imprécis. Je n'ai plus toute ma mémoire, vous savez… Mais je sais que vous êtes quelqu'un de bien. La bonté se lit dans vos yeux. Je l'ai toujours su. »

Nicole sourit faiblement. « Je vous remercie, madame Dominic. Vous ne savez pas à quel point vos paroles me touchent. J'ai cru, toutes ces années, que vous m'en vouliez de ce qui était arrivé à Paul. Je n'ai jamais cherché à lui nuire. J'aurais mille fois préféré mourir que lui faire le moindre mal. J'ai vécu des moments odieux, et je n'avais plus de contrôle sur rien. Mais aujourd'hui j'ai besoin de savoir la vérité, j'ai besoin de savoir où il est.

— Mon fils est mort depuis longtemps dans un accident de voiture...

— Arrêtez de répéter ces absurdités ! Je suis convaincue depuis quelque temps que Paul n'est pas mort. Je sais qu'il a un grand doberman noir qui s'appelle Jordan. Il est venu vous voir, ne me dites pas le contraire. La seule chose que j'ai besoin de savoir, c'est s'il me déteste, et c'est tout. Est-ce que Paul m'en veut, madame Dominic ? »

Une fois de plus, Alicia se détourna. « Si j'avais eu le courage d'avouer ce que j'ai fait, peut-être les choses seraient-elles différentes. Nous devons reconnaître nos erreurs, voyez-vous, confesser nos péchés. Et les enfants ont besoin d'être élevés comme il faut. Je l'ai négligé, c'est pour cela qu'on m'a punie.

— Négligé ? C'est de Paul que vous parlez ?

— De tous, dit Alicia, maintenant irritée. De l'autre, aussi. Il n'est pas innocent, je le sais. Je l'ai toujours su.

— Madame Dominic, je ne comprends plus rien du tout. Je vous en prie, expliquez-moi. »

Elle observa Nicole. « Vous avez une petite fille à qui vous avez donné le nom d'un grand poète.

— Oui, Shelley. » Silence. « Comment le savez-vous ? »

La vieille femme balaya lentement la pièce du regard. « Je n'ai plus rien su de Paul pendant de longues années. » Ses yeux étaient de nouveau gonflés par les larmes. « Ils prétendaient qu'il était mort.

— Mais vous savez bien que ce n'est pas vrai, maintenant ? répondit Nicole avec empressement.

— *Mon fils est mort dans...*

— Arrêtez cela ! »

Alicia parut cette fois domptée. « C'est ce que je suis censée dire.

— Je comprends », fit plus doucement Nicole qui s'en voulait de s'être montrée subitement agressive.

« Que faites-vous ici ? »

Nicole et Alicia Dominic sursautèrent l'une et l'autre, tandis que Rosa faisait irruption dans la pièce, le front barré, le visage rêche, les yeux brillants d'une vive lueur d'hostilité.

Nicole se leva. « Je vous ai expliqué hier que j'avais besoin de voir Mme Dominic.

— Et je vous ai dit qu'elle ne reçoit pas de visites. » Elle ferma à moitié les yeux. « Vous êtes entrée par effraction ! J'ai toujours su que vous n'étiez qu'une petite traînée qui se croit tout permis. Eh bien, vous ne vous en sortirez pas comme ça, cette fois. Je vais appeler la police et porter plainte !

— *Jamais !* »

Rosa se retourna et vit Alicia Dominic qui se redressait maladroitement dans son lit.

« Je ne vous autorise pas à appeler la police.

— Comment ? Alors que cette femme, cette *débauchée* qui a conduit votre fils à sa perte, s'est introduite par effraction chez vous...

— Oui, parfaitement, chez *moi* », la coupa Alicia en retrouvant momentanément la voix autoritaire qui, depuis longtemps, l'avait abandonnée. Nicole la vit congestionnée par l'effort. « Je ne suis pas encore sous conseil judiciaire, figurez-vous, et vous n'êtes certainement pas ma tutrice. C'est *moi* qui donne les ordres ici, pas vous, et vous restez hors de tout ça, vous m'entendez ! »

Rosa la fusilla du regard et fixa ensuite Nicole, qui posa une main sur le bras d'Alicia. « Je vais vous quitter, madame Dominic. Merci d'avoir bien voulu parler avec moi. »

Elle se dirigea vers la porte, suivie par la gouvernante qui semblait prête à la charger comme un taureau. La voix d'Alicia retentit avant qu'elle ne sorte : « Nicole ? » Elle se retourna. « Rappelez-vous : certaines amours durent toujours. »

★

En rentrant chez elle, Nicole réfléchit aux propos échangés avec Mme Dominic. Paul venait certainement la voir et sa dernière visite pouvait même remonter à hier soir. Alicia aimait son fils d'un amour sans réserve. Mais qui était cet « autre » qu'elle avait mentionné ? Était-ce le mystérieux Javier, cet homme dont elle était tombée amoureuse pour sans doute le renier ensuite ?

Comment savoir ? Toutefois leur entretien avait permis de répondre à deux questions essentielles. Paul se trouvait, sans conteste, à San Antonio, et il n'avait pas abandonné sa mère. Mais d'autres interrogations surgissaient maintenant, plus étranges, plus nombreuses.

En arrivant devant chez elle, Nicole fit la grimace en découvrant dans l'allée la voiture de Carmen, puis celle-ci assise sur le perron. Si elle était généralement heureuse de retrouver son amie, elle avait aujourd'hui trop de questions gênantes à lui poser, et elle était déjà suffisamment éprouvée par sa visite chez Alicia Dominic.

Elle étouffa un soupir et sourit malgré elle. « Bonjour, Carmen.

— Pas très chaleureux, le comité d'accueil, fit celle-ci en étudiant le visage de Nicole. Tu as l'air fatiguée.

— Après les deux semaines que je viens de vivre, cela ne devrait pas t'étonner. Et je ne me suis pas maquillée ce matin. » Nicole sortit de son sac la clé de sa maison. « Qu'est-ce qui t'amène si tôt ?

— Ta mère a essayé de te joindre plusieurs fois. Comme tu ne répondais pas, elle m'a appelée.

— Il y a quelque chose qui ne va pas ?

— Non, non. Au départ, c'est Shelley qui voulait t'embrasser au téléphone, et Phyllis a fini par s'inquiéter de ne pas te trouver. Elle ne voulait pas amener ta fille ici et m'a demandé de venir.

— Je suis désolée, Carmen. J'ai l'impression d'être devenue un boulet pour tout le monde.

— Mais non. Ça ne me dérangeait pas de passer ce matin, de toute façon. Bobby a emmené Jill à la messe. Ah, au fait, ta mère m'a parlé de l'accident de Roger.

— Dont il m'attribue la responsabilité. » Carmen parut surprise et Nicole en déduisit que Phyllis n'était pas entrée dans les détails. Elle ouvrit la porte et invita son amie à entrer. « Il prétend que j'ai saboté ses freins.

— Mais il est dingue ! s'exclama Carmen. Il devait être saoul, comme d'habitude.

— Non, il était parfaitement à jeun. Ray est passé me voir hier soir et il m'a affirmé que le circuit des freins a été sectionné. »

Carmen ouvrit de grands yeux. « Tu rigoles ?

— Pas vraiment.

— La police ne peut quand même pas croire que ce soit toi qui as fait ça ?

— Ray, non. Mais les autres, je ne sais pas. Peu m'importe ce qu'ils pensent, finalement. Assieds-toi, je vais faire du café. Il faut que j'appelle l'hôpital, aussi. Lisa avait dit qu'elle me téléphonerait hier soir pour me donner des nouvelles de Roger, mais elle ne s'est pas manifestée.

— Tu m'étonnes, admit ironiquement Carmen en prenant place sur le canapé. Lisa, toujours prête à rendre service. »

Après avoir mis la cafetière en marche, Nicole composa le numéro de l'hôpital où on lui apprit que, si l'état de Roger restait stable, il se montrait tout de même extrêmement agité. Elle téléphona ensuite à sa mère et s'excusa d'avoir eu une course urgente à faire de bon matin. « Tu passes ta vie à faire des courses, en ce moment », répondit assez sèchement Phyllis. Nicole se souvint qu'elle avait eu recours au même genre d'explication oiseuse peu de temps auparavant. Elle changea aussitôt de sujet, répéta ce qu'on lui avait appris à propos de Roger, puis parla à Shelley, la rassura et promit de rappeler bientôt.

Lorsqu'elle raccrocha, le café était prêt. Elle disposa la cafetière, des tasses et un sucrier sur un plateau, puis ajouta quelques biscuits au dernier moment. Elle n'avait pas pris de petit déjeuner et son estomac commençait à se révolter.

« Comment va notre charmant Roger ? demanda Carmen en voyant Nicole revenir au salon.

— Son état est stable.

— Je suppose que cela veut dire physiquement, pas mentalement. Et Lisa doit dormir dans la salle d'attente.

— Sans doute. » Nicole prit son courage à deux mains. Si elle n'abordait pas tout de suite le sujet, même d'une manière abrupte, elle était capable de tourner indéfiniment autour du pot et, finalement, de renoncer. « Carmen, à propos de Lisa, je l'ai trouvée hier à l'hôpital et on a parlé un moment.

— Ça devait être du plus haut intérêt.

— En quelque sorte. Elle m'a dit que tu la connaissais depuis qu'elle était toute petite. »

Carmen était en train de remuer le sucre dans son café. Elle en lâcha sa petite cuiller : « *Quoi ?*

— Elle prétend que la mère de Bobby était sa baby-sitter, et qu'elle était l'amie de sa propre mère. Lisa raconte qu'elle était tout le temps chez les Vega quand tu as rencontré Bobby, et même une fois que vous vous êtes mariés, puisqu'au début tu es allée vivre chez eux. Carmen, tu m'avais dit que tu la connaissais à peine, cette fille.

— Et je te le répète. Je veux bien croire que la mère de Bobby s'est occupée d'elle quand elle était petite, mais enfin quel âge avait-elle ? Et puis elle n'était pas la seule môme à la maison. Je n'y ai jamais fait attention. Je n'avais d'yeux que pour Bobby. Ensuite, on s'est mariés, j'étais enceinte, et notre bébé est mort. Je n'ai aucun souvenir d'elle ou des autres enfants. Pour moi, c'était une bande de gamins complètement anonymes. »

Nicole saisit un gâteau sec en méditant les paroles de Carmen. N'avait-elle pas dit exactement la même chose à Lisa — que celle-ci était trop jeune pour se rappeler quoi que ce soit ? Sans aucun doute, la petite Mervin avait beaucoup changé physiquement avec les années. Et, à l'époque où Nicole et Carmen étaient encore adolescentes, quand cette dernière commença à sortir avec Bobby, jamais elle ne dit un mot des enfants que gardait Mme Vega.

Carmen fixait son amie. « Qu'est-ce qu'il y a ? Tu ne me crois pas ?

— Si, je te crois, Carmen.

— Tu as une drôle de voix. Il y a autre chose ? »

Nicole mordit dans son biscuit, mais son appétit s'était évanoui, coupé par une trop forte nervosité. Pouvait-elle aborder le reste ? Elle ne voulait pas blesser Carmen, mais elle avait besoin de trouver des réponses aux accusations de Lisa. Elle inspira profondément : « Contrairement à ce que tu racontes, Lisa affirme également n'avoir jamais acheté aucun masque. »

Carmen écarquilla les yeux. « Mais c'est vrai ! Bobby me l'a dit !

— Lui-même prétend que c'est faux.

— C'est pourtant ce qu'il m'a dit *à moi*. Tu as dû mal comprendre. »

Nicole soupira. « Non, j'ai très bien entendu. Quelqu'un ment forcément. »

Carmen reposa brutalement sa tasse de café. « Comment oses-tu ? D'abord, tu m'accuses de mentir au sujet de Lisa, ensuite tu mets en doute ma parole et celle de Bobby et...

— J'ai dit que *quelqu'un* mentait.

— Oui, eh bien, tu as plutôt l'air de croire Lisa, après tous les charmants cadeaux qu'elle t'a faits ! Tu sais bien quel genre de personne c'est, quand même ! » Des flammes brillaient dans les yeux de Carmen. « Mais à quoi tu joues, à la fin ? Tu ne veux plus me faire confiance, alors que ça fait bientôt trente ans qu'on se connaît ! Tu es complètement obsédée par ton Paul Dominic, alors que c'est un assassin reconnu ! Tu n'as même pas versé une larme à la mort de ton père, qui t'a pourrie, gâtée, et qui ne jurait que par toi...

— Carmen...

— Oh, garde tes " Carmen " pour un autre jour. » Elle se leva. « Tu déraisonnes complètement, Nicole. Tu ne veux plus me faire confiance ? Parfait. Eh bien, moi non plus !

— Carmen !

— Oh, ça va, maintenant ! cria-t-elle en se dirigeant à grands pas vers la porte. Qui me dit, après tout, que ce n'est pas toi qui as tué Dooley et le flic ? Ou même Magaro et Zand, à l'époque ?

— Carmen, je comprends que je t'ai vexée, mais ce n'est pas une raison pour dire des inepties ! cria Nicole à son tour.

— J'ai toutes les raisons. Tu perds la boule, figure-toi, exactement comme il y a quinze ans, après ton agression. Rien ne prouve que ce n'est pas toi qui as réglé leur compte à Zand et Magaro dans tes accès de somnambulisme.

— Dans mes accès de somnambulisme ?

— Parfaitement. Tu ne vas quand même pas faire semblant de ne pas t'en souvenir, maintenant ? Ça serait un petit peu trop facile. » Carmen ramassa son sac dans l'entrée. « Oh, et puis quelle importance, après tout ? »

Nicole la retint par le bras. « Mais que *si*, c'est important ! Je t'en supplie, Carmen, qu'est-ce que c'est que cette histoire de somnambulisme ?

— Que veux-tu que je te dise ? Tu me prends pour une menteuse. Tu ne me croirais pas, une fois de plus. » Elle se dégagea, ouvrit la porte et partit en tempête. « Et ne m'appelle pas pour autre chose que t'excuser ! Ou ne m'appelle carrément plus, ce sera aussi bien ! »

Nicole regarda Carmen claquer sa portière et démarrer en trombe. Ses yeux se remplirent de larmes. Combien d'autres personnes allaient ainsi la déserter ? Combien d'êtres chers avait-elle encore les moyens de perdre ?

★

Nicole était étendue sur le canapé du salon à écouter de la musique lorsqu'on frappa à la porte. Elle se leva d'un bond, en espérant trouver Carmen venue lui proposer une réconciliation. Contre toute attente, ce fut Lisa Mervin qu'elle découvrit sur le perron. Nicole était tellement surprise qu'elle resta bouche bée.

« Je me doutais bien que vous ne sauteriez pas de joie en me voyant, lâcha Lisa d'une voix aigre. Roger veut que j'amène Shelley lui rendre visite à l'hôpital.

— Tiens donc, rien que ça ? répliqua Nicole qui retrouvait facilement ses mots. Shelley n'est pas ici. »

Lisa haussa les épaules. « Je lui avais dit que vous vous y opposeriez.

— Lisa, Shelley n'est pas ici, point à la ligne. Et, de toute façon, si elle devait aller à l'hôpital, c'est moi qui l'amènerais. Je ne laisserais certainement pas quelqu'un s'en charger à ma place.

— Écoutez, moi, ça m'est complètement égal. Je fais seulement ce que Roger m'a demandé. »

Prête à partir, Lisa tournait les talons.

« Attendez, dit Nicole. J'aimerais vous parler, si vous avez une minute. »

Lisa la regarda. « À *moi* ? Et de quoi ? Des fuites du circuit de freins ?

— Je n'y suis pour rien, fit Nicole d'une voix lasse. Et je ne sais pas pourquoi, mais je pense que vous me croyez. »

Lisa l'observa silencieusement, et Nicole comprit qu'elle avait raison. Elle ouvrit la porte et s'effaça. Gonflant sa volumineuse poitrine, Lisa inspira profondément et entra. « Ce n'est pas mal, chez vous, murmura-t-elle en arrivant dans le salon.

— Merci. Asseyez-vous. Ce n'est pas moi qui ai choisi le fauteuil et le canapé, je n'ai pas les mêmes goûts que Roger. »

Lisa regardait les inénarrables meubles et Nicole, pour la première fois, la vit vaguement sourire.

« Ce que c'est moche. Comment il a fait pour acheter ça ?

— Ça a dû lui prendre pendant une descente de LSD », fit Nicole, pince-sans-rire.

Lisa, elle, s'esclaffa. « Miguel a raison, vous avez le sens de l'humour.

— Miguel est votre ami ?

— Il sort avec une de mes copines, Susan. » Lisa parut mal à l'aise. « Pourquoi vous me demandez ça ?

— Pour rien de particulier », mentit Nicole.

La nervosité de son interlocutrice ne laissait guère de place au doute : Lisa avait un faible pour le jeune homme.

« De quoi vouliez-vous me parler ?

— De Carmen. Elle est passée tout à l'heure et elle jure ses grands dieux qu'elle vous connaît à peine, qu'elle n'a jamais fait attention à vous quand vous étiez petite, et qu'elle ignorait encore votre nom il y a peu. Elle affirme également que Bobby se rappelle vous avoir vendu un masque de loup.

— Vous avez posé la question vous-même à Bobby ?

— Oui.

— Et il vous a dit que je ne l'ai pas acheté.

— En effet », admit Nicole à contrecœur.

Lisa repoussa ses longues mèches derrière ses oreilles. Elle semblait morte d'ennui. « Nicole, je vous ai déjà expliqué que je n'ai jamais acheté de masque. Je vous ai également dit que Carmen ment. Je crois qu'elle est cinglée. Je ne serais pas étonnée que ce soit elle qui est venue faire le clown sous vos fenêtres.

— Enfin, Lisa, c'est absurde ! Pourquoi ferait-elle ça ?

— Est-ce que je sais ? Pour vous faire passer pour une dingue, peut-être.

— Elle prétend que c'est exactement ce que Roger cherche à faire.

— En tout cas, ce n'est pas Roger qui a bousillé les freins de sa propre voiture. Et je ne parle pas des deux types qui vous ont violée et qui se sont fait descendre. »

Nicole la regarda, sonnée. « Quoi ? Magaro et Zand ?

— Ouais. La mère de Bobby racontait que, si l'orchestre avait continué d'exister, Bobby n'aurait sans doute pas épousé Carmen, même si elle était enceinte. Sans Ritchie Zand, le groupe ne valait rien. C'est quand même bien tombé pour votre amie Carmen, non ? »

Horrifiée, Nicole se redressa. « Lisa, vous n'êtes quand même pas en train d'insinuer qu'elle aurait pu les tuer ? »

Lisa se leva. « C'est une hypothèse, c'est tout. Et comme j'en suis l'auteur, je doute que vous y accordiez la moindre attention. Mais Carmen est jalouse de vous. Et ça ne date pas d'hier.

— Je n'en crois pas un mot, répondit fermement Nicole.

— Croyez ce que vous voulez. Roger dit que vous ne voyez jamais ce qui vous crève les yeux. Bon, alors, qu'est-ce que je fais pour Shelley ?

— Pour Shelley ? » répéta Nicole sans comprendre.

Lisa poussa un soupir exaspéré. « Vous l'emmènerez lui rendre visite à l'hôpital ? C'est pour ça que j'ai sonné chez vous, au cas où vous auriez oublié.

— Non, je n'ai pas oublié. Dites à Roger qu'on viendra demain.

— OK. Mais ça ne va pas lui faire plaisir. Dans l'état où il est, en plus... »

Elles ne se dirent même pas au revoir. Nicole revint s'asseoir sur le canapé. Les mots de la jeune femme résonnaient toujours dans sa tête : *C'est quand même bien tombé pour votre amie Carmen, non ?*

VINGT-DEUX

Subitement prise de frénésie ménagère, Nicole passait sauvagement l'aspirateur dans le salon. Elle poussa un cri aigu en voyant la porte d'entrée s'ouvrir sur un homme. Il lui fallut trente secondes pour se rendre compte que c'était Ray.

Éteignant aussitôt l'aspirateur, elle hurla presque : « Non, mais on ne vous a jamais appris à frapper ? Vous m'avez fait une peur bleue ! »

Il leva les deux mains : « Excusez-moi ! J'ai frappé au moins cinq fois de suite.

— Ah, désolée, fit-elle en retrouvant contenance.

— Votre porte n'est pas verrouillée. Dans votre situation, je trouve que ce n'est pas très raisonnable. »

Nicole se passa une main sur le front. « Oui, c'est idiot. Je viens d'avoir une visite plutôt désagréable et j'ai oublié de fermer le verrou quand elle est partie.

— Ce n'était donc pas Roger.

— Non. C'était sa toison d'or, la charmante Lisa Mervin. Asseyez-vous, je vous amène quelque chose à boire. »

Il avança vers elle puis plaça ses deux mains sur ses épaules. « Non. C'est *vous* qui vous asseyez pendant que *moi*, je m'en occupe. Je sais où se trouve le réfrigérateur. »

Elle sourit. « C'est gentil. Il y a du thé glacé, et les verres sont dans...

— Je sais aussi où ils sont. »

Nicole s'installa sur son immonde canapé et posa ses pieds sur la table basse — une attitude évidemment sacrilège dans la maison maternelle. Elle observa un instant les poissons dans l'aquarium, immergés dans leur perpétuelle tranquillité. Shelley leur avait donné un nom à chacun, mais Nicole ne parvint pas à se les remémorer tous.

« Et voilà », dit Ray en revenant avec deux grands verres. Il s'assit sur le canapé à environ trente centimètres de Nicole. « Que voulait Mlle Mervin ? Elle vous a suppliée de lui reprendre Roger ? »

Nicole grimaça un sourire. « Elle est bien placée pour savoir qu'il n'en est pas question. En fait, Roger voulait que Shelley vienne le voir à l'hôpital et il se figurait que je la confierais à Lisa. Je lui ai dit que, même si elle avait été là, je ne l'aurais pas laissée partir avec elle.

— Elle n'a pas dû vous ennuyer longtemps, alors ?

— Un petit moment, si. Je vous ai dit que Lisa prétend connaître Carmen depuis longtemps, et n'avoir jamais acheté de masque de loup chez les Vega. Or, il se trouve que Carmen est passée juste avant Lisa, et je lui ai posé des questions.

— J'ai l'impression de comprendre pourquoi vous semblez déprimée. Carmen a dû réagir violemment.

— Elle était scandalisée. Elle affirme que je perds les pédales, que je n'ai même pas pleuré à la mort de mon père, que mes actes n'ont aucun sens. Elle est allée jusqu'à dire qu'elle ne serait pas surprise si c'était moi, en fait, qui avais tué Izzy Dooley et l'agent de police. Voire Zand et Magaro. »

Ray était ébahi. « Elle vous a dit ça ?

— Oui.

— Eh bien. » Il hochait la tête. « Je comprends qu'elle ait pu être vexée, mais à ce point-là ?

— J'ai trouvé que c'était plutôt exagéré, moi aussi. Mais, en repensant à ce que Lisa m'a affirmé ensuite, je me suis demandé si Carmen n'essayait pas ainsi de se dédouaner.

— Que voulez-vous dire ?

— Carmen était déjà enceinte de Bobby quand ils se sont mariés. Lisa dit que, si le groupe dans lequel il jouait, les Zanti Misfits, avait pu continuer, Bobby n'aurait jamais épousé Carmen, bébé ou pas. Et c'est parce que Ritchie Zand a été tué que l'orchestre était fichu. Je vous cite, mot pour mot, la phrase de Lisa : " C'est quand même bien tombé pour votre amie Carmen, non ? " »

Ray agitait doucement son verre dans sa main en observant les glaçons s'entrechoquer. « Donc Lisa insinue que Carmen aurait pu tuer Zand et Magaro ?

— Oui.

— C'est à hurler de rire.

— Vous pensez que c'est impossible.

— *Pas vous ?* » Ray la regarda fixement. « Nicole, vous m'épatez. C'est votre meilleure amie.

— Je comprends que, venant de moi, cela puisse choquer. Mais au vu de sa réaction, et de ce qu'elle m'a lancé à la figure… Enfin, elle m'a sans doute blessée moi aussi. »

Ray tendit le bras et prit la main de Nicole dans la sienne. « Sûrement. Seulement, je ne vois pas ce que Carmen aurait à voir avec les meurtres de Dooley et d'Abbott. C'est Dominic qui se cache derrière tout ça. C'était lui il y a quinze ans, et c'est lui aujourd'hui. »

Nicole n'en croyait toujours rien. Elle louvoya. « Je pense que ce qui m'a fait le plus mal, c'est qu'elle m'ait suspectée. Elle m'a parlé d'accès de somnambulisme. »

Ray fronça les sourcils. « Vous êtes somnambule ?

— Je l'ignorais. Carmen dit que ça a commencé après que je me suis fait violer. Selon elle, j'aurais pu tuer Zand et Magaro pendant une crise de ce genre. Et, depuis une semaine environ, je fais de drôles de rêves dans lesquels je les entends parler l'un et l'autre. Mais la scène dont je rêve a lieu après leur remise en liberté. Et c'est toujours à Basin Park, près de l'endroit où ils m'avaient emmenée. »

Ray la regardait toujours. « Nicole, votre main tremble. Franchement, vous croyez vraiment que vous avez tué ces deux types il y a quinze ans, et que vous les avez suspendus aux branches du premier arbre ? Vous croyez vraiment que vous avez tué Dooley et Abbott ? Ou saboté les freins de Roger ?

— Non, mais ces rêves…

— Y a-t-il quelqu'un d'autre dans vos rêves, à part Magaro et Zand ?

— Non. Je ne les vois pas, d'ailleurs. J'entends seulement leurs voix.

— Cela se passe à Basin Park, là où ils ont abusé de vous. Cela ne paraît pas si étrange que vous rêviez de cet endroit.

— Après toutes ces années ?

— Vous subissez à nouveau de rudes épreuves. Votre mari vous a quittée. Votre père a mis fin à ses jours. Dominic vous file le train… Et c'est *lui* qui a eu la peau de Zand et de Magaro. C'est pour cela que vous faites des cauchemars. C'est le stress. Ça réveille de vieilles choses.

— Je ne sais pas, Ray, fit Nicole sur un ton dubitatif.

— Bien. Écoutez, ce que je suis venu vous dire devrait un peu vous soulager.

— Ah, ça ne serait pas du luxe.

— On a entendu deux adolescents qui se seraient trouvés à proximité du parking de Roger, la nuit où ses freins ont été bousillés. Ils affirment avoir vu quelqu'un rôder autour d'une Ford Explorer. Roger est le seul habitant de l'immeuble qui possède une Explorer.

— Ils l'ont vu de près, ce quelqu'un ?

— Non. Enfin, pas son visage. Leurs témoignages ne concordent pas sur la taille du type. Le premier affirme qu'il mesurait environ un mètre soixante-quinze, et l'autre, plus d'un mètre quatre-vingts. Mais ils sont d'accord pour les cheveux — longs et noirs —, et ils parlent tous les deux d'un genre de veste épaisse. »

Nicole déglutit. « Des cheveux longs et noirs ?

— Oui. Leur description correspond à celle qu'on a de la personne qui parlait à Abbott devant sa voiture. De toute évidence, c'est Dominic.

— Peut-être. N'oubliez pas que Miguel Perez a lui aussi les cheveux longs et noirs.

— Nicole, je n'ai pas trouvé la moindre fausse note à propos de Perez. Même pas une contravention pour stationnement interdit.

— Bien. Vos deux gars, là, est-ce qu'ils ont vu le type toucher à la Ford ?

— " À quatre pattes à côté de la voiture " — voilà ce qu'ils ont dit. Mes collègues prennent ça très sérieusement.

— Mais on n'a aucune preuve que cet individu a touché aux freins ? Je veux parler d'empreintes digitales, ou de choses de ce genre ?

— Non, rien.

— Dans ce cas, je reste suspecte. Tant aux yeux de la police qu'à ceux de Roger », admit-elle tristement.

Ray tenait toujours sa main dans la sienne, et il la serra. « Nicole, vous êtes une femme intelligente, belle et chaleureuse. Vous n'avez rien d'une meurtrière.

— Vous le croyez vraiment ? demanda-t-elle d'une voix atone.

— Je le sais. » Il se pencha vers elle. « Je sais que vous ne voulez de mal à personne. »

Ils s'observèrent l'un l'autre. Le visage de Ray était si proche d'elle que Nicole sentait son haleine sur ses joues. Elle pensa à se pencher à son tour, à le laisser la prendre dans ses bras, l'embrasser et la réconforter comme il en avait manifestement envie. Mais quelque chose la retint. Une intuition profonde, irrationnelle, lui dictait de ne pas aller plus loin.

« Je meurs de faim, dit-elle abruptement. Je vous fais un sandwich au thon, ou il vous faut plus consistant ? »

Un voile de déception se lut rapidement dans les yeux de Ray. « Non, un sandwich, très bien », répondit-il.

★

Le soir venu, Nicole regarda une bonne douzaine de fois par la fenêtre, au cas où elle apercevrait le grand chien noir. Jordan ne se montra pas. Elle pensa à appeler sa mère pour prendre des nouvelles de Shelley, mais elle redoutait que Phyllis n'essaie encore de la convaincre de passer quelques jours chez elle. Il était hors de question de téléphoner à Carmen.

Elle pensa ensuite joindre Ray, mais elle s'en dissuada. Il avait paru chagriné lors de leur court repas et Nicole savait bien qu'elle en était la cause, puisqu'elle l'avait pratiquement repoussé. Certes, elle était attirée par lui et, sans le moindre doute, il s'était montré charmant, prévenant envers elle. C'était presque l'une des seules personnes qui ne lui avaient pas fait défaut depuis le début de cette série d'événements éprouvants. Nicole n'était pas prête à accueillir quelqu'un de nouveau dans sa vie. Elle se sentait coupable de ne lui avoir rien révélé de sa visite chez Alicia Dominic. Cependant elle avait promis à cette dernière que leur conversation resterait secrète, et Nicole n'avait pas parlé à la légère. De toute façon, Alicia ne lui avait rien appris de très pertinent qu'ils ne sachent déjà, elle et Ray — à savoir que Paul était en ville. Le fait qu'Alicia ait eu un amant n'avait aucun rapport avec le reste de la situation.

Vers dix heures, elle se mit à feuilleter l'almanach que Carmen lui avait apporté. Elle retrouva le cliché qu'on avait pris d'elles au club-théâtre, avec les cagoules. Si l'on n'avait pas ajouté leurs noms en dessous des photos, elle n'aurait pas su dire laquelle des trois sorcières elle incarnait. Elle examina plus attentivement le cliché et reconnut les chaussures qu'elle portait ce jour-là. Carmen paraissait bien plus grande qu'elle-même et l'autre actrice en herbe : elle mesurait à peine quelques centimètres de moins que le jeune homme à qui on avait confié le rôle d'un des juges.

Bien plus grande. Carmen avait en outre sérieusement pris du poids depuis cette époque. Nicole repensa à la description qu'avaient donnée les deux adolescents de l'individu qui traînait autour de la Ford de Roger. Veste ou gilet épais, longs cheveux noirs, vraisemblablement plus d'un mètre soixante-quinze. Carmen mesurait un mètre soixante-treize, et il suffisait d'une paire de talons ordinaires pour ajouter quelques centimètres. Ray avait mentionné que le voisin, Newton Wingate, avait aperçu une personne de haute taille, aux cheveux sombres, en train de parler au jeune Abbott le soir des meurtres. Il y avait aussi le rôdeur au masque de loup. Carmen prétendait que Bobby en avait vendu un à Lisa, quand cette dernière et Bobby affirmaient le contraire. Lisa avait fait remarquer que Carmen pouvait emprunter l'un de ces masques à tout moment. La jeune femme avait également révélé que, selon elle, Carmen était jalouse de Nicole et qu'elle cherchait peut-être à la faire passer pour folle.

Seulement, quelle raison Carmen aurait-elle ? Nicole posa ses coudes sur ses genoux, puis sa tête dans ses mains, et tenta de réfléchir. Était-ce parce qu'elle était revenue à San Antonio et qu'elle était convaincue que Paul Dominic s'y trouvait aussi ? Ray lui-même y croyait. Carmen, qui en général n'avait aucune espèce d'idée préconçue, en rejetait catégoriquement l'éventualité. Avait-elle peur que Paul arrive enfin, par quelque moyen, à démontrer son innocence ? Carmen avait-elle quelque chose à perdre s'il y parvenait ?

Nicole se redressa subitement. Carmen avait de fait tout à perdre si, comme Lisa l'insinuait, elle avait assassiné Zand et Magaro.

Dans l'état où étaient les choses, que se passerait-il si le dossier était rouvert ? Vers qui la police dirigerait-elle en premier lieu une nouvelle enquête ? Carmen ne serait certainement pas visée. Non, on s'occuperait d'abord d'une certaine personne, éventuellement qualifiée d'instable, dont les « ennemis » avaient péri de mort violente.

Nicole réprima un haut-le-cœur. Carmen... Carmen, qui était son amie depuis longtemps, aurait-elle pu concocter un scénario aussi machiavélique ? Non, c'était impossible. Carmen avait sans doute été amoureuse de Bobby jusqu'à l'obsession, elle s'était hâtée de l'épouser parce qu'elle était enceinte, mais elle n'était pas le genre de personne à commettre un meurtre — ni celui de Magaro, ni celui de Zand, encore moins celui d'Izzy Dooley ou du jeune Abbott.

Je dois être vraiment fatiguée, pensa Nicole, pour donner crédit aux théories fumeuses de Lisa Mervin. Et si ce n'est pas un symptôme évident de surmenage, je ne sais pas ce que c'est.

Épuisée, elle se prépara un bol de lait chaud, vérifia que les portes et les fenêtres étaient toutes bien fermées, puis elle gagna son lit. Après avoir redressé les oreillers contre le dossier, elle ouvrit un livre. Dix minutes plus tard, elle était assoupie.

La nuit était tombée. Une brise tiède repoussait contre ses jambes les pans de sa robe légère. Elle avançait de buisson en buisson. Ici et là, une épine égratignait le vêtement de soie claire.

Des voix flottaient vers elle. « Elle a cru nous avoir, disait Magaro.

— Ah, elle a bien failli.

— Mais c'est raté. On aurait mieux fait de la descendre comme j'avais décidé. De toute façon, elle ne pouvait rien contre nous. J'ai suffisamment d'amis, mec. Je t'avais dit que je trouverais un alibi. »

Nicole sentit sa main droite se refermer sur un objet métallique qui épousait parfaitement la forme de ses doigts. Le genre d'objet qui donne l'impression de posséder un pouvoir supérieur.

Elle se rapprochait maintenant des voix.

« C'est moi qui devrais tenir la batterie.

— Non. Le batteur, c'est Vega.

— Alors débarrasse-toi de lui, avant que je lui règle son compte à ma manière. Et je te jure que lui, ça sera pas comme la fille. Elle, elle s'en est sortie, mais ça ne m'empêche pas d'avoir envie de l'égorger, après ces saloperies qu'elle nous a faites. »

Elle entendit des pas fouler l'herbe. Quelqu'un se dirigeait vers les deux hommes, quelqu'un de grand, qu'elle ne pouvait voir distinctement. Elle sentit ses doigts se resserrer autour de l'objet dans sa main…

Nicole se réveilla en sursaut, le souffle coupé, les poumons brûlants. Ses membres tremblaient et la sueur lui trempait les cheveux et les tempes.

Encore un de ces rêves, se dit-elle. Selon Ray, il n'était pas si étonnant que, après les événements des dernières semaines, elle retrouve dans ses rêves Zand, Magaro et Basin Park…

Il n'était plus question de viol, pourtant. Et, si le lieu était bien le même, les circonstances et le moment avaient changé.

« Rien ne prouve que ce n'est pas toi qui as réglé leur compte à Zand et Magaro, dans tes accès de somnambulisme », lui avait dit Carmen au matin. Mon Dieu, pensa Nicole. Cet objet métallique que j'avais dans la main, était-ce… un revolver ?

Elle jeta un coup d'œil au réveil. Onze heures et quart. Quand même très tard pour appeler sa mère, mais elle avait trop besoin de savoir.

À l'autre bout du fil, la voix de Phyllis était sèche et rapide : « Nicole, non mais tu as vu l'heure ? » Avant que sa fille n'ait le temps de répondre, elle poursuivit : « Pourquoi m'appelles-tu ? Que se passe-t-il ?

— Rien, maman. J'espère que je n'ai pas réveillé Shelley. Il faut seulement que je te pose une question.

— Shelley dort dans ta chambre et j'y ai débranché le téléphone.

— Bien, murmura Nicole. Je t'ai réveillée ?

— Non, je lisais. Maintenant, dis-moi.

— Maman, est-ce que j'ai eu des crises de somnambulisme, après mon agression ? »

Phyllis hésita un instant. « Pourquoi me demandes-tu cela ?

— Parce que Carmen affirme que oui.

— Ah. » Nouveau silence, puis : « Oui, Nicole, c'est vrai.

— Combien de temps ça a duré ? »

Nicole entendit sa mère inspirer profondément. « Eh bien, tu as été agressée en février. Et je crois que tu as arrêté de te promener en dormant au mois de mai suivant.

— Est-ce que je restais dans la maison ou m'est-il arrivé de sortir ?

— En général, c'était à l'intérieur, mais je pense qu'une fois ou deux tu es sortie. J'ai remarqué un jour que tu avais les chevilles sales, même légèrement égratignées. Et tu ne t'es jamais souvenue de rien. »

Nicole réfléchit. « Dis-moi, est-ce que j'aurais pu trouver une arme, à l'époque ?

— Une arme ? Bien sûr que non. Ton père les avait en horreur.

— On a été obligé de constater qu'il en avait une.

— Clifton n'était plus le même à la fin de sa vie, admit Phyllis, peinée. Il n'avait pas dû acheter ce revolver depuis très longtemps. Il disait toujours qu'il n'en voulait pas, ni à la maison, ni au magasin. »

Nicole aurait aimé être soulagée, mais il n'en était rien. « Maman, est-ce que tu te souviens de la nuit où Zand et Magaro ont été tués ?

— Nicole ! » La voix de Phyllis trahissait une inquiétude grandissante. « Tu me fais peur, avec toutes ces questions. Où veux-tu en venir ?

— Je veux savoir une chose, maman. Cette nuit-là, j'étais déjà au service de chirurgie esthétique ? Et ne me dis pas que tu ne te rappelles pas. Sinon, j'irai demander à voir les registres à l'hôpital. »

Phyllis soupira. « Nicole, tu n'as pas besoin de me faire du chantage. Non, tu n'étais pas encore à l'hôpital et ne te donne pas la peine d'aller vérifier. Tu étais ici, à la maison.

— Tu es sûre ?

— Oui. Je me souviens très bien de t'avoir caché le journal. Mais tu as vu les informations à la télé le lendemain matin. Tu as eu une crise de nerfs et j'ai appelé le médecin. Il t'a prescrit des tranquillisants. C'est ensuite la police qui est venue. Toute cette journée était abominable.

— Maintenant que tu le dis, je me rappelle que j'étais à la maison. Mais est-ce que j'ai marché dans mon sommeil, cette nuit-là ? La nuit des meurtres ? »

Phyllis répondit d'une voix aiguë : « Nicole, je ne vois pas pourquoi tu attribues tant d'importance à cela aujourd'hui. Qu'est-ce que cela peut faire après toutes ces années ?

— C'est important pour moi, maman. J'ai besoin de savoir, je t'en prie.

— Non. Tu ne t'es pas levée cette nuit-là.

— Tu es certaine ?

— Sûre et certaine », affirma Phyllis.

Nicole perçut le doute dans sa voix.

VINGT-TROIS

« Je vous ai demandé de lire pour aujourd'hui *Bartleby le Scribe*, commença Nicole devant ses étudiants de littérature américaine. Que pensez-vous de ce personnage ?

— Il lui manquait une case, à celui-là », répondit, au premier rang, un garçon qui plongea la salle dans l'hilarité.

Nicole tolérait en général une certaine légèreté en cours. Elle se montra pour une fois sèche et contrariée.

« Quelqu'un a-t-il une analyse plus pertinente à suggérer ? » demanda-t-elle.

Comprenant que leur professeur était de mauvaise humeur, ils se turent. Nicole regarda Miguel, sur qui elle pouvait compter le plus souvent pour fournir une réponse sensée. Manifestement décidé à ne pas participer, il gardait les yeux fixés sur son livre ouvert.

« Bien, dit-elle, magnanime. Essayons de trouver plus facile. Qui peut me dire ce qu'est un scribe ? »

Le silence, et encore le silence. Une fille au fond de la classe, d'habitude timide, proposa une réponse maladroite.

L'heure entière se poursuivit sur le même mode et Nicole s'en attribuait la faute en reprenant le chemin de son bureau. Sans doute n'avait-elle pas démontré suffisamment d'enthousiasme, et ses élèves l'avaient-ils ressenti. Elle n'était pas arrivée à insuffler un peu de vie à l'analyse de cette nouvelle de Melville qu'elle aimait pourtant beaucoup. Elle avait cependant l'esprit si lourd, si accaparé, qu'il lui avait été difficile de donner toute sa mesure à ce personnage unique de la littérature américaine.

Une fois assise derrière son bureau, elle appela sa mère.

« Ça va mieux aujourd'hui ? demanda celle-ci.

— Oui. Pardonne-moi de t'avoir dérangée hier soir. J'ai dû te donner l'impression d'être complètement folle.

— Ce n'est pas encore demain matin que je traiterai ma fille de folle », déclara Phyllis.

J'aimerais tellement que tout le monde soit de ton avis, pensa Nicole. « Maman, Roger veut que Shelley vienne le voir. Il a envoyé Lisa pour la prendre hier après-midi.

— Il ne manque pas de culot.

— C'est aussi ce que je me suis dit. Mais c'est son droit, de la voir. J'ai dit à Lisa que je passerai ce soir à l'hôpital avec Shelley...

— Jamais de la vie, coupa Phyllis. Je ne veux pas te savoir en présence de cet homme. J'en dirais bien autant pour Shelley, mais tu as raison, c'est son père, et il a le droit de la voir. C'est donc *moi* qui l'amènerai.

— Maman, je ne peux pas te demander ça.

— Tu ne me demandes rien, j'ai décidé toute seule. Pour une fois, fais-moi plaisir, s'il te plaît. En plus, Roger n'osera jamais prononcer un mot de trop, ni surtout lever la main sur moi. Je lui ai toujours fait peur.

— Comment le sais-tu ?

— C'est évident, voyons. Et j'ai toujours bien fait attention à ne pas le détromper. Il y a longtemps que je pense qu'un jour ou l'autre j'en aurai besoin pour le remettre à sa place. »

Nicole éclata de rire. « Tu vois les choses de loin, dis donc. »

Phyllis ne répondit pas tout de suite. « Nicole, tu ne vois jamais le mal chez les autres. Parfois je me dis que tu ne reconnaîtrais pas le diable si tu l'avais devant toi. »

Nicole se tut à son tour. Avait-elle été aveuglée par Paul ? Par Carmen ? Pire encore : si elle avait, comme elle en avait peur, commis un acte irréparable au cours d'une de ses crises de somnambulisme, ne voyait-elle dans son miroir qu'une image déformée d'elle-même ?

★

Les autres cours de la journée ressemblèrent malheureusement en tout point au premier. Cette fois, au lieu de se rendre dans son bureau, Nicole partit à la bibliothèque. Elle trouva un ordinateur libre et, plutôt que sur l'Internet, elle chercha dans les bases de données de l'université des articles sur le somnambulisme. Elle en choisit finalement un qui semblait présenter les aspects qui l'intéressaient, et commença à l'imprimer.

« Vous avez besoin d'aide ? » lui demanda la documentaliste.

Nicole prit peur et se raidit — si la jeune femme, certainement bien intentionnée, découvrait le thème de sa recherche, elle comprendrait par la même occasion ce qui la préoccupait. Il n'en était pas question. « Non, merci, tout va bien, répondit-elle d'une voix tendue.

— Si je peux vous être utile, surtout n'hésitez pas.

— Je suis enseignante au département d'anglais. Je sais me servir des ressources documentaires. » La bibliothécaire parut vaguement vexée. « Je vous remercie. D'ailleurs, je crois avoir trouvé exactement ce que je cherchais.

— Tant mieux pour vous », dit la jeune femme en tournant les talons.

Nicole se sentait honteuse de l'avoir repoussée, mais elle avait les nerfs à vif. Quand l'imprimante finit de cracher le document, elle rassembla les feuilles en hâte, les fourra dans sa serviette et quitta la bibliothèque.

Elle était sur le point d'atteindre sa voiture lorsqu'elle aperçut Bette Simon-Smith qui se dirigeait vers sa vieille Mercedes. « Bette ! » appela Nicole.

Simon-Smith se figea puis fit volte-face. À cette heure, les étudiants étaient nombreux dans le parking. Certains lancèrent un regard vers Nicole tandis qu'elle rejoignait sa collègue. « Je suis contente de vous croiser », dit Nicole, légèrement essoufflée d'avoir couru sur ses hauts talons. Bette la fixait d'un air parfaitement inexpressif. Le vent faisait claquer son pantalon trop large sur ses maigres jambes, et ses cheveux abîmés par des séries de permanentes paraissaient secs comme de l'herbe brûlée par le soleil.

« Je voulais m'excuser pour mon comportement, l'autre matin, dit Nicole.

— Vous voulez dire, quand vous m'avez ri au nez, c'est cela ? demanda froidement Bette.

— Je ne me moquais pas de vous.

— Ah, vraiment ? Vous m'en direz tant.

— Non, je vous parle sincèrement. » Ou presque, pensa Nicole. « Ces dernières semaines ont été tellement épouvantables, entre la disparition de mon père et ces meurtres chez moi, que je suis vraiment surmenée. Je n'ai pas besoin de vous expliquer comment on réagit parfois quand les nerfs craquent. »

Simon-Smith fronça un sourcil clairsemé. « Et pourquoi ne serait-il pas nécessaire de m'expliquer ce genre de chose ? Je ne me conduis pas comme une insensée, que je sache. »

La situation m'échappe, comprit Nicole. Elle se sentait lasse, sa serviette paraissait peser une tonne, et les deux livres épais qu'elle portait sous l'autre bras commençaient à lui donner des crampes. « Non, Bette, je n'ai rien dit de la sorte. Je pensais simplement que vous pouviez *imaginer* dans quel état je me trouve à cause de ces événements. Quand la tension est trop forte, on finit par rire sans raison. C'est un phénomène nerveux.

— Je sais que vous êtes soumise à de rudes épreuves, mais cela ne vous donne pas le droit de vous défouler sur moi, rétorqua Bette à voix haute. Mais j'ai cru comprendre que vous passiez un bon moment, ce matin-là, puisque je suis si *comique.* »

Nicole se trouva prise au dépourvu. « Bette, je...

— Taisez-vous ! Et laissez-moi terminer. Vous vous payez ma tête parce que j'ai cinquante ans, que j'ai un physique quelconque, et que tout le monde me prend pour une ratée.

— Mais je ne vous prends pas pour une ratée...

— Bien sûr que si. Alors je vais vous dire une bonne chose, ma petite. » Bette se rapprocha d'elle. Ses yeux cernés avaient une expression étrange sous le soleil éclatant. « J'ai écrit un livre — pas vous. J'ai enseigné de longues années — pas vous. J'ai participé à de nombreux colloques littéraires et j'ai parlé devant des centaines de personnes — pas vous. En revanche, je n'ai jamais perdu un homme pour une poupée Barbie dont le coefficient intellectuel ne dépasse pas la grosseur des nichons ! »

Une vague de colère parcourut Nicole. « Pour perdre un homme, il faut encore en avoir un ! »

Simon-Smith plissa les paupières sur son regard haineux. Puis, brusquement, elle posa ses deux mains sur les épaules de Nicole et la poussa violemment. Nicole trébucha en arrière. Elle chercha à retrouver son équilibre, mais la pointe de son talon glissa sur un petit caillou, et elle s'affala entièrement sur le parking, tandis que sa serviette et ses livres atterrissaient autour d'elle.

Pendant que Bette repartait à grands pas vers sa voiture, plusieurs étudiants vinrent la secourir. « Vous ne vous êtes pas fait mal, madame Chandler ? » demanda l'un. Un autre commenta : « Tout le monde sait qu'elle est fêlée, la vieille, mais qu'elle en vienne aux mains, quand même ! »

Plus embarrassée qu'endolorie, Nicole tira sur sa jupe qui venait d'exposer brièvement ses cuisses, et massa ses coudes endoloris. « Non, ça va, merci, assura-t-elle, les joues rouges. La prochaine fois, je réserverai mes excuses à quelqu'un d'autre. Quelqu'un peut-il m'aider à me relever, s'il vous plaît ? »

Tandis qu'ils lui prêtaient main forte et réconfort, Miguel Perez, trois mètres plus loin, suivait d'un regard vénéneux la Mercedes de Bette Simon-Smith qui s'éloignait du parking.

VINGT-QUATRE

Deux heures après être rentrée chez elle, Nicole se sentait vaguement plus détendue, mais toujours extrêmement fatiguée, au point qu'elle ne croyait plus jamais être capable de retrouver son énergie vitale. Si seulement les vacances d'été arrivaient, pensa-t-elle. Si seulement tous ces événements n'étaient qu'une illusion.

Quand le téléphone sonna, elle s'était allongée sur l'affreux canapé marron, à peine vêtue d'une combinaison de soie — la seule matière que son corps fragile, éreinté, acceptât encore de porter. Elle grommela et décrocha.

« Comment ça va, aujourd'hui ? demanda Ray.

— Quelques égratignures et un bleu à l'ego. » Elle relata ses aventures avec Bette Simon-Smith. « Au moins on a offert quelques minutes de spectacle au campus.

— Je crois que cette femme a besoin d'un bon psychiatre. En attendant, vous pouvez porter plainte pour coups et blessures. Les témoins ne manquaient pas, apparemment.

— Vous voulez que je porte plainte deux fois dans la même semaine ? s'esclaffa Nicole. Ça commence à devenir lassant, même si je trouve qu'on a un peu tendance à me prendre pour un punching-ball. Il n'y a quand même pas écrit “FRAPPEZ LÀ” sur mon front.

— Je suis désolé pour vous, dit gentiment Ray. Ce n'est pas

le moment de vous proposer un dîner tranquille en tête à tête, je suppose ?

— Merci, mais non, vraiment. Il faut que je prépare mes cours pour demain, et j'ai envie de me coucher tôt.

— C'est certainement une bonne idée. J'aimerais pourtant réserver une soirée, bientôt, au restaurant de la Tower of America. Ça vous dirait ?

— Mon Dieu, il y a des années que je n'y suis pas allée ! Mais vous n'avez pas le droit de fréquenter des témoins, ou des suspects, et c'est quand même un endroit où il est difficile de passer *incognito*.

— Oui, mais tout sera terminé d'ici quelques semaines.

— Dieu vous entende.

— J'ai son numéro de portable. Bientôt son e-mail. Alors, c'est oui ?

— D'accord.

— Super, fit Ray, très enthousiaste. Je vous tiens au courant, s'il y a du nouveau cette semaine. Veillez bien à fermer toutes vos portes et vos fenêtres, n'hésitez pas à m'appeler si vous avez besoin de moi, essayez de vous détendre et de passer une bonne nuit.

— Oui, monsieur. Bien, monsieur. Bonne nuit à vous aussi. »

Quel chic type, pensa Nicole. Tout le contraire de son associé, le sinistre Waters. Et beau garçon, avec ça. J'ai au moins de la chance que Ray soit sur ce dossier. J'aurais pu tomber plus mal.

Souriant, elle partit dans la cuisine se servir un verre de jus d'orange. Nicole n'avait pas dîné, pourtant l'idée de s'alimenter lui paraissait peu séduisante, bien qu'elle n'eût rien avalé depuis son petit déjeuner. Il fallait quand même qu'elle reprenne un peu de poids. Par contre, le goût acide du jus d'orange frais était délicieux, et elle se remplit un deuxième verre qu'elle apporta au salon.

Elle s'assit sur le canapé et posa sa serviette près d'elle. Elle avait le lendemain un cours de composition anglaise qui ne posait jamais de problème particulier. En revanche, elle se proposait depuis longtemps de restructurer son approche du personnage — puisque l'action est son œuvre — pour sa classe d'écriture littéraire. Comment bâtir des caractères crédibles et intéressants, c'était toute la question. Elle ouvrit sa serviette, retrouva les notes qu'elle avait prises à ce sujet, et ses yeux tombèrent sur l'article de presse qu'elle avait imprimé à la bibliothèque. Elle commença à lire.

Vingt minutes plus tard, elle savait que le somnambulisme était « un sommeil de l'esprit avec conservation de la motricité automatique », qu'il s'accompagnait de crises de terreur nocturnes, d'énurésie et de cauchemars. Elle avait également appris que le phénomène se déclarait généralement entre les phases tertiaire et quaternaire du sommeil, après le sommeil paradoxal, et qu'il était plus fréquent chez les enfants que chez les adultes. Enfin, les accès de somnambulisme pouvaient durer de trente secondes à trente minutes, ou parfois plus longtemps.

C'est seulement au dernier paragraphe de l'article que son cœur se mit à battre plus fort. On signalait que les somnambules se rappelaient rarement leurs crises, lesquelles étaient fréquemment la conséquence du stress ou de traumatismes psychiques. Nicole se redressa sur le canapé pour lire à haute voix : « Au cours de leurs accès, les somnambules ont souvent des comportements violents, voire meurtriers, à l'égard d'autres personnes. »

Relevant la tête, elle répéta d'une voix blanche : « Voire meurtriers, à l'égard d'autres personnes. » Jusqu'à leur loger une balle dans la tête, par exemple ?

★

Nicole n'aurait pas su dire combien de temps s'était écoulé lorsque le téléphone sonna. Elle tenait toujours son article en main. Sa mère qui appelait pour dire qu'elle avait emmené Shelley voir Roger.

« Il m'a paru dans un drôle d'état, mais les infirmières prétendent qu'il se remet très bien. Quand il m'a vue entrer à ta place, il a eu l'air complètement ahuri, dit Phyllis, apparemment satisfaite. Je suis sûre qu'il avait préparé un sketch, mais il lui a suffi de me regarder pour ravaler ses belles phrases. »

Nicole éclata de rire : « Maman, tu es géniale.

— Ma petite, il serait quand même temps que tu t'en rendes compte. »

C'était peut-être la première fois que Nicole entendait sa mère plaisanter. Elle était à la fois surprise et incapable de répondre.

« Ta fille veut te parler, reprit Phyllis.

— Maman, je te remercie mille fois de l'avoir emmenée voir Roger. Et de t'occuper d'elle.

— Mais non, tu n'as pas besoin de me remercier. »

Un instant plus tard, la voix entraînante de Shelley résonnait dans le combiné. « Bonjour, maman ! On est allées voir papa !

— Ta grand-mère vient de me le dire. Comment va-t-il ?

— Il avait des pansements partout et il n'arrêtait pas de râler. Les infirmières racontaient qu'elles n'avaient jamais vu quelqu'un d'aussi insupportable. » Shelley pouffa. « Je crois qu'ils seront tous contents quand il repartira chez lui.

— C'est Lisa qui va s'amuser, alors.

— Elle n'était pas à l'hôpital, maman, et tant mieux. D'ailleurs, papa se plaignait qu'elle ne lui rendait pas souvent visite.

— Elle a peut-être besoin de se retrouver un peu seule. » Va savoir si elle ne voit pas quelqu'un d'autre, pensa Nicole. Quand le chat n'est pas là, les souris dansent. Mais avec qui ?

« Personne d'autre n'est venu le voir. Il y avait un seul bouquet de fleurs. Je t'avais dit que papa n'avait plus beaucoup d'amis.

— Mais c'est bien qu'il t'ait vue, toi, ma chérie. Je suis sûre que c'est plus important pour lui que toutes les fleurs du monde. »

À peine raccroché, Nicole relut une fois encore l'article sur le somnambulisme. Elle ressentit le besoin de boire quelque chose de fort. Cinq minutes plus tard, elle se rasseyait sur le canapé, un verre de vodka-tonic à la main.

Mon Dieu, se demanda-t-elle, Carmen avait-elle raison ? Avait-elle tué Magaro et Zand ? Sans le moindre doute, l'agression, le viol, qui constituaient un événement traumatique, avaient pu provoquer ces crises de somnambulisme. Basin Park se trouvait à peine à huit cents mètres de l'endroit où elle vivait. L'article mentionnait que les crises étaient généralement courtes, cependant il ne lui aurait pas fallu longtemps, même à pied, pour s'y rendre et revenir. Et les cagoules. Phyllis affirmait en avoir confectionné deux et ne plus savoir où elle les avait rangées. « Je tiens peut-être la réponse, m'man, marmonna Nicole en avalant une nouvelle gorgée. On aurait pu les retrouver accrochées aux arbres, avec quelqu'un dessous. »

Moi je n'ai tué personne, pensa-t-elle. C'est impossible. Et elle entendait encore leurs voix, cet instant à la fois vague et précis, là-bas sous la bretelle de l'autoroute.

Nicole posa ses mains sur ses oreilles. « Je ne les ai pas tués, grogna-t-elle. Mais j'étais là le soir où on les a assassinés. J'en suis certaine. J'y étais. »

★

Bette se servit un autre verre de bourgogne, sortit de la cuisine le verre en main, et s'arrêta. « Oh, et puis mince », grommela-t-elle, et elle revint prendre la bouteille, déjà à moitié vide. Elle repartit ensuite dans le long couloir vers le salon. C'était une immense pièce, bourrée d'antiquités aujourd'hui poussiéreuses, et particulièrement froide l'hiver. Jusqu'à la fin de son adolescence, les parents de Bette lui avaient interdit d'y entrer. Mais aujourd'hui ils étaient morts et, la grande maison devenue la sienne, elle prenait un vif plaisir à y boire et à y manger, ce que père et mère auraient qualifié d'inconvenant.

Son père avait été un avocat célèbre dont les gens de la haute société s'arrachaient les services. D'un bout à l'autre de l'année, il parcourait le pays avec sa jeune et belle épouse. Ils formaient un beau couple, et tous deux étaient aussi fiers de leur fils John, brillant et séduisant, que déçus de leur fille — ordinaire, livresque et maladroite. Bette avait passé sa jeunesse à essayer en vain de s'insinuer dans leurs grâces, mais ils n'avaient eu d'yeux que pour John. Elle avait dix-sept ans lorsque son frère trouva la mort au Viêtnam, à cause d'une initiative imprudente que ses parents — pas l'armée — qualifièrent d'héroïque. Une fois John disparu, Bette crut qu'ils se montreraient, peut-être, enfin, plus affectueux envers elle, particulièrement si elle trouvait le moyen de se distinguer. Mais le doctorat de littérature anglaise qu'elle décrocha à l'université de Harvard n'y suffit pas. Ni la publication de son ouvrage critique sur l'œuvre de Samuel Johnson, salué par la presse littéraire comme un modèle du genre, mais dont ses parents n'avaient bien sûr jamais entendu parler. Son père mourut prématurément d'une crise cardiaque et Bette abandonna son poste à la prestigieuse John Brown University de Long Island pour rejoindre sa mère, qui se plaignait de sa solitude à longueur de temps. C'était également peine perdue. Mme Simon-Smith mère semblait presque blessée de retrouver chaque matin devant elle le visage ennuyeux de sa fille qui, maintenant âgée de trente ans, en paraissait quinze de plus.

Bette regardait le portrait de sa mère, suspendu au-dessus de la cheminée. Il avait été peint quand elle avait vingt-deux ans, un an après son mariage. Elle avait les cheveux blonds, les yeux d'un bleu splendide, les pommettes hautes et un teint de porcelaine. Une fois de plus, Bette remarqua à quel point elle ressemblait à Nicole Chandler. Nicole aurait dû être sa fille, pensa-t-elle amèrement. Sa mère aurait été fière.

Ses mâchoires se contractèrent. Bette leva son verre au portrait. « À la tienne, ma vieille, grinça-t-elle. Et à ta fille spirituelle, qui semble tenir de toi par je ne sais quelle bizarrerie de la nature. » Elle rigola. « Elle avait l'air moins chouette, cet après-midi, les quatre fers en l'air sur le parking. »

Elle avala une grande gorgée de vin, et manqua de s'étrangler de rire en repensant à sa jeune collègue dans sa posture indélicate. Elle se remémora le reste de la scène — les étudiants qui accoururent au secours de Nicole, les soins dont ils l'entourèrent, la voix qui l'avait traitée, elle, de « fêlée ». Son rire disparut. Cela leur était bien égal que Bette ait autrefois été considérée comme un brillant professeur, qu'elle ait écrit un livre et de nombreux articles, et qu'elle ait juste terminé ce qu'elle croyait être un ouvrage de référence sur Alexander Pope. Les imbéciles des presses universitaires à qui elle en avait soumis le premier manuscrit l'avaient qualifié d'« erratique et mal fichu ». « Comme s'ils y connaissaient quelque chose, ces illettrés ! » déclara-t-elle à la table et aux chaises. « Ils n'y comprennent rien et c'est tout. De la confiture aux cochons ! C'est tout simplement trop intelligent pour eux ! »

De fait, personne n'avait voulu du manuscrit nulle part, et Bette se sentit plus mal encore d'y repenser. Elle vida son verre, le remplit de nouveau — à ras bord — et le leva à l'attention du portrait au-dessus de la cheminée. « Oui, madame ma mère, je sais qu'on ne remplit les verres qu'à moitié, et alors ? Personne n'est là pour constater mes mauvaises manières. De toute façon, il n'y a jamais personne. »

Des larmes gonflèrent ses paupières. Depuis quand était-elle ainsi été seule chaque soir ? Nancy Silver et son mari étaient venus dîner plusieurs fois, mais ne lui avaient plus rendu visite depuis un an ou davantage. Ses rares autres amis s'étaient envolés depuis plus longtemps encore. Et les hommes ? Quelques années plus tôt, Bette en avait rencontré un, beau garçon, sensible et intelligent, avec qui elle avait pu discuter littérature, ou aller au cinéma voir des films étrangers. Il était même venu dîner à la maison, chez Bette et sa mère, dans l'immense salle à manger qui n'avait plus été utilisée depuis la mort du père.

Puis, par une chaude soirée d'été, alors qu'ils étaient tous deux assis dans cette même pièce, Bette, rassemblant son courage, avait pris sa main pour l'embrasser. Elle l'avait observé d'un regard tendre et profond, en attendant une réponse. Son ami avait rougi, évité ses yeux, et lui avait confié que, s'il avait pour elle beaucoup d'affection, il redoutait qu'elle n'ait pas bien compris. Il était gay.

Sa mère avait éclaté de rire le soir suivant lorsque, à la fin du repas, Bette s'était effondrée en larmes en lui relatant la scène.

« Quoi ? Tu ne t'étais pas rendu compte qu'il était homosexuel ? avait-elle demandé, incrédule.

— Comment aurais-je pu le savoir ? » avait répondu Bette, en proie à la plus grande confusion.

Mme Simon-Smith avait hoché la tête. « Bette, crois-tu vraiment qu'un beau garçon de ce genre, s'il était hétéro, passerait tout ce temps avec *toi* ? »

Bette avait quitté la table en jetant sa chaise par terre, puis claqué la porte. Deux jours plus tard on retrouvait sa mère, la nuque brisée, au bas de l'escalier. On avait conclu à un accident, bien que Bette comprît que la police se doutait de quelque chose.

Elle repoussa rapidement le souvenir de sa mère qui la regardait fixement d'un œil vitreux. Même morte, elle paraissait encore déçue. Son regard était empreint de répulsion. Ayant hérité de la maison, Bette avait ensuite procédé à divers changements. Elle avait condamné la chambre de ses parents, celle de John, et pratiquement laissé à l'abandon tout l'étage supérieur. Puis elle avait congédié la gouvernante et commencé à étudier de près l'impressionnante collection de vieilles bouteilles que sa mère avait conservées à la cave pour ses bonnes relations. Quelle importance, après tout ? Bette était infiniment seule, et il n'y avait personne à qui elle pouvait confier, à sa mort, la maison et ses trésors — bordeaux et bourgognes y compris. Si elle avait pensé un temps à faire de Nancy Silver son héritière, elle avait changé d'avis trois mois plus tôt, et le tout reviendrait à une entreprise de charité.

Elle but une nouvelle gorgée de vin, puis glissa un CD dans l'appareil portable qu'elle gardait dans le salon. Alors que résonnaient les premières notes de *Water Music*, elle crut entendre un bruit de verre brisé au fond de la maison. Elle tendit l'oreille, mais la musique emplissait tout l'espace sonore. Ce n'est sans doute rien, pensa-t-elle. Elle n'avait pas lavé sa vaisselle depuis trois jours. Peut-être l'un des verres empilés dans l'évier était-il tombé.

Elle vida le sien et le remplit une nouvelle fois. « La soirée ne fait que commencer et ce n'est pas le nectar qui manque », dit-elle à haute voix. Elle posa son verre sur la table Sheraton couverte de poussière, et tendit la main à un cavalier imaginaire. « Mais c'est avec plaisir que j'accepterai cette danse, monsieur. » Avec moult coquetteries à l'attention de son invisible amant, elle se lança alors dans un genre de gavotte — tout entière à s'imaginer dans une robe de soie lavande, sous ses longs cheveux blonds élégamment coiffés, avec une ample poitrine prête à jaillir du décolleté — incarnant pour une fois le désir de chaque homme, la jalousie de chaque femme.

Elle trébucha, manqua de tomber, et s'esclaffa. La pièce semblait bouger autour d'elle. « Veuillez m'excuser, cher monsieur. Vous me donnez le tournis. »

Après l'ouverture, le morceau bien connu de Haendel devenait plus lent, plus doux et, cette fois, Bette entendit distinctement un bruit sourd. Puis un autre. Encore un autre. Près de l'escalier. *Dans* l'escalier. L'escalier où sa mère avait trouvé la mort.

Son sourire aviné disparut de ses lèvres et elle resta un instant immobile. Elle finit par quitter le salon et déboucher dans le couloir. Elle n'allumait jamais beaucoup de lampes le soir, pour la raison surtout que la plupart des ampoules avaient grillé et qu'elle se passait de les remplacer. C'est pourquoi le grand lustre qui avait autrefois illuminé le couloir n'était plus qu'une forêt d'ombres cristallines. Bette dormait au rez-de-chaussée, et la seule lumière qui éclairait vaguement l'escalier était celle du salon, dont elle n'avait pas refermé la porte. Plissant les paupières dans l'obscurité, elle avança lentement, puis fronça les sourcils en apercevant une forme ramassée au bas de l'escalier. Elle fit encore un pas. Et un autre. N'était-ce pas un corps ? Celui de...

« Mère ! cria-t-elle. Je ne l'ai pas voulu ! J'étais tellement en colère... Vous vous moquiez de moi. Vous disiez que vous me trouviez *comique* ! Je vous ai poussée, et... »

Elle parlait d'une voix aiguë, perçante, sa peau avait soudain revêtu une terrible pâleur, ses yeux semblaient brûler entre ses cernes. La main sur la bouche, horrifiée, elle se mit à reculer. Tu es saoule, se dit-elle dans un éclair de cette lucidité qu'elle fuyait le plus souvent. Tu hallucines. Ta mère est morte depuis des années. Morte et enterrée. Il est tout bonnement impossible qu'elle soit là, recroquevillée sur elle-même au bas de l'escalier.

Effrayée, accablée par son sentiment de culpabilité, elle continuait de reculer, lorsque soudain elle heurta quelqu'un. Mais au lieu de se retourner elle se figea, tant elle avait peur de trouver derrière elle le visage maternel.

Flûtes, hautbois et bassons résonnaient dans le salon.

« La trouille ? » fit une voix contre son oreille.

Bette ouvrit la bouche, mais aucun son ne sortit. Si seulement j'arrivais à parler, pensa-t-elle. Si je pouvais dire ne serait-ce qu'un mot, ces hallucinations s'évanouiraient comme elles sont venues. Rien qu'un mot...

Un bras vient serrer sa taille et la tira en arrière sur un corps qui semblait anormalement chaud. « On croyait que c'était maman au bas de l'escalier ? Tu t'es vue en train de la tuer à nouveau, peut-être, de la pousser comme tu as poussé Nicole Chandler, cet après-midi ? C'est que tout se brouille, maintenant, dans la petite tête de Bette Simon-Smith ? Enfin, Nicole n'est pas ta maman, voyons...

— Non, non, je ne l'ai pas poussée, dit Bette, épouvantée. Je ne voulais pas.

— Qui ? Ta mère ? Ou Nicole ?

— Nicole. »

Elle sentit le canon d'un pistolet se coller à sa tempe, si durement qu'elle cria.

« Menteuse, dit la voix.

— Bon, d'accord, je l'admets. Mais ça n'a duré qu'une seconde.

Je ne voulais pas lui faire mal. Je n'ai jamais voulu faire de mal à personne.

— *Menteuse!*»

Bette éprouvait des difficultés à respirer régulièrement. «C'est vrai, je ne l'aime pas. Mais elle se moque de moi.

— Qui? Nicole ou ta mère?

— Je ne sais pas. Les deux.

— Pas étonnant. Tu es ridicule.

— Oui, oui, c'est vrai, vous avez raison.» Bette haletait. Le couloir commençait à tourner. Trop de vin et pas d'air dans les poumons. «Je m'excuse. Je ne recommencerai pas.

— Ça, c'est sûr que tu ne recommenceras pas. Tu ne feras plus jamais aucun mal à Nicole, ni à personne d'ailleurs», conclut la voix traînante. Le bras quitta sa taille et lui serra la gorge. La vision de Bette s'obscurcit. Elle n'était pas encore morte, elle le savait. Elle voulait lever les mains, détacher ce bras ancré autour de son cou, mais elle était paralysée par la peur. S'attendant à ce qui allait arriver, elle voulut s'évanouir, mais elle ne savait pas comment on faisait.

Même si le pistolet n'avait pas été muni d'un silencieux, la détonation se serait noyée dans les trompettes triomphantes qui menaient à sa fin le morceau préféré de Bette Simon-Smith.

VINGT-CINQ

Nicole referma la porte de son bureau, et partit dans le couloir en direction des escaliers où elle tomba nez à nez sur Nancy Silver. Celle-ci la regarda d'un œil inquiet.

« Qu'y a-t-il ? l'interrogea Nicole.

— Bette n'est pas venue aujourd'hui. Elle n'a pas appelé. Impossible de la joindre nulle part. Je suis partie voir chez elle et elle n'a pas répondu. Pourtant sa voiture est devant la porte. J'en reviens, là. » Nancy avait l'air très soucieuse. « Nicole, on m'a raconté ce qui t'est arrivé hier sur le parking. Est-ce qu'elle t'aurait téléphoné, ou est-ce qu'elle serait passée chez toi pour s'excuser ? »

Nicole eut envie de souligner que Bette n'avait sûrement pas l'intention de s'excuser, mais elle se rendit compte que Nancy était sincèrement préoccupée et qu'elle méritait une réponse. « Non, je ne l'ai pas vue depuis hier. Je dois admettre qu'elle était d'une humeur… massacrante.

— Je sais que ce n'est pas mes affaires, dit Nancy, hésitante, mais je me suis demandé…

— Pourquoi nous nous sommes disputées ? L'autre jour, Bette est venue dans mon bureau. Tu sais que je traverse une passe difficile. Elle a eu un geste bizarre qui m'a donné le fou rire, je n'arrivais vraiment plus à m'arrêter. C'était parfaitement impoli de ma part et Bette l'a, évidemment, mal pris. C'est pourquoi j'ai décidé en la voyant hier au parking de lui présenter mes excuses. Je pensais qu'en lui expliquant ma situation, elle comprendrait. Mais elle n'a rien voulu savoir. Elle m'a fait une remarque désobligeante à propos de mon mari et j'ai eu le tort de répondre à l'insulte par l'insulte. C'est à ce moment-là qu'elle m'a poussée.

— Oh, que c'est idiot. Je suis navrée pour toi, Nicole.

— Tu n'y es pour rien. Elle ne m'a pas fait mal et j'étais plus embarrassée qu'autre chose. D'ailleurs je ne l'avais peut-être pas volé, finalement.

— Ne dis pas de bêtises. Je connais Bette depuis longtemps. Je l'ai vue changer du tout au tout ces dernières années. On s'invitait souvent entre nous, et j'allais chez elle avec mon mari, mais on a arrêté parce qu'elle finissait par le gêner. Il a fini par se demander si elle n'avait pas tué sa propre mère…

— Tué sa propre mère ! » s'exclama Nicole.

Un voile de tristesse passa sur les yeux de Nancy. « Tu ne dois pas être au courant de l'histoire. Moi, j'ai toujours cru qu'il s'agissait d'un accident. Il n'empêche qu'après la mort de sa mère, Bette qui était déjà excentrique est devenue complètement bizarre. J'ai moi aussi fait les frais de ce don incroyable qu'elle a pour te pousser à dire des choses que tu garderais pour toi. En tout cas, ce n'est pas parce que tu as répondu à ses insultes qu'elle avait le droit de te flanquer par terre. J'ai bien peur que ça lui coûte son poste, d'ailleurs.

— À cause de cet incident stupide ? Non, quand même… Je ne pense pas qu'elle voulait me faire tomber. Elle m'a poussée et j'ai perdu l'équilibre, c'est tout. Je ne voudrais pas qu'elle se retrouve à la porte à cause de *moi*…

— S'il n'y avait que ça. C'est la goutte d'eau qui a fait déborder le vase, tu sais. Cela fait quatre ans qu'on est obligés de supporter ses commentaires déplacés. Ses étudiants et le reste des profs en ont par-dessus la tête de ses simagrées. On a fait des efforts inimaginables envers elle, mais on ne peut pas toujours tout laisser passer. » Nancy se mordit la lèvre. « En fait, j'ai peur qu'elle se soit rendu compte qu'elle est allée trop loin, hier, et qu'elle ait commis une bêtise.

— Viens avec moi dans mon bureau, Nancy, dit aussitôt Nicole. J'ai un ami dans la police. On va lui demander de faire le nécessaire. »

★

« Ray, c'est un boulot pour les jeunes, pas pour nous, insistait Chuck Waters dans la voiture.

— Un autre jour, je serais d'accord avec toi, mais quelque chose me dit qu'il y a un lien avec Chandler.

— Tu parles. Il suffit que la jolie Nicole te donne un coup de fil et tu cours comme un petit chien, oui.

— Écoute, non seulement cette Bette Simon-Smith enseigne dans le même département que Chandler, mais en plus, elle a piqué hier une crise sur le parking et elle l'a carrément fichue par terre. » Ray jeta un coup d'œil vers Chuck. « Et tu sais aussi bien que moi ce qu'il arrive aux gens qui lèvent la main sur Nicole.

— Elle les descend, ou du moins elle essaie. »

Ray se raidit. « C'est *ta* version des choses. »

Chuck émit un petit rire. « Ne monte pas sur tes grands chevaux, Ray. J'ai une idée de l'effet qu'elle te fait, cette mignonne. Et c'est peut-être même à cause de ça que tu as insisté pour que je t'accompagne. J'ai un regard plus objectif.

— Tu as l'air bien sûr de toi.

— Disons que j'ai pris un peu le temps de réfléchir à cette affaire, admit vaguement Waters. Mais je te ferai remarquer que, pour l'instant, on est en train de se promener. Deux sergents de la criminelle qui foncent au secours d'une prof, pour la seule raison qu'on ne l'a pas vue à la fac. J'aimerais bien voir la tête du lieutenant quand il apprendra ça.

— Si on ne trouve rien, on n'est pas obligés de lui dire. »

Chuck se mura dans le silence. Il doit se demander ce que sa bonne femme va lui préparer pour dîner, pensa Ray avec un certain mépris. Waters ne semblait plus se préoccuper que de ce qu'il trouverait dans son assiette en rentrant chez lui.

Dix minutes plus tard, ils se garaient devant une maison victorienne passablement décrépie. Si elle était moins impressionnante que la villa des Dominic, elle gardait un petit air de gloire passée et souffrait visiblement du manque d'entretien. « Pas le genre fée du logis, ton professeur de lettres, commenta Chuck. Cette baraque a drôlement besoin d'un coup de peinture. Il y a une voiture dans l'allée.

— Nicole m'a dit qu'elle a une Mercedes marron. C'est celle-là. »

Ils montèrent les marches conduisant à la véranda et frappèrent plusieurs fois à la lourde porte de chêne sculpté. Personne ne répondit.

«Allons voir à l'arrière, proposa Ray.

— Laisse tomber. Elle est sortie faire ses courses et puis voilà.»

Ray soupira. «Il y en a pour cinq minutes!

— Comme tu voudras. Mais je trouve qu'on perd beaucoup de temps pour faire plaisir à ta petite amie.

— Ce n'est *pas* ma petite amie.

— Ah, tous mes regrets.»

Ils passèrent par la pelouse et contournèrent la maison. Les fenêtres étaient sales et les volets d'un vert défraîchi. À l'arrière, le grand jardin n'était pas clôturé. En son centre se dressait une terrasse d'été, envahie par les mauvaises herbes. Quelle pitié de laisser un si bel endroit à l'abandon, pensa Chuck. Aline aimerait tant posséder une maison de ce genre, et elle saurait, avec trois sous, en faire rien moins qu'un palace. Ils pourraient s'asseoir dans le jardin à la tombée de la nuit, discuter de leur journée en dégustant des mint-juleps…

Pendant que Waters contemplait la terrasse, Ray trouva une porte et frappa. Il se figea soudain: «Chuck, il y a un carreau cassé sur la porte. Viens voir. Il est brisé juste au-dessus de la poignée. Il y a même un peu de sang.»

Mais Waters ne répondit pas. Son regard venait de se poser au fond du jardin, où une silhouette aux jambes trop maigres, le visage recouvert d'une cagoule, se détachait sous une branche du grand chêne.

★

Il était déjà sept heures. Nicole avait promis à Nancy de lui faire signe dès qu'elle aurait des nouvelles de Bette, mais elles avaient téléphoné à Ray trois heures plus tôt et celui-ci ne s'était pas manifesté. Elle avait appelé Phyllis, échangé quelques mots avec Shelley qui semblait se lasser de son séjour prolongé chez sa grand-mère, puis elle avait essayé vainement de penser à ses cours de la semaine. Armée d'un chiffon à poussière, elle faisait les cent pas dans le salon à essuyer les meubles, alors qu'elle avait fait le ménage l'avant-veille. On frappa enfin à la porte et elle courut ouvrir.

« Ray ! s'exclama-t-elle. Je commençais à m'inquiéter ! »

Visiblement tendu, il afficha un sourire las. « Désolé, je n'ai pas eu le temps de vous appeler plus tôt. »

Elle le dévisagea. « Il y a un problème ? Qu'est-ce qui s'est passé ? Bette s'est suicidée ? »

Il parut reprendre son souffle. « Elle est morte, oui, dit-il à mi-voix, mais elle ne s'est pas suicidée.

— Un accident ? » fit Nicole avec une lueur d'espoir, car elle croyait le sol déjà en train de se dérober sous ses pieds.

Ray lui posa les mains sur les épaules. « Non, on lui a logé une balle dans le crâne, et on l'a pendue à un arbre avec une cagoule sur la tête. »

Elle s'écroula. Elle sentit vaguement qu'on la transportait jusqu'à son lit. Quand elle rouvrit les yeux, Ray lui passait un gant de toilette humide sur le front.

« Vous vous êtes évanouie. »

Elle hocha la tête. « Bette a été assassinée de la même façon que les autres.

— Oui. On l'a retrouvée dans son jardin.

— J'espère que vous n'allez pas me dire qu'on a vu sur les lieux un grand type aux cheveux noirs ?

— On n'a pour l'instant pas de témoins. » Il baissa les yeux. « Vous serez officiellement entendue demain.

— Et arrêtée ? »

À l'évidence, Ray ne voulait pas répondre à cette question. « On n'a aucune sorte de preuve contre vous.

— Oui, mais j'ai un mobile. Et aucun alibi.

— On a trouvé le corps il y a seulement trois heures. Il n'est pas impossible qu'une piste se présente. Et ne vous inquiétez pas pour votre alibi.

— Et comment, que je m'inquiète ! fit Nicole d'une voix aiguë. Je suis restée la soirée entière toute seule à la maison.

— Je m'occuperai de ça.

— Qu'est-ce que vous racontez ? Vous n'allez pas me fabriquer un alibi ?

— S'il le faut, oui.

— Ray, je ne vous laisserai pas faire ça. Vous avez une carrière et... »

Le regard brûlant, il se retourna vers elle : « Nicole, il y a pour le moment bien plus important que ma carrière. C'est pour vous que j'ai peur. Je ne vais pas vous raconter d'histoire, vous êtes dans de sales draps. Ce nouveau meurtre renforce tous les soupçons existants contre vous. Mais moi, je sais que vous n'y êtes pour rien. C'est Dominic, le coupable. »

Nicole retira le gant de toilette de son front. « Comment pouvez-vous en être sûr ? »

Il posa sur elle un regard incrédule. « Nicole, à chaque fois que quelqu'un vous fait mal, ou du moins qu'il essaie, il se retrouve une balle dans la tête, accroché à une branche sous une cagoule. C'était le même scénario il y a quinze ans, et ça recommence exactement pareil. Paul Dominic a été arrêté pour les meurtres de Zand et de Magaro, il a réussi à disparaître dans la nature, mais aujourd'hui il est revenu. Qu'est-ce qu'il vous faut de plus ?

— Rien, admettons, fit-elle d'une petite voix. Je vois que vous êtes convaincu. Que pense votre collègue Waters ?

— Waters ne voit que ce qu'il veut bien voir.

— Il me croit coupable, n'est-ce pas ?

— C'est exact, il vous suspecte, dit Ray à contrecœur. Et c'est, de toute évidence, ce que recherche Dominic. C'est pour cette raison qu'il reste dans l'ombre, qu'il ne s'est encore montré qu'à vous. » Ray poursuivit d'une voix solennelle : « Ce type est un fou meurtrier. »

☆

« Tu ne dors pas ?

— Comment le sais-tu ? répondit Chuck.

— Pour une fois, tu ne ronfles pas assez fort pour faire trembler les vitres. » Aline prit appui sur un coude et se redressa. « C'est à Nicole Sloan que tu penses ?

— Chandler, Aline. Elle s'est mariée entre-temps. En plus, son mari l'accuse d'avoir bousillé son circuit de freins pour essayer de le tuer.

— Elle aurait fait ça ? Chuckie, c'est ridicule. C'est un travail d'homme.

— Ce ne serait pas impossible. Il est passé chez elle la veille de l'accident et il lui a fichu son poing dans la figure. Hier, c'est une de ses collègues qui s'en est prise à elle. La fille l'a poussée par terre au beau milieu du parking de la faculté. Et devine qui on a trouvé pendu à un arbre, aujourd'hui ? La fille, justement. Exactement comme Magaro et Zand. »

Aline frissonna. « Tu ne la vois quand même pas en train de suspendre des gens aux branches ?

— Non, ce n'est pas très crédible. Seulement... »

Ils se turent un instant. Aline rompit le silence : « Chuck, tu as rouvert le dossier, pour les meurtres des deux types ?

— Oui, mais je n'ai rien trouvé de nouveau. Je n'ai pas fini, remarque.

— L'autre soir, tu avais l'air de douter que ce pianiste, là, pouvait être l'assassin.

— Paul Dominic, oui. Disons que je n'ai jamais été convaincu.

— Selon toi, c'était le genre de type trop intelligent pour laisser traîner des pièces à conviction.

— C'est en effet l'une des choses qui me tracassaient. » Il soupira. « Il avait une certaine allure. Il était bien élevé, mais c'était plus que ça. Il n'était jamais méprisant. Envers moi, il s'est toujours comporté dignement. C'est quelque chose qui se lisait dans ses yeux, surtout. J'ai vu des gens hurler leur innocence jusqu'à en perdre la voix. J'en ai vu qui pleuraient, qui juraient sur la tête de leurs enfants, qui demandaient à Dieu d'abattre la foudre sur eux s'ils ne disaient pas la vérité, mais leurs yeux les trahissaient toujours. Alors que cet homme avait l'air, comment dire, désorienté, blessé même, comme s'il ne comprenait sincèrement rien du tout à ce qui se passait.

— Qu'est-ce qu'il a dit pour se défendre ?

— Rien. Il n'a pas avoué, mais il n'a pas dit un mot non plus pour se justifier. Il a laissé son avocat parler tout le temps.

— C'est la chose à faire quand on est coupable.

— Oui, mais c'est assez rare. C'est ce que font les récidivistes, ou les gens de la mafia — ceux qui ont souvent affaire à la justice, et qui laissent leurs avocats se charger de tout. Mais il y a toujours un moment où les types comme lui craquent et se mettent à gueuler qu'ils sont innocents, que ça soit vrai ou pas. Dominic n'a même pas ouvert la bouche. Il est resté assis, l'air à moitié ahuri. »

Aline caressa le bras de son mari. « Tu ne laisses pas tomber cette affaire, dis-moi ? Tu disais l'autre jour que ce qui se passe aujourd'hui a sûrement un rapport avec Zand et Magaro. Quand je pense à cette petite et tout ce qui lui arrive… Deux meurtres chez elle, son mari, maintenant cette collègue de l'université…

— Ça sent mauvais pour elle. Les coïncidences, ça existe, mais ça commence à faire, Aline. À chaque fois qu'une personne lui en veut, on retrouve un cadavre ou un blessé.

— Mais, enfin, Chuck…

— Aline, *j'ai* rouvert ce dossier. *J'ai* fait sortir des archives le pistolet avec lequel on a tué Magaro et Zand. Et *j'ai* renvoyé l'arme aux types de Balistique en leur demandant de faire le maximum pour déchiffrer le numéro de série.

— Tu penses que c'est si important, ce numéro ?

— Pas négligeable.

— Et c'est *tout* ce que tu fais ?

— Pour l'instant.

— Ça me semble un peu léger.

— Je ne peux pas faire grand-chose de plus. Au bout de quinze ans, les pistes, ça refroidit.

— C'est toi, l'expert. Oh, bon sang, j'ai complètement oublié de te dire : une dénommée Jewel a appelé ici pour toi. »

Chuck se redressa. « Jewel ! Jewel Crown ?

— Jewel Crown ? Qu'est-ce que c'est que ce nom grotesque ?

— Aline…

— Excuse-moi. Elle ne m'a laissé que son prénom. Elle voulait te parler. Je lui ai dit d'appeler le commissariat. Elle m'a répondu qu'elle ne pouvait pas, et puis elle s'est mise à pleurer.

— Elle a laissé un numéro où la joindre ?

— Non. Je te l'aurais déjà donné. Je me suis demandé si cette fille n'était pas dérangée. Qu'est-ce que ça veut dire de ne pas laisser son nom, son numéro de téléphone, et de refuser d'appeler le commissariat ? Tu crois que c'est important ?

— On ne sait jamais.

— Chuck, je suis vraiment désolée de n'y penser que maintenant. Tu sais que je te donne toujours tes messages… »

Il se pencha vers elle et l'embrassa. « Ce n'est pas grave, poulet. De toute façon, si elle n'a pas laissé son téléphone, je ne vois pas où la joindre.

— Pourquoi est-ce qu'elle ne t'a pas appelé au travail, si elle voulait te parler ?

— Je n'en sais rien. Cette fille est une prostituée, Aline. Ces dames n'aiment pas beaucoup les commissariats.

—Y a-t-il un rapport entre elle et Nicole Chandler ?

— Indirectement, oui. Du moins, à ce que j'en sais. C'était la petite amie d'Izzy Dooley.

— Izzy Dooley ? Ce type avait une petite amie ?

—Tout le monde doit trouver chaussure à son pied, paraît-il. » Chuck poussa un nouveau soupir. « Écoute, Aline, je te propose un marché. J'attends encore de me faire une opinion sur Nicole Chandler, et je continue mes recherches à propos de Magaro et Zand. Mais à une condition.

— Oh ? Et laquelle ?

— Eh bien, ce plat au soja et aux haricots verts que tu m'as servi tout à l'heure était sûrement très sain, mais j'ai encore une faim de loup. J'ai besoin d'un sandwich. Un *vrai* sandwich au rôti de bœuf, avec du fromage, des cornichons, de la mayonnaise et un bon millier de calories. »

Elle rit et lui posa un baiser sur la joue. « Marché conclu, chéri. J'appellerai ça tes nourritures spirituelles. »

★

Allongée dans son lit, Nicole savait qu'elle ne trouverait pas le sommeil. Et que, si elle ne se reposait pas, elle tomberait d'épuisement le lendemain.

Ray l'avait quittée trois heures plus tôt, mais elle avait déjà l'impression que c'était la veille. Chaque nouvelle minute attisait son angoisse d'être inculpée.

Il y avait encore eu un meurtre. Pauvre Bette. Certes, Nicole ne l'avait pas beaucoup aimée, mais elle n'avait jamais souhaité sa mort. L'idée que sa collègue ait été tuée à cause d'elle était en outre insupportable. Elle frissonna. Ray était persuadé que Paul était le coupable, non seulement parce que Simon-Smith l'avait poussée, mais parce qu'il était selon lui devenu un «fou meurtrier». Paul Dominic ? Nicole n'en croyait rien.

Elle se leva, partit au salon allumer la chaîne stéréo, retrouva la cassette *Dominic joue Gershwin à Carnegie Hall* et la glissa dans la platine. Les premières mesures de *Rhapsody in Blue* retentirent quelques instants plus tard. Nicole se demanda quand elle l'avait entièrement écoutée pour la dernière fois. Chaque fois que le morceau passait à la radio, elle l'éteignait. Si elle se trouvait dans une soirée où quelqu'un mettait le disque, elle changeait de pièce. Cette partition en était venue à symboliser la mort — la mort d'un bel amour, mais aussi le viol et les meurtres ultérieurs de Zand et de Magaro.

Nicole s'assit sur son canapé au moment précis où le piano solo reprenait le thème principal. C'était Paul qui jouait. À Carnegie Hall. Fermant les yeux, elle se retrouva quinze ans plus tôt, allongée auprès de lui sur les coussins profonds de la grande salle de musique à Olmos Park, uniquement éclairée par les chandelles. La scène reprenait vie. L'interrogeant du regard, Paul se penchait vers elle à la fin du morceau. «Est-ce que tu crois au destin, Nicole?… Je crois que c'est le destin qui m'a ramené au Texas pour que je puisse te retrouver.» Elle rouvrait les yeux. «Je te vois demain ?» demandait-il à la porte. «Il faut que je retourne à la mission San Juan terminer mes recherches.» «Je te rejoindrai là-bas», avait-il promis en assurant qu'il y avait passé avec elle l'une des journées les plus heureuses de son existence.

Elle sourit en se rappelant leurs promenades dans le parc, leurs conversations à bâtons rompus, les photographies qu'ils avaient prises l'un de l'autre, le contact sans cesse retrouvé de leurs mains, de leurs peaux. «Je t'aime tant, *ma chérie*», lui avait-il confié alors qu'elle partait ce soir-là. Paul était revenu la sauver alors qu'Izzy Dooley l'agressait sur les berges de River Walk. En lui glissant sa croix de turquoise autour du cou, il l'avait de nouveau regardée avec ses yeux noisette, animés d'un éclat intense. Puis Alicia l'avait saluée d'une phrase sibylline — «certaines amours durent toujours».

La Rhapsody passait maintenant aux vigoureuses mesures de l'andantino moderato. «Oui, murmura Nicole. Toujours. Je t'aimais, Paul, et Dieu me pardonne, mais je t'aime encore aujourd'hui. Je crois toujours à ton amour et je sais que jamais tu ne tuerais pour moi. »

Le morceau touchait à sa fin, Nicole se leva et commença à arpenter nerveusement la pièce. Paul Dominic aurait assassiné cinq personnes, dont un policier innocent ? Non, c'était absurde, ridicule.

Tandis qu'elle faisait les cent pas, ses yeux tombèrent sur le courrier du jour qu'elle avait oublié après l'avoir déposé sur la petite table de l'entrée. Elle saisit le paquet d'enveloppes et tria rapidement celles-ci. « Le gaz, l'électricité, le téléphone et l'eau. Tout en même temps. Une vraie anthologie de la poésie américaine », dit-elle à haute voix, en reposant les factures en même temps que la lettre d'une association d'anciens élèves. Il y avait ensuite une carte postale. L'image représentait une église espagnole. « La mission San Juan », murmura-t-elle. Elle la retourna, remarqua qu'elle n'était pas affranchie, et lut l'écriture manuscrite : « Retrouve-moi là-bas à minuit. » La signature était un P penché.

« Paul ! » souffla-t-elle. « Paul qui veut me voir. »

Hésitante, elle resta immobile une trentaine de secondes. Elle se précipita dans sa chambre.

★

Quelques instants plus tard, elle jetait un coup d'œil par-dessus l'évier à la fenêtre de la cuisine. Comme d'habitude, une voiture de police assurait sa surveillance. « Mince ! » grommela Nicole.

Elle regarda sa montre. Onze heures vingt. Elle décrocha le téléphone, appela un taxi et lui demanda de venir la trouver dans la rue derrière la maison. Elle ouvrit son portefeuille pour vérifier qu'elle disposait de suffisamment d'argent, puis elle descendit à la cave, mit la main sur son échelle en aluminium et l'apporta dans le jardin. Elle la posa près du chêne contre la clôture, monta jusqu'au dernier échelon, tendit les bras et saisit la première branche de l'arbre — la même qu'Izzy Dooley avait utilisée pour s'introduire chez elle. Sans la lâcher, elle s'assit momentanément sur la clôture, et attrapa le haut de l'échelle qu'elle fit passer de l'autre côté pour s'en servir au retour. Elle grimaça lorsque le métal grinça plusieurs fois contre le bois. Alors, lentement, elle se laissa glisser dans le jardin du voisin, en prenant soin d'amortir sa chute pour ne pas se fouler une cheville. Elle traversa la pelouse déserte en courant et resta plusieurs minutes sur le trottoir à inspecter les alentours. Si la maison adjacente était vide, Nicole était terrifiée qu'un autre voisin ait pu la voir escalader sa clôture et, la prenant pour un voleur, ait décidé d'appeler la police. Dans ce cas, quelle explication pouvait-elle fournir, particulièrement à Ray? Elle inventa silencieusement un prétexte après l'autre, tous aussi invraisemblables, jusqu'à ce que le taxi arrive enfin. Elle monta en poussant un soupir de soulagement. « À la mission San Juan, je vous prie. »

Le chauffeur, âgé d'une quarantaine d'années, se retourna : « La mission ? Mais vous avez vu l'heure ?

— Votre société vous demande de justifier les déplacements de vos passagers ?

— Non, mais, euh…

— Eh bien, conduisez-moi à la mission aussi vite que possible, s'il vous plaît. »

En pleine journée, cela aurait pris un temps fou de traverser la ville mais, vu l'heure avancée, ils arrivèrent quelques minutes à peine après minuit. Les pneus crissèrent sur le gravier du parking.

« J'ai besoin que vous m'attendiez », dit Nicole.

Le chauffeur objecta : « Quoi ? Mais ça va vous coûter le double !

— Ça n'est pas un problème. »

Nicole ouvrit la portière et il l'interrompit : « Non, c'est moi qui vous demande d'attendre. Une seconde. »

Ce qu'elle fit.

« Réglez-moi d'abord ce que vous me devez.

— Qu'est-ce qui me prouve que vous allez m'attendre ?

— Qu'est-ce qui me prouve que vous n'allez pas disparaître dans la nature ?

— Bon, d'accord. Mais vous n'avez pas intérêt à fiche le camp dès que j'ai le dos tourné.

— Je vous donne ma parole. Bien que je n'aime pas beaucoup traîner par ici. C'est vraiment glauque, la nuit.

— Fermez bien vos portières et tout se passera bien.

— Facile à dire. »

Oui, c'était facile, pensa Nicole une minute plus tard en s'éloignant de la voiture. Le policier Abbott avait trouvé la mort en pleine nuit dans la sienne. Qu'elle risque sa vie la regardait, mais celle des autres? Je suis venue ici voir Paul, se rappela-t-elle. Si, au fond de mon cœur, je croyais que Paul avait tué le jeune homme, je ne serais pas là.

La mission San Juan était plus isolée que les autres constructions du même type, dispersées le long du fleuve, qui formaient toutes ensemble le Parc naturel des Missions de San Antonio. Nicole savait que les employés du parc finissaient leur travail à cinq heures de l'après-midi, et que l'abbaye — toujours habitée — fermait ses portes à sept heures, à moins qu'un événement particulier ne soit au programme. Elle s'introduisit dans le parc grâce à un petit passage à l'endroit où le mur d'enceinte s'était effondré. Elle n'était pas revenue ici depuis quinze ans, depuis précisément qu'elle avait passé avec Paul ce qui avait été pour elle, aussi, l'une des journées les plus heureuses de sa vie.

Une fois passé l'enceinte, le parc semblait immense. Contrairement au Fort Alamo, en ville, il n'était pas éclairé. Seule la clarté lunaire dessinait les contours des vieux murs jaunis de l'abbaye, projetant sur le sol les ombres incertaines des arbres et de l'immense croix de bois qui se dressait, telle une sentinelle, au milieu de la grand-place. Difficile de croire que celle-ci grouillait autrefois de multiples activités. Des artisans indiens avaient travaillé tout autour dans leurs ateliers, tandis que sur les terres avoisinantes on entretenait les cultures qui assuraient la survie de la communauté entière. Mais il y avait plus de deux cents ans de cela. Le parc était à cet instant silencieux et vide, bien que dans la profonde quiétude de la nuit Nicole eût l'impression de sentir la présence de mille fantômes, témoins de cette époque. Le chauffeur du taxi avait raison. L'endroit était sinistre. Elle se félicita d'avoir emporté son revolver.

Elle ralentit. Qu'est-ce que je suis en train de faire? se demanda-t-elle. J'ai eu peur, des journées entières, que Paul ne soit revenu que pour se venger de moi, et il suffit d'une carte postale et de quelques mots pour que j'accoure aussitôt. Et s'il m'arrivait quelque chose? On ne peut pas confier Shelley à la garde de Roger. Ni à maman, d'ailleurs. Elle ne s'est toujours pas remise de la mort de papa. Peut-être que Roger et Carmen ont raison après tout, je suis vraiment folle.

Mais il n'était pas question de renoncer. Elle se dirigea vers les ruines de l'église que les missionnaires avaient commencé à construire dans les années 1760, et qu'ils avaient dû laisser en plan, faute d'argent et de main-d'œuvre. C'est pourquoi elle n'avait jamais été achevée. Nicole avait enfilé un anorak en hâte par-dessus son chemisier et elle regrettait maintenant de n'avoir pas également un pull-over. Elle avait la chair de poule.

Elle s'arrêta et se retourna vers le parking. De l'endroit où elle se trouvait maintenant, elle ne voyait plus son taxi. Si elle était victime d'une agression, le chauffeur n'arriverait jamais à temps pour lui prêter main forte. Il n'avait pas eu l'air d'un héros au grand cœur. S'il l'entendait crier, il partirait certainement sur les chapeaux de roue.

Parfois quelques nuages voilaient momentanément la lune, et les ombres dérivaient. Nicole aurait juré que la grande croix venait subitement de bouger. Derrière le Christ, les genévriers se mirent à bruire sous le vent. Elle n'était jamais venue ici que de jour. La nuit avait le pouvoir de tout transformer. Et Nicole était seule…

Quelque chose la toucha et un cri lui échappa. Elle baissa les yeux et aperçut le gros doberman noir qui cherchait à glisser son museau dans sa main.

Elle s'exclama : « Jordan ! » et se sentit parcourue d'une vague de bonheur. « Tu as le don du silence, dis-moi. Paul est là avec toi ? Mais bien sûr, tu ne le laisses jamais seul, n'est-ce pas ?

— Sauf quand je le lui demande. »

La voix semblait flotter quelque part derrière les murs de l'église inachevée.

« Paul ?

— Oui, Nicole. Je suis là. Viens. »

Elle se crut rivée au sol, incapable du moindre mouvement. Jordan leva la tête vers elle, puis de l'autre côté, vers l'endroit où Paul avait parlé. Alors il prit doucement le poignet de Nicole entre ses mâchoires et la guida. Elle aperçut une ouverture dans un mur bas, au-dessus duquel un Christ tenait un enfant dans ses bras. Un homme se tenait à côté de la statue.

« Paul, murmura-t-elle.

— Je n'étais pas sûr que tu viendrais. » Il avança vers elle. « Ce que je suis heureux de te voir. »

Elle avait oublié à quel point il était grand — plus d'un mètre quatre-vingts —, mais aussi ses larges épaules, et la grâce de danseur avec laquelle il se mouvait. Son corps n'avait pas changé avec les années. Son visage? Elle l'étudia à la clarté de la lune. Ses traits avaient durci, son front s'était légèrement ridé, ses pommettes semblaient plus saillantes. Il avait toujours le même regard intense, pourtant ses yeux portaient la trace d'une lassitude qu'elle ne lui connaissait pas.

«Nicole?» Elle ne lui avait pas répondu et sa voix était empreinte d'inquiétude. «Tu es venue seule, j'espère?»

Elle réussit à dominer l'émotion qui la paralysait de le revoir après si longtemps. «Oui?

— Ma carte? Personne d'autre ne l'a lue?

— Non. Je suis en venue en taxi et je lui ai demandé de me prendre dans la rue derrière la maison, pour que personne ne me voie. J'ai escaladé la clôture au fond du jardin.»

Il sourit. Les mêmes dents blanches et égales, pensa-t-elle. Les mêmes fossettes, peut-être creusées par le temps. «Nicole *chérie*, te voilà encore obligée de te cacher pour venir me voir. Je suis navré, vraiment.»

Un mètre cinquante, environ, les séparait. Jordan tournait alternativement la tête quand l'un ou l'autre prenait la parole.

«Paul, tout le monde te croit mort. Où as-tu passé ces quinze dernières années?

— Partout et n'importe où. J'ai survécu comme j'ai pu.

— Mais ce sont des affaires à toi qu'on a retrouvées sur les lieux de l'accident. La police a conclu que tu étais dans cette voiture.

— Oui, parce qu'on m'avait pris en stop. Le type avait sorti un revolver et m'avait dépouillé de mon argent. J'ai cru qu'il allait me tuer. C'est sans doute ce qu'il aurait fait, s'il n'avait pas été complètement saoul. J'ai réussi à lui échapper, sans mon sac, et il a eu un accident plus tard. La voiture était volée et la police a cru que j'étais le voleur.

— Je comprends, maintenant.» Elle inspira profondément. «Pourquoi as-tu fui la justice?

— Je savais qu'on ne reconnaîtrait jamais mon innocence.»

Nicole sentit sa gorge se serrer. Elle fit un pas vers Paul en le regardant droit dans les yeux. «Tu l'étais, innocent?»

Il la fixa à son tour. «Tu n'en es pas complètement sûre, alors?

— Pa… pardonne-moi, Paul. Je n'en ai pas douté une fois, jusqu'à ce que tu prennes la fuite, et…

— Et tu n'en es pas sûre.

— Paul, tu t'es *enfui.* » Elle perçut la douleur dans le son de sa propre voix. « Toutes les preuves étaient contre toi. Pardonne-moi de te mettre en colère, mais…

— En colère ? » Il répéta : « En colère ? » puis il éclata de rire. Elle en resta bouché bée. « Tes doutes ne me mettent pas en colère, loin de là. Au contraire, tu viens de retirer un sacré poids de mes épaules. Pendant toutes années, je n'ai jamais su si… Oh, et puis quelle importance ?

— Mais si. Dis-le-moi. » Il hocha la tête et elle comprit subitement. « Oh non !… Tu t'es demandé si ce n'était pas moi qui avais tué Zand et Magaro ! Tu as pensé qu'on t'avait accusé à ma place. Et c'est pour cette raison que tu n'as pas cherché à te défendre ? » Il afficha un sourire désabusé. « Mais le pistolet ? Pourquoi me protéger si tu pensais que j'étais venue le déposer chez toi ?

— Rien ne prouvait que tu avais fait ça. J'ai pensé que *si* c'était toi, alors la seule explication voulait que tu ne sois pas dans ton état normal. Tu étais jeune, complètement traumatisée. Tu aurais pu te dire que je méritais d'être puni, parce que je ne t'avais pas raccompagnée à ta voiture, ce soir-là. Ou que personne ne le retrouverait, ce pistolet.

— Mon Dieu ! C'est pour moi que tu as passé quinze ans en cavale ! » Elle se jeta dans ses bras qu'il referma sur elle. « Oh Paul, ce que je suis malheureuse !

— Ce n'est peut-être pas si grave, dans un sens, avoua-t-il en la serrant. J'avais été tellement gâté. J'ai vécu toute ma jeunesse dans la soie. Ces années m'ont permis de grandir.

— Mais ta mère…

— Oui, cela a été terrible pour elle. J'ai toujours réussi à garder le contact. Elle a toujours su que je m'en sortais, sauf les deux semaines qui ont suivi l'accident. Je n'ai appris que plus tard ce que la police a dit. Nicole, maman m'a encouragé à partir.

— Pas parce qu'elle te croyait coupable, je suppose ?

— Non, elle était convaincue que je serais condamné et elle savait que la prison me rendrait fou. »

Nicole l'observa : « Savait-elle que tu voulais me protéger ?

— Oui. Elle disait que c'était absurde — que, jamais, tu n'aurais pensé à me faire condamner à ta place et que tu n'avais assassiné personne. Elle avait bien vu qu'il n'y avait aucune preuve contre toi, même si tu avais tous les mobiles imaginables. Pourtant les soupçons se portaient sur moi. Elle a compris que je me trouvais dans une situation inextricable, mais elle ne t'a jamais jeté la pierre.

— C'est une femme extraordinaire. Je l'ai vue dimanche.

— Elle me l'a dit. Elle a dit également que tu étais toujours aussi belle et intelligente. »

Nicole sourit. Paul lui caressa la joue et se pencha pour l'embrasser, mais elle se détourna.

« Excuse-moi.

— Paul, ne crois pas que je ne suis pas heureuse de te voir. Ce n'est pas ça. C'est que…

— Que ?

— Eh bien, tu es au courant de ces meurtres autour de moi ?

— Tu m'en crois responsable ?

— Tu m'as appelée le soir où je me suis disputée avec Roger devant la maison. Tu m'as dit que, s'il me parlait encore de cette façon, tu le tuerais. »

Il répondit, incrédule : « Ce n'était pas moi, Nicole.

— Mais c'était bien ta voix. Tu m'as même appelée *chérie.* »

Sincère, il insista : « Nicole, je te jure sur tout ce que j'ai de plus cher que je ne t'ai pas appelée ce soir-là. Je ne t'ai même *jamais* téléphoné, puisque j'étais à moitié sûr que tu serais sur écoute.

— Pourtant j'étais tellement certaine… » Elle ne finit pas sa phrase. Paul avait remarqué que, depuis un instant, elle manipulait sa croix du bout des doigts.

« Tu l'as gardée sur toi.

— Je ne l'ai pas retirée depuis le soir où tu me l'as donnée sur River Walk. Ne me dis pas que ce n'était pas toi.

— Bien sûr que c'était moi. Jordan était là, aussi.

— Tu as réussi à repousser cet horrible type. C'était pourtant risqué de te promener là-bas. Tu aurais pu te faire arrêter. » Elle baissa les yeux. « Paul, il y a une autre raison pour laquelle je ne voulais pas que tu m'embrasses. » Il ne répondit pas. « En fait, j'ai peur que ce soit moi qui aie tué Zand et Magaro. »

Elle sentit qu'il se raidit: «Je croyais que c'était de *mon* innocence que tu doutais.

— Je ne suis pas allée jusqu'au bout de ma pensée. J'ai une série de rêves récurrents, en ce moment.» Il fronça les sourcils. «Je rêve à chaque fois que je vois Zand et Magaro juste avant qu'ils ne se fassent tuer. Ce qu'ils se disent implique que la scène se passe après le viol, même après qu'on les a libérés.»

Paul parut se détendre. «C'est un rêve, c'est tout. Ça ne prête pas à conséquence.

— Non, c'est autre chose qu'un rêve ordinaire. Ça ressemble plutôt à un souvenir qui ne trouve pas le moyen de s'exprimer autrement. On vient de m'apprendre que j'avais eu des crises de somnambulisme à cette époque, et j'ai lu que les somnambules sont capables d'actes très violents, et...»

Paul lui posa un doigt sur les lèvres. «Et que, sans te réveiller, tu serais ensuite venue chez moi jeter ton pistolet dans mes poubelles avec une de mes chemises tachée du sang de Zand?

— Peut-être.

— C'est invraisemblable. Cela ne t'a jamais paru clair que ces meurtres ont été soigneusement préparés? Tu crois vraiment que, dans ton sommeil, tu aurais pensé à emporter les cagoules en plus du revolver? Et ma chemise par la même occasion? Je me demande encore comment tu aurais mis la main dessus. Pour ensuite filer droit trouver Magaro et Zand, leur régler leur compte, les suspendre à une branche, et finir ta tournée à Olmos Park en laissant toutes les pièces à conviction chez moi? Non, Nicole, cela ne peut pas être l'œuvre d'un somnambule. Ce n'est pas un acte impulsif. Tout a été prémédité.

— Tu as quand même pensé que j'aurais pu le faire. Je veux dire: consciemment.

— Tu avais été soumise à rude épreuve. Tu aurais pu être victime d'une crise de folie passagère.

— Rien que ça? Je te remercie.

— Cela ne te serait pas venu à l'esprit, si tu avais été à ma place? Ces ordures ne se sont pas contentées de te violer. Ils t'ont tellement amochée que tu as été obligée de recourir à la chirurgie esthétique. C'est un miracle, s'ils ne t'ont pas tuée. Tout cela parce que tu venais voir en cachette un homme qui n'avait pas le courage de te raccompagner à ta voiture.

— Je n'ai jamais été folle, même passagèrement comme tu dis. Et je sais au fond de moi que je ne les ai pas tués. Je sais que ce n'est pas toi non plus. Alors : qui ?

— Je n'en ai aucune idée. Ces deux types ne manquaient pas de gens qui les détestaient.

— Qui arrangeraient les choses pour que les soupçons se portent sur toi ?

— Pourquoi pas ? Justement, c'était bien pratique, puisque je disais à tout le monde que je leur ferais payer ce qu'ils t'avaient fait. » Paul lâcha un rire sec. « En réalité, j'étais sur le point de m'arranger pour qu'on brise leur contrat chez Rebel Music. J'y avais justement des amis qui cherchaient à revenir sur leur arrangement. Cela ne leur plaisait pas beaucoup d'avoir signé un groupe dont le chanteur était accusé de viol et de tentative de meurtre. »

Bras dessus, bras dessous, ils revinrent vers la murette et s'assirent sans disjoindre leurs mains. Paul avait toujours eu des mains puissantes, mais sa peau à l'époque était douce. Elle était aujourd'hui calleuse. Ils restèrent silencieux, puis Nicole demanda : « Tu joues encore ?

— Oui, si je trouve un piano quelque part et que je suis seul. Cela me prendrait un certain temps avant de pouvoir recommencer à jouer comme avant. Je n'y arriverai peut-être jamais.

— Je suis certaine que si, répondit-elle avec ferveur. Paul, pourquoi as-tu choisi précisément ce moment pour revenir à San Antonio ?

— J'étais de passage quand ton père s'est donné la mort. Je savais que tu serais effondrée et je me suis décidé à rester davantage pour, disons, veiller sur toi.

— Tu as pris tous ces risques parce que tu t'inquiétais pour moi ? Alors que tu n'étais même pas sûr que je n'avais pas tué Zand et Magaro ?

— Je crois que je ne t'en aurais pas voulu, si tu l'avais fait.

— Même si je t'avais tendu un piège pour que tu te fasses condamner à ma place ? releva-t-elle, incrédule.

— Nicole, je te répète que, si tu n'étais pas venue chez moi ce soir-là, les deux lascars ne t'auraient pas touchée. Tu étais complètement à bout, physiquement et mentalement. Tu étais aussi très jeune. Je pouvais comprendre que tu m'en veuilles. Je me suis senti responsable de ce qui t'était arrivé. Comme j'étais revenu un moment, j'ai pensé que je pouvais en profiter pour t'apporter mon soutien. C'était idiot de ma part, je crois. Ma présence n'a fait qu'aggraver les choses.

— Ce n'est pas vrai. » Elle se surprit à frissonner de nouveau. Le froid s'ajoutait à la tension nerveuse. Paul la serra près de lui. Levant la tête, elle détailla son profil altier, les longs cheveux noirs retenus par une queue-de-cheval, son cou fort mais finement dessiné. Il semblait fait pour la protéger. Même s'il avait douté de ses actes, il avait risqué sa précaire liberté, peut-être même sa vie, pour l'aider.

« Paul, tu sais que les meurtres récents sont d'une façon ou d'une autre liés à moi. La police me soupçonne.

— C'était prévisible, sinon prévu. » Il la regarda. « À l'évidence, quelqu'un *veut* te faire porter le chapeau, cette fois.

— Pourquoi ? Qui me détesterait à ce point ?

— Ton mari ?

— Carmen a pensé que c'était lui, oui. Que Roger cherchait à me faire passer pour folle afin d'obtenir la garde de Shelley.

— De là à tuer des gens, il y a quand même un pas.

— La petite amie du type qu'on a retrouvé pendu dans mon jardin affirme qu'un homme l'avait payé pour descendre une femme, une "prof", comme elle a dit.

— C'est ton ami flic qui t'a rapporté ça ? »

Nicole sentit une pointe de culpabilité en pensant à Ray. Que dirait-il s'il apprenait qu'elle était venue en cachette retrouver Paul, qu'elle se pelotonnait maintenant contre lui, qu'elle prenait sa version des choses pour argent comptant ? Consterné, il douterait finalement d'elle, de son innocence. « Oui, c'est lui, admit-elle. Il s'appelle Raymond DeSoto. Il s'est très bien comporté envers moi.

— Il sait que je suis à San Antonio, et il est prêt à sortir son arme dès qu'il sent ma présence.

— C'est toi qui l'as assommé dans le parking du motel, je suppose ?

— Oui. Il a failli m'avoir. C'est vrai que je t'ai suivie partout, que j'ai fait de mon mieux pour te protéger, toi et ta fille. Je savais que tu serais en danger dans cette chambre à l'écart de tout. Il a eu l'intuition que je viendrais au motel.

— On m'a appelée dans ma chambre — quelqu'un qui se faisait passer pour Magaro.

— Pour *Magaro*?» Paul hocha la tête. «Ça fait deux coups de fil plutôt bizarres. La première fois, ce n'était pas moi et, là, c'est carrément un mort! Je savais qu'il allait se passer quelque chose, ce soir-là. Seulement, après avoir assommé ton DeSoto, je ne pouvais pas rester là-bas. J'avais peur qu'il ne reprenne connaissance tout de suite et qu'il appelle des renforts. C'est pourquoi je t'ai laissé Jordan.

— Il s'est bien occupé de nous.» Elle tendit le bras et caressa le gros chien noir, qui lui lécha la main. «Je te remercie d'avoir sauvé Jessie, Paul.

— C'est Jordan qu'il faut remercier. Je t'avais vue arpenter la rue en l'appelant. Mais une voiture de police est arrivée et j'ai pensé que tu serais en sécurité. Alors on est partis à sa recherche. Jordan a fini par le retrouver à quatre heures du matin.

— Dooley et Abbott ont été assassinés pratiquement à la même heure.

— Si je n'avais pas été en train de chercher Jessie, j'aurais certainement aperçu le meurtrier.

— La personne qui a tué Dooley m'a également sauvé la vie. En revanche les autres — le jeune policier et Bette Simon-Smith — ne représentaient aucun danger pour moi.»

Paul la regarda sans comprendre: «Qui est Bette Simon-Smith?

— Une collègue de l'université. Elle était plutôt névrosée et elle me détestait. Nous nous sommes disputées hier, assez vivement. Elle m'a poussée par terre au milieu du parking de la fac. Et aujourd'hui, on l'a retrouvée en fin d'après-midi, pendue à un arbre dans son jardin, avec une cagoule sur la tête et une balle dans le crâne.

— Bon Dieu, murmura Paul. J'ai vu ce Dooley t'agresser sur River Walk. J'ai vu aussi ton mari s'en prendre à toi. Mais je ne savais rien de cette femme.

— C'est Ray qui est allé chez elle et qui l'a retrouvée.

— Parle-moi de ce Ray.

— Je ne sais pas grand-chose de lui. Il a deux ou trois ans de moins que moi. Il ne devait pas encore faire partie de la police quand ils t'ont arrêté.

— Cela me paraît tellement loin.

— *C'est* loin.

— Assez vieux, en tout cas, pour que tu te trouves un mari et que tu lui donnes un enfant. »

Dans sa bouche ce n'était pas un reproche, plutôt une simple constatation, teintée d'un soupçon de tristesse.

« J'ai aimé Roger, d'une certaine façon. Ce n'était pas comme toi et moi. Mais il était solide, intelligent et, même s'il était aussi un peu lourd de temps en temps...

— Au moins, tu ne craignais pas qu'il soit un assassin, comme moi. »

Nicole regarda Paul d'un œil plein de regret. « Paul, je n'ai jamais vraiment cru que tu aies tué qui que ce soit. Mais tu n'as jamais repris contact avec moi après que tu t'es enfui. Tu aurais pu ?

— Je redoutais que tu ne préviennes la police.

— Je ne l'aurais jamais fait. Ensuite, je t'ai cru mort. » Elle ferma les yeux. « Paul, ça m'a anéantie. Si seulement tu avais essayé de me faire savoir que c'était faux.

— Je te l'ai dit, j'étais dans l'incertitude. La police a conclu au décès et, au moins, ils ont arrêté de me rechercher. Alors que, si j'arrivais à te joindre et que tu leur révélais le contraire...

— Ils seraient repartis à tes trousses. Je comprends.

— Je comprends pourquoi tu t'es mariée. Tu méritais une vie normale, comme tout le monde. Et tu as donné vie à une jolie petite fille. Qui te ressemble.

— Elle est formidable. » Nicole fronça les sourcils. « C'est toi qui la regardais, il n'y a pas longtemps, devant l'école ?

— Oui. Je n'avais aucune intention de lui faire peur.

— Elle n'a pas eu peur.

— Je n'ai pas cherché non plus à t'inquiéter le jour des obsèques de ton père. Je ne pensais pas que tu m'apercevrais. Quand tu m'as vu, j'étais comme paralysé.

— Pourquoi y es-tu venu ?

— Entre autres, parce que j'aimais bien ton père. Il avait été tellement gentil avec moi quand j'étais gamin, même s'il a changé d'attitude ensuite. Et parce que j'avais envie de te voir, aussi.

— J'ai pensé que tu étais revenu te venger de moi. »

Paul écarquilla les yeux. « Me venger ! Jamais je ne me serais douté que tu puisses penser cela. J'ai dû te flanquer une trouille bleue. »

Nicole sourit. « Et comment !

— Tu n'as plus peur maintenant ?

— Je serais ici, autrement ?

— Non, bien sûr. Tu as quand même eu un sacré courage de venir. Tu n'as jamais manqué de cran.

— Je ne me sens pas si courageuse que cela, ces derniers temps, Paul. Carmen m'a fait remarquer, sans prendre des pincettes, que je n'avais même pas pleuré aux obsèques de mon père. Je suppose que j'étais surtout choquée — les circonstances de sa mort sont insupportables. Et, après, tout est tombé en avalanche. Je n'ai pas eu beaucoup l'occasion de penser à lui. En fait, je passe mon temps à me demander à quel moment ils vont venir me passer les menottes. Ça m'angoisse affreusement. Que va devenir Shelley, si on m'arrête ?

— Il n'est pas encore dit qu'ils vont t'arrêter, crois-moi. » Il se tut, puis : « Nicole, es-tu sûre que ton père se soit réellement suicidé ? »

Elle se raidit. Elle avait eu beau la repousser, la question était restée de longues journées dans son esprit. Elle passa une main dans ses longs cheveux emmêlés. « C'est ce que la police a conclu. Maman, et Kay, l'assistante de papa, disent qu'il était très perturbé, les semaines qui ont précédé sa mort. Il recevait des lettres anonymes. Personne ne sait ce qu'on lui écrivait, ni qui les envoyait, mais il y avait une photo de toi dans la dernière. »

Il semblait sincèrement sidéré. « Une photo de *moi* !

— Oui. Kay l'a retrouvée à moitié brûlée dans la corbeille de son bureau.

— Brûlée ? Pourquoi aurait-il brûlé une photo de moi ? » Nicole ne répondit pas. « C'est vrai qu'il n'approuvait pas notre relation. Je me demande bien qui lui a envoyé cette photo, quinze ans après ?

— Aucune idée. Papa n'a jamais dit un mot contre toi, en tout cas pas à la police, que je sache. C'est vrai qu'il ne t'aimait pas beaucoup, mais il ne croyait pas que tu avais tué Magaro et Zand. Il pensait que c'était un genre de meurtre rituel et qu'on avait cherché à te faire porter le chapeau. Tout le monde avait fini par savoir qu'on sortait ensemble, et tu faisais un parfait bouc émissaire. Il ne pensait même pas que leur assassinat avait quoi que ce soit à voir avec moi. En revanche, c'est depuis sa mort que ma vie s'est à nouveau transformée en cauchemar.

— Non, dit lentement Paul. Je suis sûr, moi, que tout remonte à la mort de Zand et de Magaro. Même le suicide de ton père, si d'ailleurs c'en est un. Maintenant que tu m'as parlé de lettres anonymes, et de cette photo brûlée, j'en doute. » Il hésita. « Bon sang, tu ne crois quand même pas qu'il a pu penser que c'était *moi* qui les envoyais ?

— Et qu'il ait eu peur de toi au point de se suicider ? Non, ça n'a aucun sens.

— Aucun, c'est vrai.

— De toute façon, il te croyait mort. *Tout le monde* te croyait mort. » Elle lui caressa la joue. « Paul, je suis tellement triste. Tu vivais une vie merveilleuse avant que nos chemins se croisent. »

Il la regarda avec tendresse. « Je regrette beaucoup de choses, mais pas de t'avoir rencontrée. J'ai aujourd'hui les mêmes sentiments pour toi que la dernière fois que nous nous sommes retrouvés ici. Tu t'en souviens ?

— C'était une journée magnifique, il faisait tellement beau. Nous avions des millions de choses à nous dire. J'ai compris ce jour-là à quel point je t'aimais. Oui, Paul, je m'en souviens. Je ne pourrai jamais oublier. »

Il se pencha lentement vers elle. Leurs bouches, au début, hésitèrent à s'unir, puis la passion enflamma leur baiser. Nicole se retrouva subitement quinze ans plus tôt, et elle eut l'impression que personne ne l'avait plus embrassée depuis le soir où elle avait quitté Paul à sa porte d'Olmos Park. Les vagues d'amour qu'elle avait tenté d'endiguer pendant de longues années la submergèrent soudain, et elle se fondit dans l'étreinte de son compagnon. « Certaines amours durent toujours », avait dit Alicia, et elle avait raison. Jamais son amour pour Paul n'avait disparu.

Ils semblaient s'être fondus l'un en l'autre depuis une éternité, quand le doberman se mit brusquement à grogner. Paul se détacha de Nicole. « Qu'y a-t-il, Jordan ? »

Prêt à bondir, le chien inspectait du regard le parc désert.

« Quelqu'un arrive », dit Paul.

Alarmée, elle répondit : « Qu'est-ce qu'on fait ?

— On ne panique pas, surtout.

— Rentre dans l'église, conseilla-t-elle. Reste un moment dans la première pièce, pendant que je vais voir qui c'est.

— Je ne vais pas te laisser seule.

— Madame ! cria une voix. Je ne peux pas vous attendre cent sept ans. Montrez-vous si vous êtes là. Il faut que je m'en aille, maintenant. »

Nicole poussa un long soupir. « C'est mon taxi. Je lui avais dit de m'attendre.

— Va le rejoindre, alors, dit Paul. Je ne vais pas te faire passer la nuit ici.

— Mais quand te reverrai-je ?

— Bientôt. » Il effleura rapidement ses lèvres. « Je t'aime, *ma chérie*. Je t'ai toujours aimée. Dépêche-toi. »

Silencieux comme des fantômes, Paul et Jordan disparurent à l'intérieur de l'église inachevée. Nicole resta une seconde hésitante, bouleversée par leurs retrouvailles et la force de ses sentiments.

« Madame, c'est maintenant ou jamais ! cria de nouveau l'homme. Je retourne au taxi. »

Nicole bondit et s'élança dans le parc où elle aperçut tout de suite la silhouette du chauffeur, à une vingtaine de mètres à peine.

« Attendez ! lança-t-elle à son tour. J'arrive. »

L'air exaspéré, il se retourna vers elle. « Ah, quand même. J'espère que vous avez suffisamment d'argent. Mon compteur a explosé.

— Ça ira, ne vous inquiétez pas, dit-elle, haletante, en le rattrapant. Ça en valait la peine. »

VINGT-SIX

Une fois rentrée chez elle, elle ne put trouver le sommeil. Cela ne change pas beaucoup, pensa-t-elle, allongée sur son lit. En revanche, pour une fois, cela n'avait guère d'importance. Pleine d'une énergie nouvelle, elle se sentait presque le cœur léger. Elle ne connaissait toujours pas le mystérieux auteur de ces horribles meurtres, la police continuait probablement de la soupçonner, mais elle savait au moins que Paul était innocent — et qu'il n'avait cessé de l'aimer.

« Il m'aime toujours », dit-elle à haute voix, tandis qu'instinctivement sa main partait toucher sur sa poitrine la croix d'argent et de turquoise. Nicole regretta de ne pouvoir se confier à personne. Dans d'autres circonstances, elle aurait pu appeler Carmen, mais c'était impossible aujourd'hui. Ça l'était déjà dimanche, avant même que son amie ne la quitte en claquant la porte. Carmen avait décidé une fois pour toutes que Paul avait tué Zand et Magaro. Alors que, de son côté, Lisa la suspectait d'être l'auteur des meurtres. Il était indéniable que la disparition de Zand lui avait donné les coudées franches avec Bobby. La question demeurait de savoir si elle avait été capable de tuer pour cela ?

Quand le réveil sonna au matin, Nicole n'avait pas fermé l'œil et contemplait toujours le plafond, en quête de réponses. Celles-ci ne venaient pas. Elle n'avait qu'une certitude et une seule — la conviction, au fond d'elle-même, que Paul était innocent.

Sur le chemin de l'université, elle se rendit compte qu'elle se sentait vraiment mieux. Elle croisa sa collègue Nancy devant la porte de son bureau et fit un effort pour masquer sa bonne humeur.

« Nicole, je suis atterrée par ce qui est arrivé à Bette, dit celle-ci. Quand je suis passée chez elle, l'autre jour, elle était déjà morte dans son jardin. Si seulement j'avais eu l'idée d'aller voir.

— Cela n'aurait rien changé », répondit Nicole avec douceur. Elle savait que Nancy n'était pas au courant des détails morbides de l'affaire. Comme elle l'avait vérifié après le meurtre d'Izzy Dooley, la police ne divulguait pas ce genre d'information.

« Tu as sans doute raison. En tout cas, il ne peut s'agir d'un suicide. Ton ami policier, là — il t'a parlé d'éventuels suspects ? »

Oui, je suis en tête de liste, pensa Nicole. « Non, il ne m'a rien dit. »

Nancy soupira. « Je ne peux m'empêcher de croire qu'il y a un lien avec les récents écarts de conduite de Bette. Elle a lancé les pires grossièretés à la tête de tout le monde, et je suis certaine qu'elle a provoqué d'autres incidents, du même genre qu'hier, avec toi, sur le parking. Je l'avais suppliée d'aller voir un psy...

— Nancy, tu étais son amie et tu as fait tout ce qu'il fallait faire. Il ne faut pas te torturer avec les regrets, maintenant.

— C'est ce que me répète mon mari. Bette n'était plus la même personne, à la fin. J'espérais tellement que son congé sabbatique lui ferait du bien. Elle n'avait que trois mois à attendre. À peine trois mois, et elle s'envolait pour l'Angleterre où elle souhaitait refaire des recherches. » Nancy lâcha un nouveau soupir. « Bon, enfin, c'est moi qui vais m'occuper des obsèques. Je ne m'attends pas à ce que tu viennes, mais on sera si peu nombreux... »

Nicole lui posa la main sur le bras. « Je ne viendrai peut-être pas. » Si je suis en prison, ça sera difficile, pensa-t-elle en réprimant un frisson. « Mais je ferai livrer des fleurs. Dis-moi seulement où les envoyer dès que tu auras tout arrangé. »

Son premier cours terminé, Nicole regagna son bureau. Ray et Chuck Waters l'attendaient devant la porte. Elle s'était attendue à les voir apparaître toute la matinée — Ray, de toute façon, l'avait prévenue qu'ils souhaitaient l'entendre dans la journée. Mais c'était un interrogatoire officiel, et elle ressentit tout de même un choc — surtout après avoir vu Paul la veille.

« Dois-je vous suivre au commissariat ? demanda-t-elle.

— Cela ne sera pas nécessaire, madame Chandler, répondit Waters. Nous pouvons parler ici pour l'instant.

— Bien. » Ils entrèrent et elle referma la porte derrière eux. « Voulez-vous une tasse de café ?

— Ce n'est pas une visite de courtoisie », lâcha Waters.

Nicole chercha le regard de Ray. Celui-ci, impassible, stylo à bille en main, était en train d'ouvrir son carnet.

« Ce n'est pas ce que je voulais dire, mais comme vous voudrez », dit-elle.

Waters hocha la tête. « Bien. Nous avons appris que Mme Simon-Smith et vous n'étiez pas particulièrement bonnes amies. »

Nicole s'assit derrière son bureau. « En effet. Bette Simon-Smith se comportait d'une manière plutôt bizarre. En revanche, elle était proche de Nancy Silver, qui enseigne également dans ce département. Nancy en sait certainement plus sur la personnalité de Bette que moi.

— Vous vous êtes disputées avant-hier sur le parking de l'université.

— Oui. J'avais été maladroite envers elle la semaine dernière, et elle m'en voulait, c'est pourquoi j'ai tenté de m'excuser, mais elle n'a rien voulu entendre. Elle m'a insultée, j'ai rétorqué, et elle m'a poussée. Pas… très violemment. Je ne serais pas tombée si je n'avais pas porté des talons.

— Mais vous *êtes* tombée et vous étiez folle furieuse.

— Non, sergent Waters. Ni folle ni furieuse. J'étais estomaquée et certainement embarrassée.

— Si quelqu'un me poussait de cette façon, je piquerais une sacrée colère.

— Pas moi.

— Vous ne l'aimiez pas, en tout cas.

— Non, je ne l'aimais pas beaucoup.

— Est-il vrai que, le lendemain, vous auriez téléphoné au sergent DeSoto en lui demandant d'intervenir, pour la raison que Mme Simon-Smith ne s'était pas présentée à son travail et que personne n'arrivait à la joindre ?

— C'est vrai.

— Hm. » Waters observa un instant la reproduction encadrée

d'un tableau de Degas, posée sur l'étagère murale, puis il reprit : « Madame Chandler, pourquoi étiez-vous si inquiète à propos d'une personne que vous n'aimiez pas beaucoup, selon vos propres termes ?

— Parce que je sais qu'elle a… qu'elle avait des problèmes psychologiques. Nancy venait de me dire qu'elle craignait que Bette ne fasse une bêtise à cause entre autres de cet incident au parking, qui aurait pu lui coûter son travail. J'avais en quelque sorte provoqué l'incident, puisque j'avais répondu à une insulte par une autre insulte, plus cruelle, alors que j'aurais mieux fait de ne rien dire… » Nicole leva ses deux mains. « Je me sentais responsable et je voulais m'assurer qu'il ne lui était rien arrivé.

— C'était tout à fait louable de votre part. »

Nicole ne releva pas. Elle jeta un coup d'œil vers Ray. Il n'avait pas encore dit un mot.

« Madame Chandler, où étiez-vous avant-hier, entre dix heures du soir et minuit ?

— Chez moi, répondit-elle aussitôt.

— Avez-vous eu de la visite ?

— Non, personne.

— Avez-vous un quelconque moyen de prouver que vous vous trouviez bien chez vous à ce moment-là ? »

Ray gardait les yeux fixés sur son carnet.

« Il y avait une voiture de police devant la maison, répondit-elle. Votre collègue pourra vous dire que je n'ai pas bougé.

— Vous pouviez sortir en douce par l'arrière. »

Nicole crut rougir en repensant à son escapade de la veille. « Il y a une clôture d'un mètre quatre-vingts autour du jardin. Je ne sais pas si je suis assez agile pour l'escalader.

— Certains de vos visiteurs nocturnes y sont bien arrivés. »

Elle avait la gorge sèche. « Sans doute. Mais je n'ai pas accroché une corde à une branche pour passer de l'autre côté. »

Waters prenait des notes dans son carnet. Ray l'imitait. Il avait proposé de me fournir un alibi, pensa Nicole. Et je lui ai demandé de ne pas mentir pour moi. Maintenant j'ai peur. Et j'aimerais franchement qu'il intervienne.

« Sergent Waters, je pense que j'ai déclaré tout ce que je pouvais dire en l'absence d'un avocat.

— De quoi avez-vous peur ? répondit Chuck.

— Je n'ai pas peur. Je ne suis pas idiote, c'est tout. » Elle consulta sa montre. « Il est temps d'ailleurs que je retourne en cours. À moins que vous ne décidiez de m'arrêter…

— Ce n'est pas encore d'actualité, affirma Waters avec nonchalance. Ray, cette dame a du travail. On ferait peut-être bien d'y aller, aussi. »

Ray hocha la tête. Ils se levèrent. « Nous aurons certainement besoin de vous parler bientôt, ajouta Waters.

— Fort bien, dit-elle d'une voix assurée qui ne trahissait en rien les battements de son cœur. Dans ce cas, je ferai appel à un avocat. »

Ils partirent et elle posa la tête sur ses bras. Mon Dieu, pensa-t-elle. Je comprends aujourd'hui ce que Paul a dû ressentir il y a quinze ans — la crainte et l'incompréhension devant une montagne de soupçons injustifiés. Et personne pour lui venir en aide.

★

Elle était sur le point de quitter son bureau quand le téléphone sonna. Elle hésita à répondre, mais se dit finalement qu'il s'agissait peut-être de quelque chose d'important.

« Nicole. » C'était Ray. « J'ai eu peur que vous ne soyez déjà partie. »

Elle entendait des bruits de rue derrière sa voix. « Où êtes-vous ?

— Je vous appelle sur mon portable. Chuck est en train de nous prendre des cafés dans un bar.

— Vous n'avez pas trouvé un drive-in ?

— Chuck aime spécifiquement ce café-là. Vous avez l'air en colère. » Elle resta silencieuse. « Vous vous demandez pourquoi je n'ai pas dit un mot, tout à l'heure, dans votre bureau ? Écoutez, j'ai besoin d'adopter un comportement neutre. Chuck fait déjà des commentaires sur une prétendue relation entre nous. Je vous appelle pour vous rassurer à propos de votre alibi. L'agent posté en face de chez vous vous a vue marcher derrière vos fenêtres, à peu près au moment où l'on estime que Mme Simon-Smith a trouvé la mort. Il dit avoir aperçu votre visage. »

Nicole poussa un grand soupir de soulagement. « Pourquoi Waters ne l'a-t-il pas mentionné ?

— Il cherchait à vous faire peur. De toute façon, s'il avait fallu, j'aurais affirmé que j'avais eu une longue conversation au téléphone avec vous entre dix et onze heures.

— J'aime autant que cela n'ait pas été nécessaire. Je ne voudrais pas que vous ayez des ennuis à cause de moi. Mais vous auriez pu me mettre au courant plus tôt. Si Waters voulait me faire peur, eh bien il a réussi.

— Désolé. J'ai appris ce qu'a dit le policier à peine deux heures avant que nous venions à la faculté. Et je n'ai pas eu une minute pour vous appeler.

— Ne vous excusez pas. Je suis soulagée. Je vais peut-être pouvoir arrêter de trembler.

— Détendez-vous. Je sais que c'est un sale moment à passer, mais justice sera faite. »

On coupa. Il venait sans doute de voir Waters revenir avec leurs cafés. « Justice sera faite », avait affirmé DeSoto, sans doute pour la rassurer. Mais en vain. Car elle savait très bien ce qu'il voulait dire — qu'il attendait seulement de voir Paul arrêté, condamné, et définitivement écroué.

★

« Dieu merci, cette journée est finie », murmurait Nicole en refermant sa serviette. Elle prit son sac, deux ouvrages dont elle avait besoin, et referma la porte de son bureau. Elle s'était aujourd'hui bien mieux acquittée de sa tâche d'enseignante qu'elle n'y était arrivée depuis des semaines, mais elle était tout de même épuisée.

Elle prit l'ascenseur pour descendre. Le grand hall du département était toujours peuplé d'une foule d'étudiants. Ils se retrouvaient par groupes, échangeaient des nouvelles, riaient entre eux, distribuaient des tracts et des invitations. Saluant ici et là quelques visages connus, Nicole se fraya rapidement un chemin vers la sortie. Elle ralentit en apercevant Miguel en compagnie de Lisa. Ils étaient, de toute évidence, en train de se disputer. Lisa était rouge vif. Miguel gesticulait en parlant à voix haute. Tandis qu'elle arrivait près d'eux, Nicole entendit Perez déclarer : « Je ne sais même plus pourquoi je m'embarrasse de toi ! »

Il partit à grands pas sans la voir. Nicole rejoignit Lisa et lança tout de go : « Vous êtes amoureuse de lui, hein ? »

Lisa passa du rouge à l'écarlate.

« J'ai dit ça par hasard, mais je ne suis pas tombée à côté, apparemment.

— Miguel n'a rien à m'offrir, répondit Lisa. Moi, je suis avec Roger.

— Qu'est-ce qu'il a de plus à vous offrir, justement ? Oui, il est beau garçon et il est cultivé, mais il a aussi vingt ans de plus que vous et le salaire d'un professeur. Dès qu'il sera obligé de verser une pension alimentaire, il ne restera plus grand-chose, ni pour vous, ni pour lui.

— C'est vous qui le dites.

— Comment ça ? Je ne vois pas ce qui pourrait changer.

— Sa mère ne vivra pas éternellement.

— Ah, parce que vous pensiez à l'héritage ? Vous faites fausse route. La mère de Roger a très mal digéré qu'il abandonne femme et enfant. »

Lisa semblait bouillir intérieurement. « Vous ne m'apprenez rien. Elle raccroche à chaque fois qu'il essaie de l'appeler. Mais elle s'y fera.

— Je n'y compterais pas, à votre place. Elle lui a toujours mené la vie dure et, maintenant, elle est furieuse contre lui. Furieuse et déçue. Je serais étonnée qu'elle lui laisse le moindre centime. »

Sous le regard pénétrant de Nicole, les larmes perlaient aux paupières de la jeune femme.

« Puisque j'ai l'air assez douée pour les devinettes aujourd'hui... Dites-moi, Roger n'aurait pas, par hasard, renoncé à vous épouser ? »

Lisa répondit d'une voix obstinée : « Roger m'a demandée en mariage.

— J'en doute. Je crois qu'il a fini par comprendre qu'il a fait une grave erreur en se mêlant de votre vie. Et maintenant, vous êtes obligée de penser la même chose, puisqu'il vous laisse tomber.

— Ce n'est pas vrai ! Roger ne vous aime plus, Nicole.

— Je sais. Mais en abandonnant sa famille, il a brisé sa vie. Sa mère gardera sa porte fermée et il est fort probable qu'elle le déshérite. Elle n'est pas millionnaire, de toute façon. Il s'est séparé de Shelley, alors qu'il l'aime énormément. Il l'a tellement déçue, elle aussi, qu'elle n'a même plus envie de le voir. Et ses amis lui reprochent de sortir avec vous. Voilà pourquoi il boit comme un trou. Roger est anéanti.

— Vous dites ça parce que vous voulez lui remettre la main dessus !

— Certainement pas. Même s'il me suppliait à genoux, je n'en veux plus. Le mal est fait. Il a pratiquement perdu tous les gens qui comptaient pour lui. »

Lisa lui jeta une œillade haineuse. « Je crois qu'il se sentira drôlement mieux quand il aura compris que vous êtes complètement dingue, cria-t-elle. Quand les gens sauront toute la vérité sur vous et sur vos actes, ils le féliciteront de vous avoir quittée. Personne ne lui en voudra, ni à lui ni à moi, d'ailleurs. Sa mère lui pardonnera, et il obtiendra la garde de Shelley. Ce jour-là, nous serons heureux à nouveau. Et cela ne devrait pas tarder.

— Ah, c'est donc ce que vous attendez ? répondit lentement Nicole. Que tout le monde me prenne pour une folle ! Mais jusqu'où êtes-vous capable d'aller, Lisa, pour qu'on croie une telle chose ? Tuer des gens à ma place ? »

Sans répondre, Lisa braquait sur elle un regard assassin. Nicole tourna les talons et quitta le bâtiment.

★

Nicole rentra chez elle en proie à une vive agitation. Roger avait donc fini par rejeter Lisa. Il y avait peut-être de quoi triompher, mais l'idée ne lui vint pas à l'esprit. Elle se rendait compte simplement que son mariage s'était révélé un échec bien avant que Roger ne la quitte en janvier. En réalité, Lisa n'avait servi qu'à accélérer le processus.

Il devenait clair, également, que Lisa et Roger avaient tous deux perdu ce qu'ils désiraient le plus. Roger voulait Shelley, mais aussi le respect de sa mère et de ses collègues. Ces derniers allaient peut-être se montrer plus cléments à son égard dès qu'il se séparerait de Lisa, mais ses relations avec sa mère et avec Shelley s'étaient sans doute suffisamment détériorées pour qu'il soit impossible de faire entièrement marche arrière. Et Lisa, semblait-il, avait perdu les bonnes grâces de Miguel, ce qui impliquait que celui-ci avait menti au sujet de la jeune femme. Il y avait eu, d'évidence, quelque chose entre eux. Dans ce cas, combien d'autres fois Miguel avait-il menti ? Carmen prétendait que les parents de Lisa l'avaient envoyée étudier dans l'Ohio pour échapper aux griffes d'un « type louche qui les inquiétait ». Et si c'était Miguel ?

Elle se raidit. Miguel venait-il d'épier ses faits et gestes au cours des deux dernières semaines ? Était-il le sombre personnage qui, à la fois, la harcelait *et* la protégeait ?

Selon cette hypothèse, il aurait pu être l'auteur du coup de téléphone du « soi-disant » Magaro. Pourtant il était impossible que Miguel soit au courant des paroles de Magaro, le soir du viol.

Peut-être que si, pensa Nicole en s'arrêtant au feu rouge. À propos « d'autoroutes de l'information ». Magaro parle à Bobby, qui parle à Lisa, qui parle à Miguel. Simple. Et si Miguel avait été initialement le complice de Lisa ? Rien ne dit non plus qu'il ne se soit pas proposé de me faire peur, pour qu'à la recherche d'un sauveur je me jette dans les bras du premier venu — lui, de préférence. Ou peut-être encore faut-il en rester à Bobby ? Qui sait si ce n'était pas lui au téléphone, ce soir-là, au motel ? Bobby prendrait un tel plaisir à me faire du mal.

Lorsqu'elle se gara dans l'allée, Nicole remarqua la voiture de police, toujours postée devant sa maison. Voilà qui au moins, grâce à elle, alimentait les conversations du quartier. La seule personne qui semblait se réjouir de la présence constante d'un policier était ce bon Newton Wingate, qu'elle avait souvent vu discuter avec les agents en faction. « Je révise mon code de procédure, lui avait-il déclaré avec le sourire, un jour qu'elle le croisait devant chez elle. J'ai envie d'écrire un roman policier.

— C'est moi qui vous inspire ? » avait-elle demandé, mi-figue, mi-raisin.

À quoi Newton avait répondu d'un ton badin : « Ma chère, vous inspireriez tous les hommes de la terre. »

Mais Newton était invisible aujourd'hui. Sans doute est-il planté devant sa machine à écrire, pensa-t-elle. Une fois entrée chez elle, elle dépouilla son courrier, nota l'absence de factures et de cartes postales, puis se débarrassa de ses chaussures et partit se servir un thé glacé à la cuisine. Ce que je suis fatiguée. Mais fatiguée… Elle posa son verre sur la table basse, s'assit sur le canapé et s'étira. Cinq minutes plus tard, elle dormait à poings fermés.

La nuit était tombée. Elle avançait de buisson en buisson. Des voix flottaient vers elle. « Elle a cru nous avoir, disait Magaro.

— Ah, elle a bien failli, répondait Zand en sniffant quelque chose.

— Mais c'est raté. On aurait mieux fait de la descendre comme j'avais décidé. De toute façon, elle ne pouvait rien contre nous. J'ai suffisamment d'amis, mec. Je t'avais dit que je trouverais un alibi. » Nicole sentit sa main droite se refermer sur un objet métallique qui épousait la forme de ses doigts. Le genre d'objet qui donne l'impression d'un pouvoir suprême. « Et que tu ne mettrais jamais les pieds en prison. J'ai tenu parole, pas vrai ?

— Sûr.

— Et tu m'as garanti que tu me revaudrais ça. Alors je vais te dire ce que je veux. J'en ai marre de faire le roadie, de trimballer les amplis et la sono. Je mérite mieux que ça, mec. C'est moi qui devrais prendre la batterie.

— C'est Vega qui tient la batterie. Il est avec nous depuis le début.

— Et alors ? Fous-le dehors.

— C'est un peu compliqué. Je ne vois pas comment on pourrait faire ça. »

Suivit un long silence pesant.

« Tu ne sais jamais comment faire les choses, hein, toi ? » persifla Magaro, dédaigneux. Nicole aperçut soudain la lame de son couteau, tristement familier, qui étincelait dans la nuit. « Débarrasse-toi de Vega, je te dis, avant que je ne lui règle son compte à ma manière. Et je te jure que lui, ça sera pas comme la fille. Elle, elle s'en est sortie, et ça ne m'empêche pas d'avoir envie de l'égorger, après ces saloperies qu'elle nous a faites. »

Nicole entendit des pas fouler l'herbe. Quelqu'un se dirigeait vers les deux hommes, quelqu'un de grand qu'elle ne pouvait pas voir distinctement. Elle sentit ses doigts se resserrer sur l'objet dans sa main.

« Oh, doucement, Magaro, du calme, disait Zand. OK, on vire Vega. Range-moi ce putain de cran d'arrêt. »

La silhouette indistincte arrivait par la droite de Nicole et se dirigeait vers les deux hommes. Nicole se devina en train de plisser les paupières pour tenter de percer l'obscurité. Puis, à la lueur de la lune, elle aperçut le visage de l'homme…

Clifton se retourna, cria : « Nikki ! » et courut vers elle. Repartis dans leurs rires hystériques, Zand et Magaro ne les avaient ni vus ni entendus. Ils n'aperçurent pas non plus une troisième silhouette se déplacer lentement derrière Nicole et son père. Clifton étudia sa fille : « Oh non, tu me fais encore une crise de somnambulisme. » Il lâcha son pistolet dans l'herbe. « Et, en plus, tu as les pieds nus. » Il la souleva. Nicole perdit dans son rêve la torche qu'elle tenait en main. « Viens, ma chérie. Oublions tout ça. Je te ramène à la maison. »

Tandis qu'il reprenait avec elle la direction de la route, elle aperçut la troisième silhouette, qui restait absolument immobile derrière eux, et les observait. Mais son visage ? Elle n'arrivait pas à distinguer ses traits…

Nicole se réveilla en sursaut, si brusquement qu'elle faillit tomber du canapé. « Mais c'est sûr ! cria-t-elle. J'étais bien retournée là-bas en dormant. Et mon père y était. Avec une arme. Pour tuer Zand et Magaro ! »

VINGT-SEPT

Consternée par ce que son rêve venait de lui révéler, Nicole faisait encore à l'aube les cent pas dans le salon. Son père, un homme d'une douceur légendaire, ennemi juré des armes à main, s'était rendu à Basin Park dans l'intention de tuer les violeurs. Quel plan avait-il bien pu échafauder ? Avait-il prévu de quitter son hôtel à Dallas une fois la nuit tombée, de reprendre la route pour San Antonio, de régler leur compte à Zand et Magaro, puis de rentrer à Dallas afin d'être présent à sa réunion du lendemain matin ? Ce n'était pas irréalisable. Dallas n'était qu'à trois cents kilomètres de San Antonio. La police avait vérifié que Clifton se trouvait à son hôtel à dix heures le soir, puis le lendemain matin à huit heures. Son plan aurait pu fonctionner, s'il n'était pas tombé sur Nicole à Basin Park. La présence inattendue de sa fille l'avait empêché de commettre deux meurtres.

Peut-être pas. Et s'il l'avait ramenée à la maison, pour la coucher, et qu'il était revenu ensuite ? Mais Zand et Magaro pouvaient-ils être encore là-bas ? Et Clifton aurait-il retrouvé son pistolet ? Puis arrangé les choses de façon à ce qu'on accuse Paul ?

Nicole s'assit pour combattre une nervosité croissante. Qu'allait-elle faire de ça ? Fallait-il appeler Ray ? Renoncerait-il enfin à croire que Paul était un assassin ? Peut-être. En revanche, Clifton en sortait sali.

Seulement, il y avait eu une troisième personne dans la nuit. Nicole n'en avait distingué que la silhouette. Était-elle capable de l'identifier ? Non. Pouvait-elle prouver que cette autre présence avait assassiné Zand et Magaro après le départ de son père ? Non. Et si Ray voulait bien accepter de croire à cet inconnu, il le transformerait aussitôt en Paul Dominic. Non.

Ce n'était pas Paul. Alors, qui ? Carmen, comme Lisa l'affirmait ? Nicole fit un effort de mémoire. Cette troisième personne lui avait paru plus grande qu'elle, et certainement plus corpulente, mais en sus de cela : rien. Aurait-ce pu être Bobby, prêt à éliminer Magaro qui forçait Zand à le congédier des Zanti Misfits ? Seulement pourquoi aurait-il tué Zand ? Ou alors, le second meurtre aurait-il pu être un accident ? L'inconnu pouvait-il être n'importe qui, le premier fou venu qui, trouvant par terre le pistolet de Clifton, aurait tiré sous le coup d'une impulsion ?

Nicole se rendit brusquement compte qu'elle avait une affreuse migraine. Elle alla prendre deux aspirines à la cuisine, et regarda par la fenêtre. La nuit était tombée. Elle venait de réfléchir pendant plus d'une heure et ses questions n'avaient pas trouvé de réponses.

Elle revint s'allonger sur le canapé et attendit que l'aspirine fasse effet. Une chance que Shelley n'était pas là pour la voir dans cet état. Nicole se demanda si, un jour, sa vie pourrait reprendre un cours normal. Ces mystères seraient-ils jamais percés ? Allait-elle finir en prison ?

Elle était encore étendue dans l'obscurité quand le téléphone sonna. Oh non, pensa-t-elle. Comment pourrai-je parler avec une voix normale, si c'est Shelley, ou Ray, qui appelle ?

Elle partit répondre à la cuisine et son genou heurta en chemin la table basse, devant le canapé.

« Allô ? »

Il n'y eut d'abord que le silence. Puis elle reconnut Paul, qui s'exprimait, semblait-il, à grand-peine. Il avait l'air de souffrir : « Nicole, viens à la mission. J'ai besoin de toi. »

Et on coupa.

★

Elle garda quelques secondes le combiné en main. Que s'était-il passé ? Avait-elle mis quelqu'un sur la piste de Paul vingt-quatre heures plus tôt ?

Sans plus hésiter, elle se rua dans sa chambre où elle faillit, dans sa hâte, déchirer son chemisier. Une minute plus tard, elle avait revêtu un jean et un chandail. Elle enfila une veste par-dessus, fourra son revolver dans une poche, décrocha le téléphone et appela la compagnie de taxis. Elle demanda à nouveau qu'on vienne la prendre à l'arrière de la maison, aussi vite que possible.

En revenant dans le salon, elle se rappela que le policier posté de l'autre côté l'avait vue se déplacer à l'intérieur, la nuit où l'on avait tué Simon-Smith. Les hommes stationnés devant chez elle avaient certainement pour consigne de noter à quelles heures il y avait de la lumière, et le salon était pour l'instant noir comme un four. Passant rapidement de pièce en pièce, Nicole alluma plusieurs lampes et mit la télévision en marche. Elle ouvrit les voilages et jeta un coup d'œil au-dehors au cas où le policier regardait la maison, pour qu'il la reconnaisse. Puis elle ferma les doubles rideaux. Tout devait paraître normal pour huit heures et demie un soir de semaine.

Elle descendit à la cave, récupéra son échelle, remonta au jardin et posa celle-ci contre la clôture. Il ne lui fallut pas longtemps pour se retrouver dans la rue. Le taxi arriva trente secondes plus tard.

Elle ouvrit la portière et annonça : « À la mission San Juan. »

Le chauffeur se retourna vers elle : « Quoi ? *Encore !* »

Nicole le dévisagea. « Bon Dieu, c'est quand même un drôle de hasard de tomber sur le même conducteur deux jours de suite !

— Plutôt. Surtout que je n'aime pas vraiment traîner là-bas.

— Écoutez, je vous ai quand même largement payé hier soir, non ? Vous avez gagné plus que d'habitude ?

— C'est vrai, admit-il à contrecœur.

— Et il ne vous est rien arrivé, que je sache ?

— Non.

— Alors, où est le problème ? Je vous paie à nouveau le double de la course. Vous avez besoin d'argent comme tout le monde, j'imagine ?

— OK. » Résigné, il hocha la tête. « Mais je vous suggère de trouver un autre endroit pour vos rendez-vous galants. Celui-là ne m'inspire rien de bon.

— Allons-y, s'il vous plaît. Je suis pressée.

— Vous êtes *toujours* pressée. » Il rit. « J'aimerais savoir ce que votre ami a de plus que les autres. Personne ne ferait ça pour moi. »

Mais vous n'êtes pas Paul Dominic, pensa-t-elle. Et si Paul a besoin de moi, je suis prête.

Que peut-il bien se passer ? se demanda-t-elle tandis qu'ils traversaient la ville. Comme il était plus tôt que la veille, il y avait encore beaucoup de circulation et le trajet fut long. Si quelqu'un avait traqué Paul, pourquoi le gardait-on à la mission ? Il ne pouvait s'agir de la police, qui l'aurait forcément conduit au poste. Alors qui ? Miguel ? Carmen ? Lisa ? Bobby ?

Rien ne disait, cependant, que Paul était sous bonne garde. Il s'était peut-être blessé, d'une façon ou d'une autre, et s'était alors réfugié à la mission, puisqu'il était trop dangereux pour lui de se rendre à l'hôpital. Mais pourquoi pas chez sa mère ? À cause de Rosa ? Et que pouvait Nicole ?

La course parut interminable, mais ils arrivèrent finalement.

« Je suppose que vous allez me demander de vous attendre ?

— Oui. Voulez-vous que je paie ce qui est déjà au compteur ?

— Non. Vous avez été honnête, hier soir, et je vous fais confiance. »

Une chance, se dit-elle en se rappelant qu'elle avait à peine dix dollars dans son portefeuille et qu'elle n'avait pas son carnet de chèques. Elle ne pourrait régler sa course qu'une fois revenue à la maison.

Elle bondit dans la rue, retrouva le passage dans le mur d'enceinte et s'élança dans le parc. La haute croix de bois semblait plus austère que la veille. Nicole se figea. Quelque chose avait changé. L'éclairage. La lune brillait toujours mais il y avait une autre source de lumière. Elle regarda vers l'abbaye et aperçut des lueurs scintillantes dans l'entrebâillement de la porte. Il y avait donc un événement particulier, puisqu'elle était ouverte. Redoubler de prudence.

Elle courut vers les ruines de l'église inachevée où elle avait retrouvé Paul. La lune éclairait la statue de Jésus à l'enfant sous le bras. Quelqu'un avait placé un bouquet de fleurs dans la main libre. Nicole pénétra lentement dans la première salle, à gauche, où le baptistère aurait dû se trouver si l'édifice avait été terminé. Personne.

Elle inspecta toutes les salles du bâtiment en ruine, puis ressortit. «Jordan?» murmura-t-elle en espérant que le chien viendrait à sa rencontre, puis la mènerait à Paul. Mais le doberman ne répondit pas à l'appel.

Elle passa ensuite à l'*hospedería*, les chambres d'hôtes, sans toujours rencontrer quiconque, et revint dans le parc. Où était Paul? Le musée historique était fermé. Seule l'abbaye était ouverte.

Elle entendit de la musique flotter dans la nuit par la grande porte. Des chants grégoriens. Majestueux, obsédants. Bien trop forts. Elle s'interrogea brusquement. S'il y avait de l'animation ce soir, pourquoi le parking était-il vide? Tout était immobile, vide. Donc, si Paul était là, c'était à l'intérieur. Mais pourquoi les lumières, et les haut-parleurs?

Il n'est pas seul, pensa-t-elle en frissonnant. Quelqu'un le retient.

Elle approcha tout doucement de la porte, aussi angoissée à l'idée d'entrer que de ne pas le faire. Finalement, la main serrée sur l'arme dans sa poche, elle se décida.

L'abbaye lui avait toujours paru magnifique, bien que le bâtiment fût le plus sobre de toute la mission. Les murs étaient d'un blanc immaculé. Un grand lustre très simple, à six chandelles, était suspendu sous le haut plafond aux poutres grossièrement taillées. Avec ses tentures pourpres, ses piliers dorés, ses statues peintes de couleurs vives et ses nombreux cierges, le foyer était une vraie splendeur. De grands paniers de poinsettias frais étaient disposés sur la nappe dentelée de l'autel.

Sur une grille en fer forgé, à droite, brûlaient des bougies votives. Mais *tous* les bougeoirs étaient occupés. Et la musique gonflait. Les voix *a cappella*, parfaitement justes, paraissaient emplir l'édifice.

«Paul? appela Nicole à voix haute. Paul, es-tu là?»

Seul le chant grégorien lui répondit. Elle entendit un gémissement vers le fond de l'église. Et un bruit semblable à un coup de pied.

Sans lâcher son revolver dans sa poche, elle fit quelques pas en avant — quel sentiment étrange de se mouvoir dans une église, une arme à la main.

Il y eut un nouveau gémissement. Cette fois, elle s'élança, puis se figea. Derrière l'autel, une silhouette venait de se dresser, en entraînant une autre. Apparemment mal en point, celle-là était bâillonnée. C'était Paul. Le premier homme tenait un pistolet collé contre sa tempe.

« Ray ? cria Nicole, parfaitement incrédule. Mais qu'est-ce que vous faites ?

— Je savais que vous viendriez si c'était lui qui vous demandait. Car vous l'aimez toujours, n'est-ce pas ? Après tout ce temps. » Nicole se sentit d'un seul coup vidée. Il poursuivit : « Mais il refusait de vous appeler. Il ne voulait pas vous attirer ici. Même lorsque j'ai dû employer des moyens plus... convaincants. Alors il a encore fallu que j'imite sa voix.

— *Encore ?* »

Ray se lança dans une imitation parfaite : « Nicole, viens à la mission. J'ai besoin de toi. »

Elle se souvint brusquement que Paul s'était refusé à lui téléphoner, de peur que sa ligne ne soit sur écoute. Elle se rappela aussi avoir entendu Ray imiter la voix de la petite amie d'Izzy Dooley. C'était un don, combien de fois s'en était-il servi ?

« Ray ? demanda-t-elle, avec l'impression qu'une autre parlait à sa place. Est-ce vous qui vous êtes fait passer pour Magaro, au téléphone ?

— Oui. J'ai repris connaissance après que Dominic m'a frappé, et j'avais mon portable sur moi. Ça vous a foutu la trouille, hein ? »

Elle grelottait, pourtant elle répondit d'une voix sûre. « C'est vous qui êtes derrière tous ces meurtres, alors ? »

Il la regardait nonchalamment. « Bien sûr, Nicole. »

Elle crut sombrer dans une mer d'horreur. Combien de fois s'était-il assis chez elle, dans son salon, à lui parler d'un air réconfortant, lâchant l'une après l'autre ses sales nouvelles avec des mots choisis et des soupirs dans le regard ? Elle avait cru en lui. Elle avait même pensé à le fréquenter une fois terminées ces épouvantables épreuves. Dont il était l'auteur. Elle pensa très vite que manifester son dégoût serait une erreur. Ray comptait très probablement sur sa surprise, il s'en faisait peut-être même une joie. Alors que le dégoût le rendrait furieux.

Elle déglutit. « Vous êtes responsable de ces meurtres, d'accord. Mais qui a tué Zand et Magaro, ce n'est pas vous ?

— Bien sûr que si, Nicole, eux aussi.

— Eux aussi ? » La surprise n'était pas feinte. « Pourquoi ?

— À cause de ce qu'ils vous ont fait.

— *De ce qu'ils m'ont fait ?* Vous ne me connaissiez pas.

— Si, je vous connaissais. Enfin, d'une certaine façon. » Il souriait. « Vous ne m'avez jamais reconnu, n'est-ce pas ? »

Elle hocha lentement la tête.

« Vous ne vous souvenez donc pas de Juan, le fils de Rosa ? »

La mémoire de Nicole fit un bond de quinze ans en arrière. Le gamin timide qui fuyait devant tout le monde, qui évitait les regards. Rosa qui s'appelait DeSoto. Elle avait oublié ces choses. Et DeSoto était un nom très répandu au Texas.

« Vous êtes le fils de Rosa, dit-elle d'une voix sourde. Mais votre nom...

— Mon nom est Raymond Juan DeSoto. » Il souriait encore. « Mais ne vous reprochez rien. Paul non plus ne m'a pas reconnu, pas vrai, Paul ? »

D'un geste sec, il retira le bâillon de la bouche de Paul, qui avait du sang aux commissures des lèvres. Il avait aussi un œil au beurre noir, et une estafilade le long de la joue. « Non, admit Dominic, la voix cassée.

— Qu'est-ce que vous dites de ça ? fit Ray sans se départir de son sourire. On ne reconnaît même pas son propre frère. »

Paul se tourna vers Ray qui poussa plus durement le canon de son arme contre sa tempe. « Bouge pas, *toi*, siffla le policier.

— Qu'est-ce que vous racontez ? reprit Nicole. Paul n'a pas de frère.

— Comme s'il l'ignorait ! Je sais, je ne suis qu'un demi-frère. Le produit d'une liaison incongrue de la très sainte Alicia, quand son petit Paul avait douze ans. »

Dieu du ciel, pensa Nicole. Il lui était bien venu à l'esprit qu'Alicia avait pu attendre un enfant de Javier, mais ses soupçons s'étaient inconsciemment portés sur Miguel Perez, puisqu'il ressemblait tant à Paul. Paul et Ray n'avaient en commun que la couleur de leurs cheveux.

« Alicia croit encore que je ne suis pas au courant, poursuivit DeSoto. Mais j'ai toujours su la vérité. Comme elle était trop catholique pour se faire avorter, elle s'est trouvé une immigrante illégale qui avait besoin de papiers et lui a demandé de donner son nom à l'enfant. Alicia et Rosa ont quitté San Antonio peu avant ma naissance, Alicia officiellement pour l'Europe. Mais elles sont toutes les deux parties en Californie. Alicia a accouché sous le nom de DeSoto, et a confié son petit bébé à Rosa en sortant de l'hôpital. Trois mois plus tard, Rosa la rejoignait avec moi à Olmos Park où on nous engagea comme domestiques.»

Ray était donc cet «autre» dont Alicia avait parlé — le fils de Javier.

«Je ne vous crois pas, répondit Paul.

— Que tu y croies ou pas, ça ne change rien», fit Ray en lui tirant le bras. Paul hurla. Son bras était déjà probablement cassé. Nicole remarqua la sueur abondante sur son visage. «Certes, on ne m'a jamais traité comme ton petit frère, bien que nous ayons vécu dans la même maison. Mais on m'a empêché par tous les moyens de me rapprocher de toi. Ta mère a toujours craint qu'un jour ou l'autre les gens trouvent une ressemblance entre nous. C'est pour cela que tu ne m'as pas reconnu. Tu as quitté Olmos Park à l'âge de quinze ans — moi, j'en avais trois — et quand tu revenais en vacances, je n'avais pas le droit de te voir. Ça encore, qu'est-ce que ça peut faire? En revanche, ta mère, *ma* mère, avait honte de poser les yeux sur moi. Parce que je lui rappelais son péché mortel. Rosa m'a tout appris un soir qu'elle avait bu. Parce qu'elle picole en cachette, vois-tu.»

Nicole se rappela les mots d'Alicia: «Dieu m'a fait payer... J'ai demandé son pardon, mais il me l'a refusé, parce que j'ai continué à mentir et à me cacher.»

«... Oh, du point de vue matériel, elle s'est montrée tout à fait correcte, commentait Ray avec sarcasme. Elle a veillé à ce que je sois bien habillé, que je fréquente de bons lycées. Mais Rosa! Cette femme est une sadique. Elle me haïssait. Elle a trouvé mille manières de me torturer, de me bafouer, de me diminuer. Un jour, j'ai pris ce qu'il me restait de courage et je suis monté voir Alicia pour lui montrer les bleus que Rosa me laissait sur les bras à force de me pincer. Et sais-tu ce que m'a dit ta merveilleuse mère, Paul? Elle a regardé ailleurs en prenant sa voix de sainte.» Ray imita Alicia: «"Tu as trop d'imagination, Juan. Il ne faut pas venir me voir à chaque fois que tu tombes dans l'escalier." Elle savait très bien ce qui se passait, mais elle s'en foutait. Tout ce qui comptait pour elle, c'était son *golden boy*, l'enfant légitime, la huitième merveille du monde, le roi du piano, le talentueux interprète de Gershwin. Je te déteste depuis toujours, Paul. Je te méprise et je t'exècre. »

Nicole avait peine à croire ce qu'elle entendait, mais elle comprenait que c'était la vérité. Elle ferma les yeux. « Vous vous trouviez à Basin Park le soir où mon père s'y est rendu avec l'intention de tuer Zand et Magaro. »

Ray la regarda avec un sourire pincé : « Ah, ça y est, ça revient ? Ou vous n'avez jamais rien oublié ?

— Non, ça m'est revenu malgré moi, cet après-midi.

— Comme quoi, la mémoire est bien sélective. Oui, j'étais aussi là-bas. Je n'ai eu qu'à ramasser le pistolet de votre père et les envoyer *ad patres*.

— Mais les cagoules ? Et toute cette mise en scène ?

— Votre père avait tout apporté, même la corde pour les pendre. Vos rêves ne sont pas allés jusque-là ? Le bon Clifton voulait arranger ça en meurtre rituel. Après tout, j'ai suivi ses volontés. Mais c'était bien plus pratique de faire signer la chose par Paul.

— Ma chemise… dit celui-ci.

— Eh oui, ta penderie m'a ouvert les bras dans la chambre à côté. Je t'en ai pris une pour envelopper l'arme du crime. Je savais que tu n'aurais aucun alibi. Tu étais vautré dans ta vénérée salle de musique, à écouter tes propres disques et te languir de Nicole. Comme Alicia était à l'hôpital à ce moment-là, elle ne pouvait pas voler à ton secours. Et notre chère Rosa était enfermée dans sa chambre, à lire ses romans de quai de gare et à se pochetronner.

— Personne ne vous a vu sortir de la maison, ce soir-là ?

— Ni ce soir, ni les autres. C'était le seul moment où j'avais la paix, personne ne faisait plus attention à moi. Je savais que Paul gardait secrètement une clé sous une urne. J'avais fait ami-ami avec Zand et Magaro. Je leur apportais de temps en temps une bonne bouteille, alors ils m'aimaient bien. Un jour qu'ils étaient défoncés, ils m'ont raconté tout ce qu'ils vous ont fait, Nicole. Magaro vous appelait " sa tourterelle ", et ça le faisait marrer. Il trouvait que c'était génial, alors je ne l'ai pas contredit. C'est parce que je les connaissais qu'ils n'ont pas eu peur de moi quand je les ai rejoints à Basin Park. Ils me prenaient pour un de ces gamins débiles qui ne juraient que par les Misfits. Pour eux j'étais déjà Ray, mais ils n'avaient aucune idée de qui j'étais, d'où je sortais. Tout ce qu'ils voulaient, c'est des fans qui les adulaient.» Ray lâcha un rire méprisant. «Quand je repense à cette bande de porcs!»

Nicole avait toujours la main sur son arme dans la poche. «Ray, vous dites que c'est à cause de moi que vous les avez tués?

— Oui. Pour la jolie Nicole qui n'a jamais posé les yeux sur moi, parce qu'elle était trop envoûtée par son petit Popaul. Mais moi je te regardais. J'avais envie de toi à en crever, presque autant que je voulais l'anéantir, ce merdeux.

— Vous ne me connaissiez même pas. C'était de la jalousie, c'est tout.

— Entre autres, oui. Mais je n'avais qu'à te voir pour être sûr de moi. Cette allure, cette grâce dans tes mouvements, le son de ta voix. J'étais possédé.

— Ce qui vous a amené à détruire Zand, Magaro, et à vous débarrasser de Paul. Mais maintenant?» Une pensée ignoble prenait forme dans l'esprit de Nicole. «Ray, vous n'avez pas tué mon père?»

Il lui offrit un clin d'œil écœurant. «Je t'ai dit qu'il s'était suicidé.

— Vous m'avez dit tellement de choses...

— Oui, mais ça, c'était vrai. Il n'y a qu'à la télévision qu'on déguise les meurtres en suicide. C'est moins facile dans la réalité. Je suis obligé de traîner ce crétin de Waters avec moi. Si j'avais essayé de m'en prendre à ton père et de maquiller la chose, Chuckie aurait mis son nez dedans.

— Mais c'est vous qui avez envoyé les lettres, et la photo de Paul?

— Oui. Quand j'ai appris que tu étais revenue à San Antonio, j'ai compris que c'était un signe du destin. Mais il y avait trop de gens autour de toi, à commencer par ton mari. Je n'ai pas eu besoin de m'occuper de lui, il s'en est chargé tout seul.» Ray éclata de rire. «Cet imbécile. En revanche, il y avait toujours ton père. Ton père adoré. Alors j'ai décidé de le miner jusqu'à ce qu'il s'effondre tout seul. Il suffisait de lui rappeler ce qu'il avait fait.

— Mais il n'avait rien fait! Mon père n'a tué personne!

— C'est exact. Sauf qu'il en avait l'intention, quand même. Et le bon Clifton m'avait vu à Basin Park, Nicole. Il ne me connaissait pas, mais il m'a regardé d'assez près pour savoir que je n'étais pas Dominic. Seulement, est-ce qu'il a levé le petit doigt, ensuite, quand Paul s'est fait inculper ? Non. Est-ce qu'il est venu dire qu'on s'était servi de son pistolet ? Non. Qu'il avait vu quelqu'un d'autre sur les lieux ? Non plus. Clifton Sloan n'a *rien* fait pour détourner les soupçons qui pesaient sur Paul. »

Nicole avait la nausée. Ray était un dangereux déséquilibré, mais il disait vrai. Clifton n'avait assassiné personne, mais il n'avait pas fait un geste pour sauver Paul.

« Si je ne l'ai pas tué moi-même, c'est parce qu'il était impossible d'essayer de te mettre ce meurtre sur le dos. Personne n'y aurait cru, poursuivait Ray. J'espérais le voir craquer et avouer ce qu'il avait fait. Tu aurais changé de sentiments à son égard, du moins un peu. Mais il a préféré se suicider. Un coup de chance finalement, puisque je me débarrassais de lui et que je reprenais pied dans ta vie.

— Oh oui, une chance, répondit Nicole d'une voix faible. Sauf que, s'il s'était vraiment suicidé, il aurait laissé une lettre.

— *Il a laissé* une lettre dans laquelle il racontait en détail ce qui s'est passé il y a quinze ans… Elle avait glissé sous son bureau et je l'ai retrouvée. Je l'ai fourrée dans ma poche pendant que Waters regardait ailleurs. Waters est souvent à côté de la plaque… Cette lettre innocentait Dominic, et j'ai bien fait de la garder. »

La lettre. Phyllis s'était montrée outrée que Clifton ne fournisse aucune explication. Certes, sa confession aurait choqué tout le monde, et Nicole était certaine que sa mère ignorait ce qui s'était passé la deuxième nuit à Basin Park. Mais c'était mieux que rien. En apprenant que Ray l'avait subtilisée, Nicole sentit des bouffées de haine remonter dans sa gorge. Elle devait pourtant se contrôler, n'en rien montrer. Il fallait pour l'instant trouver le moyen d'échapper aux griffes du policier fou. Sa vie et celle de Paul en dépendaient.

Elle inspira profondément et refit un pas en avant. « Vous dites que personne n'aurait voulu croire que je puisse tuer mon père. Mais, c'était ça, votre objectif ? Me coller tous ces meurtres sur le dos ?

— Oui.

— Et *pourquoi*?

— Parce que tu serais devenue tributaire de moi. Parce ce que j'aurais été la seule personne qui croyait en toi. Parce que j'aurais été ton unique protecteur et que tu serais tombée amoureuse.

— Seulement, il y avait Paul pour faire échouer vos plans. Et vous n'aviez pas prévu ça.»

Ray parut hésiter. Le doute se lut un instant sur son visage. «Non. Oh, je n'ignorais pas qu'il était vivant. Rosa m'a dit une fois ou deux avoir trouvé des traces de son passage à Olmos Park. Elle me déteste toujours autant, mais elle a peur de moi, maintenant.» Il afficha un sourire satisfait. «Tu vois, elle m'a soupçonné dès le début d'avoir descendu Zand et Magaro. Elle savait que Paul n'aurait jamais eu assez de cran pour le faire. Mais comme elle m'a avoué un jour que ses papiers étaient faux, je la tenais. À cause de ça, elle ne pouvait plus se confier à personne. On profite toujours des erreurs des autres. J'ai profité aussi de ce que Dominic soit revenu, puisque personne ne t'a crue quand tu prétendais le voir. Tout le monde pensait que tu avais perdu la tête après le départ de Roger et le suicide de ton père. Alors que, *moi*, je te croyais. C'est pourquoi tu me faisais confiance.

— C'est vrai.

— Tandis que tes soupçons se portaient sur Paul. Tu avais fini par craindre qu'il ait réellement tué Zand et Magaro, même qu'il revienne en fait se venger sur toi, puisque tu te croyais responsable de sa carrière brisée.

— Je ne l'ai pas pensé longtemps.»

Le sourire de Ray s'évanouit. «Je m'en suis aperçu tout seul hier soir. J'ai toujours été blessé de cette distance que tu t'entêtes à afficher devant moi. Quand j'essaye de t'embrasser, tu te dérobes à chaque fois. J'ai cru que tu étais trop bien élevée pour tomber dans les bras d'un autre seulement deux mois après le départ de ton type. Mais quand je t'ai vue hier soir ici, j'ai compris que je me trompais, que tu n'avais aucun amour-propre. Tu retrouvais à peine Dominic que plus rien n'existait, ce même Dominic dont tu avais peur, que tu soupçonnais. J'étais dégoûté. Je suis sûr que tu n'as jamais eu la moindre pensée pour moi.

— Ce n'est pas vrai, Ray.

— Après tout ce que j'ai fait pour toi. Dire que je suis allé jusqu'à te proposer un alibi pour qu'on ne te suspecte pas du meurtre de Simon-Smith. Ça n'a rien changé. Je ne compte pas, pour toi. Je ne compte d'ailleurs pour personne.

— Non, Ray, c'est faux. Bien sûr que vous comptiez pour moi. S'il n'y avait pas eu Paul...

— Ah, voilà ! » Il imita la voix de Nicole : « " S'il n'y avait pas eu Paul. " Évidemment. Et alors, qu'est-ce qui se serait passé ? Tu aurais couché avec moi ? Tu m'aurais épousé, une fois divorcée ?

— Je ne sais pas, Ray. Dans l'état où je suis, c'est difficile de penser à l'avenir.

— Moi je n'ai pensé qu'à ça. » Les flammes des chandelles projetaient des ombres mouvantes sur son visage, qui semblait soudain désolé, décharné, presque fantomatique. « Mais je sais aujourd'hui que rien ne serait arrivé. Tu te serais servie de moi, comme tu t'es servie de tous les autres. Ensuite, tu aurais simplement oublié que j'existais.

— Non, Ray, il ne faut pas dire ça. » Elle se permit un nouveau petit pas en avant, en feignant d'éprouver de la peine à son égard. « Je n'aurais jamais oublié ce que vous avez fait pour moi, nos relations auraient certainement pu évoluer comme vous le souhaitiez. » Refoulant sa nausée, elle ajouta, parce qu'il le fallait : « Et c'est encore possible. »

Il ricana. « Parce que tu crois que j'ai encore envie de toi maintenant, après ce qui s'est passé hier soir ?

— Qu'avez-vous vu d'aussi révoltant ? Une femme embrasser un homme qu'elle aimait autrefois, qu'elle n'avait pas vu depuis des années, un homme dont je viens de comprendre qu'il ne m'a jamais causé le moindre tort ? Quoi de plus naturel à cela ? Et, d'ailleurs, comment saviez-vous que je retrouverais Paul ici ?

— Quand je t'ai appris la mort de Simon-Smith et que tu es tombée dans les pommes, j'ai aperçu la carte postale dans ton courrier et je l'ai lue. Je t'ai surveillée ce soir-là, pour voir ce que tu allais faire. Je te connais tellement que j'avais deviné que tu passerais par l'arrière. Mais ne me prends pas pour un crétin, il y a embrasser et embrasser. Ce n'est pas à un vieil amant à qui tu disais bonjour hier, c'est quelqu'un que tu aimes encore. Passionnément. On se serait cru dans une série B à l'eau de rose. Carrément répugnant. J'ai arrêté de t'aimer aussitôt, Nicole, je te déteste comme lui. »

Voilà pourquoi DeSoto s'était montré aussi froid et distant le matin même, lorsqu'il était venu l'interroger à l'université avec Chuck Waters. Ray était furieux. Pour qu'elle ne se doute de rien, il avait ensuite décidé de reprendre un ton plus cordial et de mentir, en affirmant au téléphone que l'agent dans la rue avait vu Nicole derrière ses rideaux au moment présumé du meurtre de Bette. Elle venait juste de se rappeler qu'entre dix heures et minuit, elle se trouvait dans son lit.

« Et maintenant, Ray, où voulez-vous en venir ? Qu'allez-vous faire de nous ?

— On va vous trouver morts, tous les deux, ici. À cause de Dominic, bien sûr, qui t'aura tendu un piège.

— Pourquoi serais-je tombée dedans, puisque je suis censée avoir peur de lui ?

— Carmen affirmera que tes craintes avaient fini par s'envoler. Mieux encore, comme elle est convaincue que tu as perdu la tête, elle est capable de suggérer que tu es venue ici pour tuer ton Popaul. De toutes les façons, il sera établi qu'on a appelé chez toi depuis la mission. Cela ne pourra être que Dominic. Et le chauffeur de taxi confirmera qu'il t'a amenée. »

Elle était maintenant assez près de Paul pour remarquer ses yeux et ses paupières rougis. Affreusement pâle, il paraissait épuisé. De toute évidence, Ray l'avait traqué la veille, sitôt le taxi parti avec Nicole, et Paul était resté toute la journée prisonnier. Visiblement, Ray avait eu la main lourde.

La main de Nicole se resserra sur la crosse. « Ray, vous n'avez pas entièrement répondu à ma question. Qu'allez-vous faire de nous ?

— C'est Dominic qui te tue, et moi, je tue Dominic. Simplissime. Je serai sûrement récompensé par une promotion.

— Paul va me tuer avec *votre* arme ? Pas très crédible. »

Il retrouva son triste sourire. « Non, Nicole. Le pistolet que je lui colle sur la tempe, celui dont il va se servir contre toi, n'est pas le mien. Je l'ai pris chez lui. Et, tant qu'on y est, tu peux sortir la main de ta poche. Je sais que tu as un revolver, mais il n'est pas chargé. »

Elle blanchit. « Vous l'avez déchargé ?

— Aujourd'hui même. Je me débrouille avec les serrures, si tu te souviens bien ? Je suis passé chez toi. »

Elle sentit la colère lui serrer la gorge. « Vous pensez à tout, hein, vraiment ? Vous avez même planqué un paquet de dollars chez Izzy Dooley.

— Je n'ai rien eu besoin de planquer. Il y a deux ou trois ans, j'ai évité à Dooley d'être condamné à mort en détruisant des pièces à conviction qui allaient être utilisées contre lui. C'est lui qui avait une dette envers moi, mais je lui ai quand même donné l'argent. Je lui ai dit que je te voulais morte, et ce qu'il devait raconter à Jewel. Je lui ai demandé de te suivre, et il m'a fait savoir que tu partais sur River Walk. Je lui ai demandé d'abord de te brutaliser un peu et de prendre ton sac. Et, seulement plus tard, d'aller chez toi pour finir. J'ai eu le temps d'y passer, de casser le cadenas et de laisser filer Jessie. Quand je t'ai ramenée ensuite, j'ai fouillé la maison pour te rassurer. En fait, quand je suis descendu à la cave, j'ai cassé la vitre du soupirail et j'ai placé une malle en dessous.

— Mais pourquoi avoir posté une voiture dans la rue ? Ça ne servait qu'à vous compliquer la tâche.

— On ne peut pas toujours avoir de la chance. Erwin, l'inspecteur qui a pris ta déposition après l'épisode de River Walk, aime bien mettre les filles mal à l'aise, mais c'est en fait un crétin qui joue les grandes âmes. C'est lui qui a envoyé Abbott. Abbott a vu quelqu'un s'approcher de chez toi et il était sur le point de descendre voir qui c'était. J'ai été obligé d'aller vers lui comme si de rien n'était et de m'en débarrasser. Je n'avais pas le choix. Ensuite je suis entré par le soupirail et j'ai attendu Dooley. J'avais prévu de le tuer avant qu'il remette la main sur toi. Ça n'était pas bien compliqué.

— Mais vous n'aviez pas prévu que Newton Wingate vous voie depuis sa fenêtre ?

— Wingate a vu *quelqu'un* en train de parler au flic, c'est tout. Quelqu'un avec des cheveux longs et noirs. Pareil pour les gamins qui ont aperçu le type qui traînait autour de la Ford de Roger. Ils ont vu quelqu'un avec de longs cheveux noirs. Comme Dominic.

— Une perruque ?

— Évidemment. » DeSoto poussa un soupir. « Le seul problème

que j'ai eu, c'était avec Jewel. En fait, cet imbécile de Dooley lui avait dit d'où venait l'argent. Elle s'en est tenue à mon histoire, mais j'ai bien compris qu'elle savait la vérité quand on l'a interrogée avec Waters. J'ai essayé de la descendre, et j'ai raté mon coup. »

Nicole lâcha son arme dans sa poche. Si son revolver était vide, il ne servait plus à rien, sinon peut-être à donner un bon coup de crosse. Ray, par contre, disposait de deux pistolets bien chargés. Elle ne voyait qu'une chose à faire : continuer de parler, à tout prix.

« Et pourquoi vous n'avez pas tué Roger comme les autres ?

— Roger a la fâcheuse habitude d'être saoul, mais jamais seul. Il faut toujours qu'il se fasse accompagner par sa nana. J'ai eu besoin de recourir à autre chose. Ça n'a pas marché exactement comme je voulais, mais ce n'était pas très grave. Il a lui-même dirigé les soupçons sur toi et tu es venue m'appeler au secours. Je n'en demandais pas plus. » Nouveau soupir. « Tout ce travail. Toute cette énergie. Et moi qui pensais que ça en valait la peine. Que *tu* en valais la peine. » Il posa sur elle un regard acéré. « Quelle erreur.

— Si je n'avais pas retrouvé Paul, hier soir ? Si vous étiez resté amoureux de moi ? J'aurais certainement été arrêtée, et même condamnée, pour ces meurtres ?

— Non. Je savais que je pouvais attirer Paul dans un traquenard, en choisissant bien mon moment. Je l'aurais descendu. J'avais monté toutes les preuves nécessaires contre lui. À commencer par ses visites chez sa mère. J'avais ordonné à Rosa de surveiller ça et elle s'est très bien débrouillée. La peur fait des merveilles, tu sais. Elle a une sacrée trouille de moi. Je lui avais dit que si elle ne me trouvait rien, ses jours seraient comptés. Alors elle a soigneusement prélevé les cheveux que Paul a laissés au chevet d'Alicia, et j'en ai collé quelques-uns sur la chemise de Dooley. Dominic s'est coupé un jour en se rasant dans la salle de bains. Il n'a pas pris la peine de bien nettoyer le lavabo. Rosa a récupéré le sang sur une éponge, le même sang que j'ai appliqué sur la vitre cassée de la porte arrière de Simon-Smith. Tu n'as rien su de tout cela, bien sûr, mais c'était suffisant pour te disculper. En revanche, je n'aurais jamais pu t'inventer un alibi en prétendant que nous avions eu une longue conversation au téléphone pendant le meurtre de cette folle.

— Évidemment. Les télécoms n'attestent pas des connexions inexistantes.

— Bravo, répondit-il avec son mauvais rictus. Je vois qu'on fait des progrès.

— Mais le type dans mon jardin avec le masque de loup ?

— C'était Dooley.

— Où a-t-il déniché le masque ?

— Rosa en avait acheté un. Sans l'intention de le donner à quiconque. J'ai téléphoné à Bobby en lui demandant de dire que c'était bien Lisa, sa cliente, si on lui posait la question.

— Carmen disait donc vrai, admit Nicole avec un sentiment de culpabilité.

— Pas exactement. Elle t'a répété ce que Bobby lui a dit, c'est tout. Elle ne t'a jamais vraiment menti, mais je voulais que tu doutes d'elle. Il fallait que tu croies une personne et une seule : moi. C'est pourquoi j'ai demandé à Bobby de te raconter des salades. »

Nicole fronça les sourcils. « Je ne comprends pas. Pourquoi Bobby aurait-il menti pour vous faire plaisir ?

— Bobby a peur de moi parce que je suis au courant de ses aventures de jeune homme avec des mineures. J'ai appris des tas de choses en traînant avec Zand et Magaro. Alors quand je suis devenu flic, j'ai gardé, disons, le contact avec ce cher Bobby. On a toujours besoin de faire pression sur quelqu'un, à un moment ou un autre. J'ai tout un dossier sur Vega. Je pourrais l'anéantir, et il le sait. Alors il fait ce que je lui dis. » Ray regarda une seconde dans le lointain. « J'en avais autant contre Simon-Smith. Elle a tué sa propre mère, il y a quatre ans. À l'époque, je n'étais qu'assistant stagiaire, mais on m'avait confié l'enquête. On n'a rien pu prouver. Je savais qu'elle était coupable, et elle a bien vu que j'avais compris. Cette vieille folle me craignait comme la peste.

— Vous lui avez demandé de me pousser, sur le parking ?

— Je n'ai pas été aussi précis. Je voulais seulement qu'elle t'humilie devant tout le monde.

— C'est pour cela que vous êtes devenu flic, ou je me trompe ?

Pour contrôler les autres, avoir du pouvoir ? Un pouvoir qu'on vous a toujours refusé quand vous étiez un petit garçon.

— Garde ta psychologie de bas étage, Nicole. Personne n'a de pouvoir sur personne. C'est Dieu qui décide de tout ça. Et Dieu travaille pour moi.

— Dieu ou le diable ? » lança brusquement une voix d'homme.

En sursautant, Ray regarda derrière Nicole. Elle se retourna également. Chuckie Waters venait d'entrer dans l'église, l'arme au poing.

« Waters ! » cria DeSoto. Nicole observa Ray. Son expression avait immédiatement changé. Le rictus névrotique avait disparu. Il était redevenu froid, professionnel, sûr de lui. « Je tiens Dominic. Il voulait tuer la petite.

— Ne te fatigue pas, répondit Chuck. Cela fait dix minutes que je t'écoute derrière la porte. Je sais tout ce dont j'ai besoin. »

Resserrant son emprise sur Paul, Ray lui poussa en même temps la tête d'une pression de son arme. « Qu'est-ce que tu fais ici ?

— Je t'ai suivi. J'ai reçu un coup de fil de Jewel Crown en début de soirée. Elle m'a appris des tas de choses intéressantes. Que tu avais payé Dooley pour tuer Mme Chandler, ou que tu avais essayé de la buter dans la rue, l'autre soir. »

Ray partit d'un rire creux. « Parce que tu crois ce que racontent les putes, maintenant ? Tu prends peut-être de la coke, aussi ?

— Jewel n'a fait que confirmer mes soupçons. Je me suis toujours méfié de toi, DeSoto.

— Méfié de moi ? ricana Ray. Ben voyons. Pourquoi n'en as-tu jamais rien dit à personne ? Tu aurais pu trouver des oreilles pour t'écouter.

— Parce que le sergent DeSoto est un super-flic. Jamais la moindre erreur, jamais le moindre faux pas. Bien noté par ses supérieurs. Promu sergent à trente et un ans. Qu'est-ce que je peux faire ? Expliquer aux collègues que je te trouve malsain, sans comprendre pourquoi ? »

Ray lui offrit un sourire narquois. « Pourquoi cette attitude que tu as toujours eue, toi, envers Mme Chandler ? Tu paraissais certain de sa culpabilité. Tu faisais exprès de lui filer les chocottes ?

— J'aime jouer les méchants, mais c'est toi, le sadique. J'ai fait ça aussi parce que je te suspectais, pour voir jusqu'où tu irais. Je voulais que tu ne te doutes de rien, alors je me suis comporté comme j'en ai l'habitude. Tu allais faire des erreurs. Et ça n'a pas raté. Tu t'es même planté plusieurs fois. »

Ray se raidit comme si on venait de l'insulter. « Ah, vraiment ? Et quand ça ?

— Ce n'était pas une très bonne idée d'aller prendre toi-même aux archives l'arme du crime Magaro-Zand le lendemain du jour où je t'ai appris que je voulais l'envoyer à nouveau en Balistique.

— Quelle importance ? Je l'ai ramenée.

— Seulement *après* t'être assuré que le numéro était bien effacé. Les gars de Balistique m'ont dit que tu leur avais posé la question. Mais tu as été trop sûr de toi. Moi je les ai fait travailler un peu plus, et j'ai eu raison. Ils ont déchiffré le numéro et je sais que l'arme a appartenu à Hazelton, le grand-père de Nicole. »

Ray fit une grimace dédaigneuse. « Ce qui prouve qu'elle a tué elle-même les deux types.

— Non, c'est mon père qui a essayé, lâcha Nicole, désespérée. Mais il a reculé au dernier moment et il a jeté son pistolet. C'est Ray qui l'a ramassé. Il était lui aussi à Basin Park, ce soir-là. Il connaissait Magaro et Zand. Sergent Waters, Ray est le demi-frère de Paul.

— J'ai entendu, répondit lentement Chuck. Alicia Dominic est ta mère, Ray DeSoto, bien que tu aies été élevé par Rosa.

— Et alors ?

— Alors tu connais mieux que tout le monde l'affaire Zand et Magaro. Alors tu connais Paul Dominic depuis toujours. Alors on n'a jamais pensé à toi parce que tu es flic. »

Avec une rapidité foudroyante, Ray lâcha Paul et visa son collègue. La balle partit en sifflant devant le nez de Nicole. Chuck poussa un cri de douleur.

Elle se sentit incapable de se jeter à terre pour se protéger. Surtout elle ne voulait pas quitter Ray des yeux. Elle le vit maintenant braquer son canon sur elle. C'est la fin, pensa-t-elle, paralysée. Je ne peux rien faire. Je suis désarmée et ce n'est pas la peine que j'essaye de me cacher derrière un pilier. Il me criblera de balles jusqu'à ce que je m'effondre. Adieu, jolie Shelley adorée. Adieu Paul que j'aime.

Mais soudain Paul se projeta de tout son poids vers la droite, si violemment que Ray en perdit l'équilibre et pressa la détente. La balle partit ricocher sur le lustre en fer forgé qui se mit à tourbillonner. Fou de rage, Ray se rétablit et visa la tête de Paul.

« Non ! » hurla Nicole une seconde avant qu'une nouvelle détonation ne retentisse dans la vieille église. Elle se couvrit le visage des deux mains. Qui venait de tirer ? Elle grelottait de tous ses membres. Chuck ou Ray ?

Le cœur battant, elle releva lentement la tête. Ray et Paul se dressaient encore derrière l'autel. Ni l'un ni l'autre ne bougeait. Hébétée, Nicole vit peu à peu toute expression s'évanouir du visage de Ray. Ses yeux contemplaient le vide. Elle crut voir un sourire se dessiner sur ses lèvres. « Maman ! » dit-il finalement.

Puis il tomba la tête la première, entre les fleurs, sur la nappe immaculée de l'autel dont la fine étoffe rougit.

ÉPILOGUE

Nicole, Paul et Shelley traversaient le cimetière. Jordan trottait près de son maître et Shelley tenait Jessie en laisse.

Paul avait le bras dans le plâtre et un pansement à la joue. Jordan avait quelques points de suture sur le crâne, à l'endroit où on l'avait assommé. Ray l'avait laissé à moitié mort dans le parc de la mission, avant d'emmener Paul chez lui où il l'avait enfermé dans la cave, pieds et poings liés, sans eau ni nourriture. Reprenant connaissance, Jordan s'était caché dans le parc en attendant le retour de son maître.

Tous trois avaient des fleurs à la main. Ils s'arrêtèrent devant la tombe de Clifton.

Un vent léger soulevait les longues mèches blondes de Nicole. Elle laissa son regard errer vers le tertre, à une trentaine de mètres, et l'épais buisson de genévrier. « J'ai l'impression qu'il y a déjà des mois et des mois que je t'ai aperçu là-bas avec Jordan. Tu me regardais fixement dans les yeux.

— Oui. Et tu es devenue toute blanche, maman, ajouta Shelley.

— Je ne l'avais pas vu depuis quinze ans, ma chérie. Je le croyais mort.

— Eh oui, c'est bête », dit la petite fille. Rayonnante, elle leva la tête vers Paul. « Maman m'a dit qu'elle t'avait aimé. Moi je crois qu'elle continue. »

Paul sourit à Shelley. « J'espère.

— Je suis quand même un peu triste pour Ray, reprit-elle, les sourcils froncés. Je croyais que c'était un ami.

— Il a dupé quantité de gens, comme ça, répondit Nicole. Il ne faut pas toujours se fier aux apparences, semble-t-il.

— Oui, on le dit. » Shelley posa une rose blanche sur la tombe de son grand-père. « Tu crois qu'il sait qu'on est là, maman ?

— Va savoir ? fit Nicole.

— Moi, je crois. Il sait que c'est une belle journée et qu'on est tous là, même Jessie. Dis, maman ? Je peux aller regarder les fleurs sur les tombes, avec Jessie, et Jordan ?

— Oui », dit Nicole.

Paul fit un signe de tête au doberman, qui partit avec la petite fille et le petit bâtard. Jessie n'arrêtait pas d'éternuer.

Nicole et Paul reculèrent de quelques pas. Il posa un bras sur son épaule : « Comment te sens-tu ? »

Elle haussa les épaules. « Bizarre. Triste. En fait, je ne savais pas qui était mon père.

— Mais si, répondit gentiment Paul. Tu sais qu'il t'aimait. Le reste n'a pas beaucoup d'importance.

— C'est curieux que tu dises ça. Il ne t'a quand même pas fait de cadeau. »

Paul baissa les yeux. « Quand j'ai entendu Ray expliquer toute l'histoire, j'ai été furieux contre Clifton. Mais j'ai réfléchi. Qu'est-ce que cela aurait changé, s'il avait parlé ? Qui aurait cru à la présence d'un troisième homme à Basin Park, qu'il n'avait même pas pu identifier ? Personne. Clifton était le coupable idéal : il avait un mobile, une arme, et il était sur place. Le pistolet faisait partie de l'héritage de ton grand-père. Ta mère avait tout rangé au grenier, sans jamais y jeter un coup d'œil.

— Maman se doutait que j'étais allée à Basin Park dans mon sommeil.

— Elle s'en doutait mais n'en était pas sûre. Elle ne voulait surtout pas te mettre dans tous tes états. Elle ne savait pas non plus que ton père avait fait l'aller et retour depuis Dallas, cette nuit-là.

— Il n'empêche qu'il aurait pu t'innocenter.

— Il a dû penser que justice serait faite, d'une façon ou d'une autre.

— Je n'aime pas cette phrase. »

Paul sourit. « Nicole, ton père était un homme, et les hommes font tous des erreurs. Ma mère en a fait, elle aussi. Et l'un comme l'autre les ont chèrement payées. Ton père n'a sans doute pas connu un seul moment de paix pendant quinze ans. La culpabilité, ça mine. C'est pour cette raison qu'il a cessé d'aller à la messe. Quand Ray a commencé à le harceler avec ses lettres, c'était la goutte d'eau qui a fait déborder le vase. Il n'a pas supporté. Mais regarde l'autre côté des choses, peut-être. Nous sommes finalement réunis, tous les deux. L'assassin est mort. Mon innocence vient d'être démontrée. Tu as une petite fille adorable. Ton mari a quitté Lisa, et même arrêté de boire. Carmen t'a pardonné d'avoir douté d'elle.

— Tu dois avoir raison, répondit Nicole d'une voix absente. Mais *rien* de tout cela ne serait arrivé si papa avait dit la vérité. »

Paul continua avec douceur. « Rappelle-toi plutôt ce que tu aimais chez Clifton. J'essaye d'en faire autant quand je pense à ma mère. C'est bête qu'un seul faux pas jette une ombre définitive sur les côtés positifs. En plus, finalement, je suis convaincu que si je m'étais rendu à l'audience au lieu de m'enfuir, il serait intervenu.

— Tu crois ?

— Oui, j'en suis sûr.

— Je te trouve bien indulgent.

— J'ai appris des tas de choses, sur la route, pendant ces années. J'ai compris que nous avions tous des faiblesses. À commencer par moi. Au lieu de faire face à une situation difficile, je me suis enfui. La décision que j'ai prise à ce moment-là a fait du mal à ceux qui m'aimaient. J'espère qu'ils sauront me pardonner. Il me faut, moi, pardonner à ma mère d'avoir si mal traité Ray, de l'avoir écarté de tout, de l'avoir laissé dans les bras cruels de Rosa, d'avoir nié ce qu'elle lui infligeait. Ray était le produit de son éducation. Et ton père était un type bien. Comme moi, un jour il a perdu le contrôle de sa vie et il a paniqué. »

Nicole soupira. « C'est vrai. Mais c'est une lourde erreur qu'il a faite. » Elle offrit à Paul un sourire voilé de tristesse. « Pourtant je l'aime toujours.

— Bien sûr. »

Elle s'agenouilla et posa sur la tombe son bouquet de chrysanthèmes roses. Paul s'agenouilla aussi et posa ses hyacinthes. « Ma mère m'a expliqué il y a longtemps que dans le langage des fleurs, les hyacinthes blanches veulent dire " je prierai pour toi ". »

Ils se relevèrent. Les yeux perlés de larmes, Nicole regarda Paul. « Je crois que je vais enfin arriver à pleurer. »

De son bras valide, il la serra contre lui. « Vas-y, ça fait du bien. On a toujours besoin de l'épaule de quelqu'un, et j'aime autant que tu pleures sur la mienne. »

Cet ouvrage a été réalisé par la
SOCIÉTÉ NOUVELLE FIRMIN-DIDOT
Mesnil-sur-l'Estrée
pour le compte des Éditions de La Table Ronde
en novembre 2000

Dépôt légal : novembre 2000
N° d'édition : 3280 - N° d'impression : 53000

Imprimé en France